文学的思念

刘麟　著

西苑出版社
XIYUAN PUBLISHING HOUSE
·北京·

图书在版编目（CIP）数据

文学的思念 / 刘麟著. -- 北京 : 西苑出版社,
2021.8（2021.9 重印）
（中国现代文学馆钩沉丛书 执行主编 计蕾）
ISBN 978-7-5151-0805-6

Ⅰ. ①文… Ⅱ. ①刘… Ⅲ. ①中国文学－当代文学－
作品综合集 Ⅳ. ①I217.2

中国版本图书馆CIP数据核字(2021)第116710号

文学的思念
WENXUE DE SINIAN

策划编辑	赵 晖
责任编辑	苏泓睿 汪昊宇
特约编辑	张 梦
装帧设计	黄 尧
责任印制	陈爱华
出版发行	西苑出版社 XIYUAN PUBLISHING HOUSE
地　　址	北京市朝阳区和平街11区37号楼 邮政编码：100013
电　　话	010-88636419
印　　刷	三河市嘉科万达彩色印刷有限公司
开　　本	710mm×1000mm 1/16
字　　数	220千字
印　　张	22.75
版　　次	2021年8月第1版
印　　次	2021年9月第2次印刷
书　　号	ISBN 978-7-5151-0805-6
定　　价	76.00元

中国现代文学馆钩沉丛书总序

国人自古重“史”。而新史料的发现，对于历史研究的推进是不言而喻的。即便是湮没于历史烟尘中的一鳞半爪，也会使史家乃至读者如获至宝。在文学历史的阐述、文学理论的论证以及文学批评活动中，新史料的发现当然也每每相伴而生，同样为新的立论和新的阐发提供坚实的基础。更有学养深厚、学风笃实的学人，常常会把搜集所得的资料整理编撰，既是为自己的研究课题服务，亦可供他人参考。这些资料，我们并不陌生，在林林总总的校点本、辑佚本、笺注本、年谱、诗文系年、书目、索引里都可窥其面貌。比如，鲁迅先生为了撰写《中国小说史略》，也曾搜集了大量的小说史料，又将这些史料整理成《古小说钩沉》《小说旧闻钞》等。这部自周至隋的三十六种散佚小说，毫无疑问成为研究唐代以前小说的重要参考书，也为普通读者带来了极大的阅读兴趣。这正是“钩沉”的价值。梁启超所谓的“过去人类思想行事所留之痕迹”，为我们了解前人所思所想，乃至理解“人类社会史可能性的一切”和历史进程提供了依据。这些“痕迹”的再发现，无疑多多益善。

作为集文学资料中心、文学展览中心、文学交流中心、文学研究中心等功能于一身的中国现代文学馆，在收集、保管、整理、研究中国现当代作家的著作、手稿、译著、书信、日记、录音、录像、照片、文物等文学档案资料的过程中，在和广大的研究者、作家及其家属、后人接触的过程中，不断接触到曾被历史遮蔽、湮没、忽略的有关人物及有关史料，因此，编辑、出版“钩沉丛书”，是水到渠成之事，也是现代文学馆工作的题中应有之义。这套丛书，旨在把我馆认为值得引起注意的、涉及现当代文学的史料予以发掘，把某些有助于文学研究的带有资料性的著述予以出版。举凡作家的年谱、回忆录、传记、散佚作品等均在丛书出版范围内。这一工作，有赖于著述者的劳动，也有赖于广大作家及其家属、后人的支持，这是需要向著述者和支持者致以诚挚谢意的。

然而，我以为不能不指出的是，“钩沉”是有价值的。但“钩沉”出来的，却未必件件都有价值。

因此，其一，这套丛书所含所有书籍的出版，唯以我馆认识到的参考价值为取舍，是否真有“价值”，有待研究家和读者的考量与开掘。其二，“钩沉”，绝不是为了“爆料”，为了“翻案”，为了“听唱翻新杨柳枝”。这在世道浇漓、学风蒙尘的当下，是不能不有言在先的。也就是说，若有人欲借本丛书中涉及的一些史料断章取义、哗众取宠，谋取商业利润，概由炒作者自负其责。这套丛书所涉及的资料和史实，并未经过本馆的考证与甄别；所涉及的观点，只代表编撰者本人的价值立场与学术见解，与文学馆的立场、见解无涉。

如果诸公能够从这套丛书中获取一些资料，经过甄别辨析，成一家之言，作为丛书出版的组织者，便欣欣堪以慰之。

是为序。

陈建功

2010年5月7日

目录

第一次当编辑

我于 1949 年参加工作，最初的“职业”（这两个字在那时带点异味）是杂志社的编辑。杂志是 1951 年创办的，社址设在宣武门内鲍家街北京俄文专修学校（简称“俄专”）里，俄专教务长高亚天同志兼我们的总编辑，编辑部有十多人，以史迁同志（原为俄专助教）为主任，在他们的领导下，编辑部又分为若干组，各司其责。本人忝为组长之一，不过属下只有一员老卒而已。我们两个人的任务是组织学习俄文的稿件，例如如何记生字，如何分析复合句，如何理解副动词和形动词的作用，等等，大都为学习方法问题，主要对象是俄语专业及大专院校俄文系的学生，兼顾社会上的自修俄文者。每一期杂志的篇幅，各组分担的数量是预先商定的，不能轻易改变。

编辑部人员几乎都是刚从俄语专业毕业的同届学生，懂俄语，能写稿，与编辑出版工作却没有打过交道；唯有林中（后移居美国）一人会画版式，每期算字数，排座次，照顾各个方面，偏劳他了，而对大多数人来说，编辑生涯从零开始。

平日里大家分头处理读者的来信和稿件，清样送来后，则发扬全编辑部的协作精神，聚而“歼”之。无论学校的教师或编辑部的人员，工作或学习都全力以赴，紧张而有序。月明星稀，办公楼夜夜有成群不眠的人埋首灯下，灯火通明，人影憧憧，出来巡视的杨化飞同志（俄文部主任，后来任北京俄语学院副院长）目睹这般情景，常常为之感慨万分，对这种刻苦用功的精神赞叹不已。

我们的杂志名叫《俄文教学》，十六开，双月刊，隶属于高教部俄文教学指导委员会，也算是它的机关刊物，全国发行。刊名乃毛主席手迹。我必须强调的是：这手迹乃是真迹，并非美术编辑挖东墙的砖拆西房的瓦拼凑出来的仿真品。当史迁兴冲冲地铺开中南海送出来的四个大字时，我们都有强烈的自豪感，为我们的杂志，也为我们自己。执笔者又极为体谅下情，同样四个字，重复写了三四张纸之多，以供挑选，采用哪一张都可以，决定权交给了我们。

更有锦上添花者，师哲同志，我们的社长，又为我们的创刊号约请刘少奇、周恩来和宋庆龄等领导题词，手迹也已拿到。一份指导俄文教学、专业面比较狭窄的杂志，它的出版受到如此重视，令人感动。它们被分别制成插页，同时发表。

我们的杂志开张不久，《人民日报》以大量篇幅连载吕叔湘、朱德熙的《语法修辞讲话》，给我们这些新编辑送来了重礼：我们是把这些文章当作工具书和教材看待的。读了文章就想什么时候能一睹两位先生的风采呢？有一天，忽然见到教务处的布告，著名语言学家吕叔湘将应邀来校演讲，消息在师生中引起了轰动。演讲那天，大礼堂座无虚席，舞台口临时架起了一块大黑板，黑板前地面上放着讲台，报告人想要在黑板上写字，必须走上舞台，写完字又走下舞台，回归原位。这样上台下台未免太辛苦，教务处主事的同志就近叫史迁派两个人守在黑板旁边，听到某些不易明白的词句，认为需要形诸文字的，就替吕先生写在黑板上，以减少他的劳累。史迁奉命，他派出的“写手”之中，也有我。当我们两个人来到台前，手持粉笔奋笔疾书时，却有了意想不到的情况。虽然我们事先都认真读过他的讲话，也没有写错什么字，但这样登台，干扰了听众，分散了他们的注意力，本来是一个人，现在却三个人都在活动，大家因好奇分了心，这岂不是喧宾夺主吗？史迁感到不妙，指示我们陆续撤退。吕先生那天讲了些什么，我已完全记不起了；与我同时登台的是谁，也忘了他的名字，反正是编辑部的人，这件事似乎有点尴尬，有段时间成了大家议论的话题。

俄专的新学年开学了，为了帮助新生掌握学习方法，师哲校长决定亲自上大课，做报告，谈谈如何学习俄语。教务处事先收集了学生的反映，提供了要点；我们编辑部的工作则是派人做记录，整理成文，在杂志上发表。这个差使又落到了我的头上。记录比较顺利，几乎没有什么遗漏，但整理稿被史迁退回两次，凡是重复啰唆及大量语气词，我认为能传达报告人语气的惟妙惟肖的绝妙之处，他都用铅笔打着问号。最后师社长召见，他仔细通读了我整理的讲话稿，对我慰勉有加，但告诉我讲课、做报告是诉诸听众的听觉，稍纵即逝，不妨说得详细些，必要时可以重复，而写成文字后是诉诸读者的视觉，一文在手，可以反复研究，载体改变了，文风也应随之改变，因此应当简练。他给我单独上了一堂课，使我受益匪浅。

大约在 1953 年暮春，北大、清华理工科的教师别出心裁，试验用速成的办法学习俄文。他们大都懂英语，基础好，文化水平高，自信能速成，并办起了学习班。所谓“速”，是与正规的学习期限相对而言，它不必用三四年时间，只需几个月就够了；所谓“成”，目标也极为简单，只要求培养初步阅读俄文的科技材料的能力，专攻语法和词汇，听、说和写都放在一边。为什么限定科技材料？因为内容切合需要，能激发学习积极性，又符合广泛浏览科技信息的要求；语法比较简单，不如文艺读物那么复杂；而且许多科技词汇在俄文中是外来语，与英语、法语等是相通的，学起来容易。

这是一件新鲜事，我们得到消息后，立即赶到北大了解情况，旁听速成学习班教师的座谈会，采访学习成绩优良的学员，拿了一些材料（他们自编的俄语语法讲义），回来汇报。史迁召集全编辑部开会讨论，最后形成明确的意见：速成学习班是群众学习俄文的一种形式，与正规的学校教育是不同的，后者的培养目标要高得多，速成的办法不可能替代，也无法替代正规的学校教育。为了鼓励群众学习俄文的积极性，对速成学习方法应当予以支持，我们杂志可以做适当的报道，具体方案由相关编辑组拟出计划。

这“相关编辑组”无须明说，当然是指我了。计划也简单：请北大速成班的教师和学员写文章，为了营造声势，拟把下一期杂志的内容做一些调整，编成速成的专辑，多发几篇文章，还特别邀请专家学者发表看法。我们的计划得到了总编辑的认可，《俄文教学》为速成学习出了专辑，著名翻译家曹靖华写了文章，高教部部长马叙伦应邀亲笔写了一段话，我们把它制版刊出。当时《人民日报》也关注速成的方法，从我们的稿件中选登了一篇。

除交流学习方法之外，我们编辑组还有一个任务，即介绍翻译（由俄文译成中文）的经验，因此我们还须与翻译家接触，有时也登门拜访。当时中央编译局集中了大批翻译家，其中有老解放区来的何匡、流水、秋江，也有与我们同时参加工作的后起之秀，他们的局长也是我们的社长，与我们有天然的联系，是我们积极开展工作的有力保障。在他们的支持下，我们曾经举办关于翻译标准（信、达、雅）的学术研讨会，并配合研讨发表文章，引起了注意。我们组一名老卒——外号“老猫”的老兄，为了扩大影响，寻找更多的翻译家，联系到了上海翻译界，那里曾是姜老姜椿芳同志及其时代出版社造就了一代翻译辉煌的场所，尽管这时几乎全部移师北京，留在上海的为数不多。

“老猫”终于给满涛先生写了信，最后还因此受到牵连而离京，他不愿留在北京，组织上尊重他的意见，批准他以离休的身份回四川老家，由地方组织妥善安置，享受应得的待遇。

写到这里，我深深怀念史迁。他是从华北大学过来的，比我们大不了几岁，资格却老得多。我们从上海集体北上学习俄文，他是我们的助教，主讲俄语语法，深受学员的欢迎。他不苟言笑，谦虚稳重，善于思考问题，但该活泼的时候也能放下身段。他担任男主角演出的秧歌剧《夫妻识字》，成了我们的保留节目；他也成为大家喜爱的演员，常常在课间休息时被观众点名要求表演。然而他最值得称道的是，在他担任编辑部主任的几年里，关心下级，爱护同志，既没有利用权力把什么同志定义为什么分子，也没有把什么同志划分到什么派别。“文革”时期，他和我都已经变换了工作，我所在的单位为了“清理”我，要求他揭发我的“罪行”，却没有从他手上拿到任何一点派得上用场的东西。

20世纪50年代前期，是一段令人怀念的岁月。我在那时入了党，结了婚，熟悉了编辑的业务，翻译了一部苏联的剧本（1955年武汉人民艺术剧院曾演出几场），如果没有后来的造化弄人，我的、我们许多人的人生道路，会是什么样子呢？

后来俄文独领风骚的局面发生变化，高教部的全国俄文教学指导委员会宣布撤销，它的机关刊物《俄文教学》随之降格，变为北京俄语学院的学报，人员也要精简。1956年元月，我奉调前往武汉大学俄语系，担任系秘书之职，一去二十四年，告别了编辑岗位，告别了中年时代，直到1978年7月，安拉出差东北归来，途经北京，遇见孔罗荪和姜椿芳两位前辈，承蒙他们的帮助和安排，我们夫妇二人于1979年5月重新进京，再次回到编辑岗位。

2008年11月30日

杂谈杂文的笔法

——纪念鲁迅先生

鲁迅先生杂文的写法，和他的杂文的内容一样丰富多彩。我们平常好谈他的隐晦曲折。诚然，隐晦曲折是有的，但不只是隐晦曲折而已。如认为非隐晦曲折不称其为鲁迅的杂文，这是偏见；如因为隐晦曲折而减弱了对他的杂文笔法的研究与学习，这对于提高今天杂文的艺术性与杂文作者的才能来说，恐怕也是一种损失。

杂文是文艺作品的一种形式。它是论文，但却是“文艺性的论文”（瞿秋白语）；它是政论，但却是诗化了的政论（丁易语）。它不应只具有战斗力，更要具有感染力；表达思想不只要求明白、确切，更要形象化，笔锋要常带情感，能触发读者的共鸣。在今天，隐晦曲折为大多数人民所懂，要反对；但开了门便看见山，硬邦邦的，干巴巴的，大多数人民也未必喜闻乐见，也应该反对。因为，不然，何必要杂文呢？

可惜我们对于鲁迅先生杂文笔法的研究做得很差，而在写杂文时，却有意无意袭用了他的某些写法。这样，就不能更好地向鲁迅学习，师承他的优秀的创作而加以发扬，提高杂文的质量。

目前杂文的写法大致有这么几种：一，举例式。先发几点带有教诲意味的感慨（一般是“破题”），然后举出数个生活中落后的现象作为例子，评论一番，最后放一两个警句结束全文。二，引证式。碰到了目前某种不良现象，于是想起了古人或外国人的一件事或一句话，或某本书上的一段名言或一个故事，借题发挥，或做讽喻，或发议论，最后也以警句收场。三，闲谈式。开始时谈一些全不相干但颇富哲理的生活琐事，最后点明主题思想——往往是一句议论。这几种写法在鲁迅先生的杂文集中都曾相识。不过现在的作者如果立论不精辟，见解不尖锐，那么第一种写法常常会变成例子汇编，替落后现象做义务宣传，反起消极作用；第二种写法则会成为变相的抄书引证；第三种写法的煞尾无力，也就压不住全篇，极易流于生硬的说教。因此，在这里占主要地位的，应是思想的才能。对社会现象做深刻的分析，精细的解剖，能够揭示落后的根源，阐发新生的趋势，这是我们需要向鲁迅先生学习的一个方面。鲁迅先生的杂文，三言两语击中了旧社会的要害，几句话撕碎了“正人君子”的假脸，短短的一封信就揭露了敌人卑劣的阴谋，如果目光不锐利，感觉不灵敏，打击就不可能沉重而准确。

杂文还需要调动读者的感情，要富有感染力，鲁迅先生使人哭笑不得的幽默、辛辣的讽刺、高超的譬喻、生动的语言是我们需要向他学习的另一方面。鲁迅先生的杂文之所以能吸引人，读者之所以能随着他的笔或喜、或怒、或悲愤、或奋起抗争，正由于他的杂文具有这些独特的艺术色彩。但幽默绝不是滑稽，讽刺也不同于俏皮，为了吸引读者而在杂文中撇几句文言腔，卖弄一点噱头，这比起干巴巴的说教似乎润湿一些了，但读者不免要闻一闻：这润湿的来源是清水，还是乳汁。这看起来似乎是鲁迅风格了，实质上却是低级趣味。辱骂和恐吓绝不是战斗，滑稽与俏皮也绝不会增强战斗力。化严肃为轻松，变肉搏为摔跤，实远非写杂文的本意。

鲁迅先生把杂文看作“感应的神经，攻守的手足”，在“切题的时候”“对于有害的事物，立即给予反响或抗争”。他为我们留下了不少反击和抗争的榜样。目前我们所处的时代，变化一日千里，读者要求作者们迅速反映现实，积极干预生活；不仅要鞭挞落后的现象，而且要扶持新生的事物，促使它成长壮大——后者则是我们这一代杂文作者所面临的新任务。而我们目前还习惯于写抨击性的杂文，虽未成为专家，但在耳濡目染之余，嬉笑怒骂，幽默讽刺，也颇能得心应手。而要撇开这一套手法，另起炉灶，写出歌颂新生事物的杂文来，真要大费苦心来琢磨了。鲁迅先生如现在仍然健在，恐怕他也会赋予他的杂文新的使命，也许他已经给我们树立了新的榜样，但现在应该由我们来做。党的第八次代表大会曾经号召社会主义的作家、艺术家应当“善于歌颂，也勇于批评”，我想，这对于写杂文的同志来说，也是努力的方向。让我们创造出杂文的新的笔法和新的风格，来纪念我们伟大的作家鲁迅先生。

1956 年 10 月，珞珈山

巴金的最后一件工作

——巴金与中国现代文学馆之一

1978年7月中旬，巴金开始写他的《创作回忆录》，两年半之后，他写完了预定的十篇，意犹未尽，决定再写一篇，这就是第十一篇《关于〈寒夜〉》。在此文结尾，仿佛是神来之笔，他突然提出了建立中国现代文学馆的建议。这是1980年12月27日。第二天，他为《创作回忆录》写后记时，重申了他的建议，并希望这个文学馆早日建立起来。

看来似乎突兀：回忆早年的创作生活，怎么提出创办文学馆的建议来呢？其实这是合乎逻辑的发展。因为回忆创作的历程，本身就是在向读者提供可作了解和研究的资料；而资料应该有专人收集，有专门的地方保管。在过去，收集保管资料工作不受重视，资料被任意毁弃不足为奇，尤其是十年动乱，保存资料反被视为怀有不良企图而遭劫难，历史的教训和现实的需要都汇聚在巴金笔下，呼唤着现代文学馆的出现。

对巴金来说，并非在写作《关于〈寒夜〉》时才想到创办一所文学馆。早在1979年中期他已有这个想法。但据记载，这个时间还可以再往前推。1978年3月，巴金在北京，他应几个朋友之邀去一家饭店进餐，闲谈时，他提到手头保存着几封罗淑的信，这时他已觉得，“应该有个什么单位来收集这些东西，还有其他作家的，都放在一起，好让人们来研究”。他认为这些东西倒不一定在报刊上发表，“只要有人管起来就好”（见姜德明的散文集《相思一片》）。

但他还没有完全想明白该由什么单位来管。按照他在五十年代的做法，很可能把它们送进哪家图书馆收藏。这样一来，保管是没有问题了，而要让人们来研究，那就十分不方便，这也许是使他另想办法的原因。

1979 年春天开始，他三次出国，感受到了人们对中国现代文学的重视和研究的热情。那些不起眼的东西在国外却被当作珍贵文物大力收集，有的国家还设立了专门机构加以保存，形成了资料中心，这使他深有感触。同时他又读到一篇文章，了解到日本的作家已建立了一所设备相当完善的近代文学馆，还有个别作家的纪念馆，以尽力保存并利用文学资料，于是他的想法渐渐成型了。

1980 年 11 月 15 日，即在写作《关于〈寒夜〉》之前的一个半月，他开始透露自己的设想。他给姜德明写信，在结尾也是笔锋一转，显得十分突兀地问道：“创办一所现代文学馆，您感兴趣吗？”（见《文汇月刊》1990 年 1 月）这是不是巴金想试探朋友们的反应呢？感谢姜德明，他在倡议建立文学馆的事情上是出了大力的热心人，他不是冷水，而是烈焰。他回信表示“当然同意”，并建议巴金写一篇文章交给他发表。巴金没有发表文章，但一个半月后就写了《关于〈寒夜〉》，说不定其中的神来之笔就是姜德明的劝告在隐隐起作用。

姜德明的反应是热烈的，巴金觉得应该做进一步的说明，于是，他在另一封信中简略地描画了创办文学馆的蓝图，我们不妨把它看作是他在心中最初的酝酿：

“我认为由作协来办最好，房子向政府要，资料由大家捐献，经费也可以由作家和文学出版社捐赠，过一两年便可以自给自足。我愿意为它的创办出点力，而且相信肯出力的人一定不少。您觉得怎样？”

这是日本近代文学馆的模式。巴金看过的那篇文章不知内容如何，但据 1982 年 12 月赴日本考察归来的罗荪、李枫一行的报告，这所文学馆可说是白手起家的，建馆的情况大致是这样：1962 年间有一百多位日本作家组成了它的筹备委员会，第二年成立财团法人“日本近代文学馆”，举行了成立大会，组织了多场演讲，并举办了“日本近代文学史展览”，引起社会上的很大反响。文化界、经济界的人士以及东京都政府都表示愿意提供帮助。于是开始广泛募集建馆基金。1964 年他们即借用别人的房子因陋就简，先行对外开放。1965 年选定馆址，破土兴建，一年竣工，耗资四亿余日元；其中一亿元为都政府拨款，一亿元为经济界捐赠，另外两亿元则是娱乐业（如赌博业等）协会资助。日本作家由于收入菲薄，捐款数量微不足道。

1982 年年底，他们收藏的资料总数为七十余万件，其中绝大多数也是外界捐赠。馆用经费是自给自足的，它的财源来自它的各种服务性活动。一是书刊阅览，读者限定年龄在 18 岁以上，每人每次交纳阅览费 300 日元；二是举办展览，发售门票；三是出租礼堂和供写作、研究之用的房间，大小不同价格亦不等，租金按日或按小时计算。租者大都是学者、教授及大学生，他们贪图文学馆丰富的馆藏资料和安静的环境。

但最大的一宗收入是供应多种复制件，主要是图书杂志，尤其是久已绝版的第二次世界大战前的文学名著和报刊，利用先进的技术提供精美的印刷质量，同时保持原书最初版本的风貌，赢得普遍欢迎。复印书刊委托出版社制作，销售发行则依靠一个热心的推销机构，它在全国各地拥有千余名业余推销员，可以保证脱销，不致积压。

日本近代文学馆的模式使巴金怦然心动。他想移植他们的经验在自己的国土上开花结果。他认准了三个关键：房子，请政府拨给一所；经费，自给自足，但开始时先由作家和文学出版社捐赠；资料，也由大家捐献。他相信日本作家已经办到的事中国作家也一定能办成。他很乐观，他鼓起勇气和信心主动承担责任来开拓这一事业，在一个月之后的那篇《关于〈寒夜〉》里，就公开提出他的倡议了。

1981 年 1 月 21 日，巴金给罗荪写信，告诉这位老朋友他的一件心事，即“在搁笔之前还想促成中国现代文学馆的建成”，请他鼓吹一下。这时罗荪正在北京主持《文艺报》的编辑工作，对巴金的设想有深得我心之感。巴金也明白罗荪的态度，在信中还告诉他想要向未来的中国现代文学馆捐献资料，并第一次提出“还可以捐点钱”。他的建馆蓝图经过了反复考虑，早已成竹在胸。他改动了日本近代文学馆的一处经验，要求有关单位出来领导。他是作家，办的又是作家的事，他自然想依靠中国作家协会。在给朋友的信中，他多次认为中国作协要负起责任来。他觉得由中国作协来领导最好，它可以成立一个委员会负责筹办。文学馆的人员倒不在于多，他们的工作是保管并收集资料，所有作家的资料都收，不加评论地向中外研究人员提供，收取手续费，作为自给自足经济的一个补充。经费还可以通过募集的办法增加来源，唯有房子别无妙计，只能仰仗政府。因此他希望政府拨一所房子，文学馆有了栖身之地，才能生存并开展工作。

他似乎只为房子而苦恼，在其他方面充满信心、充满希望。他要为文学馆的诞生而奋斗。于是他又寻求曹禺、李健吾等老朋友的支持。罗荪也专为此事拜访了茅盾。茅盾听说之后非常赞成，愿意把自己的全部创作资料提供给文学馆，包括他的长篇小说《子夜》的手稿。罗荪还从叶圣陶、夏衍、冰心等老作家处得到对巴金创议的“热烈支持”。这些消息使巴金深受鼓舞，他再次觉得促成文学馆的建立是大有意义之举，用他的话来说，无论“收也好，放也好，这样的资料馆什么时候也需要。它只是一个资料中心，对哪一派都无妨碍。而且有了它，对旅游也有好处，还可以吸引外国的研究者”（1981 年 2 月 15 日致罗荪信，见《巴金书信集》）。这个话说得非常恳切，非常沉重，袒露了一个老人的苦心。他认为自己除了向文学馆捐赠资料之外，也已到了捐钱的时候了，数目“大约 10 万吧”。这表明他下定了决心，要把晚年的精力奉献给这一事业。

《关于〈寒夜〉》及《创作回忆录》的后记于 1981 年 2 月 14 日同时在香港《文汇报》上发表。3 月 12 日，《人民日报》第八版转载了后记及《关于〈寒夜〉》的最后一段。巴金读到后十分高兴。3 月 14 日，他对来访的陈丹晨说："我最近反复在想一件事，《人民日报》已经把我的想法在编者按语中引述了。不过我还要再讲讲，希望大家都关心。这就是关于建立中国现代文学资料馆的问题。""我年纪大了，我没有别的任何想法，只想切切实实做几件于人民有益的事情。如果我能在北京看到这样一所资料馆建立起来，这将是我晚年的最大幸福。我愿意尽最大的努力促使它的出现。"（《文艺报》1981 年第 9 期）

从 3 月下旬至 4 月初，《人民日报》先后发表了罗荪、臧克家、曹禺和唐弢的文章，响应巴金关于建立中国现代文学馆的倡议。朋友们的同情和支持使他心情振奋。4 月 4 日，他写了那篇《现代文学资料馆》一文，他承认他的"力量有限，但决心很大"，他愿意带个头向文学馆交出自己收藏的书刊资料，"还可以捐献自己的稿费"。这是他第一次公开表态，多时暗中下定的决心变成了明确的宣告，他要付诸实施了。他仍然认定日本近代文学馆的经验是可行的。他在文章中反问道："日本作家办得到的事，难道我们中国作家就办不到？"

他设想中的文学馆是一个资料中心，"它搜集、收藏和供应一切我国现代文学的资料，'五四'以来所有作家的作品，以及和他们有关的书刊、图片、手稿、信函、报道"，等等。他相信他创办文学馆的梦景会成为现实，对文学馆的前途表示乐观，并预言十年以后欧美的汉学家都要到北京来访问它，"通过那些过去不被重视的文件、资料认识中国人民优美的心灵"（《随想录·真话集》）。

《人民日报》上发表的这一批关于建立现代文学馆的倡议和响应的文章，惊动了社会各界。国家档案局立即表示支持，并愿意尽力相助，使它早日建成。中国革命博物馆主动来介绍建馆经验，提供参考资料。清华大学建筑系师生自告奋勇愿为建筑馆舍承担设计任务。北京有两位教师联名写信给巴金，提出了六个方面的建议。有的读者甚至开始向尚不存在的文学馆捐赠钱物了。

转眼到了 4 月 24 日，中国作家协会召开主席团扩大会议，议题之一就是讨论筹建现代文学馆。参加会议的有周扬、夏衍、丁玲、冯至、艾青、刘白羽、沙汀、张光年、陈荒煤、贺敬之等人，他们“热情赞同建立现代文学馆，认为这项工作很重要，很需要，希望及早成为现实。巴金在会上提出，他准备献出稿费15万元作为建立现代文学馆的基金，并愿意捐出自己的全部手稿和有关资料”（见《文艺报》1981年第9期）。

会后即向上级呈递建馆的报告，不久获得批准。10月13日，中国作协主席团会议决定设立现代文学馆筹备委员会，由巴金、冰心、曹禺、严文井、唐弢、王瑶、冯牧、罗荪、张僖九人组成，以罗荪为主任委员，下设办公室，即日开始工作。10月15日，巴金给党中央领导人写信，请求帮助解决馆舍的建设以及过渡用房问题。

然而困难不少。巴金后来在《再说现代文学馆》一文中有比较详细的记述。这里用得上一句话，即“道路是曲折的，前途是光明的”，经过种种努力，在中央、中央军委、解放军总政治部和北京市的各级领导的关心和帮助下，中国现代文学馆筹备处从中国作协的防震棚迁进了西郊万寿寺的西院。这一天是1982年10月16日，还举行了隆重的典礼，胡乔木应邀出席，为文学馆筹备处挂上了长匾。

万寿寺西院是明清时代的遗物，曾为慈禧的驻跸之地，园林式的多重院落，占地近一万平方米，建筑面积为五千，而使用面积又递减一半。房屋是砖木结构，刚经历了一场焚去三座大殿的大火，断壁残垣，枯树荒草，令人触目惊心。院内有几处用房尚被占住，麻烦层出不穷。文学馆的第一批工作人员在各方面的支援下挺身去应付面临的重重困难和考验了。他们清除火灾遗迹，修缮房屋，购置设备，财政部为此拨出专款两百万元。文学馆筹委会提出了工作纲领，要把文学馆建设成为资料中心和研究中心，要尽快报请国家有关部门将馆舍建设项目列入首都城市建设规划，并逐步进行资金的募集。继第一笔捐款十五万元汇到之后，巴金捐赠的第一批手稿和资料三千余件也运抵文学馆，遂决定建立“巴金文库”，专门收藏巴金的捐赠。中国现代文学馆成立了，它的生命刚开始，似乎即已登上了它的发展的高潮。

1985 年 1 月，中国作协举行第四次会员代表大会期间，宣布中国现代文学馆正式成立。3 月 26 日开馆典礼，巴金致辞，希望大家共同把这个文学馆办得更好。他可以工作的日子不多了，但只要一息尚存，他愿意为文学馆的发展出力。

巴金可以站在文学馆的门前观看人们有说有笑地进进出出而微笑了。这里面有欧美和其他地区最著名的汉学家，他的预言已提前五年实现。这也不是梦境，这已经成了现实。他也许体验到了他所期待的喜悦，但他是清醒的。文学馆使用的房屋虽然美丽得如同宫殿，但这毕竟只是一种过渡性的安排，是受到极大约束的暂时的寄住之所。它需要自己的安装着防火、防虫、防湿、防尘等设备的钢筋水泥的大楼。为此要争取列入国家的建设项目；要选择馆址，征购地皮；要筹集建馆资金；要申请成立基金会，筹划募集的活动。

巴金视察中国现代文学馆，1985 年 4 月 4 日
右起第三位：巴金

文学馆刚成立，馆藏空虚，经费短缺，工作方针不明。他并不过问文学馆的具体事务，但他不可能超然一切之外，袖手旁观。他同文学馆仿佛已被连成一体，谈文学馆不能忽略巴金，他本人关心文学馆也胜过关心自己的家。他不断地向它输送资料，捐赠稿费以及其他收入。他宣称文学馆是他“一生最后一个工作”（致杨苡信，《雪泥集》第 94 页）；别的活动他不能参与，唯独文学馆，他“还能帮助做些事”（与鲍昌的谈话，《文学报》1986 年 5 月 8 日）。不过他不愿就文学馆的工作发号施令；当朋友来闲谈时，也顺便说一点自己的看法。1984 年 12 月初，姜德明在上海与巴金谈起文学馆，巴金曾说文学馆目前不必急于开展研究工作，主要应积极收集资料，整理资料，向社会提供资料（见《相思一片》，第 233 页）。但说过了也就算了，他主要关心的自然还是房子的事，他早就预见到房子是关键，为它殚精竭虑。但除了政府扶助之外，又能有别的什么办法呢？他每见到一位中央的领导人，都为文学馆的馆舍呼吁。他相信他们都能体恤文学馆的艰难困苦。

然而，当他苦心孤诣在求田问舍之际，他的大后方却是一片升平景象。筹委会已被撤销，它那个上报馆舍建设项目以争取尽早列入国家计划的要求，似已不合时宜了。文学馆基金会也胎死腹中。大楼诚可羡，小院亦宜人，风光旖旎，中外人士无不赞叹：好一个安乐窝！

巴金退下阵来。他安慰自己，既然文学馆已有地方安顿，暂时只能这样对付着了。虽然他仍然心存不安，应该说，他为建设文学馆所设计的蓝图，它的第一项的实现还算是顺利的。皇家的园林毕竟是简陋的地震棚无法相比的。

第二项的实现虽然远离他的目标，但也应该值得庆幸。文学馆已作为社会主义建设的一项事业在享受着国库的供给，有稳定的财源，不必要也不可能为自给自足经济发愁。每年领到的经费足可体面周全，也大可不必担心它的倒闭。向社会上募钱必须有勃勃的雄心和强大的竞争力方能奏效，在这方面进行角逐，文学馆暂时似乎缺乏应有的品格。至于资料的捐赠，倒是相当踊跃，差可告慰。秀才人情，毕竟不同凡俗。这篇文章不是调查报告，因此不在这里列举许多数字和百分比来说明中国现代文学馆几年来所取得的成就和所拥有的支持。巴金的“最后一件工作”还在进行，瞻望它的前途和回顾它的历程同样是很有意义的。巴金的一些设想和付出的努力，应该加以尊重和珍惜。

据说日本近代文学馆的经济状况也相当拮据，处境并不甚佳，但它坚持下来了。那么，中国作家的这所文学馆，应当怎样坚持下去呢？它将怎样走它的路呢？

1990 年 12 月于北京

（原载《文艺报》1991 年 4 月 6、13、20 日）

愚公“填海”

——巴金与中国现代文学馆之二

上班时看见桌子上放着一封信，信封上写着三个人的名字，是国炼的笔迹；抽出信纸，则是巴老的颤抖的手书。他告诉我们最近得到了 500 万日元的奖金，是日本福冈市授予的亚洲文化奖特别奖，他决定把它们分赠两个机构，首先是现代文学馆，为 3/5，已办好了存款手续，请我们派人到上海去取；他还有书籍和资料送给文学馆，不过要花几天工夫清理。取存单可以早去，取资料就要到 10 月下旬了，因为月底他可能去外地。写信的日期是几天之前。

我立刻记起一位朋友的话，也是几天之前，她在电话里告诉我上海来的消息，其中就有巴老这一决定。她说：“巴老总是想着你们。”我看不见她的表情，但听得出她是满脸含笑说这句话的。上海的消息现在得到了证实，她的话更是准确无误的。

巴老又向现代文学馆捐钱了，这是好事，是应该高兴的。巴老确实总在想着文学馆，总担心它忽遇不测而早殇。文学馆才到进幼儿园的年龄，人生的道路刚迈出一步，这一辈子的艰难险阻，有操不完的心。而且它又自由地生长，整日面黄肌瘦，衣衫褴褛，惹得软心肠的老人过分地怜爱。巴老自己也有子女，他的子女又有孩子，也正是上学的年龄，他怎么老把钱往文学馆的口袋里塞呢？这笔奖金还是他的孩子去代领的，在灯红酒绿的世界里分文不动，在远涉重洋的飞行中小心护送，平安地回到家来，把钱全交给了父亲，一转手却捐给了两个国家机构。这使我想起了早年看过的一部电影：战争时期一位战士奉命为饥饿的首都抢运一列车粮食，途中多次与打劫者、破坏者进行浴血苦战，终于完成了任务。当他归来复命时，却一头晕倒在地，原来他一路上都在挨饿，守着一车粮食一粒不动。

我想到这个故事，完全出于一种直觉。我不是在这里进行某种比拟，因为时代、环境、人物都不同。而我忽生这种直觉，也许是一个饥民的心理变化吧。

巴老向文学馆捐钱，这不是第一次，相信也不会是最后一次；但我已无法判断这是第几次了。第一次捐款是在 1981 年 4 月，中国作家协会主席团扩大会议讨论并通过了巴金的建议，决定建立中国现代文学馆，巴老在会上提出捐献稿费 15 万元作为建馆的基金。三个月后，钱就进入了文学馆的账户。它这样迅速地由上海来到北京，表露出巴老急于建成文学馆的心情。这一时期他有几封给罗荪的信，把这一心情表达得更加清楚。罗荪那时是中国作协书记处书记，负责筹建现代文学馆的工作。当中国作协主席团那次扩大会议一结束，巴老就写信告诉罗荪“想把赠款早日汇到北京”，请他代问汇寄的手续和中国作协的银行账号。三天后，他又写信催问罗荪，同时也在上海开始了探询。他这样心切，仿佛钱不寄到北京，文学馆就会飞走似的。到了 7 月中，上海的活动有了结果，他按照辛笛打听到的办法去银行把存款划给上海市文联，然后转给中国作协。只消一天工夫，15 万元即已汇到北京，办得很顺利，很省事。他写信告诉罗荪：“赠款可作开办费用，早些用完也好，以后另募集基金。”转念一想，他又赶快通知罗荪：“赠款划到北京，就由你们全权处理。”与此同时，他又在想着“把今后出书所有的稿费都送给资料馆，还准备为它募款”，要让“这个事业早日办起来，大发展”。于是，他的稿费从各个方面齐向现代文学馆账户上汇流了。

我请熟悉情况的同志帮助，计算了巴老自 1982 年 7 月至 1986 年 1 月期间向现代文学馆捐赠的金额，如以第一笔捐款为基数，总计已翻了一番。这里我想抄录两年的细账，以见一斑：

1982 年 7 月 31 日：收《探索与回忆》一书稿费 1590. 50 元；

1982 年 12 月 4 日：收《读卖新闻》稿费 627. 14 元；

1982 年 12 月 25 日：收《序跋集》一书稿费 2164. 80 元；

1983 年 12 月 9 日：收《父与子》再版稿费 155. 52 元；

1983 年 2 月 23 日：收《怀念集》稿费 1339. 44 元；

1983 年 2 月 26 日：收《高尔基文集》中稿费 11. 66 元；

同日又收《家》《春》《秋》再版稿费 183. 46 元，147. 42 元，187. 67 元；

1983 年 4 月 19 日：收《新文学史料》季刊稿费 39 元；

1983 年 11 月 15 日：收《屠格涅夫中篇小说集》稿费 200. 51 元；

1983 年 12 月 1 日：收日本公论社汇来《随想录》稿费 83. 21 元。

以上这些稿费数额大小不一，犹如细流和涓滴，从各个出版社汇合到文学馆，或直奔而来，或在上海转个弯。几个出版社之所以不约而同把巴金的稿费往现代文学馆寄，那是因为巴老曾经分头向他们作了通知。1982 年他曾通知多家出版社把他的稿费直寄现代文学馆。他还在给罗荪的信中宣誓似的表示：“以后我要办到：所有稿酬都送给文学馆。”

巴老可能觉得如此逐家写信重复通知同一的内容不胜其烦，干脆把它打字油印，向出版社寄发。我偶然见到过一份，为保存这一前所未有的史料，特抄录全文如下：

出版社：

凡有付给我的稿费，请迳寄："北京八一〇一信箱，中国现代文学馆巴金收。备注项请注明'稿费'，以便查收。"

此致

敬礼

巴金

年 月 日

这无疑是一种创造，从中也可见出巴老的性格，因而为他的朋友所乐道。而这种捐赠都是在不事声张和避免宣扬的情况下进行的。除了第一笔捐款是在会议上提出因而被报道之外，其余大都是悄悄地把钱交给文学馆了事。他认为向文学馆捐稿费"这种办法绝不能宣传、推广，讲出去也没有好处"，并嘱咐文学馆的人不要外传。到底有哪几家出版社汇了钱，汇的是什么书的钱，汇了多少钱，他很少加以过问。他只有一句话："钱汇来请筹委会作为捐款收下就是了。"至于他本人源源不断地捐赠，那"是个例外，是特殊的情况"。（均见"致罗荪信"，载《巴金书信集》）

巴老自视特殊，甘做例外，也许考虑到他是建立文学馆的倡议者的缘故。事实上他确也特殊，因为他是作家中极少数不领工资的人之中的一个，历来依靠自己的写作收入维持一家老小的生计。

尽管有此特殊，他却下了决心，一定要尽自己的力量扶持文学馆成长。这不可能不使他们家的生活受到很大影响，但他的子女都以宽厚的胸怀帮助他实现他的心愿。在前面已经提到的他在私信中表示的那个宣誓似的"以后我要办到"，到了 1983 年 9 月 15 日，公开写进了《谈版权》一文中，他决定"在所有的旧作上面，不再收取稿费。我要把它们转赠给新成立的中国现代文学馆"，而不将版权视为私有财产给儿女亲属继承。

他尊重人，不强加于人。他自己把稿费以这样那样的方式赠给文学馆，却不呼吁、不动员别人效法。他写信给老朋友请求他们支持文学馆，向它捐赠资料，却绝口不提捐款，一个字也没有。只有当稿费涉及他与朋友共同所有而对方又表示谦让时，他才提议把它赠给文学馆，作为一种折中的处理办法（如和杨苡编的《雪泥集》）。我曾经冒昧地向巴老建议，可否由他领衔，联合若干位老作家发表一篇文章，呼吁各地作家向文学馆提供捐赠，巴老当场予以否定。他说捐赠应该出于自愿，不能以势压人。这是1985年4月初的事，这件事给我的印象很深。

那一天是文学馆举行开馆典礼之后，他应邀来与全体工作人员相见并参观。就在相见时，我冒冒失失地提出了这个轻率的建议。那天还有一件事也给我留下了深刻的印象。巴老被扶进会议室，刚一坐下，他就迫不及待地把右手伸进大衣左侧内壁的口袋里，踌躇了一下，终于掏出一叠钱，向着在身旁落座的杨犁馆长说："我最近得到一笔稿费，把它捐给文学馆。"

他的声音是柔和的，动作是迟疑的，仿佛担心对方会拒绝他的好意似的。当他的钱被接受的时候，他显得轻快起来，好像他应邀来文学馆的一个主要任务就是捐钱。这件大事一办成，他就高兴了。这使我想到，即使是他捐钱给别人，他也十分尊重对方。

巴老信守自己的决定，不说空话，至今仍不断地向现代文学馆捐送他的稿费以及其他收入。可叹文学馆是扶得东来西又倒，日子越过越窘迫，订购书报杂志的数量逐渐减少。向作家征集藏书和资料的实质是无偿占有，到后来甚至弄得有一两位作家在赠书的同时觉得还应该考虑是否连带奉送书架的问题，而这一问题竟然依靠一个自告奋勇的仗义之士的募款才得以解决。这一情况的重复出现使人感到迷惘。我们曾经大声呼吁，也曾惊动新闻界几位富于同情心和正义感的同志，起而响应，形成一个小合唱。我本以为大呼小叫会引起积极的注意，处境可望改善，殊不知小合唱犯了大忌，落了个"偷鸡不着蚀把米"的下场。文学馆的经济形势虽然是严峻的，但是即使到了山穷水尽之际，相信巴老的捐款也绝不会被动用来购买书架之类的。原因很简单，这是计划用来造房子的钱。"皮之不存，毛将焉附"，没有自己的房子，文学馆也就永无出头之日。也许几十万元还不足以征得一块地皮，但它却是一种希望，一种力量。

是的，它是一种力量，虽然它在银行里沉默着。谚云：“桃李不言，下自成蹊。”香港有一位大学生，自称是巴金的忠实读者，向文学馆捐款数十元，以表示对巴金倡导文学馆事业的钦敬与支持。日本有一位学者，翻译《随想录》为日文，不幸病逝，临终时嘱咐把这部译作的稿费100万日元捐赠给中国现代文学馆。他的夫人为实现他的遗愿，千里迢迢从东京来到上海，按照她的要求在巴金的寓所把赠款当面交给了文学馆的馆长。

我在这篇文章中不可能列举所有为巴金的精神所感动而向文学馆慷慨解囊的海内外朋友的姓名，我相信以后会有适当的机会以更为适当的方式来表达文学馆同人的感激之情。他们的深情厚谊将长留在文学馆的事业中。这里我想说的是，除了和个别捐赠人已经商定的开支项目之外，其余的捐款，连同巴老的30多万元，都存放在保险库里，日见其被岁月侵蚀而无所作为。这也许不是他们的本意，他们不会认为这些钱从他们的手上转移到文学馆的户头上就算完成了使命。我相信他们必定希望赶快用尽这些钱，希望文学馆的大楼早日拔地而起，结束目前这种偏安一隅的状况。

然而海茫茫且浩瀚兮，我不知将有几代人的努力才能见到陆地。巴老奋不顾身，仍继续伴着我们在狂风恶浪中颠簸。他明知文学馆的汪洋大海非他一人之力可以填平，但他锲而不舍，有愚公移山，不，愚公“填海”之志。我在文学馆工作多年，自愧无能、无力又无良策稍减年近九十老人的忧虑和辛劳。我谨馨香祷祝他如同愚公一样地幸运，忽然天降夸娥氏二子，填海造屋，门匾上大书“中国现代文学馆”七字，宣告功德圆满，而不必劳动“无穷匮”的子子孙孙了。

（原载《名人传记》月刊1993年第7期）

巴金与石上韶

东京有一位石上韶先生，曾把巴金的《随想录》翻译成日文。这件事说来也是有缘，他虽通晓中文，但并不研究中国的现代文学，他原是日本共同通讯社的记者。1980 年 4 月，在他退休十三年之后，一个偶然的机会，他听到了巴金的一次讲演。那是巴金参加中国作家代表团访问日本时在东京朝日讲堂回顾他五十年的文学生涯活动，言语中显示的人格的力量使他肃然起敬，急切地想阅读巴金的作品。于是他购得了《随想录》的第一集。

这时他已年近七十，对中国社会的情况和巴金的创作都不大熟悉，但读了这本书之后，他深受感动，决心把它翻译出来。为什么下定这样的决心呢？他曾经与他的中国朋友陈喜儒有过推心置腹的交谈。他说，如果把它读完往书橱里一搁，它就不可能发挥更大的作用，这是很大的损失。他认为自己有责任让日本的读者也能读到它，同他分享这本书带给他的“激动、愉快、眼泪和思索”。

经过努力，他得到筑摩书房的支持，他们愿意接受他的译本出版。他就写信征询巴金的意见，同时附了几十个问题请求解答，并请求其为《随想录》日译本写序言。这是 1982 年 2 月间的事。巴金复信表示同意和感谢，逐一回答了他提出的问题，至于写序言，则因为“最近生病，写字困难”，无法应命。复信于 2 月 19 日写就寄出。但当天傍晚，巴金在院子里散步时，想起了近几年的生活和创作，特别是已经出版并引起了强烈反响的两集《随想录》，觉得日本的读者不一定能理解他写作的用意，应该对他们说几句话，于是他改变了初衷，第二天就写成了《〈随想录〉日译本序》补寄了去。

当年7月，《随想录》第一集的日文译本出版。石上韶把样书寄给巴金时，又向他提出了一个问题，他已在准备翻译《探索集》了。他又写信征询巴金的意见，巴金再次复信同意，《探索集》的日文译本于1983年3月由筑摩书房出版。

虽然是已有交往相互认识的作者和译者，但石上韶新翻译一集《随想录》，都按规矩履行手续，正式取得巴金的授权，并不草率从事。他在翻译中也是尽心而认真的，据陈喜儒的描写，他力图达到与作者融成一体的境界，下笔时已分不清是作者在替他表达他的思想，还是他融化在作者的博大的思想中了。

这中间石上韶曾写信向巴金了解成都旧居的内部结构，大概是为了翻译《病中集》中《我的老家》一文。《病中集》的日译本出版后于1985年寄到巴金手上时，《无题集》还差17篇没有写成；当《随想录》五集于1986年全部脱稿，《无题集》的日译本也很快问世。作者和译者几乎同时实现了各自原定的目标。

石上韶此后的翻译计划已不得而知，他把一生最后的岁月都献给了《随想录》的翻译，于1988年去世，享年七十有五。在弥留时他以最后可以利用的机会表达对巴金的敬意，支持巴金倡导的事业，嘱咐把翻译《随想录》所得的版税100万日元捐赠给中国现代文学馆。

1989年4月，石上韶夫人专程飞抵上海，在巴金的寓所与从北京应约前来的文学馆杨犁馆长相见，执行她丈夫的遗嘱，当着巴金的面，把他的厚爱长留在中华大地上。

（原载《光明日报》1993年7月10日）

巴金与彼得罗夫

一、从巴金作品的俄译本谈起

巴金的作品最早被译成俄文的是短篇小说《狗》，发表在莫斯科《国外》杂志 1937 年第 9 期上。

不过直到 1955 年，他才有作品集的俄译本出版，那是《巴金短篇小说选》，内收 1《狗》（康金与兹沃诺夫合译），2《奴隶的心》、3《煤坑》、4《五十多个》、5《月夜》、6《幽灵》、7《雨》、8《长生塔》（以上为牧德罗夫译），9《黄文元同志》（加托夫译）。主编费德林，作序者为彼得罗夫。这是彼得罗夫第一次评论巴金的创作，他也是他的国家对巴金的创作进行评论的第一人。

这时彼得罗夫已在翻译巴金的长篇小说《家》，1956 年终于出版。内有一篇长序，题为《巴金的创作及其长篇小说〈家〉》，序言以其全面的论述引起了注意。

根据俄译本，《家》又相继被转译为亚美尼亚文（1959 年）、乌兹别克文（1960 年，译者为纳斯里迪诺夫）和乌克兰文（1976 年，译者为奇尔科）。彼得罗夫应邀为乌克兰文译本作序，题为《中国作家巴金及其长篇

巴金（右）与彼得罗夫（左）合影

小说〈家〉》。有趣的是，序言寄到出版社较迟，来不及排在卷首，只好放在书末，于是序言变成了跋。

1957年间，《春》《秋》和《爱情三部曲》同时被译成俄文。《春》的译本是雅罗斯拉夫采夫与林彼得合作的产物，《秋》出于牧德罗夫之译笔。彼得罗夫没有参与其事，但他为罗日杰斯特文斯卡娅翻译的《爱情三部曲》写了序言。此书并附有巴金的七篇短篇小说，它们是：10《一件小事》、11《短刀》、12《发的故事》（以上为伊瓦申科译），13《沉落》、14《能言树》、15《废园外》（以上为牧德罗夫译）以及16《范国金与何全德》（霍赫洛娃译）。《爱情三部曲》后又被转译为立陶宛文。

1959年，两卷本的名为《巴金》的选集问世。第一卷收《爱情三部曲》和短篇小说十七篇，后者包括前述第1、3、4、7、10~16十一篇，另有新译的《忆》《活命草》（以上为乌里茨卡娅译），《寄朝鲜某地》《坚强战士》《一个侦察员的故事》《爱的故事》（以上为契尔卡索娃译）。彼得罗夫为《爱情三部曲》写的序言仍放在卷首，但已修改了巴金此前指出的六处不妥的字句，并易题为《巴金的创作道路》。第二卷收入《憩园》（伊瓦申科译）和《寒夜》（罗日杰斯特文斯卡娅译）。

巴金的作品最新的俄译本是莫斯科“虹”出版社于1991年出版的《巴金选集》，索罗金编，内收中篇小说三部:《寒夜》和《爱情三部曲》中的《雾》（译者同前），以及《灭亡》（索罗金译）；短篇小说八篇，包括前述第1、3、4、8、15，各篇，另有费奥克济斯托娃新译的《马赛的夜》《莫娜·丽莎》和《丹东的悲哀》；《随想录》中《怀念萧珊》等二十三篇，分别由索罗金和尼基金娜翻译。

此外，巴金有一部小说被译成土库曼文，但不知其详。据说他的作品在原苏联境内印行的总数已超过五十万册。彼得罗夫的作用在这里是显而易见的，他不仅最早向他的读者评介巴金的创作，而且在已知十二种译本之中的至少七种留下了他的直接的影响。

二、彼得罗夫其人

维克多·瓦西里耶维奇·彼得罗夫，1929年5月3日生于列宁格勒，1951年毕业于列宁格勒大学东方学系，留校任教。他的教学和研究的领域主要是中国现代文学。他首先开讲《中国现代文学史》，并讲授《中国诗歌》和《鲁迅及其创作》专题课。在大学求学时期，他即已撰文介绍新中国的文学，并把目光集中于当代诗歌。他的《当前的中国诗歌》（1951）、《马雅可夫斯基与当代中国诗歌》（1952）等文都曾引起重视；而关于马雅可夫斯基对中国诗歌的影响，他的研究可称作处女地上开垦的第一犁。他没有现成的资料可以继承和利用，全凭自己白手起家张罗收集。他直接向中国的诗人们求助，柯仲平、李季、田间、袁水拍、戈壁舟、萧三等都给他寄过自己的作品。也就是从这时开始，他和中国作家建立起了广泛的联系。

1954年，他的第一部专著《艾青评传》在莫斯科出版。这也是他的国家研究艾青创作的第一部作品。而在诗人的本土，迟至两年以后才有类似的著作问世。

随着教学任务的变动，他的研究转向五四时期的中国作家，首先是鲁迅。他参加了柳·波兹涅耶娃主持的四卷本《鲁迅选集》的编译工作，为《野草》做注释，并翻译了其中的十七篇，于1954年出版。之后他还写了近十篇有关鲁迅的论文。1960年出版他的第二部专著《鲁迅评传》。1955年出版费德林主编的两卷本《郭沫若选集》俄文本，彼得罗夫为全书作注释，并翻译了其中五部历史剧，即《棠棣之花》《虎符》《卓文君》《王昭君》和《高渐离》。

1956年老舍的《骆驼祥子》俄译本出版，彼得罗夫为它写序言，题为《老舍及其创作》。

正是在将近十年的研究、教学和翻译的基础上，彼得罗夫翻译出版了巴金的《家》。这时他也是二十七岁，恰是巴金发表《家》的年龄，可谓巧合。

从1963年开始，彼得罗夫被安排向学生讲授古汉语，从《左传》《战国策》直到《清史稿》，他忙于备课讲课，没有时间研究、翻译巴金了。1987年1月13日，他匆匆离开了亲人和朋友，他的墓碑上大书一个中文的“梦”字，在凄凉的墓地上无限依恋着遥远的中国。

三、作者与译者的交往

1956年12月间，中国出版印刷行业有一个考察团在列宁格勒进行访问，得到巴金的《家》的俄译本后，当即转寄给在上海的巴金。巴金翻阅后发现第三十八章中瑞珏的哥哥的挽联被译错，就给出版社东方部的工作人员林彼得和彼得罗夫写了信，解释这个挽联的用典及含义。这是1957年1月，从这时起，作者和译者之间的通信持续了九年，直至“文化大革命”。但他们的友谊延续的时间更长久，那是没有任何力量可以阻止的。

彼得罗夫在翻译了《家》之后，曾计划写一本类似于“巴金评传”这样的著作。1957年秋天，他草拟了写作提纲，编制了巴金的年表，寄请巴金修改补充；同时搜求巴金的全部作品及其评论，并请求巴金本人寄赠。巴金一一照办。彼得罗夫预定第二年夏天动笔，年底完成，但此事以后杳无音信。

1957年10月，彼得罗夫寄给巴金一包书，内有《爱情三部曲》的俄译本。书尚在途中，巴金已作为中国劳动人民代表团的成员飞赴莫斯科，在“十月革命”四十周年庆典上观礼了。11月14日，巴金在列宁格勒的“莫斯科宾馆”与彼得罗夫相见，在彼得罗夫的眼中：

> ……巴金举止随和，待人亲热和富有同情心，他喜欢开玩笑，但是他的戏言从不得罪和伤害别人。他的面容诚恳，常带着善良的笑容，嗓音不高。他一说话，就能听出他的四川口音……他谦虚地与人交谈，随便地叙述……

同年12月3日，巴金返抵上海，读了《爱情三部曲》俄译本的序言，发现有几处“不大妥当的字句”，第二日即提笔写信告诉彼得罗夫。其中指出了两个事实方面的错误，如巴金1927年赴巴黎攻读经济学，误为“生物学”；又如误以为屠格涅夫的中篇小说《春潮》是巴金所译（此书译者乃马宗融）。

这两个错误沿袭自彼得罗夫为《家》的俄译本所写的序言。联系到那个挽联的误译，《家》的译文也需要修订了。

11月初巴金还在莫斯科逗留时，曾与主持编译他的两卷本作品集的费德林等人会面，得悉这部两卷集的第二卷将收入《家》。费德林向他表示，“将来印选集时，译文还可以改动”。巴金也告诉彼得罗夫，他已把《家》做了修改，希望俄译本根据他的修改，选择一些比较重要的地方，把旧译文补充一下。1958年6月初，修改本《家》的清样由上海寄到了列宁格勒，彼得罗夫计划当年夏天把旧译文订正完毕，在入秋之前送交出版社。可是1959年出版的《巴金》两卷集的第二卷只收入《憩园》和《寒夜》，而不见《家》。《家》的译本也未见修订再版。

这可能是因莫斯科又有了出版三卷本的巴金作品集俄译本的计划之故。就在准备修改旧译《家》的同时，彼得罗夫透露他还在为筹备中的三卷本而从巴金的《龙虎狗》《梦与醉》《无题》《旅途随笔》及其他集子中选译若干篇散文诗。但三卷集以后也没有了下文。

1958 年 9 月 24 日，巴金从上海启程经北京前往乌兹别克首府出席亚非作家会议。在塔什干，他意外地与彼得罗夫重逢。彼得罗夫回忆道，那时他们在纳沃伊剧院里相遇，“已像是老朋友了”。

而这时巴金正承受着很大的压力。他刚为《法斯特的悲剧》一文做了两次公开的检讨，大批判的浪潮又向他滚滚而来，但他在这位朋友面前并未流露紧张的心情。由塔什干回到上海，他才在一封信中说明他最近遭到一些杂志的批评。他肯定有些文章是写得好的，对有些批判则不以为然。他认为对自己笔下的人物都是有批判的，如吴仁民、觉慧，他并不把他们当作英雄人物看待。觉慧出走以后如果经过改造，可以成为革命者。他解释觉慧在《家》中的作用，一方面给人以一点希望，另一方面也衬托出旧家庭的腐败与没落。倘使没有觉慧这个人物，单写旧家庭的罪恶也可以反映现实，但是，巴金在这里介绍了自己的创作方法，拿自己与老舍、托马斯·曼做了一个比较，他说，要是他们二人来写这种题材，可能不要觉慧这个人物，他们会写觉新死了，旧家庭完了（像托马斯·曼的《布登勃洛克一家》），而他来写就喜欢加一个觉慧。巴金又说，他的作品中常常写个人奋斗。在旧社会这是有积极意义的。那些主人公如果活到今天，也会服从集体的利益。当然，倘使在今天还要学习那时候的人物的个人奋斗精神，就会产生很大的消极作用，因此，从这个方面来看，那些批判的文章对今天年轻的读者还是有好处的（见《巴金书信集》第 10 页）。

这封倾吐衷曲的长信，无论对于了解巴金在遭受大批判时的内心抗辩，或他对自己的创作所做的解剖，都是非常珍贵的史料。不过，如果收信人不是这位彼得罗夫，这些话也许根本不会形诸笔墨流传下来了。

彼得罗夫也在注视着这场对巴金的批判，从中国报刊上收集文章，巴金按照他的请求从上海、北京两地为他购寄。拜读了这些洋洋洒洒的高论，彼得罗夫表示决不会同意批判者的全部观点。他力劝巴金动手写“激流”第四部《群》，认为这部长篇小说对于某些怀疑觉慧前途的批评家将是最好的回答。他深信像觉慧这样的人物，经历了痛苦的摸索和矛盾，必定会进入真正革命者的行列，因为在《家》中已经可以看出他的成长，他不但在家庭中，而且也在社会斗争中得到了锻炼。彼得罗夫说，觉慧的形象的发展逻辑已经暗示了他未来的命运，这却是某些批评家所不愿意正视的。彼得罗夫又认为，写《群》，写觉慧及其一代人的新的生活，是十分重要的，而能够写这类作品的唯有巴金一人，非君莫属。

书信上的对谈没有继续下去，因为两个月之后，彼得罗夫到了北京。

他在进行一次学术访问，做伴的还有他的同事谢列布利雅科夫，一位研究陆游的专家。他们在中国几乎住了一年，行踪遍及江南和川陕各大城市。在北京、上海，彼得罗夫与巴金多次相聚。1960 年 1 月 2 日还在巴金家整整盘桓了一日。他们相处的气氛是亲切的、愉快的，虽然报刊上对巴金的批判仍在聒噪不休。后来彼得罗夫回忆说，在大庭广众之中，巴金显得沉默寡言，而当他们两人相对时，他很乐意畅谈，高兴地回答彼得罗夫提出的关于他的经历和创作方面的所有问题，叙述了他的少年时代、他的朋友以及他的作品的写作过程，解释了彼得罗夫在阅读他的小说时所不可理解的地方。巴金也谈他对俄国文学的看法，询问托尔斯泰、屠格涅夫、契诃夫的作品近年出版的情况……

他们最后一次相见是 1965 年，彼得罗夫作为苏中友协列宁格勒分会代表团的成员（他担任分会副主席之职）访问上海，逗留了数天，与巴金见过面。直到 1984 年，彼得罗夫仍念念不忘二十年前这次会面的日子。

彼得罗夫病逝后，巴金发去唁电（据俄文转译）：

苏中友协列宁格勒分会：

惊悉维克多·彼得罗夫英年早逝，不胜伤悼，请向死者家属转致诚挚的慰问。

巴金

一月廿四日

这两位朋友在持续九年的交往中，还互相为对方购寄图书，各达百余册。巴金想要配齐托尔斯泰和屠格涅夫的全集，彼得罗夫则广搜巴金的作品以及教学参考书。在通信中断后，两个人还继续相互赠书。这是友情的交流，也是文化的交流。

四、彼得罗夫对巴金的评论及其影响

彼得罗夫对巴金作品的评论，主要是为《家》和两卷集《巴金》的俄译本写的序言。这两篇序言前后相隔三年，词句稍有不同，基本观点没有大变。他评论的原则可概括为两条：一、以“左联”作家为中国现代文学的正宗；二、把社会主义现实主义奉为统一的创作规范。他没有把巴金放在这个范围内加以评论，而是从总体上标定了巴金的创作位置。直到三十年后他的生命行将终结之际，他的立论才有所变化，他指出巴金是对二十世纪中国文学做出特别重大贡献的前几名作家之一；他称巴金是小说家，抒情散文大师，同时也是政论家（这个称号可以认为是首倡的）。他认为巴金的全部创作是反对帝国主义侵略和封建压迫而礼赞革命的，他的作品充满对人民、对自由光明和人的理智必胜以及对革命和人道主义理想的信念，“二十世纪的中国文学没有巴金的作品是不可设想的”。

值得注意的是，《家》俄译本的序言中论及长篇小说《家》的一大段话，在《巴金》两卷集序言中被毫不可惜地删去。这一段话包含着两个论点。第一，这部作品没有揭露高家所属的绅士阶层寄生的根源和对劳动农民的剥削，作者的出发点是抽象的人道主义和小资产阶级的革命性；第二，作者因此不可能为反抗旧家庭、旧社会的青年指出应走的道路。这一段话的删除即使不是表明彼得罗夫对于它的否定，也足以显示他失去了对它的兴趣。长期以来，有些批评家喜欢挖掘作家的阶级根源，热心于教导作家在他的小说中如同一个成熟的政党在它的宣言中那样向读者指明道路。所谓反抗旧社会的青年应走的道路，实质上是指中国革命的道路。就《家》而言，它发表于 1931 年，在那个时候的中国，试问，有哪一位作家，哪一位批评家或理论家能够履行这样的教导呢？因此，抛弃这种苛刻的责备和任何作家均不可能也大可不必实践的要求，实在是明智的。

而这时，正当本土上批判巴金的锣鼓敲得响彻云霄之际，彼得罗夫的删改无异于表明他不愿参加大合唱，消除了可能被误以为遥相呼应的痕迹。

关于觉慧出走后的前途，亦即所谓青年反抗旧社会的道路问题，1976 年问世的尼科利斯卡娅的《巴金》（创作概述）一书，直截了当地表达了十分明确的见解。书中（第 36 页）指出：

> 巴金描写高家四年的生活，似乎为了追踪觉慧心理上的变化。作家呼唤青年们走向新的生活和斗争，虽然他没有写出人物今后的命运。有一点是明白的，那就是他选择了革命的道路。

尼科利斯卡娅这一论点可谓“青出于蓝”。她的书对巴金和《家》的分析，在她的同行中受到肯定，其中不少地方投射着彼得罗夫的光影，例如巴金与鲁迅的比较论，《家》的“自传说”，《家》中人物的分组选择和连类而及（觉新三兄弟，梅和瑞珏，鸣凤和婉儿，高老太爷和冯乐山，等等），甚至彼得罗夫一时的疏忽之被重复（把屠格涅夫的《春潮》划归巴金译书之列），都令人感到它对先行者的继承性，显露了彼得罗夫有力的影响。

五、不尽的怀念

捷克已故的汉学家普实克曾称赞彼得罗夫的书斋“古色古香”，待到我们去时，四壁虽仍然满架图书，但巴金寄赠的作品和期刊，主要从中国二十五个城市搜求的近八千册中文书籍，以及有关中国的其他藏书，合计一万一千余册，都已转移到列宁格勒的萨尔蒂科夫－谢德林图书馆了。

我向彼得罗夫夫人转交了巴金所复印的彼得罗夫的一批信件，引发了她的伤感。当我们在涅瓦大街闲逛的时候，她独自在房子里重读丈夫的手迹，泣不成声。后来她告诉我，彼得罗夫去世前几年，常常怀念着他的中国朋友巴金。

这一怀念至1984年便喷薄而出。为庆祝巴金八十寿辰，应《苏联妇女》杂志之约，他写了《念巴金》一文。他对巴金做出了新的评价，并赞扬巴金在七十年代末期接连出版新作是“真正的文学创作的功绩”。

那一年11月中旬，莫斯科在对外友协的友好之家组织庆祝巴金寿辰的晚会，彼得罗夫却关注着远隔重山的上海的活动。他的遗物中有一份当年的《新华社俄文电讯稿》，可以探知他的思绪。那时他的同事，我们已不感陌生的谢列布利雅科夫正随苏中友协代表团重访上海。11月28日，谢列布利雅科夫拜望巴金，他向巴金表达了本国读者的敬意，并将自己所撰关于陆游的专著相赠，同时还代表彼得罗夫赠送给巴金一册《列夫·托尔斯泰》画集。巴金在同客人交谈时回忆起了他的苏联朋友，他说：

> 彼得罗夫来过我家很多次，他赠送的屠格涅夫、托尔斯泰和别的作家的作品，以及《家》的乌克兰文译本，我一直小心地保存到现在。彼得罗夫知道我喜爱托尔斯泰，我很高兴他送给我这部书。（据《新华社俄文电讯稿》翻译）

会面结束时，巴金向谢列布利雅科夫和他的同伴赠送礼品，并请他们把他的《巴金论创作》和《创作回忆录》两书转交彼得罗夫。

当彼得罗夫坐在他的书斋内、我面前这张椅子上捧读来自上海的报道和巴金的赠书时，他已患病在身，我想象得出他那时的心情该是多么激动，又多么惆怅啊！

在他的生命临近终结前夕，他以自己将尽的力量为巴金倡导的事业提供了最后的支持。1985年7月，他通过一位朋友向驻苏的一个中国机构表示，愿赠送他收藏的巴金作品的俄文及其他文的译本数十册给中国现代文学馆。这时文学馆刚成立不久，在巴金的外国朋友中间，彼得罗夫是最先向它伸出可贵的令人难忘的援助之手。文学馆闻讯后即写信给彼得罗夫致谢，并告诉他将以同等数量的他所感兴趣的中国现代文学作品回赠。11月下旬，彼得罗夫的赠书四十册到达北京，文学馆的四十册书也寄发莫斯科转交彼得罗夫。谁能料到一年之后这些书就失去了知音，而彼得罗夫的赠书仍排列在现代文学馆的书架上。每当我们瞥见这些书时，都会想起彼得罗夫对我们的深情。它们是他和巴金之间友谊最珍贵的，也是最富于特色的纪念。

（原载《中国现代文学研究丛刊》1993年第2期）

巴金的书信

一

书信是一种相当特殊的文体，它表现出互相对立的双重价值。一方面，它遭到轻视。作家写了小说、写了诗或别的什么，都要精心保存，到一定时候，便把它们归拢在一起选编成集子出版，集子出得越多，越觉得自己有成绩。唯独写信是提笔直书，寄走拉倒，除非事关某种麻烦，以备有朝一日进行交涉，才勉强留个底稿。很少见到哪位有心人像对待诗文一样，相隔若干时日搜罗自己的书信编成一本本集子，集子出得越多越觉得自己的成绩不小。这世界似乎还没有以书信集成名的作家。

另一方面，书信又受到极大的重视，被抬举得比任何一部诗和小说都重要。作家坦然、怡然地欢迎发表他的诗词文赋，但要把他的私人信件拿去登在报纸上，纵令是最旷达、最无畏的才子，也得慎之又慎，三思而后行。如果再加几句按语，更显出那是平常人所不配享有的吃不消的殊荣。出版书信集则逐渐演化成为一种规格，非位尊权重者似乎不堪来这么一手。纵观在图书的森林中，数十年破土而出的书信集的小树，能有几棵？即在文学的海洋中，百年来漂浮着的书信集的扁舟，也寥寥可数。有时候书信的价值真正是非同小可，抄之者唯恐落在人后，毁之者庆幸抢在事前。一部百万字的小说批不倒一个作家，抛出八行信就轻而易举地立即使他张口结舌，束手待毙。这并非危言耸听，实乃书信的特殊“信情”使然，是不以作者本人的意志为转移的。

我所在的中国现代文学馆多年来收集到不少作家的书信，它们是作家活动和交往的实录，也是更少掩饰、更能见出真诚的作品。即使它们具有双重的价值，而对于研究或鉴赏来说却只有一种不可埋没的意义。如果书信如同诗文一样常发表多出版，形成风气，它的双重价值自会逐渐融合，这对于促进文学的繁荣是不必讳言的。一旦编选成书，作家的安全感也可增加，因为信件不被收缴于个别人之手，那种纵横交错、颠来倒去的剪辑功夫，虚虚实实乃至超时空、超文字的分析绝技，就难以遮人耳目了。

巴金一直在关心文学馆的工作，得悉我们想编书信集，于 1986 年 4 月写来一封信，信中指出：

> ……至于由文学馆编辑作家书简（加注），这个办法倒不错，我看可以编一套丛书。

他比我们有更大的雄心，这使我们深受鼓舞，于是立即着手办理。这套丛书计划分人分集出版，事先都征得有关作家或他们亲属的同意，由他们确定编辑者人选，或者干脆由他们本人来做。

巴金的书信集自然也是这套丛书的选题之一，可是他本人对此并不热心。他多次表示人还活着就收集他的书信似乎不大好，因此不大支持我们去张罗，特别是不愿惊动他在外国的朋友。在这种情况下，我们便不敢冒失，有时甚至迂腐得可叹。1986 年 11 月我们在上海拜访师陀，闲谈中他拿出一包鼓鼓囊囊的东西，在我们面前摇着晃着，说这里面是巴金早年写给他的信，将来一定捐给文学馆，可是现在还不想，因为要在手里多留一些日子。我们虽然眼馋，行动上却十分克制，甚至不敢表示借来先留个复印件，眼睁睁地看着他把一大包信又放回到书架顶上。两年后师陀突然去世，待我们再想起这包信，已经下落不明，人信俱亡，留给我们以无尽的怀念。

那时巴金的信几乎都是他的朋友主动向文学馆捐赠的。最先是沙汀送来五十二封，全都写在1966年6月以前，其中四十年代的信占五分之一。然后是萧乾，有一天他通知我们去他家搬东西，一个姑娘便领着几个身强力壮的小伙子，跟一辆车，在他家里“大闹天宫”，把屋角都扫干净了。这里头有巴金的大批信件，萧乾曾经选出十多封加了详细的说明，准备交给一家大报的副刊登载，后来事与愿违，他苦心整理的信只用了两封。

这时候另有几位中外作家陆续捐赠，有的还代为主动收集。姜德明就寄过一份剪报，那是巴金于1977年12月写给周汝昌谈《红楼梦》的短简，不知发表在哪家报纸上。巴金曾于1946年7月给作家孙陵写了一信，也是由姜德明提供出处去抄录的。朱雯有一册藏书，好像是解放前出版的专门收录作家的手迹的，其中选用的巴金手迹是一封既无上款又缺年月的信。他把它复印寄来，转到巴金手上，巴金一眼认出是写给索非的。

当我们以消极被动的态度对待巴金的书信时，它们却在被四处收集、发表，甚至被要求独享出版之权。巴金对这一问题感到为难了，他说他的信几乎都不在自己手上，不可能替别人做主，预先就受到约束。不过他发现已经拗不过事态的发展，他的书信集的出版已到了无法阻止和拖延的时候，尽管他仍然不情愿。最后，他终于下了决心自己动手来编辑他的书信集。

二

消息传出，我们有几位工作人员自告奋勇为他帮忙收集信件，他的朋友们也都热情地给予支持。

冰心的住处离文学馆极近，舒乙是她的姓“老”的朋友的儿子，常去探望，抬腿就到，转眼又回，走动频繁，工作方便。舒乙向冰心求索巴金的信，老太太倾箧以付；三天两头去，只要巴金的信寄到，老太太就有求必应。一拿到信，跨进门来，舒乙总直呼我的姓名，然后喜洋洋地说一句：“拿到巴老的信了！”隔一阵子，他又会这样笑眯眯地喊我。如果不是规定了书信集的发稿期限，真可以这样源源不断地喊下去的。

巴金的老朋友罗荪，多年卧病，行动不便，记忆力也逐渐减弱，他有一屋子的图书资料自迁居后一直没有办法清理。夫人周玉屏也年事已高，负担着繁重的家务，她得知文学馆在收集巴金的书信，有意翻箱倒柜，无奈力不从心。她一直为此不安，后来终于做出决断，把儿子抓来代劳。孔瑞同志是高级工程师，每日上班要穿过整座北京城，东西往返，疲于奔命，住处离二老又远。但他深知此事非他莫属，也下了决心了，利用休息时间，撇开天大的事不管，终于大功告成。巴金的二十多封信登记造册，一一注明日期，如同移交一座工程那样郑重地交到我的手上。无论对巴金还是对文学馆，这是两代人的情义。

有一年到上海，我放下行李就去找徐开垒。他听说来意，仿佛早已做了准备，拿出已经复印的巴金给他的信，分我一份。他以惯有的细致，在信上凡为外人不明白处都加了注释。他特别关心巴金于 1977 年 5 月中旬写给他的信，那是巴金于被迫沉默十年之后，第一次在《文汇报》发表题为《一封信》一文时随稿寄的，自然非常重要而珍贵。不料这封信反被遗漏，他深觉纳闷，我也十分内疚。幸而《巴金集》的书信卷还来得及收录，聊做一点补救吧。

1989 年 3 月初的一天，清早起来就接到戈夫人的电话，我立即赶到他们下榻的乌克兰饭店。推开房门，只见地板上、床铺上到处摊着衣服杂物，箱子大开，戈夫人正在整理行装，戈先生和几位来访的朋友在站着说话。见我进来，他便告诉我，他们应邀前往基辅参加诗人谢甫琴柯诞辰一百七十五周年的纪念活动，今天下午将离开莫斯科，问我什么时候途经基辅，他们准备与我同乘一趟火车一起再往南走。他郑重其事地说，他有两封巴金的信想交给我。这很出乎我的意料。我曾经向他提过巴金的信，但不敢催他，没有想到他一直记在心里。不过我以为要给我信也得等到回了北京安定下来再说，眼前这么乱纷纷的，怎么顾得上呢？过了三天我乘坐的火车南下抵达基辅，时在清晨，天色一片漆黑。忽听月台上有人喊我，戈先生夫妇按照事先的约定，在这里上车，又同我相见了。他邀我进入他们的包房，谈了些纪念活动的情况，然后从提包里慢慢取出两封信，放在我手上："这是巴金写给我的，知道这一回会碰见你，就把它带出来了。"我的手有点抖动，这时车轮已在乌克兰的黑土上飞转，在摇晃的车厢里，我看见两个信封上写的钢笔字"戈宝权同志收"。这两封信跟着我跋山涉水，从南俄穿过中欧，在他的书信里，也许是同我相处时日最久也最使我感到亲切的了。

中国现代文学馆在东京有一位兼任的联络员，名叫李宁，她受托前往日本近代文学馆求助。理事长小田切进出面接待，满口答应，她很快从他们那里拿到了巴金致文艺评论家亀井胜一郎的信。她归国后，他们又寄来满满一包邮件，是巴金给几位日本作家的贺年片。近代文学馆的朋友们收集得如此认真，连贺年片也一网打尽。

日中文化交流协会的专务理事白土吾夫，也是一位古道热肠的人。他根据巴金开列的名单，分头征询，最后把他们协会档案中所藏的巴金致两任会长中岛健藏和井上靖以及给他本人的信复印了寄来，连带着一批剪报资料。这时巴金的书信集已经出版，我们寄了一册去，略表谢意，白土先生在复信中感慨地说，读到书信集中巴金致冰心的信，不禁回想起了六十年代他们二位访问东京的盛况。那一年正逢樱花怒放，亀井胜一郎、中岛健藏、井上靖都还健在，而现在，东京的樱花又盛开了……

与巴金通信的外国朋友，除日本之外，还有俄国、波兰、瑞士的作家和入籍加拿大、菲律宾、新加坡的华裔人士。不久前承蒙洪堡大学的缪勒博士见告，她曾在柏林的文学艺术协会的档案材料中发现巴金给一位德国作家的信。这一消息使我们又喜又忧，忧的是，如何才能使这只栖宿在异乡的孤雁返回团聚呢？这也提供我们一个信息：还会有几只漂泊在外的孤雁有待我们寻访的。

而在这些外国朋友之中，据小林说，书信来往最多、时间持续最长的，是前列宁格勒大学汉学家彼得罗夫。但他已于不久前病故。因而寻觅他所藏的巴金的信件，就成了我们孜孜以求的目标。寻觅的过程相当曲折，其间相识的和不相识的朋友的帮助，使我们感到异常地温暖。

事情还得从1989年3月说起。有一天我打了个电话给列宁格勒的一位朋友，询问彼得罗夫遗留的文稿信件的保存情况，如有可能，我想趁外出之机顺便把巴金的信复印回来。那位朋友回答说，它们已移作东方研究所分所的档案，如需借阅，必须由我的上级机关出具公函才能予以考虑。他们规定的手续是无可非议的，但在旅途中显然不可能办到，我有点失望。过了几天，遇见李福清院士，他听说后深表同情，虽系初识，亦愿大力相助。他出了个主意，让我写信给彼得罗夫的夫人和分所所长彼得罗相，他愿意代转，同时他也给这二位写信，从中疏通，这二位是他的朋友。

半年没有消息，到了9月下旬，东方研究所分所研究员孟什科夫来到北京，出乎意料地捎来彼得罗夫夫人给我的一包复印件，并附有一封热情的信。彼得罗夫夫人是研究缅甸语言的学者，不懂中文，但对巴金是熟悉的、敬仰的。收到我给她的信后，虽然不知道我是什么人，但为了巴金的事，她就把家中留下的所有中国朋友的信件设法复印了出来，让我从中挑选我所需要的东西。我很感动，因为那时候在列宁格勒登天容易，找一架复印机复印一份资料反而困难。而据孟什科夫介绍，她体弱多病，日子清冷，以她来对付这些事，其困苦可想而知。

可是这批复印件中没有巴金的信。孟什科夫也是素未谋面的陌生的朋友，见我们求信心切，便建议我再向分所申请，一定出具公函，他可以从中帮忙。他是应邀进行学术访问而来，在中国一住就是半年，好不容易等他回了列宁格勒，一去数月又是音讯杳然。

终于收到了分所一位负责人的答复，内称彼得罗夫的档案材料还没有整理，暂不对外开放云云。孟什科夫的努力以失败告终。

1989年11月25日贺巴金（右）85岁寿辰

在以为绝望之中又过了三个月，一天忽得通知，有三位远方来的客人在文学馆等着见我。我急忙赶去，却不相识。一位老者自我介绍从列宁格勒来，乃民族学研究所研究员列什托夫，受彼得罗夫夫人之托，面交一包重要的文件。我喜出望外，拆开一看，果然是巴金给彼得罗夫的信的复印件。原来孟什科夫在努力失败之后，告知彼得罗夫夫人，她亲自出面交涉，终获成功。而列什托夫腿脚不便，扶杖而来，拖累两位朋友坐等一个多小时，这两位又是公务繁忙的外交官。他们，在场的和不在场的，相识的和不相识的，他们的深情厚谊，是我们不能忘记的。

彼得罗夫与巴金的通信从1957年开始到1966年戛然而止，他保存巴金的信七十余封，数量之多，在巴金的朋友中是首屈一指的。

三

巴金自编的书信集（《巴金书信集》）于1991年由人民文学出版社出版。书中收信652封，起自1932年，止于1990年8月，其中七十年代以后的信占绝大多数。

二十世纪七十年代以后，巴金办了三件大事：写作《随想录》，创办中国现代文学馆，编辑出版《巴金全集》；他甚至把创办现代文学馆当作他的“最后一件工作”。《巴金书信集》中鲜明地留下了进行这三件大事的足迹。

《随想录》是巴金的最后一部力作，自称是他的“遗嘱”，又是“用真话建立起来的揭露‘文革’的‘博物馆’”。他曾多次表示写完这部书他就“搁笔”了。他的最后一篇随想即《怀念胡风》作于1986年8月20日，但他并没有真正“搁笔”，虽然文章写得少了，但书信的写作至今一直没有停止。《巴金书信集》就收有1986年8月以后所写的信件七十二封，相当于《随想录》的一个分册。这是他在完成《随想录》之后的思考和笔耕的继续，因此把《巴金书信集》看作《随想录》的第六集是不为过的。

1992年4月于北京

成都的小学生

百花潭公园的花卉和小学生同时盛开，绿叶簇拥的美人蕉和月季像人丛中小学生白衬衣外面结着的红领巾，特别鲜亮可爱。9月的阳光喷射着7月的灼热，站在花前，额上的汗珠纷纷夺路而出。十一二岁的小孩子怀着对八十七岁高龄的老爷爷的敬意，在慧园的牡丹厅廊下举行简单的仪式，把他们的捐款交给中国现代文学馆。

小学生的乐队打起鼓吹起号，唤醒了人们的童心。大人们发表即兴演说，男孩子和女孩子分别背诵老师捉刀的献词，一样地真诚，一样地使人感动。和平街小学的男孩子是六年级的学生，像一棵美人蕉那样英俊，他慷慨陈词：

> 我和全校一千多名少先队员是巴金爷爷家乡的好孩子，我们热爱巴金爷爷，为实现他的夙愿——筹建中国现代文学馆，献出我们的一片爱心。

东城根街小学的两个女孩子，脸上开放出两朵娇艳的月季花，她们节奏分明地齐声说道：

我们向巴金爷爷学习，热爱祖国，热爱人民。我们急巴金爷爷之所急，我们全校师生和家长向中国现代文学馆捐款四七八四点三〇元，请收下我们的心意、我们的爱心吧！

两个红纸裹着的沉重的钱包从小手转移到大手上，被抱在怀里，在微微地搏动。现代文学馆的那位阿姨，刚刚下了火车，她站在美人蕉和月季花前，感受到成都9月的阳光逼人的灼热，泪水和着汗珠几乎从眼眶中掉下来。她要发表很长很长的演说，可是没有让她说出一句话。后来她写了一两千字的答谢，手拿过扩音器，向摇着花、唱着歌的一千多名身穿节日盛装的孩子和他们的老师朗读了文学馆的激动。

我曾经在东城根街小学的一间房子里徘徊。我的面前陈列着孩子们在省市比赛中获得的奖状和奖品，还有向中国现代文学馆捐款的名册。那是一面一面锦旗，写满了小学生、他们的爸爸妈妈和老师的芳名和捐款的数字。一元钱两元钱，五元钱十元钱，仿佛都在开口倾吐他们对文学馆的关切和期望。为什么他们要帮助这所素不相识的文学馆呢？也许他们还不完全知道它在北京的哪条街道上，还没有见过它的一个工作人员。这两年接连听说为一两种极为堂皇的名目发动全民自愿捐款诸事，而没有人去游说，没有人下命令，卑微的文学馆竟然打动了他们的爱心，这是什么缘故呢？

我只能说，因为他们读了巴金的文章，了解它是巴金倡导的有益的事业，他们就对它寄予了信任；因为它处于困境中不能自拔，惹得巴金心焦，他们也为之坐立不安，就纷纷拿出钱来了。爱屋及乌，成都的小学生的真挚、纯洁培养了他们高尚的情操和宽广的胸怀。

巴金给和平街小学和东城根街小学的小朋友们的复信，被镌刻在大理石上，做成了教室楼的一面墙。小朋友们上课下课，这位老爷爷都站在他们身旁，握着他们的小手，诉说他经历了一生风雨而领悟的真理：

“生命的意义在于奉献，而不在于享受。”

小学生开始为社会做出奉献。我听见刻在石上的文字在呼吸，看见它们在手舞足蹈，仿佛一墙宽荧幕电影。

孩子们爱他，向他学习，当然首先是因为他是从三峡走出的作家。他早已是他们所熟悉的亲近的人，他们从课本中听过他讲述海上的日出，天上的繁星，树上的小鸟；他们也为他所描写的他们家乡最大的两座城市在寒夜里发生的反抗和进步的故事而感动。他们更知道他是提倡说真话，不拿谎言欺骗人、祸害人，是具有伟大人格的作家。不爱这样的作家，还能去爱谁呢？

1991 年 10 月

纪念罗荪先生九十冥寿

现代文学馆的历史与它的现实是同样的辉煌。它有两位先驱，一位是巴金，另一位是罗荪。巴金是文学馆的发起人，罗荪则是文学馆的创始人。巴金的设想通过罗荪的活动成为现实，或者说，罗荪的实践把巴金的设想一步一步化为文学馆奋斗的目标、工作的方针和文学馆工作的成就。二人相得益彰，后来都被聘任为文学馆的名誉馆长，也是理所当然的。

罗荪是 1978 年奉调到北京的，他的任务是恢复中国作家协会的机构，并主编《文艺报》。1981 年中国作协主席团开会讨论巴金关于建立文学馆的倡议时，他被推选为九人筹备委员会的主任委员，后来又担任文学馆领导小组的组长，工作逐渐向文学馆转移。巴金称文学馆是他一生最后的一件工作，不是为了自己，而是为了五四以来的新文学事业，要为这一事业献出最后的一份光和热，罗荪的情况同样如此，文学馆也是他一生最后的一件工作。而他在从事这最后的工作时已经有病在身，不过那个时候没有人意识到这一点。举个例子：大约 1983 年期间，罗荪在上海与《文学报》的记者谈文学馆，其中涉及临时馆址万寿寺的屋舍，出现了叙述不清之处。罗荪对万寿寺西路的总体布局可能有清晰的印象，但凭他的记忆已不可能准确复制细节方面的真实，这说明他的脑力已经受到了损害，是一种病态的表现；他是带病在工作，他是在患病的情况下向我们的新文学事业贡献自己最后的光和热的。

以罗荪为主任委员的筹委会和以他为组长的文学馆领导小组，克服重重困难，卓有成效地开展了工作，他们的成绩在文学馆的历史上是不可能不大书特书的。

首先，他们为文学馆寻得了临时馆舍，有了立足点，营造了最起码的生存条件,同时配合巴金的呼吁,力求新馆舍的建设列入北京市规划的项目。

其次，开展多项活动（如举办展览等）与广大作家保持广泛的联系，征集资料，明确提出要把文学馆建设成为资料中心，并逐步成为研究中心。

第三，为贯彻上述工作方针而设立相应的办事机构，当时从事资料的收集、保管和利用的人员占全体人员的绝大多数。这个状况一直延续至今，虽然人事的变动频繁，但机构的设置偏重于资料工作却是一贯的。

看看今天文学馆的气势，我们能在美丽迷人的新馆舍利用现代化的设施，以各方面令人自豪的成就来纪念我们的开创者罗荪同志的九十冥寿，他如地下有知，一定是非常高兴的。

2002 年 5 月 28 日于北京

罗荪（左二）、周玉屏（左一）夫妇参观茅盾故居，右一为黄源，1986 年

患难之交

——萧乾与中国现代文学馆

一

有些作家词典记载的史实令人生疑，临到办事时不敢靠它壮胆，拿起电话筒又觉得这种做法未免荒唐可笑：

“您是萧乾先生吗？……我想请问今天是不是您的生日？”

“有什么事啊？”

“如果是您的生日，我们中国现代文学馆的同志们想向您表示祝贺……”

打电话的时间是 1985 年冬初，而 1980 年发表的他的一篇回忆，早已经把生日说得明明白白。我自惭无知与轻率，萧先生却以他的蔼然长者之风，引咎自责，在后来写的文章中反而批评自己搅乱了生日，怪不得旁人。我的愧疚之感直到登门拜访时才告消失，萧先生招待午饭，赠送新著，仿佛一见如故，仿佛文学馆早已是他的老朋友、好朋友。

第二年春天，萧先生向文学馆捐赠大批图书资料，单是作家书信就有一千二百件。巴金感谢他对文学馆的支持，同时建议我们编辑作家书信集丛书，在征得作家的同意后分集逐一出版。

这项工作使我们兴奋，但出版单位难求，哪怕先有零星发表的场所也好。我们陷入焦虑之中。

有一天，两位贵宾联袂来访。在参观了万寿寺西院之后，主动提出他们的报纸愿意开辟一个专栏刊载作家书信，每周一次，每次一两千字，由文学馆选材交由他们编发。这无异于雪中送炭。原来萧先生早已在为我们筹划并运作，这家报纸接受了他的建议。专栏第一期于 1986 年 6 月 19 日与读者相见，萧先生指点我们每期形成一个专题，第一个专题是“巴金与现代文学馆”，发表巴金为文学馆的工作致罗荪、萧乾的未刊书信三件。专栏使我们备受鼓舞，萧先生更尽力加以支持。他用了两天时间选出巴金给他的信十四封，都写了注释，以备应急；我们也四处收集，以便再接再厉。但没有维持多久，这支救兵即班师而去。

又有一天，另一家大报的副刊编辑驾临。她从一位朋友处得知文学馆收藏作家书信比较丰富，希望合作。原来她的这位朋友是受萧先生之托，有意从中介绍的。这一回的合作采取一种松散的形式，信件合则用，不合则退。我们为她开辟稿源，她为我们做点宣传，凡有入选见报者，她都在信末添加一行小字，注明此信由中国现代文学馆提供，每次如此，坚持不懈。忽有一日破了例，后来得知恰逢她出差去了外地，接手者不明其中的默契，她归来发现，立即向我们表示歉意。我还没有遇见过这样谦和诚恳而严于守信践诺的编辑。我们的合作因书信的征集平缓而不景气，我深觉不安，但愿很快结束目前的局面，恢复正常。

又有一天，忽得老董电话，她和一位同事在左家庄急着见我。我慌忙应召而去。原来她们自天津来，代表出版社与我商谈出版作家书信集的事。啊，她们也是萧先生搬来的救兵。老董语不惊人，声调也极为平淡，但她预言作家书信具有长远的价值，数十年后必有大用，却仿佛如雷贯耳。她好像在誓师似的宣称应该把它看作一辈子的事业，宁愿赔钱也要出版，哪怕只有一两千的订数也要开印，我听着十分感动。这样的远见卓识真如空谷足音，几成绝响，是多么可贵啊！

我们大致商定这部丛书分成若干辑，每辑十集，每位作家一集。字数约十五万，内容不限于论文，凡涉及作家的思想和生活均可收录，以照顾读者面，扩大销路。这些设想得到文学馆和出版社的领导赞同。经验丰富的老董主张形成文字，订立协议，以免受人事变动的影响，于是双方盖上公章，以昭信守。萧先生闻讯也觉满意。

这时责任编辑小董出场了。在她的督促和调动下，书信集出版了三集，待发排两集，正在编辑中五集，还有一批作家受到约请准备上手，工作进行得热烈紧张，大有繁荣兴旺的景象。

不料老董离休，小董调出，书信集的出版犹如船到中流忽生故障，由减速而至完全熄火，困在惊涛骇浪之中。除非输送特殊的燃料，可怜文学馆囊空如洗。老董虽有先见之明，无奈事到临头，显示出力量的绝不是墨写的东西了。

我们的阵脚大乱，漂泊无依的书稿有如拖儿带女的一门老小，断了生机，在艰难的时世中走投无路，没有人敢轻易收留。偶有一天，张家看中了小子，李府欲买个丫头，为了活命，没奈何听任骨肉离散，化整为零，自谋生路去吧。

极富戏剧性的是，已出版的三种书信集在丛书解体相当时日之后，被评为市级优秀图书，赢得奖状；在社内评奖中也侥幸获选。我们得知消息，唯有苦笑而已。

忽然从河南杀出一支人马前来接应，书信集终于得救。绝处逢生，萧先生和我们都额手称庆以为吉人天相。

二

政协开会，萧先生必定被通知去享受半个月参政议政的优待，他立刻变得贵重得不得了，轻易不能接近，若是选择在这样的日子找他那是自讨苦吃，有事宁愿提前或等待他“失重”后再去敲他的家门。

当他将变未变之际，我与办公室里一位名叫“老二”的同事聊天，我忽然说："请萧先生在会上呼吁呼吁，为文学馆解决馆舍和经费问题，你看怎么样？"他略一迟疑，抬起眼睛直望我的脸："恐怕没有用。"不知道为什么那时候我表现得特别执拗，也许是这种会的气派极易引人信任，也许是急得没有了别的办法，总之，坐在萧先生那狭小凌乱的书斋里，不知不觉又把这个想法说了出来。萧先生却信心十足，他的那股热心劲儿也上来了：

"这好办，我来写个提案，你把你们的基本情况、具体数字，你们的设想、要求整理个材料给我。"

第二天我兴冲冲送去，他翻阅了几分钟，转身从桌边一个大封套里掏出提案纸，抓起笔来沙沙直书，顷刻而就。我接过来一看，条分缕析，要言不烦，辞恳意切，语极感人。他在提案上签了名，又把它交给我：

"按规定，提案必须有多人联名签署才能成立受理。你去找一下吴祖光吧，请他在文艺组征集签名后送上去。你认识祖光吗？"

我说见过面，不熟。

他想了想，起身走了出去。我听到打电话的声音。不一会儿他又转来写了一封信，信封信纸上不厌重复地写明我的单位和职务，特别加上"介绍"二字，叫我面交吴祖光。他觉得已万无一失，放心让我走了。

来到吴宅，吴先生说："文学馆的事应当支持。"他立刻签了名，并说文艺组征集签名的事由他去办。

这一届政协似乎特别富有吸引力，无论大会发言或小组讨论，凡有报道，我都从头读到尾，绝不遗漏。然而，文学馆的事却没有动静。

"没有动静就是快了！"我忽然想起了一句电影里的台词。

盼了一个月，我去作协听报告，遇见鲍昌。他是分工主管文学馆工作的书记，见我已到，便过来吩咐道："政协办公厅转来一份关于文学馆的提案，要求作协处理。我们准备就这个问题向中央打报告，你来起个草稿吧。"

"是不是萧乾他们提的？"

"有萧乾，一共十个人。等一会儿你拿一份去。"

没有想到这份提案转回到我的手里，好像放上天的风筝又落了地，我有点沮丧。不过仍然觉得希望很大，因为还要向中央打报告呢。那么，是好是坏，我的草稿就非同寻常了。

正当我苦心构思之际，接到萧先生的电话。他关心提案的命运，并询问响应他的呼吁联名签署的委员都是谁。我告诉他除了吴祖光之外，还有冯骥才、陈荒煤、张贤亮、姚雪垠、江定仙、陈慧、严良坤和刘燕平。我答应马上给他寄一份复印件。

也正当我在苦思之际，又接到巴老来信，开头一句便是："看到萧乾他们的提案非常高兴。"我不禁激动起来。这份提案带给多少人以安慰啊，甚至打动了高龄已逾八十的老人的心。他对文学馆实在是爱得太深了，对它有一点点关心和帮助，他都看得十分珍贵。

我起草的报告经过多次修改送交鲍昌，完成了任务。这份提案似乎也实现了它的使命，它为我的虚弱的语言提供了强大的声势。

半年以后，作协书记处分别给十位委员做了处理提案的答复，除了表明作协对文学馆的重视之外，告诉他们已成立了中国现代文学馆基金会，可以独立募集并使用资金于它的建设。至于新馆舍的兴建，作协"也曾多次上报中央书记处、国务院和有关单位，正在积极申请解决之中"。

萧先生并不气馁，他宣称下一届政协开大会，将继续为文学馆的馆舍建设和经费来源而呼吁。

过了两年，他果然又联络了若干位委员再次递上一份提案。不知以后出版的《萧乾文集》收不收这篇作品，任凭它湮没实在可惜，我把它抄在下面，也算是公开一份难得一见的史料吧。

中国现代文学馆自1985年开馆以来，开创了我国文学事业的一个新局面，即使我国作家的著作、手稿及其他有关资料，有了一个永久收藏之所。这是文化事业的一项基本建设。两三年内，该馆已收集并保存我国作家的作品各种版本及外文译本十四万余件，并接待海内外有关机构及人士千余次，对促进中外及海峡两岸之文化交流起着巨大作用。

但该馆现仅利用古寺万寿寺作为临时馆址。此寺属北京市文物局，已被列为文化保护单位，既不能改建，也不能新建用房。院内不准兴建暖气锅炉房，无法使藏书保持恒温。此外，寺内建筑俱为木砖结构，容易发生火灾，也不利于防潮、防虫，亟须建立永久性馆址。

1986年开政协期间，我们曾建议中央为该馆建立永久性馆址提供条件，政协将提案转给了作家协会。但该会对此亦无能为力，即转呈中央宣传部。从那以后，即石沉大海。

希望中央对于文学事业这一基本建设给以重视，并采取具体措施，切实予以解决。

这一番仗义执言又一次感动了我，也只感动了我。当然，还有一个人，那就是我的同事“老二”。他仍然耐心地坐在原处，桌子的样子也依然如故。我们有时也聊聊天，萧先生自然是常常念及的人物之一，虽然关于他的提案已无话可谈，但心里总免不了浮起惋惜之情：唉，这支救兵是彻底的没有希望了。

三

这里我想摘录一点历史。

1988年4月中，萧先生陪同他的一位朋友参观文学馆，为他作详细介绍，有所请托。月底，他的朋友来信复命，已为文学馆募得港币二十万元。1989年3月，在他的陪同下，他那位朋友领着自己的一帮朋友来到文学馆，在参观之后他们当场捐赠美钞一万元。

他的朋友为他两肋插刀，他则为文学馆尽心竭力，百折不挠。

1990年5月，他又陪同一位海外作家来文学馆访问。两个多月后，这位作家寄赠她本人的作品和她经营的出版社所出版的全套图书，进入了文学馆的库房。

1991 年 9 月，这将进入史册。我在成都巴金的学术讨论会上，意外地发现萧先生的一份书面发言，据告已在《香港文学》上发表。他又一次为文学馆请命，不过已转换了对象，他向到会的中外人士呼吁："为它出钱出力是值得的。"朗读他发言的是一位少女，在我听来却是他的略显苍老的声音。在北京，在成都，我听到他的呼吁都感到亲切，感到温暖，同时也感到凄凉。患难中见真情，萧先生与文学馆的友谊是我们不能忘记的。但是，就这样让他一直呼吁下去吗？为什么不珍惜他的有限的时间和精力呢？莫非这也是我们的一个特色吗？

拜访萧乾（右），1988 年

饭桌上聊天

——作家与文学馆的交往侧记

有一天我在现代文学馆查资料，几位工作人员留我一块儿吃饭、聊天。先聊吃饭，我问小王："你们出去访问作家，有没有哪位留你们吃饭的？""有啊，今年7月我到广州，去于逢家拿他的长篇小说《无产者》的手稿，他留我吃饭，还让他的夫人亲自下厨。""你吃不吃？""却之不恭，吃了有愧，你说我该怎么办？"

老张说："是啊，我去年在昆明，李乔邀我上他家做客，我正在推辞，晓雪在旁边帮腔说'少数民族同志请你吃饭，你不去可不好啊'，这顶帽子很大，却装着盛情，我只好从命了。"

"吃了，又拿了？"

"不拿还行？我拿了他的长篇小说《欢笑的金沙江》的各种外文译本……"

小王又说："去年我去上海拿王礼锡的日记，陆晶清老太太专门备了一盒点心请我。她快八十岁了，还冒雪出去买点心。日记的原件还是她叫儿子、媳妇专程从无锡送到上海来交给我的。"

老张感慨之："这些东西他们看得比生命还贵重，现在交给了我们，不取任何报酬，可见对我们文学馆是多么信任啊！有些作家为文学馆更是倾囊捐助，去年开馆，巴金一来刚坐下，就掏出一叠钱，说这是他最近收到的稿费，交给文学馆吧。”

“巴老捐给文学馆的钱有多少了？”

“早超过他原说的十五万了。他们家的子女也是好样的，协助他实现晚年最大的心愿。”

“老舍一家也了不起。老太太又捐房子，又捐老舍遗物，还捐献她本人的作品，以及所有的藏画……还有萧乾同志，他也是古道热肠，把全部手稿送给我们后，还写了一篇文章叫《皆大欢喜》，现身说法替我们宣传。今年全国政协开会时，他和九位委员联名提交一份提案，请求为文学馆建造附有先进防护设备的馆舍。”

老张说：“有不少作家是主动送东西来的。杜鹏程就请他的夫人亲自送一批东西到文学馆。孙犁在一篇文章中，提出要把藏书捐给文学馆。梁斌也主动叫我们上他家拿资料，要什么拿什么。我同小李去了，当天回不来，他安排我们住下，第二天还叫了一辆小轿车，把我们连同大批手稿从天津一直送到万寿寺。”

我说：“多么好心的老头、老太太们啊！”

“许多作家送书、送手稿十分踊跃，香港的作家，刘以鬯、梁秉钧、小思（卢玮銮）等，也经常给文学馆寄书、寄资料。”

“文学馆目前困难，但前景光明！”

“文学馆万岁！哈哈！”

（原载《人民日报》海外版 1986 年 12 月 27 日第七版）

莫斯科的文学馆

在莫斯科街头看不到长安街道上流水一般的奔驰、皇冠、雪铁龙、福特，却几乎每走几条街就遇见一座作家的铜像耸立在绿树掩映之中。我想不起北京哪条路上有这样的东西，哪怕是纸糊的。这使我惊愕。我请教一位苏联朋友，市内有多少作家的纪念碑？他拿出一张地图，按图求索，得数为二十有一。但我们马上发现它的不准确，光是一条伏罗夫斯基街，就漏掉两座：苏联作家协会院子里沉思的列夫·托尔斯泰，以及世界文学研究所门前流浪的高尔基。这条街的位置在市中心繁华地区，即使是初到莫斯科的人，也不会把它们忽略。因此实际的数字显然要大得多。

莫斯科的大街小巷里还分布着许多作家的纪念馆和故居，地图上有记载的是十三处，实际上也远不止此。有一些作家生前的住处没有开辟成为专馆供人瞻仰，因而地图未收。但它们临街的墙上都制作着永久性的纪念标志，使人一望即知。高尔基大街上诗人杰米扬·别德内、小说家法捷耶夫和爱伦堡的旧寓，西夫采夫·弗拉热克街上小说家肖洛霍夫的故宅，都是如此。这类例子还可以举出很多。

莫斯科的街道、广场、地铁车站、图书馆乃至公园、剧院、美术馆，以作家的名字命名的，也很普遍。在我这个外国人的眼里，整个莫斯科如同一所大文学馆。在街上走，每天都亲近着诗人、作家，古典的和现代的，普希金、托尔斯泰、陀思妥耶夫斯基、契诃夫、高尔基、马雅可夫斯基、法捷耶夫……到处都有他们的身影；有时你甚至觉得在地铁陡峻的电梯上也和他们不期而遇，像大山一样高高地向你压过来，像地火一样热烈地向你扑上来，同你握手，向你问候。你立刻记起他的诗，他的小说，他的痛苦，他的欢乐，他的崇高和渺小。你感到充实，感到有一股奋发的力量从心底涌出；你又感到这座城市是那么亲切、可爱。这是一座文学的城市，是大文学馆。

在这所大文学馆里，生长着一个“小”文学馆，它有多么肥沃的土壤和良好的气候，也就可想而知了。它叫作“国家文学馆”，属俄罗斯联邦文化部，在彼得罗夫卡街二十八号。一列火车似的两层楼红色房子，现在极为罕见的莫斯科巴洛克式的建筑，三百年前彼得大帝的外家纳雷什金家族的府第，相传彼得在这里诞生。“小”文学馆也在这里诞生，比彼得迟约两个半世纪，是根据弗·邦奇－布鲁耶维奇的倡议于1934年建立的。

拜访莫斯科文学馆馆长阿科普让诺娃（右），1989年冬，莫斯科

这位弗·邦奇－布鲁耶维奇是老革命家，曾参加俄国的三次革命，先后在《火星报》《前进报》《真理报》工作，1917 年至 1920 年间主持人民委员会的政务，长期充当列宁的助手。他又是历史学家、文学家。他以自己的远见卓识和不倦的努力，为文学馆征集了第一批珍贵的文物，其中有陀思妥耶夫斯基、契诃夫、布洛克的文稿，别德内的藏书，马雅可夫斯基为自己创作二十年举办展览而准备的全部展品等。至今文学馆的收藏已超过五十万件，包括珍本书四万余册。她的宝库里还保存着画家莫什科夫 1827 年为格里鲍耶陀夫所作的写生，莱蒙托夫的水彩自画像，普希金的图章，果戈理的怀表，屠格涅夫的手杖，普里什文的猎枪。我参观了文学馆及其下属六个作家故居中的两个，每见到作家的遗物，总不免追问它们的来历，而答复大都是国家出资收购，这在这里是太平常了；也有作家的亲友捐赠的，遇到这种情况，政府部门往往也给予酬谢。

我曾经听说普希金的一批书信流落在国外百余年，最近被用重金购买回国，这个传闻从这里的同行们口中得到了证实。信件共十三封，是用法文写的，在国外已经发表；除一封致友人的信外，其余十二封是致妻子的信，是普希金的亲笔。苏联政府为此支付的款项是一百万美元，一封信价近十万，大可以进口一辆奔驰。而他们爱“废纸”甚于爱汽车，这种选择好像发疯。其实不做这种选择正表现出鄙弃民族优秀的文化而热衷声色犬马的享乐，表现出昏庸和愚昧。十三封信已由苏联文化部移交列宁格勒“普希金之家”收藏，国家文学馆没有机会见到，但他们同样十分高兴，赞美普希金是他们的“上帝”，对政府拨出大笔外汇收购他的书信表示赞扬和自豪。

我也为他们高兴，同时有一丝凄凉袭上心头。归来以后，静夜读报，无意中又得悉莫斯科文化基金会与伦敦的索思比拍卖行商定，以五十万英镑赎得本拟公开拍卖的屠格涅夫的小说《父与子》的手稿，共 180 页，于 4 月初由访英的戈尔巴乔夫夫妇携带回国。我又一次为莫斯科的同行们感到庆幸，他们不但增加了一份珍贵的收藏，而且物色到了多么出色的志愿者帮助他们进行工作。我不禁想起我们万寿寺在凄凉中入睡的西院，起立徘徊，长叹中夜。

（原载《文艺报》1989 年 6 月 24 日 ）

捷克和斯洛伐克的文学馆

一

捷克的文学馆数量比我们多，历史也比我们悠久，如果从第一所文学馆诞生的年代来推算。有一位捷克朋友告诉我，在十九世纪九十年代，布拉格的波希米亚王朝博物馆已开始收集文学家的手稿及其他遗物，这被认为是捷克共和国文学馆事业的起点。十九世纪末，一些地方开始兴建与当地关系比较密切的诗人和作家的纪念馆，大都是由热心的崇拜者发起，属于民办或半官办的性质。诗人卡·爱尔本（1811—1870）和维·哈列克（1835—1874）的故居纪念馆，即于此时落成。中国读者在二十年代初已经知道这两位诗人，前者的诗集《花束》(1853)，后者的诗集《挽歌》(1858)、《在自然中》(1872—1874)，至今仍受到推崇，这是鲁迅在《小说月报》12卷10号上发表的一篇题为《近代捷克文学概观》的译文中所介绍的。

这批作家纪念馆为数不多，但由于符合社会对文学发展的需要，因此产生了深远的影响。至二十世纪三十年代，一些作家或他们的后人相继把文稿捐赠给家乡或其他城镇，于是这些地方也陆续修建起了纪念馆，他们中有几位人物，如女作家鲍·聂姆曹娃（1820—1862），鲁迅的上述译文中已提到了她，她的作品有多种被译成中文；如大诗人雅·弗尔赫利茨基（1853—1912），鲁迅和茅盾都曾称他为捷克文学中的明星，周建人曾翻译过他的小说《横笛》（见《小说月报》13 卷 7 号）；又如诗人奥·布雷齐纳（1868—1929）、安·索瓦（1864—1928）、彼·贝兹鲁奇（1867—1958），茅盾在《小说月报》上多次撰文加以介绍，还翻译了贝兹鲁奇的诗，他们是中国读者早就认识了的。

然后是 1951 年，小说家阿·伊拉塞克（1851—1930）纪念馆在布拉格揭幕，这是捷克第一所公办的文学馆，它的创立是由著名历史学家、曾任政府副总理的兹·尼耶德利倡议并帮助完成的。这表明国家对文学事业的重视和扶持。关于这位小说家，鲁迅和茅盾也曾向中国读者做过介绍。

此后十年间，各地又涌现了一批作家纪念馆，这时被纪念的作家，已从十九世纪下移到当代了，我们所熟悉的《无产者安娜》的作者伊·奥勃拉赫特（1882—1952）、《好兵帅克》的作者雅·哈谢克（1883—1923）、《绞刑架下的报告》的作者尤·伏契克（1903—1943）等人的纪念馆，就是在这一时期修建的。

1953 年 5 月，全国规模最大的国家文学馆于布拉格成立。它收罗极广，图书、档案、绘画、雕塑以及音响影视资料等，力求完备，至今收藏已近两千种，超过四百万件。它还编辑刊物，出版著作，举办展览，并向社会提供有关文学馆工作方法等方面的咨询服务。

捷克的文学馆和作家纪念馆已达三十所，它们主要的任务可归结为三大项：收集资料，开展文化教育活动，进行学术研究。但它们各有侧重，也各有自己的特色。据说在女作家聂姆曹娃度过童年的小城捷克斯卡利察，除了她的故居纪念馆之外，又在乡间划出一片田地另行建立一个文学馆，以再现这位女作家在长篇小说《外祖母》中所描写的自然环境。从这一别开生面的创造可见他们的文学馆事业的多姿多彩。

二

斯洛伐克共和国面积五万平方公里，人口五百万，而它的文学馆和作家纪念馆总数已过五十。它们的历史更早，可以上溯到十九世纪六十年代。这里应该提到一个文化团体——“斯洛伐克栋梁社”的作用，是它最先收集作家的手稿及其他遗物，开创了斯洛伐克文学馆事业。不过第一所作家纪念馆迟至1950年才出现，这就是首府布拉迪斯拉发市中心的扬柯·叶森斯基故居，由各方面捐赠他的遗物所促成。而作家纪念馆的大量兴起是在六十年代，以每年四五所的速度发展，情况与捷克相类似。

扬柯·叶森斯基（1874—1945）是作家，又是画家，三十年代末开始参加反法西斯化的活动。他著有短篇小说集《外省故事》（1913）、《早年故事》（1935），长篇讽刺小说《民主人士》（1934—1938）和诗集《反抗黑夜》（1945）等，他的创作被认为是斯洛伐克批判现实主义文学的里程碑，可惜没有被翻译到中国来。作品有中译本的作家是彼得·伊伦尼茨基（1901—1949），他著有长篇小说《处女地》（1932）、《指针向着我们》（1937）、《起义纪事》（1947）等多种，但只有《一块糖》于1961年被译成中文出版。他在斯洛伐克文学史上的地位更为重要，在国内拥有三处纪念馆。

但他们之中最早为中国读者所知道的，是为自由和民族解放而呼喊的诗人帕伏尔·赫维兹多斯拉夫（1849—1921）。他著有诗集《守林人的妻子》（1883—1886）和《血腥的十四行诗》（1919）等。他去世后四个月，茅盾在《小说月报》上介绍了他的生平和创作，把他和捷克的弗尔赫利茨基与乌克兰的弗兰科并列，做了高度的评价。他的故乡下库宾城建有他的纪念馆。

斯洛伐克著名的诗人和作家，几乎每人都有纪念馆，这里就不一一列举了。但从时代来看，二十世纪上半叶以前的作家占绝大多数，这表明了当时的文学观点和趋向。

这种时尚也反映在文学展览上。文学馆系统或别的机构举办的文学展览，有固定的，也有应时的，而且种类繁多，五光十色。斯洛伐克的童话、木偶剧、儿童读物、少儿杂志、印刷出版事业，文学中的浪漫主义、社会主义以及许多作家的生平和创作，都曾作为专题展览的内容，展示的时代也大抵如此。它们流动的足迹遍及国内，而且在国外有关方面合作下远达苏联、波兰、民主德国、罗马尼亚和保加利亚等国。

三

我在布拉迪斯拉发的时候，没有机会寻访作家的故居，却在贝多芬曾经住过的小楼前徘徊半日。这所小楼在市区东北约二十公里处的下克鲁帕小镇上，孤零零地傍着一座黄色的大厦。这里是两百年前奥地利贵族布龙斯维克的别墅，贝多芬于1801年自维也纳来访，不知道为什么没有让进大厦，而被安顿在它的东侧这所独立的小楼里。楼高两层，四面坡的黑顶，黄墙，它的宽度只容得两扇窗子。现在是上午九时许，门窗紧闭，客人正高卧未起；据说他的《月光奏鸣曲》就在这里写成，紧闭的门窗中立刻透出隐约的叮咚声，不，客人正伏案写作，通宵未睡呢！

我们不敢惊扰这位高贵的客人，轻轻地绕着小楼漫步。楼前有新制的一块高音谱号的石雕，楼后是大片草地、湖水、小桥、森林，一望无际。我记不起哪本书上说过，贝多芬是喜欢田野和森林的，愿意在大自然中得到安慰和欢乐。社会给了他太多的虐待和痛苦，没有一种资本主义制度是正义和光明的，道貌岸然者是十足的伪君子。他鄙视皇族和权贵，而转向自然。他说他爱一棵树胜于爱一个人，每一棵树都向他传达自然界的神奇和安宁。他陷进了矛盾，《月光奏鸣曲》表现了他这一时期的挣扎的心。

布龙斯维克的别墅已因贝多芬的小住而被斯洛伐克作曲家协会辟作纪念馆了，新一代的主人有意安排我们在《月光奏鸣曲》诞生之地欣赏这一名曲。我们被邀入大厦的客厅，客厅中放着一架“彼得乐”牌钢琴，漆面光可鉴人。客厅的四壁是图案，天花板上是大幅彩画，画着在云中疾驰的战神马尔斯挟着维纳斯私奔，丘比特手持弓箭，张开金翅膀紧紧相随。我们纷纷就座，钢琴家扎姆波尔斯基先生悄然揭开琴盖，厅内一片肃静。忽听得轻柔和婉的月光洒落林间，大家为之一惊：啊，贝多芬在琴上复活了，他在向我们诉说他的怨恨和激愤。客厅的后门打开了，贝多芬走向一望无际的森林；他走过草地、湖水、小桥，月色溶溶，他的孤独的身影在湖上时隐时现，林野间发出他的快乐的呼唤和痛苦的悲吟。钢琴家仰首闭目，他的生命仿佛已化为林间的明月，湖中的精灵；仿佛只存在于手指的奔放之中。一曲既毕，掌声雷动，他似乎毫未觉察，垂首向客厅门外疾走而去，把手捧鲜艳的红石竹花的姑娘冷落在钢琴旁，使得她进退不能。隔了一分钟他飘然归来，从姑娘手上接过鲜花，在掌声中频频行礼，深深鞠躬，显得平静而从容。

我们又鱼贯进入邻室参观“欧洲著名音乐家和斯洛伐克”展览，从十六世纪的诺伊锡德勒、蒂诺迪直到现代的巴尔托克、科达伊，中间包括海顿、莫扎特、舒伯特、李斯特、舒曼、罗宾斯坦、勃拉姆斯，都在这里留下他们的琴声和手迹。贝多芬也在展室里占了一个圆柱子，这里展出了他的画像，他的签名，他的《月光奏鸣曲》和《F小调弦乐四重奏》初版本的封面，展出了他于1796年11月19日寄自布拉迪斯拉发的一封信，还有他为当地著名作曲家约翰·洪美尔写的拉丁文的题词：“生命短暂，而艺术长存。”但是没有人怀疑贝多芬的生命连同他的艺术都是永恒的。

四

三天后我离开了布拉迪斯拉发，春雨潺潺，汉学家高利克教授开着他自备的“拉达”把我送到了车站。我的行囊像乌云一样是沉重的，里面装着斯洛伐克留给我的记忆，装着他赠送给我的多种书刊。他一直站在窗外迟迟不肯告别，直到我的长途汽车开出广场。终于和朋友们分手，我的心

与饶宗颐教授（右）在斯洛伐克相遇，1989 年

与戈宝权（右二）等在捷克斯洛伐克赴宴，1989 年

情如同行囊一样沉重。

到了布拉格我才发现他的赠书之中有一册《文学馆交流词典》，是上面提到过的赫维兹多斯拉夫故居纪念馆所编印。我不可能折回原路去下库宾城拜访可敬的同行们，并瞻仰诗人的故居了，但这册书却把我和高利克以及他们连在一起。我知道这所纪念馆在学术研究上做了许多工作，自1974年至1977年，每年举行学术讨论会，研究文学馆工作的一般理论和方法论方面的问题，曾编成两册论文集；以后邀请文学理论家、博物馆学家和各类学校的教师聚会，探讨文学馆的教育工作如何与学校和其他文学教育机构进行交流和联系，于是有了第三本论文集以及我手上的这册词典。他们的劳作使我感到我早已认识他们，甚至叫得出他们中间的安东·鲍哈奇和米哈尔·科瓦奇两位先生的名字，因为这两位给了我不少关于他们国家的文学馆的知识，虽然并无一面之缘。

关于文学馆工作的系统的理论著作，除这册词典之外，至今我没有见到第二本。我们有些文学馆设有研究机构，但研究的对象是文学，而不是馆。如果对馆的研究还不值得一顾，正表明馆的事业还没有脱离蒙昧状态。他们研究了馆，把经验抽象成了理论，哪怕这些理论带有局限性，“放之四海而不准”，毕竟是在开拓。从这里不是也可看出他们的成就，看出他们国家的文学馆事业的现状和前景了吗?

（原载《文艺报》1989年8月19日）

文生社旧事

——鲁迅、巴金与“译文丛书”

巴金在文化生活出版社（简称“文生社”）担任总编辑之职时，对于新起的作家的扶植，如主动替素不相识的作者收集在报刊上发表的作品，编印成书，常为人称道；对于同辈朋友的主动关心，无论叫锦上添花还是雪中送炭都好，如二十世纪四十年代为曹禺编辑戏剧集，也传为美谈。这类编辑工作是非常琐碎的，占用的时间也着实不少，而他又事必躬亲，连撰写广告之类，都不愿委诸旁人之手，他的至诚是无可挑剔的。当年他就为《曹禺戏剧集》写过广告，知道这件事的，现在恐怕没有几个人了。我藏有一小册 1945 年用土纸印行的“文生社”出版的书目，其中载有这则广告的全文，特抄录如下，以公诸同好：

> 曹禺先生的作品“可以毫无羞愧地与易卜生和高尔斯华绥的社会剧作并肩而立”。我们可以说，中国舞台，是在有了曹禺先生的作品以后才有自己的剧本。作者自从发表《雷雨》以后，在这杌陧的十年内，给我们许多完美的作品，使我们不得不深深感谢。现征得作者同意，全部剧本由本社出版，内容悉照原稿详加校勘，毫无删节。一，《雷雨》（缺）；二，《日出》，定价四元正；三，《原野》，定价三元正；四，

《北京人》，定价三元正；五，《蜕变》，定价三元正；六，《家》，定价四元正；七，《桥》，即出。

历来的广告词都是佚名之作，这段文字也没有署名，何以见得是巴金所写？我的根据是来自李济生先生。济生先生是“文生社”的元老，1942年5月即进入它的重庆办事处工作，他于2003年12月19日给我一信，涉及《曹禺戏剧集》的广告词，他说：“我过去根本未见过，从语气上看可以断定是出自巴手，因为个别语句也只有他能讲出，田一文是讲不出的。至于定价，我看不会错，《蜕变》和《家》都是土纸本。”

十天以后，济生先生又来信重申他的意见：“文生社广告小册子印上的地址，仅有重庆与成都两处，竟未列入桂林，正说明此书目印刷品，是印在四四年（1944年）桂林大火、桂林（办事）处撤退至渝以后了，估计应是在四四年末或四五年初期间。《曹禺戏剧集》的广告词显然是巴金所写，初还臆测出于田一文手，但有的话恐系巴金才能写出。应当作为巴之佚文，补入今后（全集）的补遗集中。”

广告的事暂时按下不表，这里继续说说巴金的待友之道。那么，对于年长的老作家的请求和委托，巴金又是何等态度？这方面似乎不见有人介绍，请恕冒昧，我来啰嗦几句吧。

且说1934年9月间，鲁迅、茅盾、黎烈文在上海联手创办了一份杂志，名叫《译文》，由生活书店出版，每月一期，专门刊登翻译的文学作品。那时鲁迅对俄国作家果戈理情有独钟，不仅自己翻译了他的《鼻子》《死魂灵》，而且在所编的《译文》上发表了孟十还翻译的《五月之夜》《马车》等小说，并进而企图与孟合作，以他们二人之力，弄一套中译的六卷本《果戈理选集》出来。鲁迅对这件事十分投入，充满信心，把它当作自己的一个梦想，全力促其实现。

但是《译文》的篇幅有限，作为一份杂志，也不可能每期让读者面对果戈理，大量的译稿如何处理？鲁迅经过一度犹豫，决定另办“译文丛书”，

拜访曹禺先生（第一排），1984 年

以弥补《译文》的不足；不仅是果戈理，其他名家名著的译文，都可归在它的名下，陆续出版单行本。不过，他看到，“现在即使有了不等饭吃的译者，却未必有肯出版的书坊”；“现在的一切书店，比以前更不如，他们除想立刻发财外，什么也不想……”但他并不因此而退缩，便请《译文》的编辑、他的助手黄源，去与生活书店交涉此事。

黄源照例与生活书店的经理徐伯昕商谈，徐听说“译文丛书”是鲁迅主编，一口答应，愿意承接出版；不料他的承诺到后来却被店老板否定，予以拒绝。于是黄源转向新开张的小书店“文生社”求助。

巴金、吴朗西得知鲁迅有难，并已派人上门相求，当即伸出支援之手，“译文丛书”包括现成的译稿、整体的构思、拟议中的选题和翻译者的人选，一股脑儿加以接收，并立即安排出版。他们商定《死魂灵》为丛书的第一部，从鲁迅写完最后一个字交出译稿那天开始，不过半个月，吴朗西即手持五册布面装订的《死魂灵》第一卷的单行本，亲自送到鲁迅的书房里。巴金负责处理的鲁迅所编的《死魂灵百图》，也已在制版待印。接着，鲁迅所发动的茅盾、胡风、黎烈文、耿济之、姚克以及孟十还等人的译稿，也相继问世，至鲁迅病故时止，大约一年之间，“译文丛书”已由“文生社”出版了十一种，预告即将出版的还有六种。事情进行得如此顺利，显然，靠的是巴金和他的同事们的仗义、守信、负责、全力以赴，以及双方互相的尊重和信任。前面说过，鲁迅当时对于一切书店都是没有好印象的，唯独“文生社”，他另眼相看。1935 年 9 月 10 日夜他写信给萧军：

> 有一个书店，名文化生活社，是几个写文章的人经营的，他们要出创作集一串，计十二本，愿意其中有你的一本……这十二本中，闻系何谷天，沈从文，巴金等之作，编辑大约就是巴金。我是译文社的黄先生来托我的。我以为这出版社并不坏。

在鲁迅晚年的书信中，好像还没有第二家出版社得到过他这般赞扬，虽然他用的词句很平常，只是“并不坏”。

除此之外，“译文丛书”之所以进行得如此顺利，我认为还有一个重要的原因，即鲁迅和巴金二人在翻译理论和实践方面，有许多见解和行动是不谋而合的。双方配合的默契，岂止是“一点灵犀”而已。这里试举数例。大家知道，鲁迅历来主张“重译”，即通过其他外文译本来转译原著，巴金早已在实行，单就他翻译的俄国小说来说，无论作者是迦尔洵、高尔基，还是屠格涅夫，几乎都是以它们可靠的英文译本为底本，俄文原著只拿来作参照而已。

鲁迅又主张“复译”，甚至以不容怀疑的口气强调“非有复译不可”，巴金正好历来是在这样做的。他在二十世纪三十年代初翻译斯托姆的《蜂湖》时，郭沫若的译本（名叫《茵梦湖》）早在十年前即已出版了。又如后来的屠格涅夫的《父与子》，1943 年他才动手翻译它，而陈源的译本已在市上销售了十二年之久，巴金不仅拿它做过参考，甚至还“借用了他的六七条脚注”（见《巴金全集》17 卷 226 页）。又如《处女地》，巴金尚未开始翻译，书店里已有了郭沫若的译本（名为《新时代》）在销售，他坦言郭译本“给了我一点帮助”（同上，230 页）。鲁迅主张“复译”的用意，在于迫使粗制滥造的译本无法立足而销声匿迹，提高总体的翻译水平；巴金则认为翻译也包含着创作的成分，每一种著作，如有几个译本，各个译本所包含的，除了原作者之外，还应有译者本人。他要求译者们发挥各自的才干，提高译文的质量。鲁、巴二位在这方面的立论是相辅相成的。

又如翻译方法，鲁迅主张“直译”，主张保存“洋气”，“保存原作的丰姿”；巴金则坦言自己是“以直译为主”，适当时也采用意译的方法。他说，凡是作品的价值不在于文字，而在所描写或叙述的事实，只要译文看下去也还明白而有力，就不去一一加以修改。但他强调译笔力求忠实于原著，不能违背原文的意义。他同样要求译文把握原作的基调，比如想要翻译高尔基写的草原故事，应该保留一点它“那种美丽的、充满渴望的、忧郁的调子，同时还应使读者闻到一点俄罗斯草原的香气”。

再如评论（或者认可）译文的标准，鲁迅是两个字：流畅；巴金则提出“高明的译文”的概念。据“文生社”编辑田一文的回忆，巴金在审读译稿时，“只要读起来感觉句子不顺或者一个词有问题，一个字不确切”，就要加以修改。济生先生也说起，巴金在校对译稿时，要田一文从中文方面帮助审读，“以避晦涩”。巴金虽没有像鲁迅那样以多篇文章申述自己的翻译主张，但二人在认识上是完全一致的。

这种思想认识上的一致所产生的力量，可以超过师生之情和同志朋友之谊，既能决堤溃穴，也能守土卫国。二十世纪三十年代一些文学社团的分合，不就表明了这一点吗？假如出版社方面立了个规矩，拒绝复译本和重译本，或者设置别的清规戒律妄加干涉，可以想象“译文丛书”那时将会遇到何种局面！

鲁迅去世，抗日战争爆发，形成了大动荡、大变化。上海即将沦于敌手，《译文》杂志停刊，黄源从军，茅盾向《文艺阵地》转移，黎烈文东南飞，孟十还入蜀后不知去向，“译文丛书”唯一可以依靠的，只有巴金和他的同事们了。他们在遍地烽火中辗转流离，艰苦备尝，先后建立了“文生社”的多个办事处，发展壮大，直到1945年春，单是“译文丛书”，据粗略的统计，已出版了54部，设置作家选集的由2人增至7人，即果戈理、屠格涅夫、冈察洛夫、托尔斯泰、普希金、勃朗特、狄更斯，另加《契诃夫戏剧集》五卷，并且预告将翻译出版陀思妥耶夫斯基的三部长篇小说。这时“译文丛书”已是十岁的英俊少年了。巴金信守当年的约定，终身不渝，没有辜负鲁迅的委托，鲁迅如地下有知，必定会感到欣慰的！

2003年12月间，当我在拜读济生先生的新作《巴金与文化生活出版社》一书，翻阅其中“译文丛书”的书目时，想到了几个问题。济生先生有求必应，有问必答，为我叙述了有关的往事。其中之一是二十世纪四十年代初，巴老曾与靳以、汝龙相约翻译陀思妥耶夫斯基的长篇小说，靳以分得《卡拉马佐夫兄弟》，汝龙是《群魔》，巴金则负责《罪与罚》，但计划并未实现。济生先生知道它的原因，他于12月19日的复信中这样回答：

> ……巴兄颇欣赏朵思托也夫斯基（陀思妥耶夫斯基）的作品，因之也有译介朵氏（陀氏）著作计划。反正那时汝龙已译有高尔基等人的作品，请巴审读。广告刊出后，却未能兑现，当然有种种原因，往往如是，以前也有过。这时想必靳以忙于教学，不久后又离开复旦，去了福建永安，四四年（1944年）才又重返复旦。而巴自己出版社编务纷繁，勉强完成了《父与子》和《处女地》，不但把朵氏的作品推迟了不说，而且根本无法实现。

事实确是如此。假如巴金不因“文生社”的编务而忙碌，把全部精力放在自己的创作和翻译上，他的两个全集的篇幅，必定要比现在多得多。但他在日蹙事繁之中没有忘记陀思妥耶夫斯基和《罪与罚》，虽在战乱时仍然做了准备工作（通读了英文译本），并且试译了一部分，其中的第二章还交给重庆《时与潮文艺》杂志，以《马尔蔑那多夫的故事》为题，当作短篇小说单独发表，然而全书的翻译终于没有机会完成，这是译者也是我们读者共同的遗憾。

其次，“译文丛书”书目中有两本屠格涅夫的《猎人笔记》，分别出于两个译者之手，关于这一问题，济生先生于同月 26 日给我的复信中解释说：

> 前函问及《猎人日记》改译事……（此书）本耿济之译，系“文生社”建社后不久较早推荐出的屠氏作品，弟手边尚存有一初版的精装本呢！《猎人笔记》系丰子恺译，为吴朗西接任出版社经理兼总编的新译本。按理（？）如果认为耿译不佳，为了尊重译者，也必然请他人重据原文校订一番，或署原译名，并附新版译后记，讲明缘由，以示郑重。而吴约丰另译，改了书名（一字之差），以别于原耿译，吴大概知屠氏小说乃畅销书，故作此，并向丰先生表示好感，也借丰之名耳。其实丰当时（解放不久）刚开始学俄语……说老实话，当时我也曾向巴兄提及，但无法进言。后平明也请黄裳另译，不过说明是据英译本。“文革”后上海译文社还征得黄同意重印过黄译本，仍名“日记”。而丰译未得拜读过，不敢乱说……耿译可能不尽如人意，盖时间不同了……

这时即将过年，济生先生因事搁笔，2004 年来临后不久，他继续与我谈“文生社”的旧事，1 月 9 日来信说：

> 一月五日函得。有的史实，不宜都写进“文生社”小册子中，以免有扬巴兄抑他人之嫌，亦巴兄为人不愿宣扬自己的素志；再校改他人译品，也是做编辑的职责所在，为了对读者负责啊！耿译能一版再版，我知道其译文是有质量的，就俄文修养而言……系初学，岂能与耿相比，兄对读过，当不再赘……《双城记》就因译文不理想，又无法校改，因而转让给俞福祚的 ×× 书店。为《高柏菲尔》已吃够苦头。“文生社”

在巴兄主持下，编务是有其固有要求的。丽尼信中就说得十分明白（见小册子中）。陆蠡的《罗亭》，解放后在人文重版，丽尼特重新核对原文重新校改过，这是友情，更为了纪念老友为之而牺牲在敌寇的魔手中。“文生社”是有它固有优良传统的。

由此而论及翻译，语多针砭之词，长者之言使我深受教益。由于他希望一见我所藏的“文生社”1945年编印的书目，我答应一定亲自送到上海。可是没有想到我们是在悲痛的时刻相见的，巴老刚在前两天走了，这本书目很可能是巴老当年主持编印的，我已不能赶上前去拉住他的衣袖问一问了。

2006年8月于北京

关于文学研究会的会员

1988年4月间，居住在美国的顾一樵先生，远隔重洋，把一份《文学研究会会员录》（以下简称《会员录》）寄给冰心女士，冰心女士当即转赠中国现代文学馆收藏。这是文学研究会于1924年印行的一份名册，共收会员131人。据它的编辑者说明，文学研究会曾经两次印制会员录，1924年为第二次；第一次印刷日期未详，仅知当时列明的会员为46人。

《会员录》包括三部分，即正文、索引、附录。正文中每位会员名下开列以下数项：姓名，号，籍贯，曾习之外国语，通信住址，登记号数。会员之排列以登记号数为序。索引计三种：性别索引，省别索引，住址索引。附录有二：发起宣言，简章。

从《会员录》正文开列的项目，可以看出文学研究会的一些特点。例如“曾习之外国语”，在130名会员（有一人已故）之中，绝大多数人都掌握外语；未填这一项目者仅16人，其中有的显系漏填，如叶绍钧，他在中学时即学过日语，“至于英文，中学时代读的不算浅，读本是文学名著”（见《过去随谈》），包括美国作家华盛顿·欧文的《见闻札记》，他是受到这部作品的启发而产生写小说的兴趣的。因此，这16人未必都不通外文。而掌握两门外语者有29人，三门以上者有6人。不少会员在翻译介绍外国文学方面卓有成绩，成为著名的翻译家。创作与翻译并驾齐驱，与外国文学有极深之渊源，这是文学研究会的一大特色。

从会员的通信住址，则可看出文学研究会的构成成分，主要是两种人，即大学教授、编辑，此外还有不少大学生和中学教师，他们几乎遍及全国各大城市著名的大学、出版社和报馆，与社会有广泛的联系。这样的知识分子往往被历史推上启蒙者的地位，而启蒙者又往往成为革命或进步运动的先驱。文学研究会之所以能在五四运动时期倡导“为人生”的文学，产生巨大的影响，是有它的深厚的社会基础的。

1979 年 5 月出版的《新文学史料》第三辑，刊载了一份文学研究会会员的名单（以下简称《名单》），在入会号数 131 号之前，仅有 79 人，空缺 52 人，另存遗者 12 人。这 79 人的姓名、号、籍贯、入会号数绝大多数与《会员录》相符。现将《会员录》附在本文之后供参看。

《名单》末尾的“说明”之（2）称“……下列读书会人员应为文学研究会会员，但入会号数及籍贯等均未查出，故补充于后”，下面列出了宋锡珠等 12 人。除杨伟业一人之外，其余 11 人均可在《会员录》中找到位置。关于杨伟业的例外，我认为是可以解释的，即文学研究会读书会会员不等同于文学研究会会员。诚然，读书会的简章第一条规定，“凡文学研究会会员均需入本会为会员”，但不能据此反证凡读书会会员“应为”或“均为”文学研究会会员。文学研究会的简章更没有规定凡读书会会员即为本会会员。从读书会的简章中看不出它的会员有无种类之分，而事实上存在着两种会员，即以文学研究会会员身份入读书会为会员的当然会员，以及非文学研究会会员而加入读书会会员者。后者可以沈泽民为例。据茅盾在《新文学史料》第 5 辑（1979 年 11 月出版）上发表的回忆，“泽民于 1921 年去日本后，一面学日文，一面继续翻译和写作。1922 年张闻天去美国，他就回到上海，由我介绍加入了共产党，也参加了文学研究会”（第 17 页）。后在《我走过的道路（上）》（1981 年出版）一书中继续谈到这件事，虽然说得简单了些，但仍肯定沈泽民于 1922 年 1 月从日本回到上海，“也参加了文学研究会”（第221页）。无论前后的语气多么不同，沈泽民于1922年加入文学研究会则是没有疑问的。可是文学研究会读书会曾在1921年6月出版的《小说月报》第12卷第6号上公布的读书会各组名单中，已经有了沈泽民的名字，这不是表明读书会中存在着两种会员，除了当然会员之外，还可以吸收非当然会员吗？

又如张毓桂，读书会批评文学组成员，他在文学研究会的登记号数为61，排在45号沈泽民之后，入文学研究会比沈泽民更晚，可见他加入读书会时同样也还没有成为文学研究会的会员。依此，杨伟业的情况也可知其大概。读书会的性质，套用一个现时的政治用语，相当于文学研究会的“外围团体”，虽不能认为加入文学研究会之前必须先入读书会，但两者不能等同的看法似乎是可以成立的。

贾植芳教授等编的《文学研究会资料（上）》（以下简称《资料》，河南人民出版社1985年出版），收有《文学研究会会员考录》一文。此文分为两部分，第一部分转录了《新文学史料》第三辑上的《名单》，但进行了加工，作者自称“有所补充、订正”。

前面已经说过，《名单》在131号之前与《会员录》大多数地方是相符的，如有遗漏须作补充，那么应该补充《会员录》上为《名单》所缺少的52人的姓名、号、籍贯、登记号数以及全体130人的“曾习之外国语”和“通信住址”，如有错误须加订正，也应以《会员录》为依据。但在《资料》一书编辑出版时，《会员录》尚未出现，没有条件这样做，因此，此文所认为的遗漏与错误，就只能理解为《名单》是否符合此文作者的观念；凡不符合者即为错漏，即按照他的观念加以补充订正了。作者的观念无疑代表了最新的研究成果，《名单》所包含的材料属于过去，看来似已落后，可是它的价值正在于它是历史。这份《名单》虽不完全，但还是提供了一些历史事实，可以帮助我们丰富、校正乃至改变观念；如果根据现成的观念来补充订正《名单》，反而容易产生弄巧成拙之弊。

例如丰子恺自报籍贯为浙江石门，被订正为浙江崇德，其实两者是一个地方，这个地方的县名既叫过是石门，也叫过崇德。丰先生也许填错了履历表，但从中不是可以看出丰先生对于本人籍贯的一种态度吗？又如许地山，他自填籍贯为福建龙溪，被订正为台湾台南。许先生祖上确在台南居住了九代，许先生本人也是在台南出生的，可是许家自1895年内迁后落籍福建龙溪，到1924年出版《会员录》已历时三十载，认龙溪为籍也不为过。如果说年代较短不能作数，那么许先生的籍贯是否要回溯到赴台之前的原籍广东揭阳呢？因为许家在大陆居住的时日大大超过九代是不言而喻的。也许会有人说，把许先生的籍贯恢复为台湾台南，包含着反抗清政府的意思。那么，这是许先生本人在1924年的主动呢，还是别人在八十年代的仗义呢？如果读者相信《资料》上的名单，以为许地山早在发起文学研究会时期即已把籍贯填为台湾台南，岂非有悖史实？又如果他拒以发表议论，岂非以讹传讹？《名单》毕竟是史料，应该还它以本来的面目。

上述这篇文章的第二部分，提出一个32人的名单，认定是“有史料根据为会员，尚不知入会号数者”。32人之中，苏宗武即苏驭群，实为31人，他们大都可以在《会员录》中对号入座，唯杨伟业、张闻天、陈毅、徐雉、冯雪峰5人榜上无名。分析其原因，这5位也许在编辑《会员录》时被“遗漏”，也许入会时间在《会员录》出版之后，或者实非会员，所谓的“史料根据”并不可靠。下面试就证明徐雉为会员的“史料根据”做一点剖视。

最先提出徐雉是文学研究会会员的，是《新文学史料》第5辑上的一封读者来信，它从鲁迅杂文集《伪自由书》的后记中，抄录的上海一家名叫《社会新闻》的小报上一篇题为《鲁迅沈雁冰的雄图》的新闻中发现一句话，证明徐雉系文学研究会会员无疑。这句话是这样的：“参加这个运动的台柱，除他们二人外有郁达夫、郑振铎等，交换意见的结果，认为中国最早的文化运动，是以语丝社、创造社及文学研究会为中心，而消散之后，语丝创造的人分化太大了，唯有文学研究会的人大部分都还一致——如王统照、叶绍钧、徐雉之类。”（《社会新闻》，1933年5月6日第三卷第12期）

《社会新闻》是一张什么性质的小报，读完鲁迅的《伪自由书》的后记当会明白，对于它的新闻的真实性，鲁迅也有定评，在同一篇后记中，他指出："和《大晚报》不相上下，注意与《自由谈》的还有《社会新闻》。但手段巧妙得远了，它不用不能通或不愿通的文章，而只驱使着真伪杂糅的记事。"（《鲁迅全集》第5卷第122页，人民文学出版社1957年出版）

对于《自由谈》以外的文坛，它的"真伪杂糅"，且发展到了造谣的地步，这方面的例子，在鲁迅的后记抄录的它的新闻中并不少见。拿小报上的东西作为"史料根据"虽为人所忌，但也不能说断然不可，不过鲁迅既然早已指出它的"真伪杂糅"，至少似乎应该对这一则新闻做一点分析鉴别、分辨真伪的工作。它本身的真实性尚待证明，怎能作为根据来证实别人呢？不是任何一种记载都可以作为史料看待，也不是任何一件史料都能够作为解决问题的根据的。然而鲁迅评《社会新闻》的话没有引起注意，似乎完全被忽略，倒是《社会新闻》的话一传再传，以致被推演为"鲁迅先生的《伪自由书·后记》中提到""鲁迅在《伪自由书·后记》引录的文章中提到"，笔锋一转，《社会新闻》变成了鲁迅，别有用心的新闻变成鲁迅"引录的文章"了。

徐雉也许是文学研究会的会员，但在缺乏史料根据的情况下，只能存疑，要做出肯定的判断似乎还有工作可做。提出一位作家是会员是容易的，只要有一点线索或有一点想象力即可，但要肯定他的会员身份，不能不进行认真的研究。"真伪杂糅"的新闻，模糊不清的回忆，非针对本题的谈话等，都不能代替科学的分析与论证。对于杨伟业等四位的会籍问题，我认为也应作如是观。

1988年12月于北京

附录： 文学研究会会员录

姓名	号	籍贯	曾习之外国语	通信住址	登记号数
朱希祖		浙江海监	日文、法文、英文	北京德胜门草场大坑21号	1
蒋方震	百里	浙江杭县	德文、日文、法文	北京蕴篔胡同	2
周作人	启明	浙江绍兴	日文、英文、世界语、古希腊文	北京西城八道湾十一号	3
许赞堃	地山	福建龙溪	英文、古希腊文	Hsu Ti Shan c/o Mr. R. K. Evans, 10The Avenue, Barvet, Herts, England.	4
郭希汾	绍虞	江苏吴县	日文、英文	苏州曹府徐巷八号 开封中州大学	5
叶绍钧	圣陶	江苏吴县		上海闸北香山路仁馀里二十八号	6
孙福源	伏园	浙江绍兴	英文	北京宣外丞相胡同晨报社	7
王统照	剑三	山东诸城	英文、法文	济南南关后营房街三十八号 北京中国大学	8
沈德鸿	雁冰	浙江桐乡	英文	上海宝山路宝通路顺泰里十一号	9
郑振铎	西谛	福建长乐	英文	上海宝山路宝兴西里九号	10
耿匡	济之	江苏上海	俄文、法文	赤塔中国代表办事处	11
瞿世英	菊农	江苏武进	英文、法文		12
黄英	庐隐	福建闽侯	英文	上海新重庆路庆馀里二号	13
张晋	昭德	浙江平湖	俄文	哈尔滨（？）	14
刘健	星轩	湖南益阳	英文、挪威文	益阳信义大学	15
宋介	唯民	山东滋阳	英文	北京王剑三转	17
郭弼藩	梦良	福建闽侯	英文	上海爱文义路八十八号 自治学院	18
许光迪	晓航	直隶清苑	英文	保定育德中学	19
易家钺	君左	湖南汉寿	英文、日文	湖南汉寿小南门	20
陈德彝	大悲	浙江杭县	英文	北京南衡街小川淀三号	21
王星汉	仲宸	山东蓬莱	英文	北京大学新潮社	22
白镛	序之	京兆宝坻	英文	山西太谷铭贤学校	23
谢六逸	六逸	贵州贵阳	英文、日文	上海北四川路宜乐里 神州女学	24
耿承	式之	江苏上海	英文、德文	唐山交通大学	25
刘嘉镕	铁著	云南蒙自	英文	北京大学东斋	26
唐性天	性天	浙江镇海	德文	宁波第四中学	27
金兆梓	子敦	浙江金华	英文	北京大石作二十六号	28

（续表）

姓名	号	籍贯	曾习之外国语	通信住址	登记号数
傅东华		浙江金华	英文	上海宝山路商务印书馆编译所	29
柯一岑	一岑	江西	英文、德文		30
范用馀	足三	江苏如皋	英文	北京后门内三眼井七号	31
苏驭群	宗武	江苏泰县	英文	北京大学	32
宋锡珠	丽卿	山东城武	英文	北京弓弦胡同南华学舍	33
王赓	受庆	江苏	英文、法文	北京东四牌楼十条胡同六十二号	34
王世瑛	莊孙	福建闽侯	英文	福州布政司埕王宅	35
刘廷芳	章生	浙江永嘉	英文	北京盔甲厂燕京大学	36
刘廷藩		浙江永嘉	英文	北京刘廷芳转	37
耿勛	勉之	江苏上海	英文	北京东城万宝盖八号	38
沈颖	士奇	江苏吴县	俄文	哈尔滨地方审判厅第一分庭	39
瞿秋白	秋白	江苏武进	俄文、法文	上海大学	40
李之常	慎五	湖北武昌	英文、德文	美国	41
李晋	君毅	贵州贵阳	日文	北京贡院东街八号	42
徐其湘	六幾	福建连江	日文	上海望平街时事新报馆	43
陈嘏	遐年	安徽怀甯	英文、日文	安徽万安局一号	44
沈德济	泽民	浙江桐乡	英文、日文	上海沈雁冰转	45
江新	小鹣	江苏吴县	法文	未详	46
陈其田		福建	英文	上海全国基督教协会	47
胡学愚	愈之	浙江上虞	英文	上海宝山路华兴里一百五十六号	48
刘延陵	延陵	江苏南通	英文	南通川港镇顾逸岑转	49
滕固	若渠	江苏宝山	英文、日文	上海美术专门学校	50
顾诵坤	颉刚	江苏吴县		北京大石作三十二号	51
潘家洵	介泉	江苏吴县	英文	北京大石作三十二号	52
俞平伯	平伯	浙江德清	英文	杭州西湖俞楼	53
李石岑	石岑	湖南醴陵	英文、日文	上海宝山路三德里B字三号	54
夏勉旃	丏尊	浙江上虞	日文	上虞白马湖春晖中学	55
徐玉诺	玉诺	河南鲁山		厦门集美学校师范部	56
严肃	既澄	广东四会	英文	上海北四川路青云里十六号	57
胡天月（已故）					58
朱自清	佩弦	江苏江都	英文	宁波第四中学	59

（续表）

姓名	号	籍贯	曾习之外国语	通信住址	登记号数
刘复	半侬	江苏	英文、法文	北京大学转	60
张毓桂	辛南	直隶平乡	英文、法文	陕西西安（？）	61
陈小航	小航	云南	英文	云南（？）	62
费觉天	觉天	湖北	英文	北京市灯市口德昌饭店	63
周遽	予同	浙江瑞安		瑞安第一巷	64
周建人	乔峰	浙江绍兴	英文	上海宝山路商务印书馆编译所	65
胡哲谋	子贻	浙江四明	英文	上海宝山路商务印书馆编译所	66
俞寄凡	寄凡	江苏上海	日文	上海美术专门学校	67
黎锦晖	均荃	湖南湘乡		上海静安寺中华书局	68
马国英	国英	江苏		厦门大学	69
乐嗣炳	嗣炳	浙江		上海南阳桥国语专修学校	70
熊佛西	化侬	江西丰城	英文	Foo-Hsi Hsiung, Columbia University, New York, U. S. A	71
邓绎	演存	江西南城	英文	上海商科大学	72
赵伯颜	生佐	四川江安	英文、日文	未详	73
谢婉莹	冰心	福建闽侯	英文	Miss Margarette Hsih, Wellesley College, Wellesley, Mass, U. S. A.	74
赵光荣	英若	江苏嘉定	日文	上海新闸路大通路口经远里1001号半	75
王钟麒	伯祥	江苏吴县		上海宝山路香山路仁馀里八十号	76
宓汝卓	汝卓	浙江慈溪	英文	北京大学	77
陈望道	任重	浙江义乌	日文	上海白尔路三益里五号	78
刘靖裔	大白	浙江绍兴	日文	上海江湾复旦大学	79
王任叔		浙江奉化		奉化锦溪高小王仲阳转	80
赵景深	景深	四川宜宾	英文	长沙第一中学	81
李戊于	青崖	湖南湘阴	法文、英文	长沙浏正街六十六号	82
张近芬	崇南	江苏嘉定	英文、德文	上海麦根路同德医药专门学校	83
葛有华	又华	安徽绩溪		浙江泗安转西亩恒泰丰	84
刘佩琥	虎如	浙江金华		上海沪江大学	85
侯曜	翼如	广东	英文	南京东南大学	86
顾毓秀	一樵	江苏无锡	英文、德文、法文	Mr.Yusu Koo, 149 Austin St. Combridge, Mass. U. S. A	87
汤澄波		广东花县	英文、法文	广州岭南大学	88

（续表）

姓名	号	籍贯	曾习之外国语	通信住址	登记号数
叶启芳	芬分	广东三水	英文、日文、古希腊文	广东市第三甫东栈	89
朱湘	子沅	安徽太湖	英文、德文、法文、世界语	上海宝山路宝兴西里十五号	90
余祥森	訒生	福建闽侯	德文	上海宝山路商务印书馆编译所	91
梁宗岱	菩根	广东新会	英文	广州岭南大学	92
徐章垿	志摩	浙江海宁	英文	北京石虎胡同七号	93
李勗刚	颖柔	直隶北平	英文	北京崇内豆腐巷八号	94
杨敬慈	敬慈	贵州贵阳	英文、日文	北京晨报馆转	95
樊仲云	得一	浙江嵊州	日文、英文	上海闸北天通庵路协隆里六十四号	96
翟桓	毅夫	安徽泾县	英文	H. Chai, 550 Public Ave., Beloit, Wis., U. S. A.	97
顾彭年	朋彦	江苏崇明	英文	上海宝山路商务印书馆编译所	98
傅尚霖	迪雷	广东普宁	英文	英国伦敦	99
吴立模	秋白	江苏吴县	英文	上海江海新关	100
于道泉	伯源	山东临淄	英文	济南齐鲁大学	101
孙光策	佷工	湖南宝庆		南京严家桥九号	102
沈仲九	仲九	浙江绍兴	日文	上海青岛路洪发里二十四号	103
王守聪	亚蘅	直隶天津	英文、德文	天津南开松盛里十号	104
严敦易	易之	江苏东台	英文	上海交通银行	105
徐名骥	调孚	浙江平湖	英文	上海闸北天通庵路协隆里二十八号	106
褚保厘	东郊	浙江余杭	英文、日文	上海静安寺路中华书局编辑所	107
苏兆龙	跃衢	江苏盐城	英文	上海宝兴路新宝兴里二十九号	108
陈鋍	雪屏	江苏宜兴	英文	北京沙滩新开路同安公寓	109
桂裕	澄华	江苏吴县	英文	上海宝山路商务印书馆编译所	110
伍麟	剑禅	四川	英文	北京前门内中国大学	111
曹靖华	靖华	河南庐氏	俄文	北京马神庙中老胡同十五号	112
张大田	亚权	热河凌县	俄文	北京东城禄米仓三十九号	113
甘乃光		广西岑溪	英文	广州岭南大学	114
陈荣宜		广东番禺	英文	广州岭南大学	115
司徒宽		广东开平	英文	广州岭南大学	116
潘启芳		广东南海	英文	广州岭南大学	117

（续表）

姓名	号	籍贯	曾习之外国语	通信住址	登记号数
陈荣捷		广东开平	英文	广州岭南大学	118
刘燧元		广东新会	英文	广州岭南大学	119
陈受荣		广东番禺	英文	广州岭南大学	120
陈逸	醉云	浙江嵊县		上海静安寺路中华书局编辑所	121
王鲁彦		浙江镇海	世界语、英文	镇海大砌头杨家桥馀泰号转	122
赵熙章	熙章		俄文	满洲里邮局	123
潘垂统	垂统	浙江余姚		南京东南大学	124
丰仁	子恺	浙江石门	英文、日文	上虞驿亭车站	125
顾均正	均正	浙江嘉兴	英文	上海宝山路商务印书馆编译所	126
章锡琛	雪村	浙江绍兴	日文	上海宝山路宝山里六十号	127
胡学志	仲持	浙江上虞	英文	上海福建路商报馆	128
许杰		浙江天台		上海西门安徽公学	129
王以仁		浙江天台		上海西门安徽公学	130
高君箴	蕴和	福建长乐	英文	上海宝山路宝兴西里九号	131

五四运动与“复苏时期”文学

一

二十世纪第二个十年至第三个十年中期的中国文学，与二十世纪倒数第三个十年中期至倒数第二个十年的中国文学，有许多相似之处。前一个时期即五四运动时期，后一个时期有人称作“新时期”，其实应该是“新旧交替时期”，或可称为“复苏时期”，因为这个时期所处的历史环境是各个方面正在进行拨乱反正及体制改革的工作；文学刚刚从十年动乱的摧残中复苏过来。严冬虽已过去，余寒仍然酷烈，离春暖花开之日尚远。这就是这一时期的总的特征。

这两个时期文学的相似之处在于：

一、它们都是自由的。这种自由来自国家的开放。不过就开放而言，前一时期是被动的，即门户是被外来的侵略者用大炮轰开的，长期闭关锁国的局面是被迫结束的。由于侵略者来自多个国家，他们各在中国寻找自己的代理人，因而中国政坛上随之出现了多方割据、多种政治力量的并存，暂时还没有一支全国性的强大的专制的权力来控制文学，防止它接受外来的影响（特别是进步的、革命的影响），或有效地禁止它在国内社会生活中发挥作用，文学有比较广阔的回旋的余地。后一时期的情形刚好相反，开放是主动的，是一个全国统一政权的一种政策转换，文学被置于强有力的领导之下，但是：

1. 宣布取消文学“为政治服务”或“从属于政治”的要求，从“以阶级斗争为纲”的桎梏中解放出来；

2. 宣布文学“为人民服务，为社会主义服务”，从“为工农兵服务”的狭谷中转到平原上来；

3. 允许作家享有“创作自由”，声称对作家的创作“少干预”，文学开始从僵硬的模式中摆脱出来；

4. 重申“百花齐放”的方针，在题材、创作方法、创作思想等方面减少了一些清规戒律。

其他方面（如继承、借鉴等）还有相对宽松的政策。

二、它们都是多元的。前一时期文学的多元表现为在结社自由、创作自由、出版自由的基础上出现的社团纷起、流派纷呈的局面。那时的文学社团将近 100 个，包括著名的文学研究会、创造社、湖畔诗社、新月社、语丝社、浅草（沉钟）社、未名社、弥洒社等，遍布各大城市，各有自己的一种或多种出版物乃至出版发行机构，因而各自产生了自己的代表作家，在文学史上留下了光辉的一页。多元即繁荣，它的基础是自由。当时虽然人民处于被压迫的地位，但因为政权的分立和软弱，人民仍然可以享受到较多的自由。而后一时期的文学的多元则主要表现为一种封闭的、落后的大一统局面的崩溃，在创作方法上有多样化的尝试。这只是一种萌芽开始走向多元，但也是一种多元。

三、它们都是启蒙的。首先，它们都在呼唤人性。人性历来遭到压抑，在前一时期，封建礼教束缚着人性，文学为反对封建礼教、争取人的自由平等的权利而呼喊，它造就了像鲁迅一辈这样伟大的作家。到了“以阶级斗争为纲”的年代，人性从根本上被否定，谈论人性被斥之为“修正主义”，受到惩罚。自 1966 年以来，越演越烈，人权遭到践踏。“复苏时期”文学的一个特点就是重复六十年前的使命，呼唤人道主义，呼唤人性的复归。

其次，这也必然产生了弘扬科学和民主的要求。从前一个时期到后一个时期，从半殖民地半封建社会到“初级阶段的社会主义”，时光流转六十年，科学和民主仍然成为社会进步的旗帜，这不能不说是历史的恶作剧。中国的大地上曾是多灾多难的，打倒了旧的封建专制，新的所谓“个人专断”代之而起；扫除了旧的迷信，出现了新的愚昧。对皇权威严的迷恋绵延不绝；法律屈从于官位，专制和忠君的思想“大普及”。而封建专制是排斥民主的，也排斥科学和一般的文明。知识分子被列为“臭老九”，“知识越多越反动”，他们长期被视为异己分子或不安定的因素，一直成为整肃或防范的对象。可叹的是历史偏要赋予知识分子启蒙的使命，而启蒙者往往又被推上革命的先驱或“先烈”的地位。文学面对的是一个多么严峻的现实啊！

中国的新文学是在五四运动时期诞生的，它的反对帝国主义、反对封建主义、争取民主、追求科学的精神，历经变化至今没有中断，这是因为产生这种精神的社会基础没有被消灭；而且也因为五四运动时期涌现的作家之中，有不少人仍然健在；受五四运动精神熏陶的作家之中，有不少也依然十分活跃，他们的身上仍然流动着五四的血液。我们在观察“复苏时期”的文学时，不能不注意到这样一个事实。

二

五四时期的作家历经数十年动乱而迎来文学的“复苏时期”的，约有三十人，而仍坚持写作，继续“为人生而艺术”的作家，引人注目的当推冰心女士了。

冰心女士生于1900年，今年刚度米寿，是文学研究会的老会员。1919年开始文学创作，以写她自称的“问题小说”而步入文坛。1919年9月发表短篇小说《两个家庭》，提出改造家庭的问题；1919年10月发表第二个短篇小说《斯人独憔悴》，提出父与子的冲突问题，是最先并且也是最迅速描写五四运动的小说，表明了作者对现实生活所采取的积极的态度。这些作品为作者赢得了声誉。一年以后她逐渐转入散文和新诗的创作，题材也起了变化，据她说这是因为“眼前的问题做完了”，不得不转向回忆，而“回忆中又渗入一知半解，肤浅零碎的哲理”①。对于冰心女士这一时期的创作，茅盾曾发表评论，认为她注视现实并提出了问题，“然而由她生活所产生的她那不偏不激的中庸思想使她的解答等于不解答”，“她只好从‘问题’面前逃走了”，“这一个‘过程’，可说是‘五四’时期许多具有正义感然而孱弱的好好人儿他们的共同经验。而冰心女士是其中‘典型’的一个”②。

从1923年以后，在长达半个多世纪的时日里，冰心女士的小说创作几乎陷于停顿，她的散文和诗却获得了大量的读者。1980年她重新写起了“问题小说”，从母爱、儿童的世界转向身处贫贱的教师，她为现实中的问题发出忧虑的呼喊。这一年3月发表的短篇小说《空巢》，委婉而曲折地反映了一个教授之家在十年浩劫中所经历的坎坷和劫后清苦的生活。小说中的一个人物老梁，居住在美国，因为妻子病故而感到家庭生活的寂寞。这篇小说获1980年度全国优秀短篇小说奖。

上海的《收获》杂志，1988年第5期上发表了冰心女士的又一篇短篇小说《落价》。小说中指出社会上种种东西都涨价，偏有教师和破烂（即废品）一起 “落价”。教师与破烂同命运，结伴贬值，这就是现实中的问题。读完她的小说，人们不能不想起某些关于改善教师待遇乃至“尊重知识，尊重人才”等的呼吁。“落价”问题正困惑着整个社会。

冰心女士晚年还写了许多散文作品，产生了很大的影响，其中之一就是《我请求》。这篇散文发表后引起广泛的共鸣，读者写给她的信件真的

① 冰心：《冰心论创作》，上海文艺出版社，1982年，第33页。

② 茅盾：《冰心论》，见《茅盾论创作》，上海文艺出版社，1980年，第193页。

如雪片飞来。一位老作家能和读者保持这样声息相通的关系，除巴金外恐再无第二人。如果说她前期的散文（如《寄小读者》等），在读者中引起轰动是由于她的“爱的哲学”，那么这时的“轰动效应”不妨说也来源于同一的爱，只不过这种爱从幼小者身上扩大到了他们的培养者身上罢了。这种扩大，或者说这种转变，当然因为冰心女士对现实所采取的积极的态度。

二十年代写“问题小说”，是因为她“周围的半殖民地半封建的中国社会里的种种问题”触动了她，“这里面有血，有泪，有凌辱和呻吟，有压迫和呼喊……”[①]，使她不得不拿起笔来。八十年代重写“问题小说”，那是因为她没有忘记她是参加过五四的老兵，是建设现代化祖国的“执行者”的“忠诚的朋友”，她要向他们谈她的经验教训和想法看法，“引起他们的注意和讨论”[②]。写“问题小说”不是一时的兴之所至，而是“最近将来的写作计划和方向”的实践。套用茅盾的话，这是“‘五四’时期许多具有正义感然而孱弱的好好人儿”经受了生活的磨练后重新审视现实得出的共同经验，“而冰心女士是其中‘典型’的一个”。

三

这一部分我想讲一讲巴金。巴金先生原名李尧棠，生于1904年，是现代中国最有名望的作家之一，他著有长篇小说《家》《春》《秋》《憩园》《第四病室》《寒夜》等，以及许多中短篇小说和大量的散文。他又是勤奋的翻译家，翻译过10个国家23名作家约60部作品。他的文学创作开始于五四运动之后，但他深受五四运动的影响，自认是“五四运动的产儿，是被五四运动的年轻英雄们所唤醒、所教育的一代人”[③]。他声称“没有五四

① 冰心：《冰心论创作》，上海文艺出版社，1982年，第14页。

② 同上，第18页。

③ 巴金：《随想录》，见《巴金随想录》，三联书店（香港）有限公司，1988年，第71页。

运动，就不会有我”[①]。他启蒙于五四，但又是五四后的启蒙者。他用自己的作品歌颂高尚的情操，描绘崇高的理想，唤醒了、教育了几代青年，使他们获得信心和力量，从黑暗走向光明。他坚持不懈地在他的作品中攻击“一切旧的传统观念，一切阻止社会进化和人性发展的不合理的制度，一切摧残爱的势力”，他把它们称作自己的敌人[②]。而这些东西都是封建主义的表现，因此归根结底他的“最大的敌人就是封建制度和它的代表人物”[③]。

他的长篇小说《家》于 1931 年 4 月开始发表，1933 年出版单行本，至今已印了数十版，总印数达一百多万册。它的读者面之广，影响之大，在现代文学中是极为少见的。这部作品之所以有力量，就在于它是反封建的，而且作者是用极大的激情在反封建。四十年后，作者回忆他当年在创作《激流三部曲》中感情激动的情景时写道：“有时丢下笔在屋子里走来走去，有时大声念出自己刚写完的文句，有时叹息呻吟、流眼泪，有时愤怒，有时痛苦。”他感觉到他是“在跟那个腐烂的制度做拼死的斗争”[④]，“就好像对着面前的敌人开枪，我亲眼看见子弹飞出去，仿佛听见敌人的呻吟”[⑤]。没有这样的激情，反封建也是没有力量的。

中国的封建社会延续的时期长达两千多年，而封建主义的生命至今不见衰老。社会的性质改变了，国家的名称改变了，但封建思想并没有丧失它的地位，文学反封建的任务始终不能取消。有人曾经断言巴金的《家》已经“过时”，1977 年为《家》的重印写《后记》时，巴金也曾以为他的这部作品已经完成了历史任务，然而他很快“知道自己错了”。1979 年 11 月他在《爝火集》的序言中指出：“明明到处都有高老太爷的鬼魂出现，我却视而不见，我不能不承认自己的无知。”他认为“今天在我们的社会

① 巴金：《巴金六十年文选》，上海文艺出版社，1986 年，第 740 页。
② 巴金：《巴金论创作》，上海文艺出版社，1983 年，前 17 页。
③ 巴金：《巴金论创作》，第 426 页。
④ 巴金：《巴金论创作》，第 427 页。
⑤ 巴金：《巴金论创作》，第 431 页。

里封建流毒还很深、很广”，“要实现‘四个现代化’，必须大反封建”，“需要社会主义的民主”。从 1978 年至 1980 年这几年间，他曾经不止一次地表述过这个思想。[①] 十年动乱期间，封建主义高度发达，它表现的最大特点是披上了“革命”（或“左”）的外衣，变为一种宗教狂热。人民和文学终于从这一灾难中复苏了，觉醒了，痛定思痛，深感在社会主义中国反封建的重要，实行民主的重要。于是披着“革命”外衣的封建主义亦即封建法西斯主义成了众矢之的。巴金晚年的力作《随想录》就是反封建主义、争取社会主义民主的旗帜。

《随想录》全书 50 万字，共收 150 篇文章，是巴金于 1978 年 12 月至 1986 年 8 月八年间所写散文和杂文的结集。这时他已年迈，体弱多病，然而他仍然怀着极为强烈的激情，控诉、揭露、抨击封建主义。这部书是他对自己也是对社会的解剖，是他作为一个“人”觉醒后为揭穿谎言和骗局而发出的叫喊，是他用真话建立起来的揭露“文革”的“博物馆”，也是他留给世人的“遗嘱”。写到这里，我想起了捷克的一位勇敢的反法西斯战士尤利乌斯·伏契克的话，仿佛也在巴金的《随想录》的字里行间回响：“人们，我是爱你们的！你们可要警惕啊！”在这位战士的祖国向他的同胞们和朋友们介绍巴金晚年这部作品，我感到荣幸，也感到兴奋，因为世界上法西斯的势力虽然没有随着时代的结束而结束，但反法西斯的斗争无论在什么地方，最终都必将取得胜利。历史就是这样告诉我们的。

《随想录》得到了人民的理解，受到了文学界的重视，同时也引起了某些“封建遗老”的恼恨。然而“现代的高老太爷们”毕竟不能随心所欲地控制他的“家”了，《随想录》一印再印，不胫而走，成为“复苏时期”最受读者欢迎的一部作品。

巴金的作品贯穿着反封建的精神。直到晚年，他仍没有停下自己的笔，

---

① 分见《巴金论创作》，第 429、682、692、697、710 页等。

放下自己的武器。如果说他是中国作家之中继承并发扬五四新文学运动反帝反封建的优秀传统的最优秀的代表，我认为是恰当的。

四

谈论所谓“新时期”的文学而忽视冰心女士和巴金先生的创作活动及其作品，是片面的，不真实的。割断“新时期”文学和五四时期文学的联系，甚至完全否定“新时期”以前的文学，这样描画出来的文学图景必定是歪曲的。社会生活中依然充斥着封建主义，反封建斗争并没有成为历史陈迹，而为了实现现代化，仍然迫切地需要科学和民主，这不能不使作家感受到与五四时期的作家相同的心理，除非他的心是冷漠的。

“复苏时期”的文学是色彩缤纷的，出现了许多新作家，有不少中老年作家也大放光彩。虽然没有像五四时期那样有各种文学团体，并在文学团体蜂拥的基础上产生许多流派，但由于创作风格的同一趋向而形成一些群体，如朦胧诗人、京味小说家之类，也是十分突出的现象。文学得到了一点自由，它活跃了，不安分了；当它被告知将对它采取“少干预”的方针时，它却并不以此回报，反而强烈地利用它的自由反对封建主义，要求民主；反对愚昧和迷信，倡导文明和科学。

我在这一部分想介绍几部在当时曾经引起过轰动，至今仍然没有失去魅力的作品，从它们身上也许可以窥见“复苏时期”文学的一斑。

女作家谌容的中篇小说《人到中年》是1980年1月发表在《收获》杂志上的。当人们还沉浸在对伤痕的感伤中时，她尖锐地提出了一个社会问题：愚昧在排斥科学和文明。小说描写中年知识分子所处的困境，所谓由“臭老九”变成了“穷老三”，实际上是大多数知识分子的缩影。有不少人忍痛被迫背井离乡前往异国的土地上谋求生路，留在本土上的则忍受着生活的煎熬，甚至濒于灭亡。小说结尾写女主人公陆文婷之大病不死，实在是为了给读者一点信心而设计的一个“光明的尾巴”。她的鞠躬尽瘁的精神是可敬的，但她的处境是可悲的。

1981 年有两部小说引起强烈的反响。一部是古华的《芙蓉镇》，另一部是女作家张洁的《沉重的翅膀》（1984 年在第 4 次修改后再版）。前者揭露封建主义把一个安定繁荣的小镇搞得民不聊生，后者则抨击压在改革的翅膀上的封建势力是国家和民族的沉重负担，因而起飞艰难。前者写农村基层干部的生活，后者写中央工业部门领导人的活动，这两者都是现实主义作品，它们之所以有力量就在于现实主义的力量，而现实主义的力量就在于揭露。粉饰现实比逃避现实更为怯懦，历来是为读者所不齿的。

路遥的中篇小说《人生》（1982 年）十分鲜明地描写了青年一代对于文明和科学的追求。摆脱了十年动乱的农村仍然是贫穷和落后的，中国有占总人口 20% 的文盲，绝大部分在农村，尤其在农村妇女之中。小说中一个不识字的姑娘巧珍，因仰慕文明而热恋着高中毕业生高加林，却被高加林抛弃；而高加林又因追求更高的文明而超出了社会的道德规范和政治秩序所能容许的限度，被社会抛回不文明的环境，也就是说，社会不允许他损害社会本身对于更高文明的追求。高加林在人生的道路上制造了巧珍的悲剧，也制造了自己的悲剧。但他们对于文明和进步的追求是撼人心灵的，因而赢得了读者的共情。

与这部作品同一年问世的另一部轰动文坛的中篇小说是《高山下的花环》。作者李存葆是军人，写的是一个连队在一场战争前后的活动和感情的变化。他没有像这类作品通常所做的那样，以主要笔墨渲染战争，即便是被视为神圣的反侵略战争；战争的场面在全书中只占四分之一的篇幅，他的批判的锋芒指向封建专制。如果说这部小说是在宣扬爱国主义，那么应该说，这种爱国主义所要唤醒我们的不单是去反击侵略者，它更唤醒我们去反对造成贫穷落后的封建主义。这种爱国主义是升华了的爱国主义。

最后我要提到的是柯云路的长篇小说《新星》（1984年）。《新星》的发表以及根据它拍摄的电视剧的放映，在全国掀起了一股“新星热”，柯云路也因此成为一颗在文坛上冉冉升起的新星。这部小说之所以风靡全国，绝不是偶然的，因为它的主人公李向南在中国一个普通的县城里进行的改革适应了人民对于民主政治的向往，对于除暴安良、维护人民基本权利的要求。人民早已厌弃了践踏人权的封建专制，对于封建官场所滋生的腐败也早已痛心疾首。雷厉风行而又勇敢果断的李向南正是他们理想中的改革英雄。有人肯定这部作品的政治意义而否定它的艺术成就，但作品中的人物却从作家的笔下和表演艺术家的屏幕上走向了受众的心里。据报载，扮演李向南的演员曾经收到不少不相识者来信，请求他为他们“申冤”。人们把艺术形象当作现实中的“青天”，这当然也是一种愚昧，但难道不也是文学的力量吗？作者曾经写道：“《新星》能够获得广泛的社会反响，我以为是和《新星》没有回避对政治的描写有关的。”[①] 作者从来自社会各个层次的热烈反响中，感到了自己的创作尝试得到实践证明，并把它视为一种很高的奖赏。

以上提到的这六位作家，不一定认为他们自己继承了五四的文学传统，或者按照五四时期开辟的文学道路行进，但他们的作品毫无疑问与五四时期的文学是一脉相承的。他们不一定自觉承认五四的影响，但五四的影响的存在不以人的意志为转移。反对帝国主义和封建主义是文学的责任，文学真正要为广大的人民所接受，不能不关心人民的要求和愿望，不能不尽力帮助他们从贫困和愚昧、落后和屈辱的状态中解放出来。

我再说一句，“复苏时期”的文学是色彩缤纷的，除了小说之外，诗、话剧以及报告文学方面，都有许多值得称道的作家和佳作。我在这里没有提到更多的作家，没有提到小说以外的领域，那是因为篇幅有限，也因为

① 柯云路：《现代现实主义的艺术追求》，人民文学出版社，1988年，第62页。

我力不从心。我深觉遗憾。我希望今后还有机会。对于斯洛伐克科学院为我们提供相聚一堂交流研究成果的机会以及给予我个人的热情照顾，我表示衷心的感谢。

1988 年 12 月于北京

拜访冰心（右），1986 年

老舍、郑振铎、茅盾、艾青、曹靖华谈鲁迅及其他

[苏联]萨·丹古洛夫 著

刘季星 译

1957 年我访问中国时，有许多认识鲁迅的人还健在。

“您认为有可能见到他们吗？”我谨慎地问孙琪璋。

“我认为……”她说，“可以先见老舍，他会说明鲁迅在中国文学中的地位。”

我想从孙琪璋身上观察新中国妇女的面貌，1957 年那个春天她有多大年纪？她不到二十，已经有了三个孩子。

于是我们去见老舍，在中国作家中，他是常被看作欧洲文化化身的一个人。他在伦敦大学东方学院教了五年中文，同时他最初的几篇短篇小说（译者按：应为长篇小说）也在伦敦写成。不过这位作家的成名主要不是由于他的短篇小说，而是长篇，他在欧洲生活期间对欧洲文学经验的理解在某种程度上也产生了积极的效果。早已成为中国文学名著的《猫城记》《骆驼祥子》，就出自于老舍的手笔。

为我开门的是一位个子高的男人，头上的短发已见花白；他的身体并不发胖，没有这种年龄的人似乎必须具有的特征。他动作轻捷，虽然也略见迟缓，但整个风度显得比实际岁数年轻——我们的主人勉强可以看作六十三岁吧（译者按：恐为五十三之误，老舍生于 1899 年）。我们跨过门

槛，被这位作家让进室内，只觉眼前一亮，四壁挂的全是中国画，琳琅满目。正中挂着一幅白色的鸽子，绝非平庸的模仿，它雪似的白，身上和脚上都是毛茸茸的。我的印象中好像是闯进了一个画家的家——我把这一点告诉了老舍。

“您说对了，”老舍微微一笑，“没法子躲了，得让画家见见您。”他把通往内室的门开了一条缝，一位女士走了出来。她的模样中有男主人的一些影子——有人说得好，夫妇多年相处，彼此都有些相像。

“认识一下，认识一下，我的胡絜青。”我立刻记起孙琪璋曾经跟我说过老舍的夫人，她毫不掩饰她的兴奋的心情，说老舍的夫人是一位工笔画的画家。不过为了肯定这一点，我把我们坐着的这间屋子来来回回地看了个够。目光所及，不论是画风还是色彩，都是妙不可言的。按照中国的传统，如这幅白鸽，它们都具有象征意义，虽然归属于鸟类世界。在和老舍谈话的过程中，我的眼睛不由自主地一直盯着胡絜青的画。

老舍——事先告诉他谈话的主题是鲁迅，小心翼翼地掌握着会面的主动权。

“鲁迅不只是我国现代动乱时期的作家，他还是我国革命转变时期的作家。”老舍说，“如果说到鲁迅的小说，那么最足以代表他的就是讽刺；具体地说，首先就是他的中篇小说《阿Q正传》，那是对于各种奴役和奴隶制度的抗议，我喜欢鲁迅，他是文学语言的大师，内涵丰富，又极度精练，常有脍炙人口的警句。他的艺术遗产从它的整个本质来看是属于现代的，因此是贴近生活的，富有活力的。”

到了向老舍夫妇告别的时间了，我又看了看四壁的画，目光停留在那幅白鸽上——鸽子画得真好。胡絜青从墙上摘下那幅画，赠给我作为造访他们家的纪念。这个家在我的记忆中是好客的家，是照耀着殷勤待客的和煦的阳光的家。虽然那一天好像是北京早春的一个阴暗的日子，那时候我绝没有想到三十多年后我会写信告诉作家的遗孀，那幅白鸽的画安然无恙，照旧挂在我从中国回来后挂着的地方。我们同伟大邻国的悠久的关系大概有很多特征，这种关系不顾政治气候的风云变幻。这种特征对我来说就是白鸽，从那个遥远的时刻起，我们家一直把它叫作“老舍的鸽子”，这段历史还要继续写下去……

我准备启程，热心的孙琪璋送给我几本皮面精装的笔记簿，说它们是记事册倒更加确切些。它们的厚实以及精美的装潢，预示我要进行长途跋涉；而一路的收获不仅在今天具有它的意义，无论前者或者后者都已言中。经过了这么多年，这些笔记本完好无损，它们现在就放在我的面前。

由于希望理解鲁迅散文作品的性质，他探索的主要内容，我拜访了郑振铎。我知道这位交谈者是在国内受的教育，通常叫作古典教育。后来他去欧洲深造，先赴法国，然后去德国和英国。他运用在欧洲所得的学识研究中国文学，写出了四大部中国文学史，在同类的著作之中几乎是独一无二的。我也深知，是北京大学使这位交谈者同鲁迅相识，他们二人都曾经在这所大学任教。（译者按：郑振铎于1931年至1934年在燕京大学任教）

“这样一个问题：为什么鲁迅有这么大的名望？”郑振铎问道，“符合现实的迫切需要？很对。掌握了短篇小说的秘诀？当然，不错。善于传播新鲜活泼的思想？这也对。还有什么？富有一种作家视为至宝的品格——这就是他的所向披靡的幽默；说得确切一些，是幽默之中含有讽刺的、犀利的力量。这是指他的嘲笑常常使他的对手应声而倒。他的头脑和眼睛大概具有特殊的、能帮助他发现肌体上的溃疡的构造，因而拥有敏锐地观察我国社会生活缺陷的能力。我甚至想过，同契诃夫一样，他的医学知识发挥了作用——像这位俄国作家一样，他也是医学院出身的。”

然而这番话只不过是郑振铎想转入正题的开场白而已。

“不要把自己写的东西看得太宝贵，要毫不可惜地删去——当鲁迅跟我单独谈话时，他这样开导我——艺术即删改的能力，作家应当有他可以信赖的书，艺术上可以信赖的。”

细心的孙琪璋指出，同四大部中国文学史的作者的这番谈话使我入迷了；她还告诉我这么一句话，把我这位交谈者的肖像描绘得更加完整：

“大家都说学者喜欢，像俄文中说的，孤独……可是郑振铎不是这样的人。”

“您说具体的……指什么？”我问。

“那当然——用俄语来说，他是一个社会人物。”她回答说，“您只要想一想他写出四大部文学史，同时又收集图书，非常珍贵的图书，准备赠给他的家乡。”

郑振铎以他独特的方式安排我与茅盾会面。稍有中国文学常识的人都会知道茅盾，他在我国也享有大作家的声誉。我们之所以能对在中国发生的事件表示关心，正是由于茅盾在他的长篇小说中塑造了中国革命者的鲜明的形象。

我们两个人的谈话持续到这次会面的结束，会面是茅盾安排的，是对于《外国文学》杂志出版中国专号这样一件——用他的话来说这样一件好事所做出的反应。茅盾详细地同我谈编辑部应当如何推出这期专号，并且高兴地答应写一篇文章介绍今天中国的文学，约定如果编辑部同意四个月以后交稿，他一定实践他的诺言。茅盾是守信用的，1957 年 7 月，他的文章寄到了莫斯科，在这期专号作为头条发表了。

留在我记忆中的这位作家，是个什么模样呢？我描写的茅盾一定是主观片面的，可是他的外表使我想起他有几分像孙逸仙（孙中山），早年我国报刊上登载的后者的许多照片所给予我的印象就是如此。一字胡，鬓角梳得平整，已见丝丝白发；一身端正的制服，与孙逸仙博士的穿着十分相像。

“有一种意见，认为作家直到他的生命的终结，应当始终是一个艺术家。”茅盾说。他从容地展开他的思想，他的语调中透出深思熟虑的样子，甚至可以说跳动着一种节奏。“但是另外又有一种意见，认为如果祖国的利益需要，号召去进行战斗，小说家就应当暂时放下自己的小说。”在这里做出绝对的结论大概是不大合适的。不过他把生命的最后十年献给了翻译事业，当然首先是俄文翻译，能不能说这是一种牺牲？是的，可以这么说，这是一种牺牲，一个有思想原则的人是会接受这种牺牲的。

“您说过，郑振铎在和您谈话时曾经提出一个思路，如果把这个思路发挥下去，”茅盾强调指出，“那么，应当说，鲁迅是短篇小说的大师，在这方面，他的情节的紧凑和语言的精炼、他的才能得到了充分的表现。他认为存在于人民生活之中并且世代流传于民间的小说，一直在不断进行加工，到我们这个时代已经臻于完善。因此它的各个方面的优点，如情节、人物、性格、语言对话等，对于作家来说是非常丰富的养料。这种小说是千百万人民在世代相传中创造的，怎么能不完善呢？”

听茅盾娓娓道来时，我在想：他在中国国家机构中处于这样重要的职位，仍然是一位艺术家，他注意到了鲁迅的艺术手法中更深的层次。

我也记得与中国大诗人艾青的会见，尽管他历经苦难，所幸他今天仍然健在。我见到的是一位非常坦荡的人，充满友好的感情。我依稀记得，他说法语时有中国话的动听的声音，词汇丰富，不限制地表达思想，即使是谈论诗。艾青主动送我，我们两个人一起走过了几条街道，也是关于鲁迅的谈话才使得我们有了这样相见的时刻。

“他作为一个改革者出现在中国的文学史上，在这里他通过两条途径进行改革。第一，他改革文学语言，使它彻底从古文中解放出来，接近于人民口头的语言。第二，他拿普通的中国人作为他的作品的主人公，是他们的双手创造了一切财富。换句话说，这已经不是改革，而是革命。正如他在生活中也是一位革命者一样。这一人格的完整性，看来就是鲁迅的突出特点。不过关于这一点，熟识鲁迅的人会更详细、更准确地告诉您。”

当我在中国旅行的时候，有一位老人也健在。有充分理由可以把他称作鲁迅的战友，这也可以从鲁迅写给他的大量的信件中得到间接的证明，这些信件已经收入我国出版的全集之中。我指的是曹靖华教授。他是公认的熟知我国文学的专家，是著名的俄语文学翻译家。他长期在高等学校讲述我国文学，为使中国读者了解我国的艺术语言做了许多工作。据说曹靖华说得一口漂亮的俄语，他在莫斯科和列宁格勒进行过深造，后来把俄语学习看作一宗贵重的财富加以保护，坚持不懈地充实提高，而他从翻译俄文作品中又获益匪浅。我们的谈话移到作家协会的客厅里，他进来时带着一包东西，原来是伟大的俄国诗人的一座石膏像。

“我希望您有一尊中国制作的普希金。”曹教授说，把石膏像放在我们面前的桌子上，于是我们就好像在普希金——中国制作的普希金塑像的荫庇下进行谈话，这具有一种象征意义。

“出版机构有一个可靠的掩护，鲁迅替它取了一个名字叫作‘三闲书屋’，所谓‘三闲’是实有其人，即鲁迅本人，他的战友、知己、大名鼎鼎的瞿秋白，以及在下。关于瞿秋白，值得特别说几句，他是天赋极高的文学家，他的光彩照人的文章成了中国革命政论的经典之作。有一个时期他代表一家中国报纸驻在莫斯科，曾经见过列宁。他的文章才气横溢，不单是革命者的光彩，还有文学家的才华，这些使得他和鲁迅接近，他们的命运连接在一起，直到生命的最后一刻。这就是‘三闲书屋’。不出所料，这一幽默的手法麻痹了书报检查关，使他们不能采取行动。而当他们沉迷于寻欢作乐之中，‘三闲书屋’出版了火把一般的长篇小说——绥拉菲摩维奇的《铁流》。‘闲’汉们一本接一本地出版了费定、阿历克塞·托尔斯泰、法捷耶夫、卡达耶夫、拉夫列尼约夫的作品。”

教授的叙述突然停顿了下来，沉默中蕴含着丰富的内容——我至今还记得他紧闭着嘴唇，目不转睛地注视着诗人的石膏像。室内的光线逐渐暗淡下来，洁白的普希金的石膏像却显得越来越明亮，他没有打开电灯，大概是想让普希金的光芒更加长久地照耀着我们。

“我到达上海时没有碰上好日子，瞿秋白刚刚被捕并被处决。我很快又得悉鲁迅生病，病势十分危险，不过可以去见他。按照地下活动规定，我走进一家日本人开的书店，我说‘我姓曹，从北京来’，他们就把我带到这位朋友家里，我进入鲁迅的卧室，他仰躺在床上。他凄然地望着桌上的一张报纸，那上面登载着瞿秋白被害的消息。我和鲁迅的对话很简短，他也不可能多说话，他说每一个字都带着痛苦的喘息。我告诉他，他的一本短篇小说集已在莫斯科编译完毕，可是出版工作突然停了下来，他们很希望鲁迅为这本小说集写一篇序言，向俄罗斯读者说几句话。他很吃力地用胳膊支起身子，用一种在我听来如同幻觉的十分微弱的声音说：‘这篇文章我是要写的，尽力写吧……’”

教授告别了他的朋友，他至今仍记得鲁迅的手没有一点的血色，是冰凉的。走出了鲁迅的住处，他想道：没有想到鲁迅已病得这样重，也许是因为上海的秋天，秋天的多雾、秋天的绵绵细雨吧。他还想道：命运还能留给他多少日子呢，几个月？几个星期？几天？

结果只有几天——真是屈指可数：10月16日鲁迅仍挣扎着想写这篇序言，18日他已不能起床，19日去世。正是19日这一天，邻居拿着报纸跑来：“鲁迅逝世。”

教授告诉我，他记得那天他的胸口像堵上了一块石头，他压抑着在城里漫无目的地走了一天。他始终想着：亲笔写的信还会寄来的，像鲁迅活着时一样……

这封亲笔信，也许是作家的绝笔了，关于它还能说什么呢？我们各个民族的联盟是一宗巨大的财富，要珍惜他——这是留给生者的遗训。他还想过，这里主要的是留给生者的遗训。

我走访了鲁迅住过的几个城市，这也符合老舍的建议。我的几本皮面的笔记本里记满了关于鲁迅的数十次谈话——以后我会阐述这些谈话的。当然，我到了作家的故乡绍兴，并且在他的老屋里住了几天。

我还见到了什么呢？鲁迅的生活及其生活中的痛苦和欢乐留给我深刻的印象。两年前我在日本的时候，就应当地著名的作家、翻译家久坂先生的邀请欣然来到仙台。这是鲁迅的仙台，他在这个城市学医，度过了年轻的岁月；又从这里动身归国，决心放弃行医治病而去对社会弊端痛下针砭，肩负起一个战士作家的使命。我在仙台沿着鲁迅的足迹，到过他的住处，进入他曾经学习内科诊治和创伤疗救的老教室，在他曾经坐过的座位上庄重而忧思地坐了下来。久居在仙台的老人们告诉我，当年鲁迅就是坐在这个位置上听日本的教授们讲课的。

陪同我在仙台寻访鲁迅足迹的是可敬的三春先生。他受到这座城市的居民的爱戴，因为他是仙台古迹的第一位保护者。而他使我感兴趣的，则是他作为一种中介，连接了，我想说，具有象征意义地连接了两个主要的地方协会，即日苏协会和日中协会。我的到来在仙台引起了纷纷议论，苏联的文学家来到仙台朝拜鲁迅的圣地，这里面有没有需要深思的东西？大概是有的，从各方面来看，尽管过去三十年间刮得非常猛烈的一阵阵冷风，却没有力量把苏、中两国革命的团结战斗的美好友情冻杀在严寒之中。在仙台那几天，大家都这样，或者差不多这样在议论，当地的报纸也发表了这样的看法。

访问仙台并不是我指出这个现象的唯一明证。不应当忘记中国文化曾以它的全身心感受到了远非疯狂可悲的事件所带来的后果。我在 1957 年春天去过的艾青的家，遭到了破坏。“有时我觉得我走过了一条很长的黑暗而又潮湿的隧道……”艾青后来说。

老舍的家和老舍也受到疯狂的冲击。国家遭受的损失是不可挽救的。

在不可抗拒的时间中，生活以它本来的面目走向它的目标，呈现出美好的未来仍然值得期待。

突然电话铃响了起来，发生了意想不到的事，我得承认，这着实使我大吃一惊：

“我是孙琪璋，您的翻译……我同中国音乐家一起来参加柴可夫斯基比赛。”

简直不能相信，孙琪璋，1957 年春天我在北京时的助手，肖洛霍夫的《静静的顿河》的译者。那时候她还不到 20 岁，现在快 50 岁了……

于是我们在编辑部里我的房间坐下，回忆起那遥远的北京的春天。谈话是零乱的，没有一条线把它贯穿起来。

“您记得吗？我们曾经谈过郑振铎把一批书送给了他的家乡，那些书都是很珍贵的——他起了带头作用，这些年有许多人跟着他做了。”

没有料到孙琪璋谈起了这件事，这对我也不是没有关系的，但是怎么跟她说呢？当然，我远远比不上郑振铎，可是在我的家乡库班地区的阿尔马维尔城，这几年也成立了一个图书馆。不错，是儿童图书馆，我和仁慈的尼古拉·谢苗诺维奇·吉洪诺夫（译者按：这是苏联著名的作家，1979年去世）尽我们所能给予了帮助，这个图书馆将继续存在下去。最近我又向它捐赠了一些，不，不是书，而是画，收集到的一批富有特色的画，画的是永恒的母爱的题材，一百四十件，是世界各个地方的朋友寄来的。

“有中国的吗？”孙琪璋问。

“没有，中国的没有……”

她不作声了——她要打破沉默是不容易的。富有同情心的孙琪璋一定在考虑着与刚才说的话有关的事，不过那是什么呢？

没有料到胡絜青从北京寄来了邮包。对，对，女画家胡絜青，老舍的夫人。邮包里是精致的中国画，以纯中国技法表现了母爱的不朽的形象。另外，还有一把扇子，做工非常精巧，写着中国字。

可以理解，北京寄的邮包是孙琪璋的倡议。我在邮包里发现一封信，也由她译成了俄文。

信是这样写的：

多年不见，往事纷纭，常萦脑际，百感交集。我已年过八十，所幸身体尚健，并无大病。小病则屡治而不断，但不致妨碍每日的劳作。而女儿与我同住，因此身边常有人照料。我国社会面貌日新月异，不断前进。因而我常感此生的自由与安宁，兹向儿童图书馆寄赠我的画一幅，折扇一柄；扇面的诗系老舍赠友人之作；另一面所画乃三友——松、竹、梅，即“岁寒三友”是也。

祝

吉庆平安！

胡絜青（老舍夫人）

1988年8月18日

这时我感到了很少有过的激动，我在信中恍惚看到了我访问中国，与中国语言艺术家多日连续的交流。当然，更有同鲁迅先生栩栩如生的形象的相知相识产生这样合乎逻辑的结果；而鲁迅先生形象的存在，继续证明“留给生者的遗训”重要的思想是极为正确的。

译者附记：

本文原载《真理报》1989年8月18日，题为《留给生者的遗训》，另有一行副题《关于鲁迅及其生活，作为作家，他希望以兄弟民族待我》。现有的题目是译者所改。文前原有一段数百字的引言，因与本题无关，略而未译，其余悉照原文。作者为苏联作家，生于1912年，1957年时为苏联《外国文学》杂志的工作人员。他的长篇小说《外交家》《库兹涅茨桥》以及剧本《不受审判的哥尔查科夫》等，均已译为中文。

1989年9月 北京

（原载《文艺报》1990年2月24日第7版）

茅盾与丹麦文学

茅盾是中国现代文学一位杰出的代表，他创作的长篇小说《子夜》《虹》《腐蚀》，中篇小说《蚀》三部曲，以及短篇小说《林家铺子》《春蚕》《秋收》等，是中国文学史中不朽的名篇，在海内外拥有广泛的读者。

但他的文学活动是从介绍外国文学开始的，尤其是在1921年他担任具有全国影响的大型文学杂志《小说月报》的主编之后，这种介绍便进行得更有计划、更有系统。他的介绍着重于欧美文学，主要是十九世纪俄国和其他国家的批判现实主义作家的作品，以及弱小民族的文学。他把北欧几个国家也放在弱小民族的范围之内。1929年他出版了一本名叫《近代文学面面观》的著作，概述欧洲九个小民族的近代文学，第一篇就是丹麦，虽然这是他的弟弟沈泽民的译文。为什么他把目光投向弱小民族的文学呢？他自称这是出于他“个人的癖好”，其实这是五四运动后流行较广的一种文学思潮。茅盾主张文学为人生，他想借外国作品来抗议本国丑恶的现实，刺激将死的人心以奋起抗争。二十年代的中国与弱小民族有共同的命运，他们追求民族振兴和国家强盛的精神与中国人民争取独立和解放的心灵是相通的。

而当时“北欧及俄国文学，翻译者极多，大率亦为名家”[①]，鲁迅、胡适、周作人、潘家洵等人都翻译过北欧的作品。茅盾的翻译情况，从下列的数字可见一斑。

1919—1920年，他翻译外国作品五十一篇，其中北欧四篇，约占百分之八。1921年翻译五十四篇，其中北欧八篇，约占百分之十五。1922年翻译三十篇，其中北欧九篇，占百分之三十。翻译的数量并没有增加，而所占的比例却明显上升。如果不是1923年他辞去《小说月报》主编的职务，这个比例估计还要上升。

不过他的译笔留恋着挪威、瑞典，如比昂逊、包以尔、斯特林堡、拉格洛夫等人的作品，丹麦作家的作品进入他的译文为时较晚，为数也不多。据记载，他翻译的第一篇丹麦作品是勃兰兑斯的《安徒生论》中的一节《文艺的新生命》，于1925年8月发表（《文学周报》第156期）。第二篇是维兹的《恋爱》，同年12月发表于同一刊物（第204期）。然后中断十年，到1935年1月，发表了第三篇也是最后一篇丹麦文学作品的翻译，那是安徒生的《雪球花》（载《文学》杂志4卷1号）。

然而从向中国读者介绍丹麦文学的历史来考察，他却是先驱者；介绍的丹麦作家之多，也无人能望其项背。

《小说月报》第12卷第6号（1921年6月）刊载了茅盾所写的《十九世纪末丹麦大文豪约柯柏生》一文，这是茅盾最早的也是唯一的论述丹麦作家的文章，其中除叙述约柯柏生（现译为“雅科布森”）的生平和创作之外，还评介了丹麦作家十四人。同期《小说月报》发表了李达从日文所译生田春月的文章《现代的斯干底那维亚文学》，茅盾为它作了三十六条注释，提到丹麦作家二十五人。

《小说月报》从第12卷开始新辟一个《海外文坛消息》专栏，由茅盾

---

① 茅盾：《茅盾书信集》，刘麟编，百花文艺出版社，1987年，第182页。

撰稿，直至第15卷第6号，在三年半时间里，一共发表了两百零六条消息，其中报道了二十位丹麦作家的动态。

根据以上三个方面的统计，除去重复者，可以说，中国的读者早在半个多世纪之前即已从茅盾笔下知道了五十三位丹麦作家，丹麦十九世纪以来的著名作家，大致已包罗在内。其中最先被介绍的是尼克索，茅盾认为他是现代丹麦作家中的“巨子”，“以擅长描写贫苦生活见称于世”，并举出他的《征服者贝莱》和《蒂特，人之子》两部长篇小说。

雅科布森被茅盾选中以专文加以论述，可能与材料来源有关，不一定意味着他在丹麦文学中的地位。但茅盾尊他为丹麦三大自然派作家（即他和德拉克曼、沙诺尔夫）中最博得世界声誉的一人。他的作品已具备现代新浪漫派的色彩，文字有“醉人的魔力”，其影响已超越国境，特别是他的长篇小说《尼尔斯·吕赫纳》，在奥地利诗人、作家里尔克，霍夫曼斯塔尔等人的作品中留下了很深的痕迹。他的另一部长篇小说《玛丽·格鲁蓓》，则以其“神韵的柔媚馥郁以及半透光的色调”令人惊叹，堪与荷兰大画家笔下的风景媲美。茅盾也称赞他的诗作开辟了丹麦诗歌的新时代，在论文中还翻译了他的一首《无题》。应该说，这才是茅盾最早翻译的丹麦作家的作品，虽然并没有单独发表。

茅盾论述雅科布森的创作，是把它放在整个文学的大背景上，因而他的笔锋也触及了十九世纪的丹麦文学的总体。他指出丹麦文学的特质是细腻、甜蜜、迷离，是丹麦民族性的表现。它在十九世纪七十年代，仍是浪漫派鼎盛的时代，当时的代表人物如伯特克、温特、安徒生、帕卢赞·缪勒等在国内外仍拥有强大的影响。可是另一方面，自然主义已在法国得势，渐渐成为欧洲文学的主要倾向。进入十九世纪八十年代后，丹麦的浪漫主义光芒坠地，自然派文学掀起了波澜，文坛上呈现出奇异的交错景象。以后德拉克曼从自然派阵营中倒戈而出，同主张民族的爱国主义的盖勒鲁普结成第二个浪漫派，与以勃兰兑斯为首的自然派相抗衡，直到二十世纪初。但是，茅盾接着说，纯客观的自然派文学和纯主观的浪漫派文学均非丹麦人所喜闻乐见，因而新的理想重又在人们的心中觉醒，心理描写而带主观态度，喊出现代人的烦闷而又带有新理想和新信仰的文学，即呼之欲出了。

这是茅盾早年为丹麦十九世纪后半期文学所描画的肖像，他的笔调也许略嫌粗疏，但他正是以这样的基本认识来评论丹麦作家的。本文不可能把他的观点一一加以罗列，特别是他在注释上述李达的译文时所做的评论更为零碎；不过这些已是难得的史料，这里摘要做些介绍。首先是欧伦施莱厄，茅盾认为他是丹麦最大的浪漫诗人，受了德国哲学家谢林的影响，鼓吹浪漫主义，“把十九世纪前半期德国浪漫主义的花移植到丹麦”。约·海贝尔，茅盾称之为勃兰兑斯之前丹麦“最大最有势力的批评家”，“他在浪漫文坛上的威权犹之勃兰兑斯在写实文坛的威权”。茅盾还顺便提到他的母亲居勒姆堡伯爵夫人是一位“大小说家”。德拉克曼，被茅盾誉为丹麦自然派三大名作家之一，“在他们身上，可以看出丹麦的自然主义文学不曾大盛，而旧浪漫派的缺点倒先洗刷净尽了”。彼·南生，茅盾称赞他是“丹麦近代文人中最能在‘文笔’上出风头的作家，词句之美丽，少人及得”。最后是卡·劳森，茅盾认为他是“反写实主义作家大盛后的唯一的有名的写实文学家。他最擅长的作品是描写下层人民生活的作品”[①]。

这幅肖像对于中国读者是陌生的，因而也是新颖的。茅盾是以自己的著述向中国读者介绍十九世纪丹麦文学的第一人。

此外，茅盾对丹麦文学的源流——北欧神话也做了长期的研究。1925年2月至4月，他曾撰写六篇关于北欧神话的文章连续刊登在《儿童世界》杂志上。1928年7月，茅盾在流亡日本期间重新开始了一度中断的研究，写出了《北欧神话的保存》《希腊神话与北欧神话》等论文；至1929年12月，便有整本的《北欧神话ABC》脱稿。据茅盾回忆，他之所以研究北欧神话，是由研究希腊史诗和希腊神话所触发。而当他研究希腊神话“那时候，郑

---

① 此段引文均出自《北欧文学一脔》，商务印书馆，1925年，第17-20页。

振铎颇思编译希腊神话，于是与他分工，我编北欧神话”[1]。这里所说的“那时候”，看来是指1925年年初，而四年后，他所分工编译的部分在流亡日本的生涯中全部完成，这可能是始料不及的；而北欧神话在他的流亡生涯中给予他极大的影响，这可能更出乎意料。

1927年中国革命的失败，对处于革命洪流中为革命笔扫千军的茅盾是沉重的打击。他感到了幻灭的悲哀，人生的矛盾，情绪是极度的消沉和悲观。他决计改换一下环境。1928年7月初东渡日本，半个月后他在《从牯岭到东京》一文中这样写道：

> ……我希望以后能够振作，不再颓唐；我相信我是一定能的，我看见北欧命运女神中间的一个很庄严地在我面前，督促我引导我向前！她的永远奋斗的精神将我吸引着向前！

而在这篇文章的结尾，他已经兴奋地表示他的“悲观苦闷是被海风吹得干干净净了，现在是北欧的勇敢的命运女神做我精神上的前导”。

现在我们已很难了解他这一重生的过程和在这一过程中起作用的因素了，但北欧神话的影响是十分明显的。我们知道北欧神话中的命运女神是姐妹三人，即Urd，“过去”的化身；Skuld，不可预知的“未来”；排行第二的Verdandi则正当“盛年，活泼，勇敢，直视前途；她是象征了‘现在’的”[2]。那么，这“北欧命运女神中间的一个”是指谁呢？

有人试图从现实中考证出这一位神话中的人物来，而茅盾本人却做过这样的解释：“我们，生在这光明和黑暗交替的现代的人，但使能奉Verdandi作为精神上的指导，或者不至于这样‘落伍’吧？”[3]可是茅盾为

---

① 茅盾：《神话研究》，百花文艺出版社，1981年，第1页。

② 茅盾：《野蔷薇》，上海大江书铺，1929年，第2-3页。

③ 同上。

什么不取希腊神话中的摩伊拉三姐妹，而偏爱北欧的 Verdandi 呢？这涉及他对欧洲南、北这两个民族所表现出不同的原始的人生观评价。他倾向于现实的北方民族，他们是“紧抓住‘现在’的，既不依恋感伤于‘过去’，亦不冥想‘未来’”[①]。他那时正需要一种重生的精神，要坚定而勇敢地看定现实，“大踏步往前走”。

北欧神话对于茅盾的另一影响，是为他提供了一种创作的借鉴。他在 1933 年 2 月发表的短篇小说《神的灭亡》，就是借用了“北欧神话中神的劫难来象征蒋家王朝的荒淫堕落及其不可挽救的必然灭亡”[②]。四十六年以后，即茅盾逝世前两年，他在为自己的短篇小说集写序的时候，还建议“让中学生懂得一点北欧神话，也是增加他们知识的道路之一”[③]。可见北欧神话对于他的影响是终身不衰的。

如果说北欧神话的影响是丹麦原始的文学为他灌输了精神上的力量，那么丹麦的十九世纪文学也为他补给了创作上的营养。我们且来听听茅盾的自述，因为在这种问题上，只有本人承认，才能成为定论，否则，外人的任何分析和指点都难免落入任意妄测之途。

那是在 1934 年，《中学生》杂志约请茅盾通俗地介绍外国文学，写一组独立而又连贯的文章，于是茅盾想到：

> 二十年代初期，我在商务印书馆的涵芬楼内研读英文版的外国文学著作时，特别喜欢丹麦文学评论家勃兰兑斯写的《十九世纪文学主潮》，因为他在掌握了丰富的材料后，却是用讲故事的方式阐述文学史的发展，形象地描绘作家的生平和他们各不相同的性格，从而评论作品的特点，“宣传”自己的观点。读他的书，绝不会被罗列的史实

---

① 茅盾：《野蔷薇》，上海大江书铺，1929 年，第 2-3 页。
② 茅盾：《茅盾短篇小说集（上）》，人民文学出版社，1980 年，第 2-3 页。
③ 同上。

和枯燥的说教弄得昏昏然，而是得到一次充分的艺术享受。[①]

因此，“我何不也试试用勃兰兑斯的方法？”于是他试了，写了，结果“很受中学生、年轻的工人、店员乃至大学生的欢迎”[②]。这就是于1936年结集出版的《世界文学名著讲话》。

距茅盾介绍丹麦文学的第一篇文章的发表，至今已快七十年了，时代在前进，世界在变化，他当年看作弱小民族的丹麦已成为欧洲的发达国家，丹麦的文学作品也被不断地翻译到中国来；特别是安徒生、勃兰兑斯和尼克索，他们三人的主要作品几乎都已译成了中文，拥有广大的读者群众。但是丹麦文学丰富的宝库还没有完全向我们敞开，我们的翻译工作仍需要加紧努力。例如茅盾在1921年即已推荐的雅科布森的两部著名的长篇小说《尼尔斯·吕赫纳》和《玛丽·格鲁蓓》，我们至今还无缘拜读他们的中译本，更不用说别的名家的名作了。请允许我借此机会呼吁中国和丹麦两方面共同努力，使中丹两国的文化交流继续顺利地进行。

1990年10月于北京

（原载《香港文学》1990年第2期）

① 茅盾：《我走过的道路（中）》，人民文学出版社，1984年，第268页。
② 同上。

茅盾的政论诗

茅盾自二十世纪七十年代以来的十一年中，引人注目的著作是长篇回忆录《我走过的道路》，不大引起注意的是他那些零零碎碎写成的旧体诗词，有一两首在报刊上悄然发表了，绝大多数秘藏在抽屉之内，不为世间所知。1978年曾出版过一本简体横排的《茅盾诗词》，他不甚满意，1980年下半年亲自动手把全部诗稿审订了一遍，做了一些修改，拟用繁体直排印行。不料死神出现，破坏了他的计划，他的遗愿直到1985年，即病故后的第四年才得以实现。这就是《茅盾诗词集》。

此书收诗119首，词22首，第一篇作于1940年，最后一篇完成于1980年初夏，前后刚好是四十年。这四十年之中，1940年至1946年存诗17首；1947年至1957年为空白；1958年至1963年存诗43首；1964年至1970年再次为空白；1971年以后又见写作，至去世时存诗计59首。后七年的空白，不独茅盾一人的遭遇，可以理解；前十年期间，1949年以后之保持沉寂状态，直到1958年忽然苏醒，其中的原因不难猜测。1957年1月毛泽东诗词十八首在《诗刊》上公开发表，为作家写旧体诗解除了束缚。旧体诗词历来被认定是复古倒退的形式，颓废没落思想的载体，封建遗老的领地，在那种时候是没有多少人敢轻易涉足的。

这四十年正是风云变幻、烽火遍地、社会动荡、斗争激烈的岁月，他的诗词也翻卷着时代硝烟。抨击旧政权，拥护共产党，歌唱“三面红旗”，批判修正主义，为粉碎“四人帮”而庆幸，为《毛泽东选集》出版而欢呼，等等，成为他这部诗词集的主体。

茅盾是文学家，更是政治家，他的经历，读者是并不陌生的。他以小说创作富盛名，而他开始创作小说时正是从革命大潮中退下来的弄潮儿；他的笔素来与才子佳人、鸳鸯蝴蝶无缘，他的歌声中也没有风花雪月、伤春悲秋的情调。而他的诗词甚至比他的小说更加直露、更加强烈地表现出他的政治倾向，尽管历来的诗评家常常把含蓄当作诗词的一种创作原则或理想境界来鼓吹。

《茅盾诗词集》的政治倾向性首先表现在内容上。119 首诗之中，明确宣传政策等等的政论诗，占 51%；22 首词中，政论词占 68%。它们大都作于二十世纪六七十年代，并且有一些带有明显的表态性质。

其次，他的诗词与他的小说一样，也使用革命现实主义的创作方法，诗中不大容易发现飞翔的想象，也很少遇见奇异的构思；严肃、深沉，紧张而又激烈。他以文为诗，以诗论政，战斗的锋芒毕露，因而其中的多数“缺乏感情地去影响读者的艺术手腕”（引自他的《〈地泉〉读后感》一文）。

第三，他的语言明白如话，不加雕琢，以求准确表达诗中所包含的政治信念和观点，消除挡在旧诗词与读者之间的壁垒，绝对避免因格律限制而产生的语意模糊或语焉不详的毛病，不给读者留下误解的可能性，虽然往往会出现散文化的笔法。这里试举他的半阕“沁园春”为例：

河山改换旧装，仗自力更生挖潜藏。喜工学大庆，高攀科技；提高农产，备战备荒。除“四人帮”，拨乱反正，策宏图建国有方。党领导，九亿人奋起，旗鼓堂皇。（《毛主席逝世周年献词》）

词中如把几个逗号去掉，就与一段政论文无异。

另一方面，茅盾还吸收当时民间革命化、政治化的流行语入诗，例如“挑起武斗制分裂，破坏生产手段辣”（七律《读毛主席词有感》），“春雷震碎春婆梦，叛逆曾无好下场”（七律《过河卒》），“三全会，开先路；十一大，创新纪。作世界革命，坚强堡垒。三要三不誓坚持，扫除四害须彻底”（满江红《欢呼十一大胜利召开》），等等，以加强说理的力量，并减少文人诗词的书卷气，这对现下大力提倡的诗词大众化来说，无疑会起到良好的作用。

第四，在处理形式（特别是格律）与内容的关系时，绝对不许格律束缚表达思想的自由，需要怎么说就怎么说，宁可不合格律而不能损害诗词的内容。从以上所引用的一些律句中已经可以见到平仄格式方面的大致情况，下面再举一首为祝《民族团结》复刊而写的“西江月”为例：

民族加强团结，齐心有所作为。百家争艳更争奇，革命红旗高举。文教之花灿烂，枝多叶茂根深。奔腾万马又长征，攻险攻坚必胜。

“西江月”虽有多种体式，但同一首词上下阕不同韵，似未曾见。当然，不妨认为它是一种变体。自从《蝶恋花·答李淑一》问世以来，原有一韵到底的规则被打破，尽管词作者声明应该纠正而“不可改，只得任之”，还是有人效颦，并在权威的诗词刊物上堂而皇之地登了出来。而茅盾的这首“西江月”，论平仄绝对无懈可击，押韵也有一定之规。至于他的其余诗词中的平仄格式，应平而仄、应仄而平的违规现象，三平、四平、五平及六仄等不合律句子的出现，屡见不鲜。这些东西只要稍做推敲，本可克服，他却毫不在意。

第五，在处理艺术和政治的关系时，政治总是被放在第一位。作为文学艺术界的领导人，茅盾在这方面更不敢大意。1958 年 8 月观昆剧《红霞》演出，赋诗二首中有句云：“哀诗豪竹颂英烈，此是北昆跃进花。”郑振铎坠机遇难，他在挽诗中吟道：“酹酒慰君唯一语，钢花灿烂正无边。”1962

年元旦观海南歌舞，诗兴大发，赠诗中有这样两句：“庆丰收，于何有？归功于人民公社。”1962年以来的批判修正主义运动，他的态度也十分积极，诗集中有他的四五首诗为证。对于“四人帮”的祸国殃民，他更是义愤填膺，他的诗两次提出“国人皆曰可杀”“人人切齿曰可杀”。这些都表现了他的政治热情和政治倾向性，极为鲜明。

不过，形势的发展难以预见，政策的变化常常使人眼花缭乱，作品要配合政治任务并非易事，有时会陷入十分尴尬的境地，除了随时作出相应的修改之外，别无他法；假如欲改不能，那就成为永久的遗憾了。

另一方面，茅盾诗词中流露的政治态度，并非完全来自外界环境的影响，他本身的认识常常不可遏制地要求表现。例如《丹江行》是为碧野六十寿辰而作的贺诗，作者不愿限于一般的应酬，力图提高它的境界，于是加入“扫除日蒋定寰宇，重光日月换新天”等诗句方觉妥帖。又如赠赵清阁的《清谷行》，在回忆往事、倾诉友谊的篇幅中，有不少对于当年时局和美蒋孔宋的描写，这时高呼“扬威敌后扫妖氛，只手擎天共产党”“歌颂伟大英明党，百花园里舞婆娑。四化建设百年计，神州八亿奋宏图”，等等，也就十分自然了。不过，这后面四句中的“娑”与“图”根本不押韵，为求准确而自由地表达思想，作者也不去计较了。

茅盾在诗词方面的成就，首推古体。他把古体诗称作“古典诗中的自由体”（《茅盾评论文集（上册）》第285页），在这本诗词集中翻出了三种样式。一、隔句押韵，一韵到底。如五言古体《将赴重庆，赠陈此生伉俪》，38句；七言古体，如为徐平羽之新出土瓦当拓本而作，36句。二、四句一韵，平仄互换。如《丹江行》，38句，基本上属这一格式，唯独最后四句的韵脚有变，采取西方诗歌的交韵形式，奇句押仄韵，偶句押平韵。这是茅盾有意制造的变化，在古诗中引进西洋的格律因素，不妨称之为“突破”。三、杂言古体。如《读〈临川集〉》，28句，一韵到底。开始时三句一押韵，中间五句押一韵，然后隔句押韵；出句为平声脚，对句韵脚为入声韵，大体上如此。美中不足的是有一句用了去声韵，犯了大忌。但这首古体气势磅礴，感情充沛，而且节奏多变，除了五七言之外，还有三言、四言、六言、九言，最长一句竟有十五言，也不妨称之为“突破”。

茅盾的律绝中也有精彩的名篇，例如观朝鲜艺术团表演扇舞的一首七律：

> 素袖轻扬半折腰，连环细步脚微挑。低回画扇百花绽，炫转长裾万柳飘。鸾哕龙吟焕星斗，风驰云卷出虹桥。曲终更见深心处，嫩绿重台捧赤幖。

诗中描写舞蹈家的姿态、动作、表情，细腻而生动，同服装、道具一样，可以触摸。我最初读到这首诗，是1978年11月在先师周钢鸣先生广州的书斋里，茅盾书赠周先生的条幅，仿佛在粉墙上开辟了一个舞台，满台是流动的色彩，一屋是优美的乐曲。二十多年过去了，那时留给我的印象至今没有忘记。每当我翻阅这首诗时，作者的艺术魅力总使我惊叹。可是，这首诗的政治倾向性，似乎并不是那么鲜明强烈而咄咄逼人啊。

（原载《茅盾研究》第八辑，新华出版社2003年出版）

郁达夫的《乱离杂诗》

郁达夫于1938年12月抵达新加坡，应聘就任《星洲日报》副刊的主编。三年以后，太平洋战争爆发。1942年2月4日，他在新加坡英军投降前夕逃出危城，流亡苏门答腊。2月6日登陆石叻班让岛，2月9日到达望加丽岛，2月16日又越海前往望加丽对岸的一个名叫保东的小村子，在当地华侨陈仲培的照应下大约住了一个半月。3月下旬因形势恶化，离此经卜干峇鲁潜入巴雅公务隐居。郁达夫的《乱离杂诗》就是在保东村写的，据与他一同流亡的胡愈之介绍，那时他"日成一诗以自遣"，其数量当在三十首左右，然而为胡愈之所保存并披露的只有十一首。后来陆续发现了四首，它们写作的时间和地点大致相同，内容又有连贯性，因此不妨把它们都归入《乱离杂诗》之内。

这十五首诗之中，七首思念新离别的女友李筱英，四首赠当地华侨，三首言志，另一首则写蛰居保东村的生活一景。题材各异，体裁不一，笔法不尽相同，但有共同的艺术特点，而这些特点也可以认为是郁诗总体的特点，只不过在这里表现得更为集中而明朗罢了。

首先是极为浓重的古典文学传统的色彩。《乱离杂诗》几乎没有一首诗不用典故，不用古汉语的句法和词语，特别是唐人的影响随处可见。这里试举它的第一首为例：

> 又见名城作战场，势危累卵溃南疆。空梁王谢迷飞燕，海市楼台咒夕阳。
>
> 纵欲穷荒求玉杵，可能苦渴得琼浆？石壕村与长生殿，一例钗分惹恨长。

此诗第三句显然由刘禹锡《乌衣巷》中“旧时王谢堂前燕，飞入寻常百姓家”一联演化而来。第五、六两句引用唐传奇裴航的故事。第七句的石壕村系杜甫诗《石壕吏》中所写的村子，有吏夜间捉人，老翁逾墙，老妪被迫弃家去应征；长生殿乃白居易《长恨歌》中唐皇与杨妃夜半私语盟誓之地，无论是平民还是皇室，夫妇或情侣的离散总是终生之长恨。

作者之所以用典故，是因体裁的限制而引发的一种应对措施。七绝只有二十八字，七律的字数也只多了一倍，以区区的四五十字表达丰富多彩的思想感情，诗人不得不考虑对策：或者多写几首律绝，配成一组（郁达夫有不少这类组诗，《乱离杂诗》即是其中之一）；或者利用前人的诗文和事迹入诗，求助于读者的联想，以收言有尽而意无穷之效，同时笔下也可以显得更委婉，更含蓄，更有感染力。开门见山不如曲径通幽，留有余地总胜过一览无余。郭沫若评论郁达夫的诗词“颇耐人寻味”，比他的一览无余的小说更好，可见诗人都是十分看重“耐人寻味”的。诗要写得耐人寻味并不容易，否则，还有什么诗意和诗艺可言？

至于使用古汉语的句法和词语，也因为字数的限制太严，诗人不得不考虑节约笔墨的缘故。现代口语十几句话说不清楚的东西，往往一两个书面语或仍有生命力的古词语即可轻而易举予以打发，这是极为常见的现象。郁达夫曾经说过，像他这样懒惰无聊又常想发牢骚的无能力者，作旧诗最适宜，弄到了五个字或者七个字，就可以把牢骚发尽，多么简便，“若用新诗来写，怕非要写几十行字不能说出呢！”（《骸骨迷恋者的独语》）

更重要的是：旧体诗是在古汉语通行时代产生并发展的，它的五七言结构和组合是依据古汉语的特点而制定的，并得到当时语言规范的确认，其中有些特殊结构为散文所不容。例如上面所引那首诗，如按散文的句法来分析解读，必定错误百出，不知所云，但在旧体诗中是完全允许的。旧体诗是海中的生物，离开海水将会丧失生机。今人利用秦砖汉瓦修建的海上馆舍，不见得不能遮蔽风雨，钢筋水泥构造的江堤，不是也出现过豆腐渣工程而遭到大义凛然的痛斥吗？

其次是风格的多样化。作家常被分类归并，浪漫主义，现实主义，非此即彼，郁达夫也不能免。他的小说曾被冠以颓废之名，他的诗词则被视为香艳或凄丽。其实并不那么简单，郁达夫的诗词也有忧国忧民和慷慨激昂的另一面。他本人曾经在诗中感叹道："谁信风流张敞笔，曾鸣悲愤谢翱楼。"（《无题四首》之三）他的悲愤来自国恨家仇，来自他的经历。太早的不必说，即在抗日战争之前，他的诗已有亡国之痛。1935年10月《偶过西台有感》写道："三分天下二分亡，四海何人吊国殇！偶向西台台畔过，苔痕犹似泪淋浪。"1936年11月东渡日本讲学，车过有明湾头，他赋诗云："却望云仙似蒋山，澄波如梦有明湾。逢人怕问前程驿，一水东行是马关。"1937年游福州戚公祠，有诗记感："于山岭上戚公祠，浩气仍然溢两仪。但使南疆猛将在，不教倭寇渡江涯。"

抗战开始前后，他正在写作组诗《毁家诗纪》，即使是处理婚变的作品，二十首诗词之中，竟也有七八首把笔锋由个人的悲欢离合转向国家民族的盛衰兴亡。他没有豪言壮语，但显示了真切的爱国热情和国难当头时一介书生的责任感。至于后来的《乱离杂诗》，感情更为激烈，声调更为高昂，例如："一死何难仇未复，百身可赎我奚辞？会当立马扶桑顶，扫穴犁庭再誓师。""天意似将颁大任，微躯何厌忍饥寒。长歌正气重来读，我比前贤路已宽。"掷地有声，屡屡被人引用。

不过就在这时候，他的诗中有时仍然会流露出感伤的情绪。请看《乱离杂诗》之六："满地月明思故国，穷途裘敝感黄金。茫茫大难愁来日，剩把微情付苦吟。”又如他离开彭鹤岭留赠陈金绍的七绝最后两句：“若问樽前惆怅事，故乡猿鹤动人愁。”猿鹤者，为国死难的仁人志士也。他的心情是沉重的。

然而，郁达夫以后的新作，据胡愈之称，作风又一变，“意气似较豪放，惟已尽散佚，惜哉”。

郁达夫一生写诗，风格绝不可能始终如一，固定不变。有学者认为他深受黄仲则的影响，但他自称迟至1921年下半年在安庆教书时才开始细读《两当轩集》，而七八年前郭沫若即已经知道他是写诗的“方家”了。有学者摘引郁诗中的几个句子，据以断定郁达夫的诗“出于宋诗”，但如果用这种摘句对照的办法来考证，郁达夫的诗出于唐诗似更确切（请见拙文《郁达夫诗出自唐诗考》）。又有学者说郁达夫一生是哀婉的史诗，假如未遭横死，他也许会学鲁迅“刀丛觅诗”，也许会效闻一多“拍案而起”，“但是他未能”云云。三言两语，郁达夫的抗日活动和日寇杀害郁达夫的罪恶立即烟消云散了。试问：假如郁达夫未能拍案而起，他会惨遭日寇杀害吗？他流亡苏门答腊写诗时，不正是置身在日寇的刀丛之中吗？

第三，重视形式美。旧诗的形式无非指语言和格律。郁诗感情真挚，不见有假话、大话、门面话，说的是老实话、真性情，连闺房中之私都不掩饰，但词句典雅、优美，修辞手段丰富，特别是譬喻和借代用得贴切而又频繁，极尽含蓄婉转之妙。他在《乱离杂诗》中自比浪迹的凤凰，成了怨禽的精卫，以及萧郎，范蠡；称李筱英为夷光、洛妃、云英，以及钗环；以“名城”代新加坡，以“夕阳”（落日也）指日本，“咒夕阳”即诅咒日本法西斯；音讯不通写作“鱼雁双藏影”“简札浮沉殷羡使”；抗战胜利之时婉言为“河山两戒重光日”（“两戒”指中原大地，戒者，界线也，不做戒严解释）。当然，使用这些词语，要与全诗的风格相一致，这是不言而明的。有人也许会指责它们是腐朽的陈词滥调，然而词汇何罪？它们只不过是材料而已，既可表达新思想，也可发泄旧感情，不问思想而加罪于词汇，岂非舍本逐末吗？新词汇与新的思想感情没有必然的联系，用当今的口语把国民经济濒临崩溃时的农村粉饰成世外桃源，把十年浩劫美化为国家的青春时代，这种思想感情不但不新，而且有害。

格律是旧体诗的生命，郁达夫在这方面是下了苦功的，否则便不能解释他的诗词何以很少见到失律现象。《郁达夫诗词抄》收诗词约五百首，其中没有一首诗不合平仄，在格律方面是无懈可击的。凡是爱惜名誉、对读者稍有责任心并且稍能表示尊重的诗人，都不会把“有七无律”的伪劣的所谓旧体诗销售给读者。

值得指出的是，郁达夫不仅把旧诗的格律当作作诗的规则，而且将其看成旧诗语言的一种音乐美的表现。汉语的基本词汇绝大多数是由单音节和双音节构成，它们在五言或七言中最好的组合就是两平和两仄的轮替变换，句子中如已形成三连平或三连仄，紧接着第四字必定用仄声或平声（格律中称为“拗救”）；而三平脚或三仄脚虽有人常用，但因为句子已完，无可补救，大都加以避免。每句都能保持和谐悦耳的音调，全篇的和谐悦耳就有了保证。这并非某一个人的意志，而是诗人群体的经验积累。郁达夫曾经在《谈诗》一文中写道，旧诗的限制虽则繁多，规律虽则谨严，历史是不会中断的，“因为音乐的分子，在旧诗里为独厚”。当然，新诗和散文里也有自然的音韵，“但旧诗的韵律，唯其规则严了，所以排列得特别好……王渔洋的声调神韵，可以风靡一代，民谣民歌能够不胫而走的原因，一大半也就在这里”。格律在他的眼里不是钢铁的镣铐，而是舞蹈者手腕上的金环、脚脖上的银铃。

郁达夫对格律的掌握和运用，可说是得心应手。胡愈之说他日成一诗，现在看到的《乱离杂诗》十五首不但文情并茂，而且格律谨严。可惜我们无法得知他是否做过修改，又是如何修改的。刘海粟曾回忆与郁达夫在新加坡的相聚，描写他作诗的过程，情景十分生动：1941 年 1 月 12 日，刘为李筱英画了一幅《芦雁》，李请当时在场的郁达夫题诗，他没有拒绝，但要“想一想”。然后三人来到花园中，静默了几分钟。天上一只孤雁叫了一声，郁达夫动了感情，想起远在重庆和延安的郭沫若、成仿吾，他说：

“这雁倒像我……只有我成了孤雁南飞。这些兄弟们何日相见呢？”“不对，你不孤，还有海粟叔叔和我们一群年轻人呢！”李筱英直率地反驳他。他并不生气，默然起立，走到屋里，一会儿诗已写在画上。这是一首绝句，诗云：

万里南风客感深，露香菰米费搜寻；炎荒怕读刘郎画，一片蒹葭故国心。

写这首诗只用了几分钟，它的意境、辞藻、格调以及声韵，显示了一个大手笔、诗家的风范，令人永远不能忘记！

2001 年 1 月 20 日于北京

老舍的旧体诗

一

老舍承认自己是小说家、剧作家，却不愿戴上诗人的桂冠，谦称自己没有诗才，不是诗人。其实他十六七岁时就在名师的指点下开始写作旧体诗，直到生命的最后，虽时断时续，但一直没有停笔，比起他写小说、写剧本来，历史还要悠久呢。

二十世纪三十年代末四十年代初，老舍写了一部长诗《剑北篇》，也写了三十多首旧体诗在报刊上发表，但全面抗日战争结束，他在《八方风雨》一文中总结八年来他写作的收获，列举了在小说、剧本、长诗、鼓词、戏曲、杂文等方面的成绩，却避而不提旧体诗。是不愿提，还是不便提？现已无从打听，不得而知；不过有一点可以肯定，即老舍绝无轻视自己创作的旧体诗之意。何以见得？请看以下的事实。

第一，老舍在上述《八方风雨》文中虽不提旧体诗，但此文开头和结尾各引用自作的旧体诗一首，前一首约作于 1937 年年末，后一首最迟写在 1945 年 12 月，以它们呼应文章（即八年）的始终，其用意可想而知。

第二，老舍常用“以文带诗”的办法，在一定时期集中推出他写的旧体诗，例如 1931 年的《几点印象》一文，顺便带出他的三首题为《春夜》的七律；1938 年发表散文《到武汉后》，再次带出自作的七律三首；1942 年的《乡居杂记》一文，又带出七律三首；1943 年 1 月发表的《旧诗与贫血》，则一口气带出他的七律四首。可不可以认为老舍十分重视他的旧体诗，想要借重他的散文扩大他的旧体诗的影响，因而使用了这一办法呢？

第三，当时的旧体诗创作遭到非议时，他不为所动，照做不误。如果没有充分的自信心，他绝不会如此偏爱。这时必须重提一件旧事，才能说得清楚。据当事人之一、老舍的好友罗常培回忆，1941 年八九月间，老舍游昆明，应邀到西南联大讲演，在第一次开讲之前，闻一多致辞介绍老舍时，声称不希望新文人作旧体诗，盼望老舍把他的这个意思带到重庆转告几个文友。闻一多之所以口出此言，是因为他看见联大的几个学生请老舍写字，老舍间或抄两首近作的旧体诗给他们（见《老舍写作生涯》283 页）。老舍对闻一多的“这个意思”有什么反应，罗常培没有透露；老舍本人写的《滇行短记》，也不肯花费笔墨追记一个字，但老舍并没有因为有了“这个意思”而把写旧体诗当作不良嗜好或大跌身份的怪癖予以戒除。昆明之行以后，从 1942 年至 1946 年 3 月，他继续在川内外报刊上发表旧体诗，据目前见到的材料，至少有十篇。

二

从总体上来看，老舍并不排斥旧体诗，他的态度是有肯定，也有否定。他认为它是中国诗歌中一个传统的形式，并非偶然产生，“而是根据语言的本质与其发展和现实的需要逐渐形成的”（《诗与快板》）。它的可取之处在于：一、保存了一些伟大诗人的性格，即“给民族留下永远不灭的正气，使历史的血脉中老有最崇高纯洁的成分”（《论新诗》）。二、它是民族语言的结晶，它以最美的语言表现真理；真理虽然是一般的，但语言却是特殊的。而就民族的语言而论，它有“自己天然的结构、音乐、韵律”

(《谈诗》),词汇可以越来越丰富,它的结构不可能改变,例如一句超过七个字的诗句就很少。三、旧体诗有格式管束着,写起来有趣,也方便(参见老舍《我怎样写〈剑北篇〉》)。闻一多曾引用美国学者佩里的话,把写诗比作"戴着脚镣跳舞",有约束,也有乐趣。二人对诗律的看法倒是相同的,虽然一个说的是新诗,另一个说的是旧体诗。

老舍也指出了旧体诗的流弊:一、陈词滥调充斥。二、滥用典故,有许多诗"是用典故凑起来的,并没有多少诗意,所以既难懂,又讨厌"(见《比喻》一文)。三、在格式上不求突破,不敢创造,等等。

即使如此,老舍认为,旧体诗和新诗应该存异求同,各开各的花。"所谓存异,即在形式与语言的运用上有所不同。所谓求同,即都须在思想与感情上的确是诗,不管形式与语言有什么区别。"存异求同的目的在于促进诗的个体争妍,以达到全面发展。他宣称,不管用什么形式写的,凡好诗"总是能够传诵一时,洛阳纸贵的"(《谈诗》)。

这些言论大体上可以概括老舍对旧体诗的观点。他对文艺的形式一向抱宽容的态度,各种体裁他都可以接受,可以利用,只要符合他的需要。他的写作实践证明了这一点,很难把他与一切偏执和倨傲的门户之见联系在一起。

老舍对写作旧体诗有以下的要求:

首先,他认为诗是言语的结晶,有固定的格式,有韵,有音节,应当用最简练而又最美妙动人的文字表达深厚的思想和复杂的感情,因此先把文章写通顺以后再来学诗;文章没有写通,"千万别张罗着学作诗"(《诗与快板》)。

其次,须有真情实感。如只有一点较小的感触,就作一首五言或七言绝句即可,例如李白的《静夜思》;要想叙述一个故事,就用五古或七古的形式写出几十句、几百句,像白居易的《长恨歌》;若是故事很长,而且有戏剧性,就写一部诗剧。总而言之,选择合适的形式表现内容,避免老一套,避免死守成规(《诗与快板》)。

再次，写成一首诗须置一两日后再加修改，“务求有真情，有好景，有音节，无一废词冗字”（《怎样学诗》）。老舍自称：“诗歌的格律限制，叫我懂得了一些造句遣词应如何谨严……写散文，文字须在我脑中转一个圈或几个圈，习写诗歌，每个字都须转十个圈儿或几十个圈儿。”（见《老舍写作生涯》308 页）

以上这些无疑也是老舍本人创作旧体诗的经验之谈。

三

老舍的旧体诗创作，大致可分为前后两个时期，自 1918 年至 1949 年为前期，自 1950 年至 1966 年为后期。前期三十年间存诗约八十首，大都写个人感受；后期十五年有诗近一百九十首，以写社会气象和重大事件居多。应当指出，他后期的诗几乎都在报刊上发表过，当年能发表旧体诗的现代作家，可说为数极少，而他却正好是这极少数中的一位，从这里也可看出他对旧体诗的一贯的态度。

属于前期的作品，同样写个人的感受，但风格迥异。他开始写作时，背诵了不少古人的名篇，熟记了许多历史典故，因此喜欢在诗中“掉书袋”，读者需要小心提防，不要触了“地雷”仍懵然不知。下面引早期的一首七律看看：

迢递年光逝若斯，此身堪笑欲何之。充饥惟啖朱詹纸，干禄羞吟白傅诗。

细雨酿花人自瘦，峭风吹梦泪先知。愁看临别窗前草，青似当年入学时。

此诗写于即将毕业离校而为前途忧虑之际，一个十八九岁师范生的习作，恐将难倒现今某些白发苍苍的大学教授。何谓“朱詹纸”？何谓“白傅诗”？有一位教授对此做了错误的注释，这里试加辩正。

朱詹、白傅均为人名。白傅即唐朝诗人白居易，他曾官拜太子少傅，后人常称他为“白傅”。这个称呼并不冷僻，《词源》上即可查到。朱詹是南朝梁人，原籍义阳（今河南信阳），世居江陵；好学而家贫，常告断炊，吞纸以果腹；天寒无被，抱犬而卧；后学业有成，得到梁元帝的器重而当了录事参军。老舍诗的第三句写毕业后可能失业穷困，像朱詹那样啖纸充饥——好“掉书袋”是老舍早年诗风的一个侧面。

二十世纪二十年代中到英国讲学，受英美作家的影响创作小说，以幽默名世，他的旧体诗也变得滑稽，例如《论语》杂志上发表的那几首，表现了他当时的思想情绪和写作态度。日寇大举入侵，他的忧国忧民之心热烈升腾，终于抛妻别子，只身南下又西行，担负起抗日救亡宣传的责任，他的诗风又随之一变。这时他的情绪是复杂的，想起陷于敌手的妻子儿女，笔尖十分沉重：

弱女痴儿不解哀，牵衣问父去何来？话因伤别潸应泪，血若停留定是灰。

已见乡关沦水火，更堪江海逐风雷；徘徊未忍道珍重，暮雁声低切切催。

全面抗战进入第五年，老舍流亡蜀地也已多时，有家归不得，适逢年节，又在病中，不禁起了思乡之情，赋得七言绝句一首：

雾里梅花江上烟，小三峡外又新年，病中逢酒仍须醉，家在芦沟桥北边。

国仇家恨，有多少辛酸悲愤，虽未尽言，笔尖却更显得沉重。这种沉重正是老舍风格中的重要因素。

然而，漫天的烽火，破碎的山河，屡屡激起老舍的敌忾和杀敌之志，他在《北行小诗》之二中写道：

劳军来万里，愧我未能兵，空作长沙哭，羞看细柳营；
感怀成酒病，误国是书生，莫任山河碎，男儿当请缨。

热血沸腾，慷慨激昂，表现了老舍风格的又一面。在这种情绪的感染下，他在那时候写的赠朋友的诗，也流露着乐观诙谐的色调，例如写吴组缃家的男孩雨天“初试新鞋来去忙”，竟“仰天掼倒满身浆”；在冰心家“与儿童争饼饵”，醉酒后临窗而卧，欲去还留，等等，都显得情意真切，语言清新，笔法细腻，人物生动，富于生活气息。如果把他同时期写的散文《吴组缃先生的猪》和冰心于1983年为《老舍散文选》所作的序言拿来对照着读，更可见他的固有的幽默情趣，即使在贫病交迫的困境中挣扎也不稍改分毫。可惜此后很少见到他有这样的作品了。

1950年以后，老舍异常忙碌，社会活动和文学创作都有应接不暇之势。一方面，他的旧体诗写得比较频繁，十五年来所写的数量比前期三十年间的积累增加了两倍还多。另一方面，诗体的选用情况也发生了很大变化，例如前期选用七律最多，占当时全数的54%，到后期则仅为后期全数的13%；七言绝句在前期只占21%，到后期升为58%。至于古体诗，前期还有8%的份额，后期已踪迹全无。而从后期诗作的内容来看，大体上可分成纪游、祝贺、赠友三大项，每一项之中，绝句的数量必定超过律诗，甚至达三与一之比。这表明作者在多数情况下，特别在旅途之中、节日前夕或重大事件发生之后，不得不选用简短的诗体以表达他临时所得的印象或较小的感触，他不可能做从容的推敲，客观条件会迫使他拿出急就章以满足现实的要求。

当然，大量选用简短的诗体或出现急就章，并不等于粗制滥造，老舍有不少绝句是十分有味的，例如《赞屯溪》：“热爱江南鱼米乡，屯溪古镇更情长，少华山下桃花水，况有茶香与墨香。”又如《奈良东大寺》：“佛光塔影净无尘，几点樱花迎早春，踏遍松荫何忍去，依依小鹿送游人。”其余恕不一一列举了。

老舍后期的诗大体上有这样的三个特点：一、语言明白晓畅，几乎不用典故，如无注释也可理解。二、时代色彩非常明显，因为除了诗题之外，不少诗中总有那么一两个句子可当作时代的标志供读者辨认。三、个人感情融合在集体的意识之中。他的诗表达的是人民的心声，社会的观点，那一时代的公众所能具有的最高的理性。作为诗人，老舍的感情是丰富的，但他不是浪漫派。这里试举一事。1966年4月底，他写了一首七绝赠给王莹，诗云：

> 小住佳园百病除，西山爽气入蓬庐，风香云暖松荫外，细读人间革命书。

他特地把诗送到西山，亲向王莹解释，末句本来要写作“细著人间革命书”，用“著”字是适当的，但没有这样用，请她明白他的意思（据谢和赓的回忆，转引自《老舍旧体诗辑注》255页）。可见他对世事的认识是何等的清醒。可惜他和王莹二人都没有逃过劫难，四个月之后他自沉于太平湖，王莹则锒铛入狱，直至冤死于狱中。

2000年7月写，9月改

模仿与扬弃

——关于老舍与狄更斯片断

老舍的第一篇文学作品是短篇小说《小铃儿》，他的创作活动开始之日，也本应是他的写作年代（1922年）或发表年代（1923年）的开始，但他本人不予承认，一再声明他的创作历史“应由《老张的哲学》算起”[①]，他的“写作生活是由1924年开始的”：“1924年到伦敦的东方学院去教华文，我开始写小说。”[②]既然如此，做出这样的论断自然是理所当然的了，即他一开始就是在外国文学的影响之下写小说的，《老张的哲学》就是这种影响的第一个产物。

一

老舍本人是不隐讳这一点的，他多次谈他从事文学创作的经验，都承认外国作家给予他的教益。在《我怎样写〈老张的哲学〉》一文中，他提到开始写这部处女作时就不取中国小说的形式，因为刚读了狄更斯的《尼

① 老舍：《我怎样写短篇小说》，《老舍论创作》，上海文艺出版社，1982年版，第33页。
② 老舍：《〈老舍选集〉自序》，《老舍论创作》，第141页。

古拉斯·尼克尔贝》和《匹克威克外传》等作品，就以它们为临摹的“画稿子”和范本了。

事隔三十余年，老舍在再次回忆他初习写作的情形时，直截了当地点明他是从模仿狄更斯入手的。他说：“在我年轻的时候，我极喜读英国大小说家狄更斯的作品，爱不释手。我初习写作，也有些效仿他……我只学来些耍字眼儿，故意逗笑等等‘窍门’，扬扬得意。”[1]

承认从模仿入手，无损于一个作家的声誉和成就，我们倒是从这里看到了创作成功的因素，看到了中外文学的因缘和它们的交流所产生的积极成果。老舍在英国六年，广泛接触西方文学，从古希腊罗马的史诗到近代英法的小说，各个作家和流派无不涉猎，以别人的草和水，化为自身的血和肉。终于他认识到模仿一派的作风是使人吃亏的事，因而得出了“我写我的”的结论，他最初受狄更斯的影响是多方面的，我们可以从比较中了解这一点。《老张的哲学》的范本《匹克威克外传》和《尼古拉斯·尼克尔贝》，前者已早为读者所熟知，后者至今尚未翻译出版，知之者比较少，在这里做一极为简单的介绍，恐怕并非多余吧。

尼古拉斯·尼克尔贝出身于英国德文郡的富家，十九岁时父亲破产死去，他随母亲和妹妹凯特前往伦敦投奔伯父拉尔夫·尼克尔贝。拉尔夫打发尼古拉斯去约克郡一所男童寄宿学校为校主斯奎尔斯充当助手，安排凯特进伦敦一家服装厂做工，并企图利用她引诱一个阔少爷维里索夫特向拉尔夫借高利贷。尼古拉斯一到斯奎尔斯的学校，就发现这里是人间地狱，孩子们挨饿受冻，动辄遭到鞭打。有一天，斯奎尔斯又毒打一个名叫斯迈克的孩子，尼古拉斯忍无可忍，冲上前去，夺下他的鞭子，当众把斯奎尔斯痛打了一顿，随后携同斯迈克离开约克郡回到伦敦。

于是斯奎尔斯勾结拉尔夫，控告尼古拉斯犯有偷盗之罪。在拉尔夫的

---

① 老舍：《谈读书》，《出口成章》，作家出版社，1964 年版，第 115 页。

办事员纽曼·诺格斯的帮助下，尼古拉斯辩明无辜。这时他和斯迈克热望出海当水手，即前往布里斯托尔。路上遇见一个戏班子，二人就权充演员，表演非常成功。

几个星期之后，尼古拉斯应诺格斯之召回到伦敦。在伦敦求职期间，他偶然遇到一位好心人，替他介绍了一个工作。这个人原来是大慈善家奇里布尔，工作就是在他们兄弟开办的公司中任职，薪水丰厚；两兄弟还租给他一所住宅，租金低廉。尼古拉斯置办了全套家具和用品，一家人突然之间逢凶化吉了。

有一天，一位美丽的女郎来到奇里布尔兄弟公司的办公室，尼古拉斯对她一见钟情。不久后，凯特又爱上了奇里布尔的侄子弗兰克。唯独斯迈克闷闷不乐；斯奎尔斯和拉尔夫曾策划把他送回寄宿学校，他两次逃脱了毒手，最后不幸死于肺病。

尼古拉斯所爱的姑娘名叫玛德琳·布雷，她的父亲破产后依靠她以缝补和绘画的微薄收入为生。拉尔夫和另一个放高利贷的七十岁的老头格里德相勾结，强迫布雷先生把女儿卖给格里德。在预定举行“婚礼”的那天清晨，拉尔夫和“新郎”格里德来到布雷家逼嫁，布雷先生在即将把女儿交出时，突然死去，这时正好尼古拉斯和凯特赶到，当即把玛德琳带回家，由凯特的母亲小心照料。

格里德的女管家从主人手上盗得一份遗嘱，如果公之于众的话，玛德琳将继承一份丰厚的遗产，立地成为巨富。拉尔夫听说此事，垂涎三尺，即指使斯奎尔斯偷窃遗嘱。正当他下手之际，被弗兰克·奇里布尔和纽曼·诺格斯当场抓获，扭送警察局。斯奎尔斯供认了他的罪行和拉尔夫、格里德企图侵吞玛德琳的财产的阴谋。以后拉尔夫又获悉备受虐待的斯迈克是自己亲生的儿子，悔恨交加，遂自缢而死。

尼古拉斯与玛德琳、凯特与弗兰克结成美满姻缘，日子过得十分兴旺。尼古拉斯与弗兰克都成了奇里布尔兄弟公司的股东。纽曼·诺格斯在落入拉尔夫手中之前，原是富有的绅士，这时也恢复了他的地位。格里德后来为盗贼所杀，其余坏人也不得好死。吉人天相，恶人自有恶报，小说至此结束。

比较之下，读者自会发现这两部作品，尤其是《尼古拉斯·尼克尔贝》的情节和手法，在《老张的哲学》中留下多处痕迹。

二

读者首先注意到的是情节上的相似之处。

《尼古拉斯·尼克尔贝》中的斯奎尔斯寄宿学校，使人想起《老张的哲学》中老张的德胜汛公私立官商小学堂；《匹克威克外传》中蓝党和浅黄党竞选国会议员之争，也会引起关于老张支持孙八与龙树古竞选地方自治会主席的回忆。尤其是《老张的哲学》中的两处移花接木，更可看出《尼古拉斯·尼克尔贝》的影响。例如老张在他的学店里对他的夫人（实为奴隶）拳脚相加时，学生中的李应义愤填膺，照准老张的左脸就是狠狠的一记耳光，把他打倒在地，然后混战一场。这显然是从上述尼古拉斯夺鞭痛打斯奎尔斯一幕脱胎而来。李应不同于尼古拉斯，老张却相当于斯奎尔斯；尼古拉斯是以学校中教师的身份打校主，李应却是以学生对抗校长。老舍写李应有尼古拉斯的仗义惩恶之举，又比尼古拉斯似有更强烈的正义感和更大的勇气。

又如李应的姐姐李静为抵偿叔父的债务，被迫嫁与老张为妾。她所爱的王德闻讯赶至“喜筵”上，企图刺杀老张，结果反为所擒。在这危急之际，车夫赵四忽然拉了孙守备闯入礼堂，救下李静和王德。李静卖身抵债以至遇救等主要情节，也明显地来自上述玛德琳·布雷的遭遇。然而她最后并未与王德结成良缘，抑郁而死，与玛德琳的幸福形成鲜明的对照。李静结局的不同，表明了老舍的清醒与严峻。

狄更斯的一些感伤主义小说，它们的情节大致有一个共同的模式，我们不妨概括为“公子落难，恶棍逞凶，义仆救主，善恶有报”。上述的《尼古拉斯·尼克尔贝》和《奥列佛尔》以及后来的《大卫·科波菲尔》，或明显，或隐约，都有它的踪迹可寻。甚至《匹克威克外传》中也有主人受困，恶棍、义仆相争，最后善恶报应的线索。这是情节模式，也是狄更斯的思想模式。老舍取其模式而改变了思想，《老张的哲学》中就有这种模式取舍的印痕。

这部小说的主人公，自然是老张，整部小说就是写他的哲学思想和他的多方面的实践活动。李应姐弟出身仕宦之家，叔父先前做过知县，罢官后一贫如洗，为老张所欺（“逞凶”）。作者在李应与王德的谈话中带出李应的叔父的光荣历史，意在点明“落难”，这是不难理解的。他们在危难中却得到了赵四的援助。赵四是龙树古雇用的车夫，其地位相当于龙家的仆役，自无疑问；他拉来孙守备冲喜宴，救下李静，目的还在于使孙八不得不放弃强占龙凤为妾之念（“救主”）。龙凤终因赵四之力而免祸，得以随同父亲远走高飞。老张虽未因此而破产，作者所取用的狄更斯模式之形大体可见。

说到这里，还要提一句，即“义仆救主”这类情节，在老舍后来的一些作品中不时出现，例如《牛天赐传》中四虎子之于牛天赐，《离婚》中丁二爷之于秀真。而《离婚》中还例外地写了恶棍小赵之被杀，“公子落难，恶棍逞凶，义仆救主，善恶有报”，十六字模式在这里似乎得到了比较完整的体现，虽然并非贯穿全书的主线。

其次，读者也会注意到人物设计上的相似之处。

狄更斯早期小说中的人物大致可分成善人和恶人两类，善人始终为善，恶人怙恶不悛；善人成功，恶人失败。恶人（骗子和恶棍等）如果有弃旧图新的悔悟，如《匹克威克外传》中的金格尔和屈拉倫，《尼古拉斯·尼克尔贝》中的拉尔夫，也是为了强调善战胜恶的观念。狄更斯在写与《尼古拉斯·尼克尔贝》同时的另一部长篇小说《奥列佛尔》中，明白无误地表示他的意图是让善战胜恶；把奥列佛尔放在盗贼群中，是为了表现善处于逆境之中如何经受磨练而显示它的胜利。为了还恶以本来面目，狄更斯反对当时流行的一些小说美化盗贼，把盗贼写成“行为勇敢、情场得意”的风流倜傥的英雄，而坚持“严肃的和朴素的真实”，宣称要如实地“在他们的一切缺点和一切不幸之中描写他们，在他们生活之卑下的贫穷之中描写他们”，甚至不愿放过他们上衣的一个破洞或女人蓬乱的头发上的一片皱纸[①]。

《老张的哲学》中的人物，借用老舍本人用过的字眼，则可分成好人和坏人两类[②]。李氏叔侄，龙家父女，王德、赵四以至孙守备，应是好人；老张，南飞生，蓝小山，显系坏蛋。好坏和善恶，实际上属于同一性质，即道德范畴的概念，它们并不是阶级的对垒或贫富的分野。资产者之中有慈善家，也有吸血鬼；穷苦人之中有义士，也有奸贼。人以德行分，这些概念来自他的生活中朴素的体验。罗常培曾指出老舍“由于幼年境遇的艰苦，情感上受了摧伤，他总拿冷眼把人们分成善恶两堆，疾恶如仇的愤激，正象（像）替善人可以舍命的热情同样发达。这种相辅相成的交错情绪，后来随时在他的作品里流露着”[③]。《老张的哲学》写出了二十世纪二十年代中国社会中坏人得势、好人受难的严酷的现实。李静和王德的爱情只能以悲剧收场，李应和龙凤不得不各奔东西。《赵子曰》中似乎增添了一点为《老张的哲学》所缺乏的明亮的色彩：好人李景纯居然拿起枪来反抗了。然而结果是他被捕处死。赵子曰似乎有所醒悟了，小说至此却戛然而止，好像一无所长的来宾被逼着出节目时，晚会却突然宣告结束。老舍没有像狄更斯那样去写好人战胜坏人，弄一个大团圆的结局。在当时社会，以他当时的认识，他写不出（我们也不应苛求他写出）好人如何才能战胜坏人，除了暗杀以外。十六字模式在最后一环出现了变异，背离了狄更斯。这反映了这两位作家对各自的社会的认识与表现采取了不同的态度。

狄更斯在《匹克威克外传》和《尼古拉斯·尼克尔贝》中描写的是十九世纪中期的英国资本主义社会，他认为他那个文明国土是在进步，光

---

① 见《奥列佛尔》的作者序，蒋天佐译，上海骆驼书店，1948年版。

② 参见老舍：《我怎样写〈老张的哲学〉》，《老舍论创作》，上海文艺出版社，1982年版，第5页。

③ 罗常培：《我与老舍》，见《老舍写作生涯》，胡素青编，百花文艺出版社，1981年版，第276、277页。

明多于黑暗。他在《匹克威克外传》的结尾部分写道："大地上是有黑暗的阴影，可是对比起来，它的光明是较为强烈的。"他批评有些人像蝙蝠或者猫头鹰一样，"对于黑暗比对于光明，眼睛更好"，而他则是乐于当阳光照射着大地的时候去看大地的。他揭露资本主义社会中的丑恶和黑暗，但他并不反对资本主义。他在《尼古拉斯·尼克尔贝》中抨击了学校教育，在《匹克威克外传》中抨击了司法机关，但维护它们赖以生存的制度。他谨慎地区别这两者，也告诫读者区别这两者，用他的话来说，就是要区别"宗教和宗教的口头禅""虔诚和虔诚的伪装"，区别对于经典上的伟大真理的崇敬和滥用经典的词句。他声称他在"这里所讽刺的老是后者而非前者。更进一步说，这里对后者的讽刺是把它作为无论如何跟前者不相协调、不可能联合一致的而且是社会上存在的最恶的、最有害的虚伪之一"①来对待的。因此他常常给资本主义社会涂上一层理想化的色彩，并使他的作品放射着浪漫主义的光泽。

而老舍是比较严峻的现实主义作家。他曾说他"要看真的社会与人生""永远不会浪漫"②。五四运动给了他反帝反封建的思想；处于英帝国的首都，目睹西方先进的文明，他的心中汹涌着爱国主义的波涛，常怀思乡之情。然而，在军阀统治之下的祖国是黑暗的，人民是愚弱的，他深感失望；国是又使他苦闷。对他"自幼儿积累下的委屈"和在社会上碰壁后的牢骚要"吐之为快"。他写《老张的哲学》就是为了"反抗那压迫人的个人或国家"③。但这部小说由于写作时为"耍字眼""逗笑儿"所诱惑，"只为写着玩玩"，在抨击老张的为富不仁之外，别无更多的深意；反抗个人多于反抗旧社会。他没有高明的见解，开不出救国的良方，他的理想"永远不和目前的事实相距很远"。他说："假如使我设想一个地上乐园，大

① 见《匹克威克外传》作者序，蒋天佐译，上海骆驼书店，1947年版。
② 老舍：《写与读》，《老舍论创作》，上海文艺出版社，1982年版，第214、215页。
③ 老舍：《〈老舍选集〉自序》，《老舍论创作》，第141页。

概也和那初民的满地流蜜，河里都是鲜鱼的梦差不多。”[①]《赵子曰》中透露了他那时的比较鲜明的政治主张，从李景纯临刑前的一番推心置腹之谈，可以看出他的主张也无非是建立好人政府、科学救国之类，缺乏更加激进的变革或进行社会制度的革命的目标。在这一方面，他和狄更斯又有相通之点。

然而我怀疑老舍对于自己的政治主张的正确性与现实性也持怀疑的态度，因为早期的老舍不像早期的狄更斯那样信心十足地揭露资本主义而又维护资本主义。他的作品使人悲观，使人苦闷；他笔下的好人都不配享有较好的命运。他们被坏人赶尽杀绝，走投无路，看不到希望和光明。有人说《老张的哲学》由于狄更斯的影响也以否极泰来作为结局，这与事实恰好相反。老舍对于资本主义只有揭露而没有维护。

再次，读者还会发现在艺术手法上的相似之处。

这两个人都是现实主义作家，力图忠于现实，按照生活的本来面貌描写生活。狄更斯为了写作《尼古拉斯·尼克尔贝》，曾到约克郡的男童寄宿学校做了几天实地考察；《匹克威克外传》中关于法院以及负债人监狱中生活的描写等等，直接来自作者本人的亲身经历。老舍的《老张的哲学》是根据他多年从事中小学教育的实际生活经验写成；《赵子曰》则是他的体验与观察的结合。因此，现实主义是他们二人创作上最根本的共同的基础。

而他们创作的一个重要的特点，是以喜剧的手法写悲剧。狄更斯的这一特点早有定论，老舍从他那里学到一些技巧是为本人所直认不讳的，如“耍字眼儿”“逗笑”等幽默的笔法，但更主要的在于只摄取人生的热闹的画面。老舍回忆他在创作《老张的哲学》时采用的是摄影的方法，“到处照像（相），热闹就好……浮在记忆上的那些有色彩的人与事都随手取来，没等把它们安置好，又去另拉一批”，[②]不做深入的发掘。他所表现的社会矛盾和狄更

① 老舍：《我怎样写〈赵子曰〉》，《老舍论创作》，上海文艺出版社，1982年版，第10页。
② 老舍：《我怎样写〈老张的哲学〉》，《老舍论创作》，第4、5页。

斯笔下的一样不是尖锐的阶级对立。人们之所以遭遇不幸似属自身的过失，而这种不幸也易于消除。李静姐弟长期处于困境之中，是因为叔父错借了老张的高利贷；债务一旦被孙守备清偿，他们的不幸即成过去了。人们的悲剧也不是阶级矛盾的激化的必然结果，而是由于好心的演化。悲剧是由好心促成（姑母劝导李静出嫁老张），由好心消除（李静为孙守备所救），又由好心促成新的悲剧（李静因王德在父母的安排下与陈姑娘结婚而抑郁以终）。这里有社会因素，但不是社会矛盾激化的结果。阶级压迫与社会的不平等，在《老张的哲学》中同样表现得模糊不清、软弱无力。

至于情节和人物中包含着喜剧成分，在严肃的现实主义描写中随处可见幽默的笔墨与滑稽的场面，那就不必细说了。有人把老舍这一特点称之为“含泪的微笑”，其实老舍早就对这“五字真言”不以为然，曾经斥之为“装蒜”。他认为这是“生活安适平静”“以为自己是风流蕴藉”的人的一种“小讲究”，不足为训。他主张“哭就大哭，笑就狂笑，不但显出一点真挚的天性，就是在文学里也是很健康的”①。

在艺术手法上，还有一个特点是赋予人物性格上或外表上的特征，或特殊的动作和习惯，全书自始至终一贯地强调这一特征或习惯，加以夸张的描写，力图使人物形成自己的独特的个性。老张的性格特征是“钱本位”，作者一有机会就加以强调，不但形之于他的言行，而且刻画他的心理状态。老张沿着护城河进城时，看到鱼儿戏水，以为有人往河里扔铜元，就是夸大他的性格特征的一例。李应的姑母的唠叨与龙钟，也写得惟妙惟肖，朱自清尤其称赞这位姑母烧菜把醋当作酱油而乐不可支这一段②。这些都使人想起《匹克威克外传》中对于匹克威克、丢普曼等人物性格特征的强调与渲染。

老舍曾经指出，狄更斯笔下的次要人物，“全都有一种固定的习惯与

---

① 老舍：《我怎样写〈离婚〉》，《老舍论创作》，上海文艺出版社，1982 年版，第 32 页。
② 见朱自清：《朱自清序跋书评集》，三联书店，1983 年版，第 189 页。

口头语”，如《荒凉山庄》里的巴格内特，“永远用军队中的言语说话，而且脊背永远挺得笔直”“这容易流于浮浅，有时候还显着讨厌”[①]。其实，《匹克威克外传》中早已如此，如沙姆·维勒常用妙语如珠的比喻，金格尔说话之断续不成句，以至外德尔家那个胖孩子之无时无地不昏昏欲睡，等等。

饶有趣味的是，朱自清却指出《老张的哲学》里的孙八常说“多辛苦”一句话，《赵子曰》里的武端也常说“你猜怎么着”，这种描写“似乎也不大好”“未免有些单调”[②]。穷根究源，狄更斯是逃脱不了干系的。

三

老舍在开始写小说的时候，读的外国作品不限于上述狄更斯的两部。他曾“一边写着《老张》，一边抱着词典读莎士比亚的《韩姆烈德》”[③]；后来又读《浮士德》和《衣里亚德》（现译为《伊利昂纪》）的英译本，但均无所获，甚至不能终篇。而狄更斯的小说却使他手痒，并取之为范本，这是什么原因呢?

我没有见到老舍本人的直接的回答，下面的分析难免有信口开河的臆断之弊，姑妄言之，以期引起批评，引出真理来。

我以为狄更斯的魅力在于他的幽默和人道主义。老舍评论狄更斯也是着眼于这两点的：

> 英国的狄更斯……等伟大作家都一向被称为幽默作家。他们的作品和别的伟大作品一样地憎恶虚伪、狡诈等等恶德，同情弱者、被压

① 老舍：《人物的描写》，《老舍论创作》，上海文艺出版社，1982年版，第87页。
② 朱自清：《朱自清序跋书评集》，三联书店，1983年版，第191页。
③ 老舍：《写与读》，《老舍论创作》，第211页。

> 迫者和受苦的人。但是，他们的爱与憎都是用幽默的笔墨写出来的——这就是说，他们写的招笑，有风趣。（《什么是幽默？》）

因此，也许可以作这样的解释：

一、狄更斯的幽默触发了老舍的“天赋的幽默之感”，使他想到写小说一定是很好玩的事。他说他“初写小说，只为写着玩玩”[①]；写作中又不易躲避“以文字要俏”的诱惑，都指此而言。他明确说出向狄更斯学来的“窍门”，指的也是幽默的笔法。

二、狄更斯作品中对英国十九世纪市民社会的描写和揭露，触动了老舍的生活经验。老舍回忆他在英国时常动乡愁，“每每在读小说的时候我就忘了读的是什么，而呆呆地忆及自己的过去”[②]。《尼古拉斯·尼克尔贝》中关于斯奎尔斯寄宿学校的叙述，在一个当过多年小学校长、最后在劝学员任上愤而辞职的人心上会产生多大的波动，是可想而知的，他在《老张的哲学》中用了五章去写老张的学店。拉尔夫和格里德以高利盘剥致富，甚至强逼负债者卖儿鬻女，这也激起老舍的愤懑，《老张的哲学》的主题与《尼古拉斯·尼克尔贝》同样在于揭露金钱的罪恶，绝非偶然。至于对世人的观察，两者都以善恶作为分类的标准，这也沟通了他们的体验。

三、更重要的是狄更斯的爱和憎，投合了老舍的性格。老舍说自己穷而刚。他有委屈，好骂世；恨坏人，爱好人。他的《老张的哲学》“多少写出点反帝反封建的意思来”[③]。尽管这点意思为夸张的笔墨所冲淡（他承认他的“幽默冲淡了正义感”[④]），或者如朱自清所批评的，“‘发笑’与‘悲愤’这两种情调，足以相消”“书中人物的思想都是很浅薄的”[⑤]，

---

① 老舍：《我怎样写〈老张的哲学〉》，《老舍论创作》，上海文艺出版社，1982年版，第6页。
② 同上，第4页。
③ 老舍：《〈老舍选集〉自序》，《老舍论创作》，第141、143页。
④ 同上。
⑤ 朱自清：《朱自清序跋书评集》，三联书店，1983年版，第188、189页。

但是，有这点意思却没有被否认。而狄更斯的人道主义正好是与老舍这点意思合拍的。

此外，狄更斯早期的小说，如《匹克威克外传》，结构比较松散，主人公足迹所及，作者的笔尖随之而至；全书没有贯穿始终的完整的情节，随处都可作为结尾，如果作者感到厌倦了的话。形式上这些便利，使老舍在初习小说时感到可以“大胆放野”“写就好，管他什么”，不因为构思上的苛求而不敢落笔。

有人说《老张的哲学》由于狄更斯早期用流浪汉小说形式写小说对它的影响，也带有这种小说的印痕（如写李应流浪北平，又如结构散漫）。这个看法也许是有根据的。其实，狄更斯早期作品中的《匹克威克外传》，借用了《堂·吉诃德》的情节、主题乃至人物形象，如匹克威克即是堂·吉诃德式英雄，沙姆·维勒是第二个桑丘；他们结伴旅游，俨然是两位骑士走江湖行侠。但我们似乎不必由此推论以《匹克威克外传》为范本的《老张的哲学》也刻有骑士小说（当然，是为了反对骑士小说而仿作的骑士小说）的印痕。《老张的哲学》的结构虽有散漫之处，然“大体是紧凑的”，朱自清已对它做了精当的分析①；至于李应的所谓“流浪”，只不过是从德胜门外来到西直门内姑母家，好比上海人从乍浦路移居牛庄路而已。

老舍喜爱狄更斯，曾经受过他的许多影响，但并不把狄更斯奉为至善至美的天神，白璧无瑕，连腐朽也力辩为神奇。老舍对狄更斯是采取分析态度的。他最早批评狄更斯的言论约在二十世纪三十年代初，他从现实主义的“毫无顾忌的写实”的要求出发，批评狄更斯“终不免浪漫的气习……终不免用想象破坏了真实”；他又从自然主义的“作品的结局是由自然给决定的，是不可幸免的”立论出发，批评狄更斯“往往以自己的感情而把故事的结局的悲惨或喜悦改变了”，因而失去了自然主义的真实②。这两个

① 朱自清：《朱自清序跋书评集》，三联书店，1983年版，第189、190页。

② 老舍：《文学概论讲义》，北京出版社，1984年版，第119、125页。

批评大体上是一个意思，无论出发点如何，确也指出了狄更斯的缺点。

后来老舍又针对曾引起他的兴趣和创作冲动的狄更斯的幽默发表意见，认为这是狄更斯的短处。“假若他能够控制自己，减少些绕着弯子逗笑儿，他会更伟大。”[①] 老舍也曾多次检讨自己对幽默的失去控制，他以《赵子曰》中“好讽刺而没有绝高的见解”为病，又因《猫城记》中滥用讽刺而后悔[②]。值得注意的是，老舍早期解释幽默，着重于它是一种“心态”，着重于它对社会和人生的“看”（见《谈幽默》），而在 1956 年发表的《什么是幽默？》一文中，则强调它的“思想性和艺术性”，强调幽默作家应有极强的正义感，绝不能饶恕坏人坏事，同时又要宽厚待人，不滥用讽刺。从《西望长安》和《正红旗下》，我们可以看到老舍幽默的升华，它之有别于狄更斯和《老张的哲学》中的幽默，是显而易见的。

1984 年 8 月于北京

① 老舍：《谈读书》，《出口成章》，作家出版社，1964 年版，第 115 页。

② 见老舍：《〈老舍选集〉自序》，《老舍论创作》，上海文艺出版社，1982 年版，第 143 页。

曹靖华的译著

河南教育出版社和北京大学出版社联合出版的《曹靖华译著文集》（本文简称《文集》）已经问世。此书共十一卷，其中翻译作品占八卷，散文和论文各一卷，另一卷为作者的书信和年谱。

曹靖华是著名的翻译家、散文作家，早年投身革命，曾参加北伐战争。他是中国共产党派赴莫斯科留学的最早的一批学生之一，在二十世纪二十年代后期即开始介绍苏俄的文学作品。他翻译的拉夫列尼约夫的中篇小说《第四十一》，与沈端先（夏衍）翻译的高尔基的长篇小说《母亲》同在1929年出版，引起很大震动，立即遭到查禁。《母亲》以改头换面的方式进行多次反抗，《第四十一》则长期在磨难中挣扎，直至八十年代才勉强摆脱了围剿的厄运。1929年应该说是不平凡的年份，苏联文学在这一年以强大的阵容正式在中国的舞台上登场。夏衍后来转向另一战线，曹靖华继续他的翻译。两年后，他应鲁迅之约翻译的绥拉菲摩维奇的长篇小说《铁流》与鲁迅本人翻译的法捷耶夫的长篇小说《毁灭》同时出版，再次引起震动，两书又遭禁止；但苏联文学在中国的流布已势不可挡了，因为人类需要火，起义的奴隶需要军火，曹靖华他们所从事的正是普罗米修斯的工作。

二十世纪三十年代末至四十年代，曹靖华陆续翻译了阿·托尔斯泰的

《保卫察里津》、瓦西列夫斯卡娅的《虹》、列昂诺夫的《侵略》以及其他人的短篇小说，后又主编“苏联文艺丛书”，约请茅盾等人翻译苏联反法西斯侵略的作品，在抗日战争中发挥了积极的作用。关于《第四十一》《铁流》等在中国读者中流传的故事，是十分动人的，这里不想转述了，总之，在我们反对日本帝国主义侵略、推翻国民党的统治、争取民主自由的斗争中，或者在跋涉人生的旅途中，苏联文学作品曾经提供强大的力量，这是无法否认也不可能抹杀的。而它们曾为中国新文学输送过养料，不论是稍老的作家还是后起的作家，都不讳言这一事实。

1987年，曹靖华那燃烧了九十年的生命之火逐渐暗淡，终于熄灭。不久，苏联解体，苏联文学从现实退隐历史，也向观众鞠躬告别。舞台上的大幕拉上了，一个时代离我们而去。然而当我们翻动《文集》中他翻译的那些作品时，立刻会感到一股凛然之气迎面而来。金戈铁马，白雪红旗，为了理想和共同的事业奋不顾身，视死如归，仍然令人热血沸腾。时代有兴衰更替，文学是永恒的；只有那些混杂在其中的商品和赝品，才应市而生，趋市而盛，也随市而灭。

在翻译之余，曹靖华又以充满感情的生花妙笔写作散文，从怀人忆旧到写景记游，亲切动人，获得广泛的好评。自1962年以来，他先后出版了散文集《花》《春城飞花》《飞花集》。书名有多种，贯穿其中的是一个“花”字。从这个字可以见出他对于自己笔下的散文的经营和期待。他的散文是花，不是草（在他那个时代，花与草是别有含意的），也不是石头。他要求它们能使读者赏心悦目又能为他们提供蜜汁，即文情并茂，既有艺术感染力，又有思想内容。他写国内特殊时期的斗争，国外含辛茹苦年代的生活，革命，友谊，小米，灵枣，莫斯科的松林，大理的洱海，给人一种乐观而深沉、豪迈而含蓄的感受，形成他独特的风格。

现在，他的散文都收在《文集》之中，是花非花，读者自有明断。在中国现代文学中，翻译和创作似乎各有自己的世界，有人还曾经把翻译奚落了一番；但著名的作家“越界”翻译外国的作品，是屡见不鲜的，如鲁迅、郭沫若、茅盾、巴金、冰心、周扬、冯至等，他们在文学事业上的贡献主要不在于翻译，却都有重要的译作，在翻译界有不可忽视的成就。但是，翻译家以他的创作蜚声文坛，翻译和创作可以左右开弓，得心应手的，却屈指可数。这是一个有趣的现象，有心人不妨研究研究。而曹靖华却是“越界”的著名作家，是超越了这种局限的高明的翻译家，他的把翻译和创作合二为一的《文集》将更加引起我们的注意。

最后，作为读者，我应当向河南和北京这两家出版社表示敬意。他们明知无利可图，却还决心出版这套《文集》；河南教育出版社更在危急之中毅然投入巨资，使得十一卷都能顺利与读者相见，实在是一大善举。倘使有更多的出版社从善如流，有助于我们各民族的文化素质的提高，是毋庸置疑的。

（原载《文艺报》1994 年 2 月 5 日）

探望病中的曹靖华（右），1987 年，北京医院

聂绀弩《散宜生诗》的语言

聂绀弩是散文大家，青年时代曾享有诗名，不过他那时写的是新诗，对旧体诗有看不起或厌恶之意，根本不去写它。不料数十年之后，即1959年某月，他在北大荒850农场劳改时，竟作起旧体诗来，至1982年并出版了《散宜生诗》，获得普遍的好评，俨然又成为旧体诗的一大家。

为什么从厌恶旧体诗、不作旧体诗转变为乐作旧体诗并大作旧体诗呢？这中间的原因也许复杂而又深刻，用作者的话简单地说来，则是：一、“大概因为越在文坛之外，越是只认为旧体诗是诗，其中有传统、习惯甚至与民族形式、旧瓶新酒之类有关。”二、“以为旧体诗适合于表达某种情感，二十余年来，我恰有此种情感，故发而为诗。”（见《散宜生诗》自序）

《散宜生诗》一集收诗词计220首（绝大多数是七律），并非他所作诗词的全部，但可以代表全部。就这两百余首诗词的语言而论，有以下几个特点：

第一，词汇丰富。各种词语兼收并蓄，各得其所，各尽其妙。他的诗中有文言，白话，方言，俗谚，雅语，俚语，常见的成语，前人的诗句，乃至自译的外来语及其简称。读者翻阅他的诗集，自会明白，这里试举若干例。《夏公赠八皮罗士》中有联：“八皮罗士产苏联，长者深情不夜天。”

八皮罗士是何物？这是俄语中一个词，即带长烟嘴的纸烟是也。以外来语的译音入诗，别人很少有此用法。又如《沁园春·赠木工李四》中有句："披吾被，背加皮塔尔，鱼跃于渊。"有人解释作者披着棉被，背上加一件皮制的塔尔以御寒；而塔尔可能指一种上衣云云。这一解释大谬不然。"加皮塔尔"乃英语或俄语中的"资本"一词的译音；背者，背诵也，作者描写他在天寒地冻的北大荒披着棉被背诵《资本论》而扬扬得意呢。又如《雪峰六十》之一："早抛小布方巾去，时有普罗灵感来。"小布为小布尔乔亚的斩头，普罗乃普罗列塔里亚的去尾。这些词语之所以能巧妙入诗，足见作者的文学修养及文字水平。烧不出高温，便不能冶于一炉，铸成自己所独有的风格。现代写旧体诗的济济多士之中，在创造性地运用语言方面，可说无人能出其右。

作者的语言朴实、动人。有些句子看似诙谐，实为"含泪的微笑"，没有"某种情感"是写不出来的，如"高材见汝胆齐落，矮树逢人肩互摩"（14 页），"吾民易有观音土，太后难无万寿山"（66 页），"大错邀君朝北阙，半生无冕忽南冠"（46 页），"鬼话三千天下笑，人生七十号间逢"（87 页）。他也偶发豪言壮语，但绝非时下流行的"假、大、空"可比，而是从现实生活中提炼出来的思想和形象，沉重，但乐观，有藐视之意，例如"一担乾坤肩上下，双悬日月臂东西"（4 页，咏挑水），"缚得苍龙归北面，绾教红日莫西矬"（3 页，搓草绳），"觉唯心主义，抱头鼠窜；形而上学，哑口无言"（37 页，学习马列主义）等等。

第二，句法多变。七言律诗的句子，一般由三个双音节和一个单音节的词构成，如"月落，乌啼，霜，满天"，而下半句三个字在朗读时常连成一气，它的节奏用数字表示，不妨简化为"二、二、三"。《散宜生诗》中的七言律句，绝大多数属于这一类；但也有不少句子别出心裁，造成多种变化。例如"三、一、三"的格式，请看："老朋友喜今朝见，大跃进来何处存"（30 页），"红烧肉带三分瘦，黄豆芽烹半碗油"（28 页），"刘玄德岂池中物，庞士元非百里材"（39 页），"无弦琴会清商曲，没字碑寻白雪篇”（46页），“新题材更新思想，新语言兼新感情”（48页）等等。又如“一、三、三”的格式：“把坏心思磨粉碎，到新天地作环游”（5页），“忆水南门十字街，儿时相逐跃台阶”（27页），“此园撤尽千关锁，今义和团血尚斑”（66页），“此六十年无限事，最难诗要自家删”（60页）。又如“二、三、二”的格式：“不知新四军连队，与此生涯果异同”（19页），“门对珞珈山不远，人携辩证法同居”（30页）。又如“二、四、一”的格式：“谁把老残游记续，但欣雷父饯诗题”（33页），“别名小莫斯科好，胜地睽违卅八春”（40页，海丰曾有“小莫斯科”之称）等等。这些变化没有超越基本规则，完全合乎格律，却扩大了表现的能力；而从以上所引用的例句之多可以看出，作者是有意识地设计句子结构的变化的，并非一时心血来潮偶而为之。

词句的对仗是吸引作者由古风转向律诗的重要因素，因而也是他用力最多的地方。集中的律诗有许多非常严谨的工对，有一些简直到了出神入化的地步，例如“请看天上九头鸟，化作田间三脚猫”（10页），俗谚云“天上九头鸟，地下湖北佬”，聂是湖北京山人氏，此联乃自嘲也。又如“两三点血红谁见，六十岁人白自夸”（4页）；又如“谁主谁宾茶两碗，蓦头蓦脑话三千。愁君学博心多累，恨我时平见每偏”（31页）。其中结构上的对称尤见作者的匠心，这是他的对仗的特点之一。这里有倒装结构（“学博”和“时平”可看作“博学”和“平时”的倒装）的两两相对；而即使是虚词，例如文言中的“之乎者也”和白话中的“的了吗呢”，他也力求对称工稳。请看：“开会百回批掉了，发言一句可听么？”（18页）“旨酒能尝斯醉矣，佳鱼自美况馋乎”（22页），“夜游恶鸟刚飞过，眨眼鬼天快亮吗？”（95页）等等。

他的对仗的又一特点，表现为对仗句或自作，或借用与化用，信手拈来皆能成诗，从中见出他的思路宽广，想象开阔，语言丰富，用事随便，不拘一格，如“青眼高歌望吾子，红心大干管他妈”（42页），“他人饮酒李公醉，此地无银阿二偷”（62页），“人逢寻壑常孤往，船到穿桥自直行”（48页），“燕子楼头听度曲，凤凰台上忆吹箫”（59页），“桃花潭水深千尺，斜日晖光美一生”（52页）等，可谓左右逢源，套用一句话，真叫作“嬉笑怒骂，皆成文章”也。

第三，声韵宽严相济。他的诗词以平水韵为依据，平上去入四声分明。但用韵方面稍宽，支、齐、微、豪、萧、肴、寒、先、删等三组韵部的内部，常有互相通押现象；真、文、元、庚、青、蒸这两组韵部的内部也常见通押，然而，这两组韵部却绝对的壁垒森严，互相之间绝不混用。前面说过，聂绀弩是湖北京山人，属于武汉方言地区，这两组韵部在当地语言中本来是很难分清的，他独能免俗，十分难能可贵。他的《散宜生诗》中，据笔者粗略统计，以这两组韵部的字为韵脚的诗计27首，其中真、文、元三韵通押者10首，庚、青、蒸三韵通押者8首，而两者之间混用者，一首也没有。诗集中另有四首诗纯用侵韵，不杂真、文、元三韵一字，这些又是用韵宽中有严的一面。

集中有一两首律诗出现失黏现象，有若干律句犯了孤平之忌，白璧生瑕，对于名家来说，不能不认为是一种缺陷。

在韵脚的处理上，他不落俗套，每个对句下半句的三个字，是全篇的有机体，天然生成，是不可拆卸，不可任意移植和装配的。时下写诗颂盛世者，其韵脚总是“舞蹁跹”“换新天”“谱新篇”“写芳妍”之类；歌喜庆者的韵脚又总是“笑东风”“起苍龙”“气如虹”“遍地红”等等，有如机器的零件，可以随意组装成诗。千人一面，千篇一律，思想浅陋，想象干瘪，词汇贫乏，语言无味，令人可叹！《散宜生诗》中绝无此种零配件，供双腿残缺或萎缩者安装假肢之用。

《散宜生诗》的平仄格式，是袭用千余年来的旧传统，自唐代以来就没有根本的改变；它所使用的平水韵，也是旧声韵，与当代人说的普通话有不少相异之处，然而，这些旧格式、旧声韵到了聂绀弩的手上，竟然写出了新思想、新感情，而且，根据胡乔木的评论，“形成了这部诗集在艺术上很难达到的新的风格和新的水平”；它是用热血和微笑培育的奇花，“它的特色也许是过去、现在、将来的诗史上独一无二的”（《散宜生诗》序）。

同样是这些旧格式，同样是这些旧声韵，没有经过任何所谓的“改革”，为什么在聂绀弩的笔下可以写出好诗？

为了诗歌创作的繁荣，到底是旧体诗需要“改革”，还是写旧体诗的人需要努力呢？

2000 年 6 月于北京

（原载《中华诗词》2001 年第 1 期）

胡风的旧体诗

胡风是文艺理论家，思想家，同时又是诗人。他的诗歌创作活动有四大特点：第一，以写新诗开始，以写旧体诗结束；第二，写旧体诗的时间比写新诗的还要长，数量还要多；第三，他因为包括新诗在内的文学理论上的争论而被判十四年监禁，却以写旧体诗而改判无期徒刑；第四，他怀疑旧体诗反映现实生活的功能，却又借重旧体诗叙事抒情，发表议论；他反对因袭旧体诗的格律，但又尊重它的格律，甚至遵守它的“一切格律”。

一

胡风于1925年1月开始发表新诗，他的最后一首新诗写于1952年1月，历时二十七年；他的最早一首旧体诗写作的日期是1937年9月，一直没有停笔，只在1945年至1955年中断了十年，1955年5月以后一发而不可收，至1978年12月，前后写作旧体诗的时间一起计算起来，长达三十一年。特别是1955年5月以后的二十三年间，写旧体诗成了他生活的寄托，除了交代材料和思想汇报之外，他几乎完全埋首或沉醉于旧体诗的创作之中（请参看梅志的《胡风传》）。

胡风的旧体诗大约在590首左右，如果它的一句旧体诗相当于新诗的一行，那么共有一万余行；他的新诗计30首，长诗5部，合计为八千多行，相差五分之一（根据《胡风诗全编》，以下简称《全编》，浙江文艺出版社出版）。

因此，无论从写作时间之久或创作数量之多来看，胡风的旧体诗都不应被忽视。

胡风的旧体诗绝大多数是1955年后在狱中所写，称之为他的生命的记录、结晶或升华，毫不过分。前面说过，他的狱中生活只有两大内容：一是写交代材料或思想汇报，二是作旧体诗。前者是奉命写作，没有人敢去干扰和破坏；后者是自发的，自觉自愿的，作者为它付出了全身心的努力，但它却是非法的，与作者的任何权利一样是不受保护的，时常遭到骚扰、破坏和查抄。胡风则不屈不挠地进行反抗，不怕破坏，不怕查抄，照作不误。双方的较量到了最后，即1970年2月，胡风在服完原判的十四年徒刑之后，竟然以强加的“写反动诗词”的罪名被改判无期徒刑。因此，胡风的旧体诗的意义也是不可小觑的。

胡风是五四运动培育的新文学中的一名健将，是左翼文坛上的风云人物，对旧体诗抱有这一群体所共有的误解、不信任感或偏见。在他看来，旧体诗“限制严，早已僵化了，很难反映现实生活”（见《全编》332页）。然而，令人不可思议的是，在失去自由的苦难中，他却对旧体诗情有独钟，居然抛弃了新诗而改写旧体诗，这在现代诗人中是十分罕见的。为什么会出现这种矛盾的现象呢？据我的理解，大概有以下两个原因。

第一，胡风本人曾经说过，1955年以后的“二十多年离群独居，同社会完全隔绝，又无纸无笔，只好默吟韵语以打发生活。因为只有韵语才能记住”（同上）。第二，旧体诗的语言和表达方式与大众有一定的距离，并非狱吏之辈所能读懂，可以起到暂时的避祸作用；而且他早年曾经写过，对它固定的格式并不陌生，既便于记忆，也便于写作，何况胡风又自称打破了它的一个限制。他说：“旧格律限定每首诗内不能重复字或词，这就一开始使它自己僵化了。我打破了这一条。不但重复，而且是有意重复，这就大大扩大了它的表现力。”（同上）他作旧体诗的兴趣因而大增。

其实，旧体诗的格律并不一般地限定每首诗内不能重复字或词，请看：

床前明月光，疑是地上霜。举头望明月，低头思故乡。（李白《静夜思》）

寥落古行宫，宫花寂寞红。白头宫女在，闲坐说玄宗。（元稹《行宫》）

君问归期未有期，巴山夜雨涨秋池。何当共剪西窗烛，却话巴山夜雨时。（李商隐《夜雨寄北》）

可见唐人是不避一般的重字的，他们限制的是一首诗内某个字被重复使用为韵脚，即“重韵”，这是要极力避免的。

不过胡风的重复另有一种用意，即把重复的字和词“当作音符，除意义之外，还表现出一种感情的旋律”（同上）。因而，他把五言律诗和排律两者串联起来，当成组诗或交响曲来写。请看他的《怀春曲》，其内容之丰富多彩，简直是一部雄伟的交响乐，这中间有轻音、低音、中音、长音、高音各个音部，有进行曲、摇篮曲、合奏曲，以及小号、大号、小鼓、大鼓、短笛的独奏曲，有儿歌、情歌、秧歌、雅歌、酒歌、战歌、赞歌和挽歌等等，真是洋洋大观，读着这首组诗的各个标题，耳边仿佛立刻响起了《怀春交响乐》。

胡风大概觉得这种“旧诗西（西方）写”的方法用起来得心应手，以后写的同类的诗干脆命名为交响曲，如《红楼梦悲剧情思交响曲》（《〈石头记〉交响曲》）、《愚公移山改造中国大交响曲》等。

胡风在打破五言律诗不能重字的限制时，特地声明在其他方面“保留了五言律一切格律”（同上书，457页）。他的所谓“保留”，就是继承，或者因袭，字面上不同，实质上是一致的。从这里可以看出胡风在实践和理论两方面对待旧体诗及其格律的一种严肃的态度，尊重它们的客观存在。

要利用它，就必须遵守它的公认的规则。目前有些人既不守规则，又不肯下苦功，争写那种徒有五七言躯壳而丧失了格律灵魂的豆腐干块，结果成了旧体诗的模仿或假冒，败坏了风气和自己的声誉。因而，对它们的尊重，也就是对读者乃至对作者本身的尊重。胡风的态度仍有示范的意义。

二

胡风的旧体诗长于说理，《〈石头记〉交响曲》就是一部说理的诗、议论的诗。他欣赏陈子昂的古体诗《登幽州台歌》：

前不见古人，后不见来者。念天地之悠悠，独怆然而涕下。

他认为理论和信念也像形象一样能舞蹈，能飞翔，能歌唱，能燃烧起读者心上的情操。这些话是他在1942年说的，在今天仍然能给读者以审美的感受，但他却没有机会看到问题的另一面，即苍白的理论和冰冷的信念是不可能达到这种境界的。

他的《怀春室感怀》俨然是一生活动在理论上的检讨和总结。这组诗是二十四首，全用鲁迅的七律《亥年残秋偶作》的韵脚写成，但内容各异，韵脚用词也力避雷同，从中可见作者深厚的功力。作者仿佛在独居囚室时常与鲁迅对谈，得到鼓舞和生活的勇气。其中《记往事》之十二更具有理论的概括力：

赞成腐败皆同志，反对专横即异端；
昨日葫芦今日画，人为奴隶狗为官；
敢忘国乱家难稳，不怕唇亡齿定寒。
勇破坚冰深一尺，羞眠白日上三干。

这首诗不以形象取胜，胡风以他热烈的信念和活泼的理论燃烧起读者心头的情操，至今仍有强大的生命力。他有不少诗是他的这一观点的完美体现。

此外,胡风常在叙事或抒情时出乎意料地以神来之笔点出一两个诗句，拓宽了诗的内涵和意境，无形中加重了哲理的色彩，例如《流囚答赠》中和聂绀弩的几首诗。

胡风的诗又显示了他博大的胸怀。他含冤入狱二十余年，受尽苦难的煎熬，虽然感到苦闷、愤懑，但坚持自己的信念，坚信自己的清白必将得到洗刷，终会重获自由。上面提到的《流囚答赠》中的许多诗句，最能表明他的心迹，如“竟挟万言流万里，敢擎孤胆守孤城”“沉冤大案定重提，可早虽然也可迟”“再待何须二十年，山崩势已不可延”“吴宫旧恨消无迹，不必东门把目悬”等。而早在1957年写的《勿忘我花赞》，十二段诗有七处把毛泽东与马、恩、列并列加以歌颂；同年所写而于1978年增改的《怀春曲》的《梦赞》中，也有三处作同样的歌颂。这不能不使人想起胡风的

拜访胡风先生
右起：李今、王超冰、胡风、刘麟、吴福辉、严望，1984年

长诗《欢乐颂》，那是1949年11月间所作，其中有十七处高呼“毛泽东！毛泽东！”他对中国革命的观点是贯彻始终的，不因个人的得失而改变。据说政治家的胸怀如同江河，可以撑船，然而，雨果说得好，比大海还要宽广的是心，是思想。

胡风毕竟是诗人，他的诗也有儿女情长的一面。他曾说，风月是无边的，也是无私的；无论什么时候都会和你作伴，引起你的反应。在皓月窥窗、冷风扫壁的囚室，他也写景写情，并非都是沉痛之语，《怀春曲》中挂念儿女的诗，甚至使用了儿童的语言。这里我想举出他早期的一首小诗来看他的旧体诗是如何描写亲情的。诗云：

午夜凭舷望，乡园一梦横。欲呼卿小字，云水了无声。

诗的题目为《船过蕲春》，1937年9月底作。二十个字，非常简练、自然，但所蕴含的对妻儿的深情，是读者难以忘怀的。

前面说过，胡风认为旧体诗的僵化在于它的“限制严”，然而有趣的是，他的狱中诗比一般的律诗多出几个限制，而这些限制的制造者正是他本人。例如他使用的“连环对格律因素”是有规则的，“上句重复一字或一字以上，下句也就和它成对地重复”（《全编》332页）。大家知道，一般的重字是没有规则的，而他的《怀春室杂诗》，二十一首七律，通通使用鲁迅的七律《无题·惯于长夜过春时》的时、丝、旗、诗、衣五个韵脚，首句也必须入韵，没有一首违例。《怀春室感怀》则全用鲁迅的七律《亥年残秋偶作》的端、官、寒、干四个韵脚，二十四首，每首如此，与通行的应和习惯大为不同。当然，做出这种种限制是不得已的，是为了记忆和写作的方便，是狱中特殊的环境和无纸无笔的艰苦的条件所造成的。新诗没有任何限制，可以自由发挥，但失去了人身的自由，自由的新诗就不如限制严的不自由的旧体诗了。

2000年7月于北京

光明的使者

——寄碧野先生

第四次全国文代会期间，读完了你的新作《丹凤朝阳》，这时正好你在北京，十多天内却没有机会到你的住处面聆教益。这部小说是你在十年浩劫期间顶住种种压力坚持着写出来的呕心沥血之作，现在终于送到了读者手上。虽然没有来得及配上插图，装帧也并不精美，但我喜欢它，也为你感到高兴。

你是勤奋的人。解放以来，你笔走龙蛇，写出了一部接一部长篇小说。出了一本又一本散文集。先是《我们的力量是无敌的》。这部歌颂人民和人民军队的长篇，因为没有按照某种模式描写人物，被指为“歪曲”，遭到了“批判”。不久前读报，得悉武汉的作家们有一次集会，为某些作家和作品“落实政策”，也宣布给你的这部作品“平反”了。其实最好的平反应该是重新加以出版。岁月如流，都快三十年了，我们有许多年轻的读者恐怕连这本书的名字都没有听过，但它是你参加解放太原战役，在硝烟弹雨之中亲身战斗的记录啊。接着出版的是《钢铁动脉》，然后是《阳光灿烂照天山》，都是数十万字的巨著。还有几本散文集：《在哈萨克牧场》《边疆风貌》等等。后来就是描写鄂西北风情的《情满青山》《月亮湖》。单凭这些集子美丽的名字，就可以想见其中的诗情画意了。现在的《丹凤朝阳》，又一部四十多万字的长篇，这部作品是写水库建设的。你长期在水利工地生活，似乎已经被“同化”了，你也成了一名水利尖兵了。你用笔和墨为读者建设了一座又一座水库，清亮的水灌溉着他们的心田，强劲的电力点燃着他们的智慧。读者将感谢你的勤奋。你的勤奋还表现在你对待生活的态度。解放后你们一家进行了三次大迁徙。北京有你的亲戚故旧，有舒适的住宅，你却举家西征，千里迢迢，来到边远的乌鲁木齐。你们终于安下家了，杨静同志还在庭院里经营了一架葡萄。而几年之后，你们又从乌鲁木齐折向东南，甘愿跳进长江中游一个大火坑，经受武汉酷热的燃烧。上面草草列举的那些作品，就是你们大迁徙的里程碑。此外还有一次扫地出门，那就不必去说了。家住城市，你更多的时日是在人民之中观察、分析、学习。遥远的边疆，新兴的工地，荒僻的山区，到处留下你的足印，也留下你的手迹。现在，你已六十开外，行动不便，但你并不因病弱之躯而稍有懈怠，或因写了几部小说而踌躇满志，得意忘形，自以为了不起。你从来不想宣扬自己的什么经验，更不会打开门来称王称霸，贬斥别人，吹嘘自己，不可一世。你是勤奋的，又是谦虚的、朴实的。你的作品也是朴实的。

你写《丹凤朝阳》的时候，正是“文革”时期。你朴朴实实地按照你的信念写作，没有一点虚饰。你书中写了大水库工程局的党委书记，写了工程局的局长、副局长，又写了总工程师和技术员。你不顾棍子、帽子以及随之而来的更为严重的灾祸，你把他们写成如我们现在从作品中所看到的这个样子。有人曾要你添上个“走资派”，把总工程师改成“反动学术权威”，你断然加以拒绝。你忠实于生活，忠实于党和人民赋予作家的神圣使命，忠实于一个正直之士起码的道德，表现了你可贵的本色。在封建社会，有的知识分子还能够具有“富贵不能淫，贫贱不能移，威武不能屈”的操守，何况我们是在社会主义时代。你这种精神不应该大大提倡和发扬吗？你在书中也写了不少先进人物、老工人、复员军人、民工，还有工人家属，你没有拔高他们，神化他们；他们不是不食人间烟火的泥塑木雕，而是有喜怒哀乐的血肉之躯。他们经历了挫折和不幸，有过烦恼和痛苦，当然，也尝到了成功的欢乐。你喜爱他们，他们是你可以推心置腹的密友，不是你手中的木偶。我曾经零零落落地听你谈过党委书记那间随着工程进展而推移的板棚，总工程师床头的两架电话机。你终于把它们写进了小说。还有一些动人的细节和故事你割爱了。但可惜小说里的党委书记和工程局长在性格上没有显出各自的特点，形如两人而其实是一人。写贾有富为周丽芬所控制，二人合谋破坏大坝，没有令人信服的根据；他们的行为不是他们的思想和他们所处的矛盾的合乎逻辑的发展。

我相信你是喜欢来凤的。来凤的形象写得光彩照人。你写的是水库，对于开挖、爆破、浇灌等技术操作十分熟悉，写来得心应手，毫不费力，其实你着力的是塑造人物，表现人的精神。普希金曾经把他的一部长诗称为“诗体小说”，这个称呼的确切译法应该是“叙事诗”；而你这部长篇，真可以称之为诗小说，或小说诗，是诗与小说的融合。水库名叫丹凤（这名称多么贴切，又多么美），建设水库的女技术员名叫来凤；水库的大坝高耸在大河之中，年青的女技术员也在蓝天中展翅高飞了。来凤就是羽毛华丽、在朝阳照射之下五彩缤纷的丹凤。我还忘不了来凤进山在金鼎房内凭窗远眺山间月色那一段描写，我似乎看到了朦胧的月光，听到了淡淡的悠扬的笛声；我还忘不了来凤落水后千军万马与激流搏斗救她脱险的描写，纸上似乎发出了惊涛骇浪的汹涌澎湃的怒吼，仿佛映出了人人脸上紧张焦虑的神情。你用笔细腻柔和，而又雄壮奇伟；轻描淡写，却力透纸背。两者是矛盾的，但又是和谐的、自然的。

我应该告诉你，这部小说勾起了我的“乡愁”。我在你现在居住的城市里度过了二十多个酷暑，它是我的第二故乡。虽然盛夏的傍晚，擦一根火柴似乎可以把空气点着，那里的气候使人窒息，但一旦离开，却又不胜依依。“故土堪怜虽可恨，他乡似主却如宾”，感情竟是这样的复杂。你当作丹凤水库描写的那座水库，我没有去过，但我曾在它所在的县城住过，在它附近的崇山峻岭中走过。你笔下出现的人物和风景，使我感到十分亲切，我相信也会使我的“乡亲们”感到更加亲切和可爱。现在鄂西长江上正在兴建一座比丹凤水库大坝更加宏伟的大坝，无数丹凤正在那里展翅欲飞，她们读了你这部小说一定会得到很大的鼓舞。她们，还有我们，更盼望着你正在酝酿中的新作问世。我知道你正在构思一部反映架线工生活的小说。架线工是水库和城乡“千里姻缘一线牵”的使者，是光明的使者，他们为水库输送电力开辟坦途、架设线路，把每座工厂的机器开动，把每家的黑暗驱散。他们是值得尊敬的人——可是，有谁会不以为你们作家也是值得尊敬的架线工，是光明的使者呢？

1979 年 12 月

（原载《读书》1980 年第九期）

林文月：人和散文

一

林文月的名字在海峡彼岸十分响亮，在海的这一边比较陌生，我翻阅了几部大陆编辑出版的港澳台作家词典及台湾文学史，均乏记载；报刊上评价的文字，暂付阙如。这表明我们对彼岸的文学所知有限，对它的研究更需深入。关于她的主要经历，本文后的“林文月小传”已有简单介绍，为了增进读者对她的人和散文的了解，我想利用写作本文的机会提供一些资料。

林海音曾经为林文月制作一幅“剪影”，十分生动，下面我试把这个“剪影”再剪下几片：

> 她谈中国古典文学，都是大块文章；她的散文小品，多吉光片羽。其实她写大块文章像五万言的《曹氏父子及其诗》时，不过是一个二十岁出头的大学生，倒是近年来她有更多的散文之作。
>
> 《文学杂志》创刊，向台大中文系的师生邀稿，她便把五万言

的毕业论文拆散，写成几篇成为独立面貌的文章，投给当时主编夏济安……

她的作品在《文学杂志》刊出后，在香港的徐訏读到了，很欣赏，以为是年长的女教授写的，见了面才惊讶地说：“还是个小孩子嘛！”

文月并不是一个整天伏案工作的人，她的兴趣也很广，喜欢旅游、服装设计，吃吃小馆子，聊聊天。爱朋友和亲人。在《遥远》这本散文集里，无论写母亲的头发，写炎秋伯伯的办公室，忆旧或访新，虽然字里行间时怀伤感，但那都是因爱、因敬、因念而起的。她的个性，总是先想到别人。认识她快三十年了，更了解她的“善”的性情。

——林海音《剪影话文坛》

接待台湾作家林海音，1993年
第一排中：林海音

台湾另一位女作家琦君笔下的林文月，则又是一种形象：

去年一年中，曾有好几次场合与文月见面。在稠人广众中，她总是默默地谛听别人说话，颔首微笑，她端庄沉静的仪容，给我的感觉是一株孤芳自赏的素心兰……文学杂志社社长刘守宜先生招饮，文月翩然而至，由夏济安先生介绍给大家认识。她那天穿着一袭白底了上大朵黄菊花洋装，裙裾飘飘然撒开来。戴一副白菊花黄花心耳环，配合得那么靓丽而淡雅，那一派秀外慧中的娴静气质，令我念念不忘……

——琦君《心灵的契合》

林文月的先生（大陆称爱人）郭豫伦也为她勾勒了几笔素描：

一个儿子，一个女儿，一个家是她的财富。她没有太大的祈望，常常觉得所做的都是被动的，人家给她一个题目要她写她就写了，而且很认真地写。假如不是被逼时，她倒觉得不知写些什么好，会望着天上的白云，进入她自己的幻想。

——郭豫伦《林文月的希望》

以上三位人士所形容的是学者、作家林文月，下面我想变换一下视角，从她本人的两次感受来观察她作为学者、翻译家在外人心目中的印象：

（一）林文月在《祭吉川幸次郎先生》一文中介绍，这位日本学者是近年来日本汉学界的大师，素以高傲见真。多年前在一次国际性集会的一个自助式午餐会上：

……许多日本学者纷纷上前致意，想争取吉川先生的青睐。吉川先生用他惯常的冷傲态度对待他们。那时郑清茂和我同在会场上，每人端着一个盘子，正徘徊找位置。吉川先生走过来，轻轻对我们说：“走，我们到那边去一起吃饭。”于是，我们三个人坐在会场上一个偏远的角落。那一顿饭，有说有笑，吃得很愉快。

（二）日本有一位圆地文子女士，她是享有盛名的作家，也是古典名著《源氏物语》的现代日语的译者，年逾古稀，受人尊敬，雍容优雅，颇为矜持。她在东京一家旅馆的咖啡厅面见林文月，当林文月把自己翻译的一套《源氏物语》递给她时，有这样一段描述：

> ……她一看到我的书，前时的矜持尽消，眼神里流露一丝热烈的情绪，语调也变得十分柔和了。她说看不懂中文，却前前后后地翻弄着，问我可是全译本？我向她点头，她竟然微笑了。
>
> ——林文月《以文会友》

从发表于十余年前似不可能预见到今日将被我们引用的这两段记载中，也可窥见她的成就之一斑。

至于本书选收的作者自叙经历之作，如《江湾路忆往》《记忆中的一爿书店》《读中文系的人》《我的三种文笔》等文，好似银幕上的一幅幅画面，向我们展现了一个身背书包的小姑娘，施施然迎面而来，从北四川路小学的课堂，走向辛亥路大学的书斋，望之俨然，已成就为三位一体的学者、作家和翻译家；半个世纪如同顷刻之间，其中的欢愁和甘苦，历历在目，陌生也就变成可敬可亲了。

二

林文月的散文创作经历了一个由铺张华丽转向平实精练的过程。她最早的散文集《京都一年》所收的是游览日本京都的随笔十三篇，每篇的字数多达万字上下，内容充实，材料丰富，不仅怡情养性，而且因为具有学术价值，也可增广见识，即使是对于日本的读者也不例外。大阪市一位大学教授读后曾写信给作者，认为此书关于日本的庭院建筑的见解“相当正确”，对作者考察京都古书铺之深入周密，又深感惊讶；有一些留日的学生则把书中另一篇长文《吃在京都》拿去，“作为饕餮的指南”（均见《京都“汤屋”趣谈》一文）。这类具有双重价值的文学作品，在文学史上也许比比皆是，但我们平日所乐道的不外乎徐霞客的游记在地理学上的贡献，巴尔扎克的小说可当作经济学、统计学的著作研究，谢灵运的《山居赋》（未免班门弄斧了）则是探讨东晋庄园制度的重要文献，如此而已。如果还可以再举例子，《京都一年》无疑将以它的特殊风貌而受到瞩目。作者写作时所花的调查研究工夫也是异乎寻常的，她“记京都近郊的圣地，往往要参考一些相关的历史文学书籍”，写古刹名庭，曾到图书馆去翻阅日本的建筑庭院等的记录；甚至只为写一篇古书铺或吃食店的随笔，也收集过不少资料，又挨家挨店去实地观察试嗜，做笔记摘要。她游历过的京都近郊名胜古迹以及对古刹名园的来历和变迁的认识，比当地普通居民要多得多。她对京都如醉如痴的投入，使得当年京都大学一位教授大为感动，戏称她应当得到京都市“荣誉市民”的头衔。（见《我的三种文笔》）

这可能是兼为学者的作家写游记的特点，勤奋而认真执着，灵秀中又透出严谨的治学之风。

《京都一年》写于二十年之前，作者如今已嫌其“繁琐”“缺乏剪裁”，但仍不失为佳作。顾念到大陆读者越海求书之困难，为使他们对作者早期创作的风格有所领略，本书选入其中《京都的庭院》一文。一文已足，希望两方面都可兼顾。

由于创作思想之发生变化，以后她写的散文注重简练淡雅。她继续有游记出手，已很少有动辄万字的考证性长文，大都为三五千字的“兴情悟理”的写景短篇，而学者风度不减。

此处的“兴情悟理”一词，转借自她对于山水诗研究中使用的术语，意为在记游写景之中表达作者触景而生的情和所领悟的哲理。出身于中国古典文学专业，长期从事六朝文学的教学和研究工作，她的创作受到她的教学和研究的影响，作品中有中国文学传统的痕迹可寻，那是顺乎自然、合乎情理的。在游记文中运用“兴情悟理”的手法，就是这种影响之一。在《雨游石山寺》一文中，作者叙述了瞻仰寺中的日本作家紫式部和松尾芭蕉的“供养塔”后，也在收尾处写了这样一段文字：

> ……人都会死亡，人不如树木坚强；但是，人或许也可以像树木一样不朽，借着坚定的信念，借着文章大业。倘非《源氏物语》及许多完美的徘句指引，人们不会刻意来到此地；这塔与碑，其实不过是一些无生命的石头而已，使这些无生命的石头具有如此无比吸引力的，实在是作者呕心沥血的文字。

文章是千古不朽的事业，儒家历来有此主张；“人生短暂，而艺术永恒”，乃西方流行的名言；但无生命的石头借诗文而获得生命，却是作者的新鲜感受，此情此理为文章生色，也赢来读者的共鸣。

论及中国古典文学对她的影响，最明显的还是在语言的运用方面。文言的虚词和句式之充斥，古词汇的化用，在她的记叙文（如《马兵营之行》）乃至抒情小品（如《遥远》《姨父送的蝴蝶兰》等篇）之中，也不能免。行文简练，词汇丰富，叙写生动而有致，古代散文的传统风格在她的笔下也自成一种特色。但这种有点类似文白相糅的文体，就国学根基较浅的许多读者而言，有时恐或产生艰涩、生僻甚至疏离之感，不大容易领略作者的匠心。例如形容蝴蝶兰花开之茂盛，有“相因依，迭映蔚”一语，不熟悉谢灵运的诗或不记得他的诗中“芰荷迭映蔚，蒲稗相因依”一联的读者，就只好相继去查古汉语词典了。

不过少用而不滥，可以增加文章的韵味，读来别具一格。作者在二十世纪八十年代及其后写的散文，逐渐减少了这种文白夹杂的现象，这或许因为她的创作思想发生变化之故吧。

中国古典文学的影响，在她笔下的表现是多方面的，并不限于一种技法的借鉴，或几句古诗词的引用，或文白的兼容并蓄而已。按照她本人的论述，凡谋篇布局，剪裁取舍，声韵气势，用字练句等等，从古文的典范中都有可以继承之处。这里我想指出另外一点，即被历代文人十分推崇的一种境界——含蓄——在她的若干篇散文中的匠心独运。

前面提到的《遥远》一文，从题目到内容都凝聚着含蓄的美，作者所营造的意境只可以意会。“遥远”处是什么呢？请读者涵容吧，批评家不必也不愿点穿；只有中学的语文课老师才敢分析得透亮，不怕被讥为“大煞风景”。

《手的故事》则是另一种含蓄。它不像《遥远》那样的含而不露，又不全露；此文的含蓄如雾中看花，若隐若现，其构思之精巧，实在是不可多得。林海音和琦君都以“吉光片羽”四字赞美林文月的散文小品，可说是精当之至。

由于读者与作者的生活体验不尽相同，作者有时不一定能意识到她的笔墨会在读者心中构造出比她的预计更多的意境。仿用一句俗语，叫作“有意栽花遂所愿，无心插柳也成荫”。这种现象的出现，是作者艺术概括力的深厚所致。《意奥边界一瞥》一文不过一两千字的篇幅，记述的见闻也很简单：作者停车在意大利和奥地利的边界上，瞥见一个少女进入奥地利国境时，出示的不是护照，而是一片巧克力，竟被边防警察放行。作者写得情趣盎然，世界上居然有这般和平安宁的边界，有这样轻松潇洒而幽默宽容的边防人员。

但是，经历了从东北边境进入奥地利的旅人，读这一篇散文必定会比别人多生出一份感慨。在捷克和斯洛伐克分立为两个国家之前，从布拉迪斯拉发前往维也纳，行车时间为一个小时，出境检查的时间也费去一小时，气氛紧张，手续之严格令人惊叹。而一跨入奥地利境内，汽车用不着熄火即可继续前进，边防人员查验入境者的护照如同北京电车上的售票员扫视乘客手中的月票一样。由这位旅人读这个护照和巧克力的故事，自然会萌生种种联想，他所接受的也不只是人情世态了。

又假设这位旅人再从苏赫巴托进入纳乌什基，或由外贝加尔斯克回至满洲里，体验了那种森严壁垒如临大敌的夜景，品尝了那种满眼仿佛全是疑犯罪嫌、特务间谍，轻易放走一名即会酿成国难的戒惧心理，当他想起这个少女和警察的邂逅的情节，就会百感交集，思潮涌动，当然也会赞叹作者的含蓄的力量。这是我要说明的第三种含蓄，是作者本来无意经营而由于她的艺术概括的深广所造成的。

有趣的是，假如这篇文章被好事者送呈具有特殊审美情趣的大批判家及其最高权势者的案头，他们读后，必定是另有迥异于旅人的种种不同的感触和遐想，也必定有一点是所见略同的，那就是作者在使用含蓄的笔法，许多麻烦将由此而生——不过，我的说法既已成立，那些麻烦就随它去了。

林文月与日本文学的渊源也很深，她翻译了《源氏物语》《枕草子》等古典名著，论证过唐代文化对平安朝文坛的影响，她对日本文学的兴趣，或者说日本文学中使她感动至深的印象，也流露在她的散文作品中。除了《京都一年》之外，她另有几篇游日的随笔，其中多处引用了日本作家的诗文。这种引用并非闲笔或点缀，有时是有感而发，有时则与作者的构思相融合，化为文章的血肉了。例如《步过天城隧道》一文，川端康成的《伊豆的舞女》和松本清张的《天城山之夜》两部小说中对同一条天城隧道的两段描写，是作者步过这条隧道时“兴情悟理”的一个依托，绝非是游离于结构之外的赘疣；若毅然删去，全篇文章也就给毁了。

非游记，如《苍蝇与我》，描写台北家居生活的短文，也显示了作者的日本文学的造诣。这篇小品写得极富情趣，小林一茶的俳句更起了画龙点睛的作用。苍蝇是令人厌恶的飞虫，人人皆曰可杀，一见都会动手扑灭之，可是小林一茶喊道："莫要打哪，苍蝇在搓着它的手，搓着它的脚。"这首十七字的短诗居然使作者停住了手中的蝇拍而自惭残酷了。我怀疑是这行俳句才触发作者写作这篇短文的灵感的。

三

室内的苍蝇，阶前的兰花，边界上幽默的警察，家庭中温暖的手，写得新颖、风趣、真挚，耐人寻味。论题材，它们都是平凡的事物，并非地震或龙卷风，革命或夺权。作者认为：

> 矫揉造作，无病呻吟，皆不足取法。只要是作者真挚的感情思想，题材小大倒不必分高下，宇宙全人类的关怀固然很值得入文，日常生活的细微感触也同样可以记叙。

作者以这些小事记叙成文，是为了舒畅襟怀，抒发感思，宣泄心情；为求突显主题，在表达上注意布局安排、剪裁割舍，得当与否，全在于作者的慧心：

> ……有时小小一点个人的感喟，却因为懂得布局安排之奥妙，而造成引人兴味、精致玲珑的效果，作者在结构上所费的经营心血最是有助益之功……

这番话立即使我们想起苍蝇、手、白发与脐带，以至钥匙等等，它们是这个论点的最好佐证。但布局经营的慧心，还必须借助于语言的灵巧表达：

> 我们今天写作白话的散文，当然要灵活运用语言，长短虚实交错使用，但是偶尔于其间散布适量的对仗整齐之句式，只要不过量而显得不自然，亦无道理反对，有时更由于对句式之羼入，给予极度自由的长短句式做一种适度的收紧调整，无论在视觉上或听觉上，都能得到美感效果。

所谓对仗整齐之句式，实指骈文中的四六对句，在白话散文中如能巧妙活用，也是继承文学遗产之功。

作者是重视文学遗产的传承的，她认为现代散文中可以活用古诗文的技巧，譬如：

> 典故之引用，能够增加文章深至之美，同时也可以给过于流畅的白话文适度地变换气氛。然而引经据典过多，则难免于掉书袋之嫌，古人作诗填词尚且忌讳，何况写白话散文……
>
> 声音气势的讲究，虽为古今诗人所注重之事，但散文作者若于此方面小心推敲，也能令文章更臻朗朗上口。譬如平仄字的配合，双声词与叠韵词的偶然出现，看似无意却颇具功效，可以提升文章的音乐美感受。即使只是一般口语化的长短句交错布置，由于短句易造成急促紧凑的感觉，长句常有延绵不绝的印象……掌握其间的性格，更能突显文意情景。

作者早年写作喜欢铺张掩饰，近来则“宁取平实而不慕华靡”；文章也由长入短，“比较注意篇章结构与布局韵律”，追求淡雅自然。她认为最高的目标是通过艺术上的经营达到“行于当行，止于当止”的境界。

以上各处引文，主要来自她为散文集《午后书房》写的代序《散文的经营》。因体例规定不收作者的序跋性文字，转述恐失原意，此处只得择要照抄了，相信这样做对读者了解林文月的文学观、创作经验是大有帮助的，何况大陆的读者正需要更多地了解她和她的散文创作呢。

最后说明一下编选方面的事。这本选集取材于作者的数册散文集和台北几家报纸的副刊与杂志，由作者提供，入选的篇目大都也由作者圈定。因篇幅限制，圈定的篇目没有全部包容；囿于体例，我反而得以放肆地饶舌，殊为惭愧。本书是呈现给大陆读者的林文月的第一部选集，希望她的作品纷纷越过海峡，源源不断地登陆此岸。

1993 年 3 月于北京

附：

林文月小传

林文月，台湾省彰化县人。1933 年出生于上海市虹口江湾路。当时在法律上，台湾人为日本公民，故居住于日本租界的她，母语是日本语，也会讲上海话。小学就读于日租界的第八国民学校，直到抗战胜利，小学五年级时，都与日本侨民子弟同受日本教育。

1946 年 2 月，随家人返回台湾，第一次踏上自己的家乡。同时，从小学六年级开始学习中文和接受中国教育。1959 年自台湾大学中国文学研究所毕业后，即在母校执教，现任台大中文系教授，专攻六朝文学，以及中日比较文学。

林文月自幼喜爱文艺，故于教授课程及学术研究之余，又从事文学创作，以散文及传记类为主。更由于少年时期接受日本教育，其后努力自修，亦多有翻译作品出版。

关于《中国大百科全书·外国文学》：介绍与答辩

一、介绍

《中国大百科全书·外国文学》（以下简称《外国文学卷》）是我国第一次出版的介绍外国文学的大型工具书，分为一、二两册，三百六十万字，收条目三千余，配有插图近两千幅，撰稿者达三百多人。它与国内同类书相比，在介绍世界各国文学方面有以下几个特点：

1. 比较全面、系统

就地域和语种来说，世界上所有重要地区和语种差不多都被包括了。其中有东北亚三国、东南亚九国、南亚五国二十一个语种（仅印度一国就介绍了十九个语种），西亚十三个语种，非洲六个语种（涉及许多非洲国家），拉丁美洲二十一国，东欧、中南欧七国，北欧五国，西欧十三国，北美和大洋洲各二国，还有苏联及其十五个加盟共和国；此外还有世界语文学一种。对于亚、非、拉地区的文学，如古代希伯来文学这样偏僻的领域也终于请天津朱维之同志给补写了“希伯来神话和传说”一条。对于亚、非、拉文学，编委们经过几次讨论，一致认为应在本书中占显著地位。国外有些大百科全书对此不予重视，或聊备一格，这部书却为它们提供了较大的篇幅（约占全书字数的 20%）。

就文学的发展史来说，从古至今，按照各国在世界文学中所处的地位，比较系统地介绍了它们的全貌。书中不但以比较多的篇幅叙述了它们的古代文学，而且也力图反映各国当代文学的最新发展，时间的下限大部分写到二十世纪七十年代。有少数条目的材料，收到了本书付印前夕（即 1982 年 2 月）。

2. 力求客观、公允

对于文学发展过程中所出现的文学思潮，这部书既介绍浪漫主义、现实主义，同时也不忽视曾经产生过或现在正在产生重要影响的其他流派，如自然主义和现代主义的各种派别。尽管对这些流派，编写者有自己的看法，但在编写工作中却力求客观地加以叙述，不把一己的观点强加于读者，不采取独尊一派、罢黜百家的态度，也不把某一思潮当作正宗甚至唯一正确的东西，而贬斥、非议其他流派。这是因为我们这部书是工具书、参考书，它的性质决定我们对于文学中比较复杂的问题，只能综合有代表性的各家的观点以供读者思考，帮助他们去做出判断，而不能越俎代庖，轻易地、简单地予以肯定或否定。流派问题如此，其他问题也是如此。只要它们在文学发展过程中产生过重大影响，曾经取得成就，或有助于总结文学发展的经验，都应该给予应有的地位。

就文学的思想倾向来说，同样，本书既介绍进步的、革命的文学，也不排斥适当介绍带有各种相反倾向而有一定影响的文学，这两者总是相比较而存在，相斗争而发展的；没有这种比较和斗争，就显不出进步的、革命的文学的生命力，也不可能反映整个文学发展的全貌。

就文学的品种来说，考虑到实际存在的情况，本书也适当介绍了当前流行的一些文学样式，如意识流小说、推理小说等，目的在于使读者对它们产生的背景、流行的原因及其发展过程，有一个比较明确的概念。

对于作家和作品，本书注意做全面的、实事求是的介绍，不因为作家的思想倾向和政治态度而贬低或夸大他在文学上的成就，反之，也不因他在文学上的成就而掩饰他在思想和政治上存在的问题。对于某些不同寻常的作家，本书更不“以我画线”，不以他对待我国的态度如何而任意褒贬，一切以他在本国文学中所处的地位为标准。他有反华的作品，就如实地予以指出。对于作家的介绍，兼顾生平、创作、思想倾向、艺术上的得失、本人的努力和他人的影响等各个方面，不求面面俱到，不做“起居注”式的记录，而把作家放在特定的历史环境和与其他作家的联系之中，防止孤立的、零碎的、带有偶然性和盲目性的介绍。

3. 反映我国专家的研究成果

编写这样一部百科全书，绝非少数人所能胜任，需要依靠专家们集体的力量。以集体的力量编书，这在我国的学术界自古就有先例，可以说是我们的优良传统。外国文学编辑委员会及其十五个编写组在冯至、季羡林、叶水夫的主持下，召集了我国著名的，长期从事外国文学的研究、翻译和教学并成就卓著的专家、教授，还有不少后起之秀一道工作。他们为这部书的编写制订指导方针，设计结构（即所谓“框架”）和条目，调节各部分之间的比例，并直接参与撰稿和审稿。

他们撰写的条目都是自己素有研究的专题，如冯至写“歌德”，季羡林、金克木写印度梵语文学的各个条目，叶水夫写“俄罗斯苏维埃文学”，王佐良写“拜伦”，戈宝权写“普希金”，叶君健写“世界语文学”，田德旺写“但丁”，朱光潜写“启蒙运动”，孙绳武写苏联少数民族诗人，杨周翰写“莎士比亚”，杨宪益写“荷马”，李健吾写“莫里哀”“福楼拜”，李赋宁写“乔叟”，陈嘉写“莫里斯”，陈冰夷写“普列汉诺夫”，罗大冈写“法国文学”，闻家驷写“雨果”，楼适夷、李芒写日本的作家和诗人，还有王央乐、严宝瑜以及其他许多作者所写的许多条目，都反映了他们长期研究的成果。卞之琳、吴富恒、曹靖华等委员虽然没有撰写条目，但他们参与编委会会议、审阅稿件，书中也凝结着他们的心血。

许多撰稿人都是各地研究外国文学的主要力量，他们写的条目长者数千字，短者或不过百余字，但多是披沙拣金之作。这绝非溢美之词，凡是参与撰写大百科全书条目者都深知此中甘苦。一个百余字的条目，往往要参阅大量资料，费时费力不见得少于洋洋万言的文章。

多年以来，各地曾经编写过不少外国文学史教材，粉碎“四人帮”以后也曾编写过外国文学方面的参考书籍，它们大都是国内不可多得的富有价值的学术著作，体现了作者各自在学术上的成就，它们的编写者之中有不少目前是我们编辑这部书所依靠的主要力量。但过去的教材和参考资料或者偏重于一个国家或一个专题，或者其目的只在于介绍作家或作品，它们毫无疑问已经完美地实现了编写的意图，在读者之中产生了良好的影响。但像目前这样一部既包括文学史而又不限于文学史（更不限于一个国家的文学史），既有作家生平和作品要点，又大大超出作家传记或作品提要范围的包罗万象的百科全书，却是前所未见的。它是我国研究外国文学的专家们集体智慧的结晶，代表了我国在外国文学研究领域中的成就。

4. 几点不足之处

正如这部书反映了国内研究外国文学的成就一样，它的不足之处，也反映了我国在这一领域存在的薄弱环节和空白点。首先，我们还不能够介绍世界上每一个国家和民族的文学而毫无遗漏，我国学术界对它们的文学的了解还没有达到可以全面而系统地介绍的程度。如我们的近邻锡金（今锡金邦）、不丹等国，中东地区的科威特、约旦、也门、沙特阿拉伯等国，欧洲的卢森堡、列支敦士登、圣马力诺、摩洛哥等国，拉丁美洲的特立尼达和多巴哥、牙买加、苏里兰等国。尽管编写者做出了很大努力，但也不免有语焉不详的缺陷。由于历史原因所形成的与外界隔绝而造成资料不足，这又使得我们对某些国家的文学或对某些作家的介绍，难免有不尽确切或不够详实之处。对于这种种缺陷和不足，我们正诚恳地期待着国内外读者的批评指正。

其次，这部书在编写中虽然动员了国内许多专家参与其中，但由于我们所知有限，紧张之中又不允许进行更充分的调查访问工作，以致各地还有一些学有专长的同志没有被吸纳进来以施展他们的才能，为本书增辉生色，对此，我们深感遗憾。特别是海峡彼岸拥有许多研究外国文学的人才，这次也没有能够吸纳他们来执笔撰写条目，使我们感到惋惜。我们期望在不久的将来，台湾的同行们能够和我们聚在一起，为修订《中国大百科全书·外国文学》，为发展我国的文化事业而共同努力。

5. 感谢外国友人的帮助

作为这部书的责任编辑，我们在这里要感谢一些外国朋友对这部书的关心和赞助。瑞士驻华使馆文化秘书白玲奇小姐，曾经多次同我们商谈“瑞士文学”这一条目的撰写事宜。瑞士有四种文字书写的文学，而他们还没有一部包括四种文字的文学史著作。为了我们这部大百科全书，白玲奇小姐特地远从瑞士组织几位专家撰写了这一条目，这无论对于他们或对于我们都是值得怀念的创举。丹麦驻华使馆政务参赞古尔贝亚先生得知我们在编写时缺少有关资料，从国内买来参考书赠给我们。南斯拉夫驻华使馆三等秘书布兰克·梅林，得悉我们正在编写大百科全书外国文学部分，在他们的著名作家米罗斯拉夫·科尔莱扎于1981年12月29日逝世后，特地写信通知我们补上这一重要史实。荷兰驻华大使馆胡月涵先生，利用回国休假之便，为我们带来了荷兰最近出版的文学史著作。英国、法国、意大利、西班牙、希腊等国的驻华使馆，也为我们提供了可贵的帮助。编委委员、北欧文学编写组主编叶君健同志访问北欧各国时，瑞典、挪威文学界欣闻我们正在编写外国文学卷，不少人赠送照片或本国出版的文学史，还有大量的图书。而我们尊敬的同行——法国的拉露斯出版社和洛罗·吉罗东出版社，也为我们寄来了精美的图片，这一切体现了他们对我们的友好情谊，表达了加强两国之间文化交流的愿望，同时也说明大百科全书是人类文化的结晶。编辑大百科全书是属于全人类的事业。

二、答辩

《外国文学卷》于1979年4月开始筹备，1981年8月发第一册稿件，10月中旬发第二册稿件，前后是两年四个月到两年半的时间。1982年6月第一册出版，同年10月第二册出版，从筹备到出版仅用了三年半的时间。人力少、工作量大、时间紧，但最终完成了任务。读者对这本书的初步反响还是比较好的。

季羡林先生在《世界文学》杂志1982年第5期上发表长篇文章，全面评论了它的优缺点，其中指出，它的出版“使我国的外国文学工作者扬眉吐气”，是“对我国外国文学研究的一个重大贡献”。当然，也有否定的评价，如认为它是“冒进的典型”“洋跃进”等。意见的分歧和对立正表明它引起了出版社内外的注意和关心。这里就以下三个问题，谈谈我们作为编辑者的看法。

1. 框架

《外国文学卷》的框架是在体例的指导下，根据文学史的体系，按照国家、地区、语种文学而建立的，以保证向读者提供比较完整而系统的文学知识，并且便于查检。

外国文学严格地说，不是一个学科。与其说这是一个学科概念，不如说是地域概念。什么叫外国文学？凡是中国以外的文学，都叫作外国文学。它和它下属的各个分支学科的关系，只有名义上的归属关系，没有实质性的内容上的有机联系；它的各分支之间的关系，也是松散的，可以有联系，也可以是毫不相干。而它们之有关系，大都也是由政治、经济等方面的力量所造成的，不是文学本身的发展所必然引发的结果。因此《外国文学卷》的框架设计要从它的特点出发，不能照抄别的学科。

而在制定框架时，还要注意它的系统性，即注意文学发展的全貌。文学的发展是由各个时期的作家来体现的，作家条目自然成为框架的主体。框架必须有主体，否则就立不起来，这是常识；而以作家条目为主体，这是《外国文学卷》的框架的又一个特点。作家条目现为两千多条，约占总条目的 68%，体现了它的主体地位。如果说《外国文学卷》不应以作家条目为主体，那么应该以什么条目为主体？离开了作家，还有什么文学？作家条目的主体地位是由文学的存在所决定的，任何一本文学史著作或文学百科全书概莫能外。至于作家条目所占的比例应该是多少才算是适当，那是可以研究的。没有经过实践，谁也不应该而且也不可能断言 68% 就是谬误，或者就是真理。

《外国文学卷》的框架，在设计时要正确处理与其他学科的联系，以免它的系统性为过多的复杂关系所干扰。文学可以说是一种极为活跃的化合物，同任何一门学科都会发生化合作用。在文学艺术领域内，它同戏剧、电影、音乐的关系就不消说了，在文艺领域之外，上至天文，下至地理，没有一门学科是不会与它发生联系的，如果把这种种联系，无论疏密都在框架中反映出来，结果就是等于取消了《外国文学卷》的框架，更无系统性可言了。

就文学本身来说，也不能因为它所包含的内容之丰富而设立各种体系，削弱了它的总的体系。这部书现在是按文学史及文学史的发展体系来设计框架的，不再另立如文学流派、文学体裁等体系，这些内容可以在撰写条目时适当包容进去。

但此书的框架是有缺陷的，一是国内研究力量的不足造成框架的某一部分的空缺；二是认识上的反复而出现薄弱环节，如文艺理论部分原定划归《中国文学卷》撰写，《外国文学卷》中只剩下几个名词稍加解释，显得十分不协调；三是各分支之间的字数和条目数的比例有不平衡之处。这有工作中的问题，同时也反映了国内研究外国文学力量的强弱不均的现状，它们是时代给我们的烙印。

2. 条目

作家条目是此书的主体，各国著名的作家照说都应收入条目。但由于条目数量和字数都有限制，不得不进行选择并确定选择的标准。

选择的标准是根据体例和总的框架设计的要求而制订的。具体内容是："以文学上的价值和对人类文化发展所起的作用为标准。不"以我画线"，不以国家性质为转移，也不以作家一时的政治态度定取舍，要全面地、历史地加以分析。亚、非、拉美有些国家的文学过去不为人所知，应依其成就之大小酌量选收。对于在我国读者中有重大影响的文学思潮和流派，也可依其成就之大小或列为专条，或在该国文学概述中予以论述。"总而言之，标准就是一句话：是否有文学成就。同样有成就的，又要分成就的大小，择优选取。由于选取者的眼光不同，见闻有限，难免遗漏，但在成书的当时，还没有发现重大的遗漏。作家条目中较为大量的是已故作家，在世作家尽力收到二十世纪七十年代。

关于作品是否列为条目的问题，此书编辑委员会讨论决定："为了便于结合时代背景和作家生平介绍作品，同时也为了避免重复，节约篇幅，知名作家的名著应放在作家条目中，不单独列条。极少数特别重要的名著可列参见条。"后来又经编委会讨论，列参见这一项也取消了。这里的规定只是从写条目的角度出发来考虑的，而从体例的角度来考虑，名著单独列条也是不利的，因为这样做会影响整体的平衡，引起各国文学的字数分配比例的不协调，以及全卷条目和总字数的膨胀。

关于文学中有些概念是否列入条目问题，需要慎重对待。文学是一种特别活跃的化合物，可以同任何学科或任何事物起化合作用，因此可以产生不胜枚举的许多概念。例如按照它的流传方式来分，有口头文学、书面文学、方言文学乃至电影电视文学等等；按照读者对象来分，有儿童文学、通俗文学或大众文学；按照文学作品所采用的题材来分，那就更加繁杂，写战争是“军事文学”，写农村是“乡土文学”，以骑士为主人公是“骑士文学”，叙述流浪汉的故事是“流浪汉文学”，有多大的想象力，就可以举出多少种文学。这许多概念都要作为条目收入大百科全书，起码可以单独编成一卷，这是我们无法办到的，因此不能不加以甄别选择。凡是次要的或尚在争论之中而未被普遍接受的，根据体例的规定，也限于篇幅，只好割爱了。例如“历史文学”，这个概念是不科学的。有一些历史著作从文学的角度看有一定的价值，但毕竟不是小说，归根结底它是历史。历史学家如果像写小说那样去叙述历史，他的著作首先就将失去历史价值。在每一门学科里，有才能的学者在撰写他的科学著作时，必然会流露出他的文采的，如果因为这些著作有一定的文采而都拔高成为一种文学，什么“数学文学”“物理文学”“历史文学”，其结果便是累赘、混乱，发展下去恐怕连真正的文学都将被取消了。

3. 特色

《外国文学卷》希望有自己的特色。这种特色是与别的书相比较而显示出来的，与不同的书做比较就会有不同的特色。例如与国内同类的工具书相比较，《外国文学卷》收条广泛，材料丰富，观点平允，是一大特色。与《中国大百科全书》其他各卷相比较，它的特色之一就是反映了我国研究外国文学的成果，反映了它的薄弱点和空白点。与国外大百科全书相比较，也有它的特色。大致说来，我们努力想做到如下几点：第一，实事求是地评论文学、评论作家，尽量摆脱文学研究中过去遗留的以及“左”的影响，不以“政治态度”定优劣，尊重文学上的成就，要求全面而客观地反映文学和作家的面貌。第二，力图奉献我国专家在研究外国文学时所取得的成果。全书除了“瑞士文学”一条是约请瑞士的专家撰写之外，其余都是我国专家执笔的；有些条目利用了国外的材料，但它们是专家们毕生研究的专题。材料是不可能自行制造的，根据这些材料所得出的结论，却是可以见仁见智乃至分出高低的。第三，对第三世界国家的文学尽量给予足够的重视，在全卷三百六十万字之中，亚、非、拉美国家文学所占的字数是七十万，约占20%。当然，这方面的介绍还有遗漏和不足之处。而要突出第三世界国家的文学，就有一个如何看待条目释文的质量问题。一方面，我国过去对欧美和苏俄的文学研究较多，这是现状；另一方面，大百科全书是工具书，不是学术论著，它对选收条目和条目的释文都有特定的要求。我们审查稿件的标准，是看它有没有基本的事实，能否满足一般读者的查检的需要；即使是仅仅让读者知道某一国家的几个作家和几部作品的名字，也是一种知识。第四，尽量介绍外国文学与中国文学的联系。此书在力所能及的情况下，指出了以下几方面的内容：外国作家利用中国历史、中国的作品或在中国的生活体验而创作的作品；外国作家在中国翻译出版的情况；对中国文学和读者产生过较大影响的外国作家和作品；外国作家访问中国或其他方面的活动；受到中国文化影响的外国作家及作品；中国著名作家对外国文学的评论；中国学者研究外国文学的著作；中国画家所作的外国作家的肖像或为外国文学作品所作的插图；中外作家共同的活动和合影。由于资料收集不易，以上几个方面无法圆满实现，留下很大遗憾。

1982年7月

（原载《百科知识》1982年第8期）

《中国大百科全书·外国文学》编委会合影，
1980年夏，莫干山

右起：第一排：季羡林、杨周翰、罗大冈、朱光潜、王顾明。
第二排：刘安武、陈冰夷、杨哲、孙绳武、卞之琳、冯至、叶水夫、戈宝权、严宝瑜、王伯恭、罗锡鹏、李鸿简。
第三排：陈光孚、王央乐、陈洪文、杨宪益、梁立基、刘麟、邬裕池、兴万生。

无声的对话

1979年5月，承蒙姜椿芳同志的举荐，我奉调来京参与《中国大百科全书·外国文学》的编辑工作，与研究外国文学的学者和翻译家开始了比较多的接触。经过两三年的努力，在他们的指导和帮助下，顺利完成了任务。虽然在最后时刻出了点麻烦，但总体情况良好，大家相处很是融洽，这一段工作和生活成了保持长期友谊的基础。有一张在莫干山屋脊头餐厅路旁石阶上二十多人的合影，就是大家经常回忆时所称道的。

不过我在吃了一堑之后，希望换个环境，于是得到孔罗荪同志的关爱，进入中国现代文学馆，从事文学史料的征集工作。这样一来，又与研究现代文学的学者和作家有了来往。前后二十余年，不知不觉间积书盈筐。而光阴流逝，人事的变化是何等的剧烈和凶猛啊，一眨眼的工夫，活跃于二十世纪三十年代的作家、翻译家落英缤纷，凋零殆尽；二十世纪四十年代出生的青年专家也垂垂老矣。此刻，当我有闲又有余力整理历年积累的信件的时候，仿佛在进行一场无声的对话。他们之中不少人手书的墨迹未干，丰姿如昔，可是来无形，去无踪，飘忽不定，难以寻觅了。瞻念前途，未免令人焦虑，这一筐资料现在不妥善加以处置，更待何时？那么，附带做一点小小的说明，也是题中应有之义吧。

一、巴金的信

1983年深秋我进入文学馆的时候，工作的场所暂借在西郊万寿寺的西院。它依傍着三环路，前后共有五进，第三进原有一座大殿管着两座偏殿，在拨给我们使用之前，一场大火把它烧成了白地，荒烟衰草，断壁残垣，破败凄凉，不忍举步。后院古木参天，长廊绣阁，然而夕阳残照，摇摇欲坠。这样一个空落落、冷清清的大院子，前门只有一个收发兼看房子的老人，七八个工作人员早来晚去，还要轮流值班守夜。中午不仅没有免费的点心，连付费的午餐也没有；一个开水炉子还是费了很大劲、过了很久后才争取到的，因为这里是古建筑，是受保护的文物，不允许生明火。而室内阴暗潮湿，漏风进土；蚁爬虫咬，关不紧门户。

当时就是在这种条件下开始了我们的事业。巴老（巴金先生）并不嫌弃这种条件，他信任我们，把实践他对文学馆的设想的希望，寄托在我们身上。他关心我们，鼓励我们，经常和我们通信，函电频繁；我们不时应他的呼唤前往上海，我们的唐文一、魏帆等年轻人成了他家的常客。巴老与我们这种亲密的关系和由此而生的特殊的感情，在中国作协属下的其他机构中恐怕找不出第二个。他本人对此也是不加掩饰的，1987年3月16日他在给我的一封信上说：

> 徐钤同志带来的复印件收到了，谢谢。我身体不好，精神差，这次日本文学馆三位客人过沪，我就不出来接待了。但您送走客人后到我家来谈谈，我倒欢迎，因为我不用为待客的礼貌发愁，衣冠不整，打不起精神，也不要紧。您这次来，我还想托您带点我捐赠文学馆的资料回去。济生给我看过您给他的信，我对他说您委托他编我的书信集我同意，不过我还活着，书信集不妨慢慢地出，不必急。您看怎样？
>
> 一封短信，写了好些天，请原谅……

巴老信中说不把我当作客人，可是他使用的语气和称呼，却是十分尊敬，我深感担当不起。那一年4月8日，在日本近代文学馆的客人从上海出境回国后，我赶到了武康路。正好遇上大雨，巴老有几大件已经装裱的字画，另有他的祖父的线装诗集，要捐给文学馆，因怕淋湿，我没有带走，约定过两天再来。他和我不拘客套地在客厅里坐了个把小时，问寒问暖，谈新馆谈经费，意犹未尽。第三天阵雨稍小，下午三时，上海作协外联处范老太太驱车接我去巴老家，我再次踏进客厅，巴老闻声从楼上扶着梯子慢慢走下来，我拿了字画和几包书，他想要履行主人的礼节送客，被我拦阻，只好站在门廊里目送我上车，我们当即向机场疾驶而去。

将近二十年了，在我的印象中，巴老依旧在楼梯边上站着，直到2005年10月23日。这天早上，我们从北火车站出来，打电话，买花，雇车，驶到门口，从静寂的庭园走进幽暗的门廊，向遗像献花，鞠躬行礼。静悄悄的楼梯边上放着层层鲜花，再也没有巴老的身影。客厅的门大开，空无一人；听得楼梯声响，下楼的是小林。黄的白的花朵和白底黑字的挽幛告诉我们：巴老真的不在，离开我们已经几天了。

回想巴老最早给我的信，是在1986年4月23日写的，信中说：

信收到。看到萧乾他们的提案非常高兴。我写字不便，只谈两件事，请原谅。

一、不久前胡启立同志来看我，我提起文学馆要地皮的事，请他帮忙解决。他说回京后同万里同志谈谈。请你们记住有这么一件事情。

二、四川龚明德同志要编辑出版我的书信，我曾经说过一句他们慢慢搜集。当时我并不曾好好考虑。我给沙汀的旧信，沙汀已复印了一份给他，就不必提了。我给萧乾的信有些谈到萧乾的私事，要不要给他，应当由萧乾决定。因此我建议请萧乾挑选十多封复印出来给他一份。至于由文学馆编辑作家书简（加注），这个办法倒不错，我看可以编一套丛书。

读了巴老的信，我们深受鼓舞，首先是巴老为建新馆又向中央做了呼吁，增加了事情的可能性；其次，他向我们提出具体而明确的任务，对埋头于征集工作的我们是一个推动。于是我们拟出了编辑的计划。丛书准备分辑出版，第一辑十本，每本约二十五万字。编辑的体例可以因内容的不同而略有差异，但有两条大体上应保持一致：（一）信件要加注解，特别是收信人的基本情况，如生年（或生卒年）、职业、身份等尽可能写明。（二）信件的排列以收信人为主体，归类集中，然后按写信日期分先后；至于收信人的排列，则以他们姓名的汉语拼音字母为序。这一条没有征求巴老的意见，后来发现与他的观点是相合的。

经萧乾先生介绍，我们与一家文艺出版社取得了联系，老董、小董两位编辑女士闻讯，立刻从天津来到了万寿寺。双方谈得很投机，老董慨然说，这套书信集即使赔本，也要出下去。于是签了合同盖了公章，《茅盾书信集》（1987）、《郭小川家书集》（1988）、《胡风书信集》（1989）即按计划相继出版。然而天有不测风云，正当《老舍书信集》进行审读，《巴金书信集》即将交稿之际，一位男同志莅临寒舍，自称代表出版社，通知我出书信集的计划废止；文学馆如愿意继续出版，并委托他们办理，那么，每本书必须交纳管理费、审稿费等等若干万元，否则，他们不再接受书稿了。

这一巨变十分突然，而两位董编辑人影不见，更增加我的困惑。无可奈何之中与来人商定，《老舍书信集》按原协议出版（出版时已是 1992 年了），其余由我们另行设法。在这困难时期，王仰晨同志伸出援助之手，把《巴金书信集》手稿交给了人民文学出版社，于 1991 年出版；留下的又经萧乾先生介绍，与河南教育出版社接洽，他们欣然接受，于是俞平伯、萧乾、曹靖华的书信集，以及叶圣陶、俞平伯分别与周颖南的通信集共五种，也于 1991 年一次出齐。河南教育出版社的领导对此非常重视，还在人民大会堂举行了隆重的首发式。第一辑的十本终于见了天日，本来它们应该以宏大严整的阵容出现在巴老和读者面前的，结果溃不成军，变成了杂牌的散兵游勇，多么叫人惋惜啊。第二辑就没有再提了，因为我已经奉命离职休息。后来老董、小董二人得悉这一变化，大为惊讶，因为她们自始至终被蒙在鼓里，毫不知情。这也许是出版史上的一段小小的逸事吧。

二、施蛰存的信

1986年11月中旬，现代文学馆出动大队人马，前往上海一带访问作家，开展征集工作，同时也自行制作音像资料（录像和照片等）。11月10日下午，按照约定的时间，我们来到施蛰存先生府上，施先生已请来两位研究生在旁照料。主人殷勤，客人利索，我们拍摄了书房、客厅，拍摄了施先生写作、会客以及与学生谈话的场景，满意而归。施先生赠所译《外国独幕剧选》一册，并盼尽早把拍摄的照片寄给他，我们连声答应，告辞出门。

12月16日，施先生回复我一信：

手书敬悉。

《金石百咏》是我的著作，100首咏文物的七言绝句，曾在天津大公报（1979？）发表过，也印了一个油印本，送了茅公一本，也许你们可以找到。

我请茅公写一首唐诗，后来他给我写了一首温飞卿的《过陈琳墓》。

茅公信大约我还有几封，一时不易找出，过新年后找出即寄你。

此贺年禧

施蛰存　12，16

录像照片能否寄一二张给我？

附及

信中所说的茅公，系指茅盾。温庭筠的《过陈琳墓》是一首七律。陈琳，三国时人，文学史上的“建安七子”之一，曾为袁绍撰檄文痛斥曹操，后被曹兵俘获，曹操爱其才而赦其罪。温诗曰：“曾于青史见遗文，今日飘蓬过此坟。词客有灵应识我，霸才无主独怜君。石麟埋没藏春草，铜雀荒凉对暮云。莫怪临风倍惆怅，欲将书剑学从军。”

我曾向施先生索取茅盾写给他的信件，以充实我编的《茅盾书信集》的内容，收到这封信一个月后我又催他，他回信说：

一月十一日手书收到，前一函亦收到，未复为歉。承允惠赐录像片，甚感，其实舍下尚未备放像机，你送我几张照片也可以了。研究生当然不必赠送相片，不过如能每人给她们一张照片，留个纪念也好，请你斟酌办理。

茅公信，我处本来有二三封，都是1978年以后的。昨日检查箱箧，竟未找到，只有叶圣陶、俞平伯的几封信，茅公的信大约送给孔海珠了，你们还是发稿吧，不必再搜索，这种事无止境的。

匆复，即颂年禧

施蛰存 87，1，21

施先生的第三封信写得极其简短，但令人难忘。1990年12月3日是他的85岁寿诞之日，我在前两天给他发了一个普通的贺电，意外地收到他的短简，只有五六行，不满一百字：

刘麟同志：

电报吓我一跳，小生日逢此大荣宠，做梦也没有想到。我不是巴金、冰心，你千万不要硬把我拔高，让我再静悄悄地“蛰”伏几年吧，这回谢谢，下回恕不做声！

奉贺新年愉快，辛未吉羊。

施蛰存 20，12，90

就在施先生祝福吉祥的时候，我也随着寒冬而蛰伏了——十几天之后，即第二年的元月，我领到了“离休荣誉证”。他似乎有先见之明，寄给我的不是平凡的信封，而是一件纪念品：对折的方块，正面右上角贴邮票，左下方套红，印施先生手书“北山施舍”四字。方块反面是一幅黑白花卉，钤一闲章，红色，清淡中见热烈，雅致中流露着豪放。“舍”想必是施先生的名号，但“施舍”解释为“施府”“施宅”似乎也无不可。施先生送我这样一件小礼物，似乎是表示与我告别了，此后再无书信来往。施先生于2003年11月19日辞世，他一生著译等身，我特别钟爱他的《北山楼诗》，每日翻阅，我们仿佛还天天见面。

三、冯至的信

冯至先生是诗人、翻译家，身兼多项职务，我进入大百科出版社工作时，他已应总编辑姜椿芳之聘，担任外国文学编辑委员会的主任，并与副主任季羡林、叶水夫在商议成立编委会下属的各个编写组了。这些编写组按国别、地区或语种来划分，共计14个，大都由北大和社科院外文所的专家们出任主编。开会时相聚一堂，那喝着茶说着话的，分明是楼适夷、叶君健、戈宝权、孙绳武、杨宪益、田德望、罗大冈、卞之琳、杨周翰、朱光潜；而坐在第二排低头看书、交头接耳的，不正是严宝瑜、王央乐、梁立基、刘安武、郭裕池他们吗？全都是顶尖儿的人物。冯先生环顾四座，大惊失色，他说：“姜老，椿芳同志，你真厉害，把我们一网打尽了！”没等椿芳同志接话，他又笑着说：“不，应该说，我们是自投罗网！为姜老的精神所感动，为了开创中国的大百科全书事业，大家都愿意踊跃贡献自己的力量啊！”

冯先生虽然年事已高，工作繁重，但在编写组里仍然承担了撰写条目的任务。他写的是“歌德”，洋洋万余言，最先交卷，作为试稿，经讨论后通过。讨论时有人谈起当年“大跃进”中所谓集体编写德国文学史的事，他多次表示否定与鄙弃，说现在回想自己那时的行动，仍觉得羞愧，应引以为戒。

拜访冯至先生（左）

外国文学编委会的审稿会两年内开了三次，由莫干山、重庆直至承德，冯先生一直坚持参加，对大百科事业、对姜椿芳同志的支持，始终不懈。最后终于大功告成，全卷稿件由姜老签字发往印刷厂付排。这个印刷厂位于黄山脚下，由大百科全书出版社上海分社掌管，我们出书不仅要与印刷厂打交道，万事还必须通过分社的科室以至领导。为了处理全卷一、二两册共计 354 万字的校样、版面以及图片、索引种种问题，我们编辑组七八个人接连几个月甚至大半年长驻在上海，有时还得从上海飞北京，又从北京飞上海，深觉疲倦、厌烦、无力、无奈，心力交瘁。就在这时候，1982 年 5 月初，我收到了冯先生的一封信，还用挂号，显然，冯先生对它是十分重视的。我急忙拆开，只见得信上说道：

刘麟同志：你寄给宝瑜同志的《瓦格纳》小样，我看后，觉得压缩太过分了。瓦格纳虽然是音乐家，但他的“音乐剧”在文学领域占有一定地位，并有较大的影响。原定为第二类作家。宝瑜同志在原稿的基础上又改写了一次。我把他改过的稿子加以删削，寄还给他，如得到他的同意，即抄好连同这信一并寄上。你和编辑部其他同志为了排印“外国文学卷”，往返京沪，劳心劳力，要克服许多困难，我深感不安。此致

敬礼！

冯至四月廿九日

信内附有冯先生修改后的小样，我们当即照改不误。这封信给了我们很深的印象，使我们要求理解的情绪得到安慰。他远在千里之外，却十分明白我们的处境，信上所流露的责任感，更使我们感动。我们本来不会对他有什么要求的，他却出乎意料地给了我们。

前后用了三年时间,《中国大百科全书·外国文学》于1982年10月出齐。这一年冯先生被免去现职，改任名誉所长，因此，它就成了他在任时主持编写的第一部，也是最后一部大型工具书。

1983年秋，我成了现代文学馆征集资料的人员，多次拜访冯先生，想为他和外文所几位老先生拍摄录像，我还草拟了拍摄的大纲，可是那时文学馆没有相应的设备；借用别的单位的器材，需要支付高昂的租费，文学馆负担不起，此事只好搁浅。冯先生看我左右为难，反而责备自己身为中国作协副主席，对文学馆关心不够，没有尽到责任，觉得不安。几年以后，1990年9月17日，适逢冯先生85岁大寿，文学馆动用自购的机器，派我们数人登门祝贺，并拍摄喜庆的场景。那一天贵客盈门，大家见文学馆来了这么多人在忙碌，都十分高兴。

1992年春天，一位在海外讲授中国诗歌的朋友慕名求见冯先生，托我先容，冯先生予以首肯，并复我一信：

刘麟同志：来函敬悉。

贵友来访，当在舍下恭候。届时请电话联系，我的电话号码是……

我近来腿脚不灵，步履维艰，很少出门，在家的时候多。

祝工作顺利！

冯至 1992，4，12

朋友来后，由我引着拜谒了冯先生，主人热诚相待，期望殷殷，也令我十分感动。

1993年冯先生病逝，他留下遗嘱，把自己藏书中的中国现代文学作品，全部捐赠给中国现代文学馆。他以这最后的举动，完成他对现代文学馆的关怀和帮助，长留厚爱在人间。

四、朱光潜的信

1979年10月间，我曾去北大拜访朱光潜先生，想向他请教美学方面的条目如何编写问题，不巧未遇。后来收到朱先生的信，向我介绍了各语种研究美学的专家，认为可以仰仗他们的力量分工编写。大约过了两个月，又收到朱先生同样内容的一封信，这使我想到可能是老先生以为自己没有回信，因而再给我补了一封，盛情可感。他在信中说：

百科全书是文化方面的创举，也是大事，我虽年老，亦当效涓埃之助。我赞成哲学部分和文学部分都有美学项目，不过自己过去注意的偏在哲学方面，关于哲学部分的美学选目，我愿意参加讨论，提出意见。关于文学部分的选目，就我所知道的，德国方面可请冯至同志主持，杨业治同志协助……

接着，朱先生就英、法、俄数国和希腊罗马文学等方面的人选逐一加以推荐，他特别提到也应邀请上海方面的人参加，最后他强调："兹事体大，集思广益是上策。"

我把朱先生的意见向王顾明和姜椿芳同志做了汇报，根据他们的指示，由我先起草一个选题的计划，送请朱先生审阅修改，然后组织力量撰写。朱先生认可了这一办法，并且也承担了任务，认领了“维柯”“启蒙运动”等条目。

按照体例上的规定，“维柯”这一条的文末须附参考书目，朱先生不仅开出了书单，而且做了评论。例如他推荐《维柯自传》作为参考书，特别指明此书附有107页的长篇引论，介绍维柯的《新科学》的欧洲背景、诞生经过、基本原则，介绍它在意、德、法、英、美等国的影响，以及它对马克思主义者的影响；他还推荐《维柯的哲学》一书，指出此书作者克罗齐是维柯的徒弟，虽深受维柯的影响，但也对他做了客观的评价。这本书已由考林伍德翻译成英文，英译文比较严谨流畅，值得一读，等等。——可惜这些详细的评论在最后定稿时因与体例不合，多数并没有保留，但从中可以看出朱先生认真负责的态度，他所推荐的书都早已烂熟于心。

1980年8月上旬，外国文学编辑委员会在莫干山举行第一次审稿会议，讨论希腊、罗马以及东欧、南亚、非洲和拉美等地区的文学条目。会址设在莫干山，是因为副总编辑王顾明同志曾在杭州工作，得天时地利人和之便，不仅可以为出版社节省经费，而且办事也比较顺当。朱先生是编委会委员兼文学思潮流派编写组主编，也应邀到会。我们于会期前一天抵达杭州，在西子湖滨的新新饭店稍作休息，准备连夜上山。为照顾高龄的朱先生，安排他于傍晚暑热略降时由我陪同乘小车先行一步，以免旅途过于劳累，朱先生欣然出发。

一路无话。这时还没有高速的概念，两旁慢慢移动着小街农舍，山野树林，浙北乡村夏日的黄昏逐渐滋长着凉气。车子开到一个村落外，忽然一拐弯向屋舍深处冲了进去，不少地方出现了九十度的陡坡，汽车像攀缘绝壁似的贴着坡面上升，引得朱先生一声声惊叹。我们在山色昏暗中来到了屋脊头，餐厅内外灯火通明，打前站的同志们已恭候多时了……

我们二十多人在盛夏季节的莫干山过了凉快而紧张的十个秋日，完成了预定的任务，留下了两张难得的合影。那时朱先生已满八十，冯至先生年逾古稀，其余十多位委员则都在六十上下的好时光里徘徊，现在他们中的大多数已经离开人世了，顾明同志也已作古多年，令人不胜感叹。

1982年年初，“外国文学卷”在上海发排，随之而来的是大量的校样需要核对，为了慎重起见，我们把相关条目的清样寄到北京请作者审查，朱先生在校阅他的“启蒙运动”一条时，发现了问题，他写信来说：

> 寄来《启蒙运动》一稿已校过。第一段“启蒙运动”一词法语为lumiere，这不是我的原文，从来也没有见过法国人称启蒙运动为lumiere，他们一般都用百科全书派（les Encyclopedists）指启蒙运动，任何一部法国文学史都可以为证。我希望改为lumiere的同志告诉我他的根据。
>
> 这里出现我们的编纂工作方面一个严重问题：写稿者和改稿者有时对所写的项目显出无知，就要闹笑话。
>
> 其余几个条目的清样，我大半没有看过原条目（只看过张隆溪的《童话》一条），现在又未见原稿，所以无法校对，只能寄还，望原谅。

这是4月17日的信，过了一星期，朱先生又有信来：

> 寄来文学稿件大半过去不曾过目，现在抽看一下，觉得长短分量不大平衡，例如“诗律”“新现实主义”“现实主义”等篇都过长；有几篇内容方面似尚可斟酌，例如象征主义作为一般创作方法是很古老的，可参看维柯的《新科学》和黑格尔《美学》第二卷；作为文学流派，主要虽在法国，其他各国也有，也应提一笔。形式主义导源于毕达哥拉斯，乃至近代重要美学家如康德，也都有形式主义方面。对苏联几位美学家或诗人，过分看重了，倒是结构主义似可多讲一点。戏剧条比较薄弱，特别是东方提了几个国家，独不提中国；剧种中不

提正剧到市民剧和问题剧的转变。最后两句也提得很奇怪。电视剧是现在大多数人接触文艺的主要渠道，就不应当写一条吗？

我年老眼花，不能任校对工作了，请原谅。

编辑流程到了看校样这一步，大局已定，不可能做大变动了，但是未经作者同意而添上为作者所不同意的文字，则必须删去，于是大笔一挥，lumiere 宣告消失；其余缺陷虽有心弥补，只能徒唤奈何，追悔莫及了。

五、冰心的信

文学馆借万寿寺西院栖身的时候，与冰心老太太做了几年最亲密的邻居，她的寓所离我们的办公室只有一步之遥，抬腿就到，彼此来往很勤；尤其是舒乙，有一段时期，他每天进馆后，把书包往桌子上一放，立刻就到谢府“签到”去了；我们如果找老太太谈什么事，就让舒乙捎带着办，或者跟着他一块儿去，不必先约时间，也不必担心门上贴的谢客启事会吓退脚步，不妨直闯而入了。舒、谢两家是世交，老辈人的深厚情谊，延续到下一代，非同一般啊；何况舒乙办的是文学馆的事，文学馆又是另一位世交巴老创议建立的，更加受到关心和爱护。舒乙也不是瞎忙乎，在他的游说下，老太太同意担任文学馆的顾问，愿意捐赠作家的手迹，凡是上款写着题赠冰心夫妇的字画，将来都捐给文学馆；她又支持由文学馆主办“冰心生平和文学创作展览”，愿意坐着轮椅出席开幕式；还同意印制纪念邮票和首日封，等等。至于手稿、书信、作品以及其他，现时能整理出多少，文学馆就拿去吧。于是舒乙大喜，有时就从谢府打电话回来讨救兵，因为老太太有一批书籍和文物要捐赠给文学馆，得动用馆里唯一的“小面包”去拉了。

有这么一回，我也目睹了冰心先生捐书的盛况。在接到舒乙的电话后，文学馆的几个姑娘小伙子，还有老汉我，随同“小面包”出发了。我们先后走进屋里，见冰心先生侧坐在书桌后面，同大家打招呼，她钟爱的那只白猫继续忙碌地在桌上走来走去。她叫人把身背后右边的玻璃橱打开，书一本一本地往外拿，拿一本就向她报出书名或作者名字，只听得她吩咐说，“这一本给文学馆”，于是放在旁边；“这一本也给文学馆”，于是也放在旁边；“嘿，这一本太差，不能给文学馆，只配丢垃圾箱里”，于是归入另类；“啊，这一本是我的小朋友写的，我还要留着看看呢”，于是放回书橱里。就这样，人多手快，一橱书在众人的嬉笑声中，不消半个小时就发落干净了，我们装书上车，过几天再来吧。

10 月 5 日是冰心老太太的寿辰，每年的这一天，文学馆由杨犁（后来换为李凖）领头携鲜花登门道贺。老太太亲切接待，同我们一一握手。有一年，舒乙准备了一棵桂花，青瓷的大花缸，十分古雅，一个人搬不动，两个人把它抬进了客厅，缕缕清香，屋子里的气氛显得更加愉快，更加吉祥。

上面说“来往很勤”，那么谢府里是哪一位常常到文学馆来串门呢？是老太太的外孙，馆里有他的老朋友，后来又结交了新朋友。他爱好摄影，有时遇到文艺界难得一见的场面，就拍下来提供给我们作为资料，帮了我们许多忙。

在这样的情况下，有事可以当面说，似乎没有书信来往的必要了，可是我竟然还保存着冰心先生写给我的两封信，实在是无价之宝。其中一封是 1986 年 8 月 5 日写的，正文只有两行：

刘麟同志：

信悉，我的书信没有人在编辑，因为我一般写信，三言两语，而且通信的朋友也不多，您要编当然可以，可能太费事了。祝

笔健

冰心八、五

另一封写于 1991 年 11 月 15 日，信中说道：

刘麟先生：

示悉。实秋晚年没有信给我（事情都由他在北京的女儿梁文茜转达），我手里也没有他的信。

我追悼实秋那篇文章，是否可以作序？（见《关于男人》末一篇）

匆匆祝

好！

冰心一九九一、十一、十五

这两封信相隔五年，都是关于编辑拟议中的《冰心书信集》的事。当年文学馆计划出版一套“作家书简丛书”，想把冰心先生的书信列入其中，但是收集不易，要达到预定的字数更困难，进展极为缓慢。听说巴老手上有一批她的信件，我问老太太可否借来复印一份，她立即为我写信给巴老。下面就是她写的信，这封信开头的一句话与本文的主旨有关，其余是对李晓和巴金的作品做比较和评论，因为老太太的书信难求，评论巴金更属罕见，利用这一机会发表它，想来是不会见怪的吧。

巴金老弟：

刘麟同志要到您那里借用我给您的那些信，可不可以？

今天魏帆来，我才知道李晓就是棠棠（即李小棠，巴金的儿子。——刘注），他写作是有前途的。您是太认真了，他写的《继续操练》，就比您的小说“看得透”得多，也“超脱”得多。请对他说，“谢姑妈”欣赏他。匆上。

大姐十、卅一

她的这封信是叫我去上海时面呈巴老的，大概是在1986年10月底，后来我见到巴老给她的回信，其中说：“您托人带来的两封信都拜读了。您写给我的信，我找出了二十三封，加上四封您给萧珊的信，都捐赠给文学馆了。这里面有您在重庆写的信，有四十年代从东京寄来的信，居然保存到现在，它们是多次运动的见证，给造反派抄到作协分会去，最后又给退了回来，今后的确应该让文学馆好好保存了。”

本来说借用，结果是捐赠，出乎意料的惊喜。可是作为一册书信集，字数还是不够。后来又听说赵清阁先生手上有冰心老太太的信，于是又引出赵先生给我的十几封复信来了。

六、赵清阁的信

赵清阁先生，著名女作家，生于1914年，河南信阳人。她的创作大都是剧本，如戏剧集《血债》（1938）、《女杰》（1940），多幕剧《潇湘淑女》（1944）等。1943年与老舍、萧亦五合写四幕剧《王老虎》，与老舍合写四幕剧《桃李春风》。二十世纪五十年代曾将 民间传说和古典名著改写成多部长篇小说和剧本。另有散文集《沧海泛忆》（1982）、《行云散记》（1983）、《长相忆》（1999）等多种。1999年11月病逝。

赵先生与冰心有长期的函札来往，存信幸未成为劫灰。她慨然答应为我提供冰心的信件，1987年4月28日来信说：

刘麟同志：大函收悉。

四月九日下午一直等你，不见光临。第三天与巴老妹妹通电话时，询及你，始知已离沪。今获信，原来你曾惠访，想系敲门太轻，我楼上正修房，“咚咚”之声混杂未辨，而我又开始患“重听”，致使你空跑一趟，甚歉！

新居室外还在盖房，故尚脏乱。室内较前宽敞，较旧日公寓不如，而在今日新公房中算高级了！住房紧张，得此已颇不易。

上次你来信说要编《作家书信集》，我答应为你选几封冰心的信（40年代至80年代），最近已复印，但旧信不能复印，已托人誊清。

在选阅时发现仍有遗佚。清还的且不少损毁，残缺。为此还须整理。拟先寄你编集，至于单独成集，恐字数不足。拟另编《女作家书信集》，而我个人不在内，因我与友人通信，自己未留底，别人也未必保存。故此集暂不定局，我拟请一助手协助（诸如校正，注释……工程不小）。

冰心信可选寄十余封给你，一俟勘校，缮完，即付邮。

《冰心赵清阁通信集》事不可能，因我无信。

昨天刚开完市政协会，忙乱，不一。暂复，顺颂

文安

赵清阁八七、四、廿八

信中所说的谢、赵二人的《通信集》，是我的建议，但无法实行。5月5日，赵先生寄来满满一个大信封，挂号，内装冰心旧信复印或抄写的副本24件，并附一函：

刘麟同志：四月廿八日复你一信，想已达览，并亦函告冰心。

现已抓紧选出24封四十年代至八十年代的各个历史时期的信，可供你综合性的作家书简用，选用的标准是：内容不空洞，不繁琐，每信都言之有物，既富文献意义，也是充满诗情画境的优美散文。信均由我反复勘校了错漏之处。解放前的因纸张霉烂，不能复印，故请人缮抄（将来可让出版社付些缮抄费给他）。解放后的信俱复印。这些信或给冰心看看，她是否有意见？全部24封约计万余字，如觉太多，即抽下几封，仍还我。如何？请裁夺。

收到盼复。匆祝

文祺

赵清阁五、五

以一个多病之身、事无巨细都必须亲自动手而无人代劳的老太太（赵

先生这时也是 73 岁高龄了），挑选，校勘，找人复印，雇人抄写，校对，复核，上街，排队，得花费多少精力啊！她这样做已不止一次，不久前就为我寄过茅盾的信十九封，巴金的信三封，而她自己也编了一本《作家书简集锦》，为的是可作文史研究参考，但放在手上找不到出版之地。她并不认为这些信件交由我先行发表对她有什么不利，或者会加重她的困难。据她后来写信介绍，这册《书简集锦》："约五万字左右，都是写给我的，每封内容言之有物，少量发表过，多系写友情，谈文艺，于文学研究具参考价值。书信作者均名家，为：郭老，茅公，冰心，巴老，冯沅君，谢冰莹，沉樱，施蛰存，阳翰老……附注释、简介，还设想插图制版作家照片及手迹，这样可能增加经济效益。我编选此集也为的纪念朋友。但我编此集没有经验，不知是否涉及版权问题？请有以告我！倘能出版，不胜欣幸。"（1994 年 11 月 12 日）

这时文学馆编辑的"作家书简丛书"已经告一段落，我也已离职多年，怎么样帮助她、酬谢她呢？我想起了河南的一家出版社，赵先生正好是他们的乡亲，于是不揣冒昧写了信去，并告诉了赵先生。她闻讯后叹息说："我乃豫人，河南还没有出过书，如果接受，则感谢你的帮忙玉成。他们对我恐甚陌生也。"——话说得很凄凉，结果如何，无须启齿了。

1994 年 12 月 24 日，赵先生寄来一张有奖的贺年片，寥寥几个字：

> 信悉。出书难！幸而还有"大锅"吃，否则真要当文丐了！一笑。估计《书简》无望面世，只有喂蠹虫耳。

《书简》指她的《作家书简集锦》，后来再也不见提起。2005 年，在赵先生辞世六年之后，经过她的同事和朋友们不懈的努力和呼吁，她生前渴望面世的这部书稿，有望在上海的一家出版社出版了。听到这个消息，我好像听到一个人的复活。从此她以馆（图书馆、文学馆）为家，有兴趣者可以在网上访问她，听她诉说萧瑟和飘零。

赵先生给我的信，还谈起一件旧事，摘录如下：

关于《雅舍忆旧》中梁实秋引用冰心给我的信，幸亏你复印了来，使我又找出原信得以复合。前次整理时只有半张，不敢贸然凑全给你。而我看转载的实秋写《忆冰心》一文又无全信，只是提到。因此曾函冰心谈及，冰心要我向梁文茜索书，月之二日我即去信梁文茜，孰料四日即见报实秋已故！此书不知国内有版本否？能否代购一册？

冰心之信为 1947 年 4 月 17 日发自日本。她嘱我代为“辟谣”，因此曾函告实秋。他是有心人，即向我索信一阅，寄去原信或抄寄了给他，记不清了。记得 48 年我去北平时还口头向友人们为冰心辟谣（见拙作《行云散记》中之《日记拾遗》）。现核对原信，口口乃“天皇”二字，大概实秋为文时恐开罪天皇，故用口口代之。而今日看来又似乎不大通，我想应为“印象”二字，但也许冰心乃隐语？不妨问问她。至于“……”删节号，原信即如此，这是否指欲言未尽，或不便明写之故。我们有时也常用“……”表示言有未尽之意。对此无所谓，而口口亦即 XX 记号，可作注解。

上信系 1987 年 11 月 22 日所写，次年 1 月 29 日她写信来说，《雅舍忆旧》国内版已看到，其中四篇文章有三篇谈起她，已托人在香港代购《雅舍小品》全书，国内版本不要了。在信末她补写了几句：“尊编作家书简付梓有期否？冰心信札亟望早日问世，俱老矣，不堪久等！”

她关心的仍然是作家书信，但她没有等到《冰心书信集》的出版，冰心先生本人也没有等到，我为失信于两位老前辈之前却无从补救而抱憾终生。

2006 年 1 月 17 日

（原载《出版史料》季刊 2005 年第四期至 2006 年第二期）

杰出的批判现实主义作家契诃夫

安东·巴甫洛维奇·契诃夫，1860 年生于南俄塔甘罗格。祖父是赎身的农奴，父亲是开杂货店的小商。契诃夫小时候就在店中帮助父亲做事。1879 年入莫斯科大学医疗系，1884 年毕业后一直以医生为职业。1900 年当选为科学院名誉院士。1901 年与莫斯科艺术剧院女演员克妮佩尔结婚。1902 年，因沙皇尼古拉二世拒不批准高尔基为科学院名誉院士，为表示抗议，与柯罗连科联名拒绝接受名誉院士的称号。1904 年 6 月，因健康恶化，携夫人前往德国巴登维勒疗养，7 月病故。

契诃夫生在农奴制崩溃后社会大变动的时期。十九世纪八十年代，又是革命力量受挫、反动势力加强镇压的年代，社会上弥漫着颓废没落和逃避现实的风气。契诃夫于 1880 年创作了第一篇短篇小说，当时因为家境贫寒，想挣稿费补贴家用，又受到风行一时的幽默杂志的影响，因此他的初期小说有点逗乐取笑的性质，但后来的创作实践，使他终于成了俄国著名现实主义作家。

十九世纪八十年代前段时间，契诃夫所写的小说当中，以《一个官员之死》（1883）、《变色龙》（1884）和《普里希别耶夫中士》（1885）比较著名。作者以风趣的笔触，刻画了受沙皇专制制度的高压而形成畸形的人物，使读者看到了高官的专横和社会的黑暗。

《一个官员之死》写一个衙门里的小事务员，在剧场打了一个喷嚏，以为唾沫喷到前座的大官头上，十分惶恐，连连道歉，后又接连两天登门请罪，不料反而惹恼了大官，厉声叫他滚出去。这一声断喝吓得他心胆俱裂，送了性命。作者嘲笑了小事务员，更使读者感到专制社会的压迫是何等的深重。

《变色龙》中的巡官奥楚缅洛夫是比较闻名的人物。他刚听说狗咬人，马上要杀狗；后听说狗是将军养的，就要惩办被狗咬的人；忽又听说狗不是将军养的，又要杀狗；最后证实狗是将军哥哥带来的，就歌颂狗而辱骂人了。契诃夫着意揭露了这种变色龙的丑恶嘴脸，至今读来依然令人感到痛快。

十九世纪八十年代后段时期，契诃夫小说的基调起了变化，他写的著名短篇如《苦恼》（1886）、《万卡》（1886）、《渴睡》（1888）等，前段时期那种讽刺和嘲笑明显地减少了，更多的是对劳动人民的苦难和追求美好生活的愿望表示同情。他逐渐认识到作家的责任和文学的社会作用。他曾写道："文学的使命就是写出绝对公正的事实。"这表明作者的世界观和创作转到了一般民主主义的立场。

《苦恼》写马车夫姚纳老年丧子，风雪之夜冻饿交加，大街上行人川流不息，但没有人对他表示同情，他只能把他的那匹小马当作知己，诉说他的不幸，这人间是多么的冷酷，这社会是多么的黑暗！

《万卡》和《渴睡》都是写孩子的厄运。万卡是学徒，遭到主人的虐待，他希望自由，希望得到对一个孩子应有的怜爱。瓦尔卡是个丫头，她日日夜夜一刻不停地劳动，她遭到的压迫和剥削超乎生理上所能忍受的负担，她要求的仅仅是睡觉这样一点享受。一个孩子，连睡觉的权利都被剥夺，这是什么社会啊！

这一时期，契诃夫还写了中篇小说《草原》（1888）和《没意思的故事》（1889）。《草原》写一个孩子离家上学，经过一大片草原。作者描写了七月炎热的草原上的景色，使读者“感到美的胜利，青春的朝气，力量的壮大，求生的热望；灵魂响应着可爱而庄严的故土的呼唤，一心想随着夜鸟一块儿在草原上空翱翔”。作者表达了对祖国的热爱，对人民的创造力的信任，并希望人民获得幸福。

《没意思的故事》则反映了作者思想上的彷徨。十九世纪八十年代是俄国政治上的反动年代，有不少知识分子感到迷惘，迫切寻找正确的人生观，以思考时代的重大问题。这个中篇写一个老教授晚年的悲剧。他一生缺乏崇高的目标，缺乏正确的指导思想，不知道怎样才能把自己的科学研究活动以至个人的利益，同祖国和人民的利益结合起来。他感到了“灵魂的麻痹”。他无力反抗当时流行的市侩哲学和庸俗的生活方式。作者指出，在这样一个令人痛心的时代里，连好人都感到束手无策，无所作为。作者大声疾呼需要行动，但他自己也不知道如何行动。

1890 年，契诃夫做了库页岛之行。库页岛是沙皇政府流放犯人的地方，人们提起它都不寒而栗。契诃夫却不顾病体的虚弱，旅途的艰苦，坐了几千俄里的马车，穿过茫茫的西伯利亚，到达了目的地。他遍访犯人，目睹了人民的苦难和沙皇专制统治的罪恶，大为震惊。此后他决定继续实地观察社会底层的生活。他说：“既然我是医生，我就需要病人和医院，既然我是文学家，我就需要生活在人民中间……哪怕是参加一点社会政治生活，我也是需要的……”1892 年，他由莫斯科迁到郊外梅里霍沃村居住，在那里行医，并去外省救济居民，防止霍乱，参加人口普查；他也曾为农民兴办子弟学校，筹办图书馆和博物馆。他深入了解俄国各阶级的状况。这一时期他写的著名小说有《第六病室》（1892）、《在流放中》（1892）、《文学教师》（1894）、《挂在脖子上的安娜》（1895）、《带阁楼的房子》（1896）、《农民》（1897）以及《套中人》（1898）、《姚尼奇》（1898）等。契诃夫虽然在这一时期没有形成革命的信念，但他能清醒地观察现实，没有为那个年代在俄国知识分子中盛行的种种乌托邦式的幻想所蒙蔽，他在作品中指出了小资产阶级为医治社会弊病所开的处方是不切实际和徒劳无功的。

《第六病室》讲述了一家医院的精神病室发生的故事。有一个精神病人叫格罗莫夫，善于思考问题，有独立而新颖的见解。他主张通过斗争谋取自由，使得医生拉京为之信服。结果人们以为医生也疯了，把医生也关进了第六病室，用对待疯子的办法把他毒打一顿，以致中风死去。这个病室就是俄国专制社会的缩影。人们丧失了基本的人权和政治上的自由，稍有一点自由的思想都被看成精神失常，成了囚犯。俄国变成了一座大监狱。列宁读了这篇小说十分激动，他说："我有这样一种感觉，好像我也被关在第六病室了。"契诃夫在这篇小说中抨击了沙皇的统治，同时也批判了托尔斯泰的"勿以暴力抗恶"的哲学。

《带阁楼的房子》则集中批评了资产阶级知识分子那种为贫民兴办慈善事业，以及"多做小事"等改良主义的主张。小说中的女主角立季雅·沃尔恰尼诺娃，热心地方慈善事业，为灾民募捐，开设诊所、药房、学校、图书馆，以为这些就是在为她的同胞服务。然而小说中的艺术家批评她这"只是为奴役服务"。他说"人民被一条大铁链缚住；您呢，不把那条铁链砍断，反而替它添上几个环节""把他们所处的奴隶的地位弄得更加牢固了"。这可以看作契诃夫对自己过去一段思想和行动的否定。但是，画风景画的艺术家也只能空谈"精神能力广泛发扬的自由"而已，同样找不到正确的出路，这也反映了契诃夫世界观中的矛盾。

《套中人》是脍炙人口的名篇，其中已为许多人所熟知的主人公别里科夫，反对一切革新和进步，顽固地维护旧的制度和秩序。他是中学教员，不是大权在握的官吏，但他集中了警察和密探的特点，又得到了当局的支持，因而全城的人都对他望而生畏。这使得读者不仅对别里科夫，而且对产生别里科夫这种人的社会制度萌发了憎恨。从这里反映出，作者开始把对某些人物和对社会现象的批判，转向了对社会制度的批判，因而喊出："再不能照这样生活下去了！"

二十世纪初，俄国掀起了革命风暴，知识界在沉重的黑暗中看到了光明，契诃夫也热切期待着暴风雨的来临。他的剧本《三姐妹》（1900）、《樱桃园》（1904）和最后一个短篇《新娘》（1903）都透露了作者的这种心情。

《新娘》写一个叫娜嘉的贵族小姐，接触到了新思想，在结婚前夕毅然冲出庸俗的环境，抛开游手好闲的未婚夫和舒适的生活条件，走向新生活。沙夏劝告她说："要紧的是把生活翻一个身。"她自己也觉得面前展开了陌生而又广阔的新天地，为了奔向这个新天地，她"做了一切准备，甚至不惜一死了"。

契诃夫在《樱桃园》里以樱桃园象征俄国，写了三个时代的代表。加耶夫和拉涅夫斯卡娅兄妹二人，有一处祖传的田庄和樱桃园，出卖给富商陆伯兴。兄妹二人代表着正在衰亡的贵族时代，陆伯兴代表当时资本主义的现实。陆伯兴把樱桃园给毁坏了，人们只好离开樱桃园，向旧生活告别。拉涅夫斯卡娅的女儿安尼亚和大学生特罗菲莫夫则是社会运动中涌现的新的一代，他们是纯洁可爱的青年，他们在严肃地清算腐败的过去，热烈地迎接着光明的未来。樱桃园的旧主人应当更换了，新主人——资产阶级也是暂时的，它的真正的主人——无产阶级正在兴起。"我们要开辟一个新的花园，比现在这个还要美丽……""别了，旧生活！新生活万岁！"契诃夫为俄国即将获得的新生歌唱、欢呼，用诗一般的语言预言了俄国的未来。

契诃夫创作的时代是俄国社会大变动的时期，他描写了十九世纪末至1905年资产阶级民主革命前夕俄国社会生活中的各种矛盾和形形色色的人物，揭露了社会的丑恶，歌颂了劳动人民和正直的知识分子的美德。他的短篇小说独具一格，富有特色。

首先，篇幅小，人物少，情节简单，但含义深刻，容量大。上面提到的《变色龙》《苦恼》《渴睡》《新娘》等都是如此。所谓一颗水珠中看出太阳，一粒沙中见到整个世界。契诃夫自己也说过："简短是天才的姐妹。"

其次，使用形象的描写（人物的行动和对话，人物的心理活动）表达人物内心的丑和美，显示作者的爱和憎，实现对现实的批判，而不是求助于大篇的议论。《变色龙》写奥楚缅洛夫的表演，作者没有一句外加的挖苦话或不满的评语，而读者却感到了作者批判的力量。高明的作者赋予人物生命，而不让人物成为不能自主的傀儡。

最后，用简单、准确的笔墨写出真实的日常生活，从普通的生活细节中发掘出深刻的社会内容。《套中人》写的不是什么两条道路、两个阶级的剧烈搏斗以及惊心动魄的场面，它只简单地叙述了一个中学教员平凡的日常生活：穿衣，走路，吃饭，谈话的口头禅，使用的器具，乃至于交女朋友。而作者却从中成功地概括出了十分著名的别里科夫的典型。《第六病室》写的也是平凡病房中的生活，而表达的主题思想却十分重大。

契诃夫创作中的这些特色，是可贵的借鉴。

（原载《译林》1980 年第 6 期）

把全部力量献给“进攻的阶级”的诗人

1922年3月5日的苏联《消息报》上，刊登了一首短诗《我们的日常生活，致开会迷》。报纸发出后，即引起了强烈的反响。不少读者打电话责问报社，为什么发表这种诗？第二天，列宁在一个会议上发表演说时，表示读了《我们的日常生活，致开会迷》后感到很愉快，并指出这首诗“尖刻地嘲笑了会议，讥讽了老是开会和不断开会的共产党员”，从政治上来看是“完全正确”的。列宁说，不能永无止境地老是开会，而且把开会当成儿戏，要干实际工作。受到列宁称赞的这首短诗的作者便是马雅可夫斯基。

马雅可夫斯基是苏联的著名诗人，1893年出生于格鲁吉亚库塔伊西城附近的一个山村。年轻时曾因参加革命活动被沙皇当局逮捕三次。1912年年底开始出版诗集，早期诗作中一度有未来派的影响。“十月革命”胜利后写了大量诗歌，热情歌颂布尔什维克党和社会主义革命。1919年在苏俄国内战争最艰苦的岁月里，他与画家切烈姆内赫合作，创办“罗斯塔之窗”，以诗画为武器，“用颜料和口号”进行斗争，鼓舞人民，战胜敌人。1924年创作了长诗《列宁》。

在文学史上，以诗的形式写列宁伟大的一生，马雅可夫斯基的《列宁》是第一部。在创作这部长诗的过程中，他认真阅读列宁的著作和有关列宁的文章，同见过列宁的同志谈话，力求全面而准确地了解并描写列宁。长诗写成后又曾多次在工人集会上朗诵。1930年莫斯科市苏维埃举行列宁逝世六周年纪念会，马雅可夫斯基在会上朗诵了长诗《列宁》的第三部，受到热烈欢迎。斯大林同志听后也向诗人鼓掌。

长诗《列宁》是革命的史诗，共分三部。第一部写列宁诞生前劳动人民的斗争；第二部写列宁领导“十月革命”和社会主义建设的不朽功绩；第三部写列宁逝世后全国沉痛的哀悼。今年4月是列宁诞生一百零八周年，列宁逝世也已过了半个世纪，重读长诗《列宁》，“十月革命”的电闪雷鸣和列宁的音容笑貌，跃然纸上，使人热血沸腾、心潮激荡。

长诗《列宁》是政治诗，写的是革命领袖的传记，有大量的政治词汇入诗。作者开始曾担心它会变成政治性文章，但作品完稿后却显示出强大的艺术感染力，引起读者强烈的共鸣。长诗意境崇高，形象鲜明，感情奔放，比兴独具一格，叙事和抒情结合得十分紧密。它是政治，更是诗，是革命的政治内容和完美的艺术形式的结合。马雅可夫斯基具有高度的概括能力，善于摄取生活中典型而富于形象的东西，选用三几行诗就能勾勒一个场景，描绘一个性格，表达一个意境，给读者以准确而优美的印象。以诗写史，写伟大领袖的光辉一生，岁月漫长，事件浩如烟海，如果没有高度概括及典型化的能力，其结果必然是既写不成史，也写不出诗，更何况史诗。马雅可夫斯基以他的卓越才能在这首长诗中正确地描写了列宁所处的时代特征，以及阶级、政党、领袖、群众之间的关系，准确地描写了列宁的伟大形象，以及“十月革命”前后列宁领导的布尔什维克党的斗争及其政策和策略。

其后，马雅可夫斯基又写了长诗《好！》《放开嗓子歌唱》，以及许多短诗，其中著名的有《苏联护照》。此外他还写了两部讽刺剧和许多篇文艺论文。

马雅可夫斯基的创作态度是十分严肃的。他要把他“诗人的响亮的力量”全部献给“进攻的阶级”，即无产阶级；他要让他的诗“像鼓动口号一样高高飞扬”“唤醒死者起来战斗”。这种高昂的政治热情和献身无产阶级革命事业的精神，是革命文艺工作者最宝贵的品格。他的写作也十分认真和勤奋，长诗《列宁》从构思到正式发表历经三年，就可见一斑。另外，他自己说过，写诗要像开采镭一样，“开采一克镭，需要终年劳动；为了提炼一个词，需要开采几千吨语言的矿藏。”有一次他写一首诗的开头，为了让“农业”“展览会”几个词能够合韵，先后易稿六十次。在诗的形式上，马雅可夫斯基也有新的创造，著名的“楼梯式”就是他的首创，节奏明快，音调激昂，像跳跃，像擂鼓，富于鼓动的战斗的力量。这都是马雅可夫斯基诗作的特色。

马雅可夫斯基死于 1930 年 4 月。他的一生是短促的，但他为我们留下了许多优秀的作品，特别是歌颂无产阶级革命领袖和苏联人民革命斗争的战斗诗篇，将永远鼓舞着革命人民前进！

（原载《湖北日报》1978 年 4 月 23 日）

作家中的劳动英雄

苏联作家谢尔盖·札雷金新近荣膺“社会主义劳动英雄”称号和第二枚列宁勋章。

札雷金是俄罗斯人，1913 年生于乌拉尔地区一个农村里。他毕业于农学院，长期在西伯利亚从事农田水利和土壤改良方面的科学研究和教学工作。1929 年开始写作，最初以短篇小说集《北方故事集》（1947）闻名。曾参加全苏青年作家会议。他的才华引起了文学杂志《新世界》主编、诗人特瓦尔多夫斯基的注意。特瓦尔多夫斯基把他请到编辑部，对他说：“你找一个拖拉机站下去住一阵，写一部好作品出来！”当时他正在鄂木斯克基洛夫农业大学任教，课程繁多，特瓦尔多夫斯基又为他向高等教育部疏通。他下去了，并写出了长篇特写《1954 年春天》。作品写的是一个拖拉机站的备耕工作，以及站长和几个机耕队长之间的矛盾，人物性格鲜明，问题尖锐，得到了好评。此书已有中译本。

从此，他与《新世界》杂志结下了不解之缘。在特瓦尔多夫斯基任主编期间，杂志先后发表了他的《阿尔泰山的小路》《在额尔齐斯河上》《盐谷》等小说作品。现在他成了这个杂志的主编。西方一家通讯社还为此发了消息，认为委派一位非党员作家掌管这样的重要杂志，表明苏联在认真推进改革。

高莽画札雷金肖像

与舒乙（右一）拜访《新世界》主编札雷金（左一），1991 年

中篇小说《在额尔齐斯河上》（1964）独辟蹊径，描写一家中农在二十世纪三十年代农业集体化时期遭受的厄运，曾被推荐为国家奖金的候选作品。有评论家赞扬它深刻反映了个人迷信所造成的恶果；两年后由于政局的变化，又有评论家指责它片面描写了社会生活中的阴暗面而加以否定。长篇小说《盐谷》（1968）描写国内战争时期一支游击队的斗争及其领导人之间的冲突，获当年国家奖金。作家鲍·波列沃依认为它可和《铁流》《毁灭》等名著媲美。他的小说还有《委员会》（1975）、《风暴过后》（1985）等，在读者中拥有广泛的影响。1971年10月，他第一次被授予列宁勋章。1956年10月，札雷金曾应邀访华，旅途中手不停笔，写出了二十多篇访问记，1958年结集出版，取名为《在朋友之邦》。汉学家艾德林称赞它写得深刻、生动；人物具有民族特点，勤劳，热情，是苏联人民真正的朋友。最近据他的中国友人透露，他一直希望再次来华访问。

（原载《人民日报》1988年7月5日）

我们在武汉

［苏联］薇拉·凯特琳斯卡娅 著
刘季星 译

我们三个苏联作家在武汉逗留的日子是这般短促，无论怎么也来不及很好地了解这个大城市的生活，访问它的享有盛誉的工厂、大学、中学、剧院、展览以及居民们日常的生活。

但即使在走马观花般的参观中，我们对于这个城市却都有了一个共同的美妙的印象：这是一个美丽的城市，它正在按照新的样式，为着全体劳动人民的福祉而迅速地改建。在这里感觉得到一个大工业中心的气息，这表现在城市新的、宽广的街道一往无前地铺设起来，新的高楼大厦在勤劳的、具有无产阶级气魄的工人手下耸立起来。当然，在武汉长江大桥的建设中，这表现得尤其明显。

未来的这座大桥是雄伟壮丽的——我们看到了它的设计图，看到了它的把民族风格同现代建筑路线的技术严格性与结构轻便性结合起来的优美建筑形式。而使我们高兴的是，这个形式是中国的一个年轻的工程师唐寰澄创造并设计的。同样使我们高兴的是，我们的苏联专家在面宽、水深、天气变幻无常的长江的极其困难的条件下，研究出了建造桥墩的新方法，相比于在此以前所采用的方法，它使工作进行得更快、更省，而且最主要的是使中国工人避免了在水下沉箱中进行繁重而有害的劳动。

俄罗斯工程师西林和他的同伴们的新奇而先进的技术思想，虽然完全是新创的、大胆的，但它在中国迅速获得了无条件的支持，人们满怀信心、毫不迟疑地付诸实践，这是一件极富象征意义的美妙的事件。武汉长江大桥不就是两个伟大的民族牢不可破的友谊和合作的一个最辉煌的表现嘛！

在我们的记忆里，汉口将一直作为为了人民的利益而研究、治理，并利用善良而又险恶的长江（它有时是乳娘，有时又是暴君）的巨大的建设工作的中心而存在。只有自由的人民，只有把国家的命运掌握到劳动人民的双手中，才能够肩负起这么艰巨的任务——要世界长河服务于人民的利益，使它为人民服务。在今天还很少有人知道三峡这个地名，但再过几年，全世界都将翻来覆去地念叨它：因为中国人民即将在险峻的河峡间兴建起水力发电站、水库和通航水闸，而水力发电枢纽能量之大，全世界还找不出第二个。

中国未来的骄傲——三峡——在今天还只是长江水利委员会办公室里拟制的一份未来的设计图草案。在今天，只有一批又一批英勇无畏不避艰险的地质工作者、水利工作者、钻探手爬上了三峡的峭壁，冒着生命的危险在水流汹涌的河底上钻打深长的钻孔，夜以继日地研究着河流的特征和天气的变化。再过几年，就会有成千上万的劳动者怀着巨大的激情聚集到三峡来，用自己的双手为自由人民的天才和智慧树立起不朽的纪念碑。

我们对治理长江计划的气魄和胆略感到惊讶。今后将永远怀着爱慕和激动的心情注视着人民政府和全体中国人民在长江两岸所进行的一切工作。

从我们在汉口短促逗留时所获得的美好印象之中，我还想提起汉剧团演出的新歌剧“阿黑与阿诗玛”的巨大成功。这是一部真正的人民的歌剧，充满了生活气息，这么富于诗意，令人激动，又这么自然而优美。在此之前我们也曾欣赏过优美出众的古典歌剧，但在“阿黑与阿诗玛”的演出中我们看到了今天中国的歌剧，作为人民的现实主义的歌剧，正在向新的方向发展。我们衷心地向这部进步歌剧的创作者致敬！

当我们心里藏着在这些日子里与武汉作家们交游而建立起来的友谊离

开武汉的时候，我们知道，现在，武汉，三峡，将永远是我们感到亲切的地名。我们希望我们有足够的才能，把我们的所见所闻忠实而美妙地告诉给苏联的读者。

（原载《长江文艺》1956 年 7 月）

高尔基与罗曼·罗兰的通信（一）

刘季星 译

罗曼·罗兰致高尔基

亲爱的朋友！

我不知道您生日的确切日期，只记得在这个月，似乎又在这几天[①]。我十分希望这封信能向您表达我的诚挚的感情。

您出生于严冬即将消失、阳春即将降临之际，正是临近春分的时刻。这个巧合正象征着您的一生，它衔接着旧世界的死亡和新世界在暴风雨中的诞生。

您有如一座崇高的拱桥，连接着两个世界，过去的世界和未来的世界；也连接着俄罗斯与西方。向拱桥致敬！它俯临在大道之上，还将长期耸立在我们的后继者们的眼前。

而我，有幸与您生活在同一时代，并在这远离您的异乡，分享您的苦恼与希望，我现在向您，伟大的劳动者，表示我的祝愿，愿安静的黄昏降临在您披着朝霞从事耕耘的田地上！

① 高尔基的家属是在新历3月27日这一天庆祝他的生日的。

像兄弟一样的拥抱您。

罗曼·罗兰

1918 年 3 月 18 日于维尔尧夫（沃州）[①]

高尔基致罗曼·罗兰

亲爱的朋友，寄给您一本饱含痛苦的小册子[②]。

这本书写得并不轻松，但是需要写。我正在读您的一部长篇小说的俄译本[③]，译得非常俄罗斯化，然而书中地道的高卢[④]色调与浓烈的拉伯雷[⑤]神韵，却未因之有所损减。

这部小说获得了出乎预期的成就,它表露了您和您的天才的全新的一面。

而同时，在这种既能使人仇恨又能使人颓丧的黑暗的日子里，这部真正富有法兰西本色的小说，我觉得是最适时不过的了。

紧握您的手。

玛·高尔基

1922 年 10 月 5 日于沙洛夫

（原载《文汇报》1961 年 8 月 8 日第 4 版）

---

① 原信用法文书写，俄译者是 H.A. 柯岗，下同。沃州，位于瑞士西部，首府为洛桑。

② 指高尔基的一本文集《论俄国农民》的德文版，1922 年 8 月和 9 月之间在柏林出版。

③ 指《哥拉·布勒尼翁》，我国已有许渊冲的译本（人民文学出版社 1958 年版）。早在 1917 年，高尔基即已对这部小说发生了兴趣，当时他准备在《编年史》杂志上发表他的俄译本。1917 年 3 月间，高尔基曾写信给罗曼·罗兰说："听说您正写完了一部长篇小说，把它寄给我吧，我准备出版单行本，并且在我的杂志上发表。"

④ 高卢，古罗马人把居住在现在的法国、比利时、瑞士及德国部分地区的凯尔特人称为高卢人。后法兰克人在高卢地区建立法兰克王国，即现在的法国。

⑤ 法郎索亚·拉伯雷（约 1494—1553），法国文艺复兴时代的伟大作家，反封建、反宗教，宣扬人文主义。其代表作《巨人传》，我国有鲍文蔚的译本（人民文学出版社 1956 年版）。罗兰的《哥拉·布勒尼翁》一书在取材、风格、语言等方面与《巨人传》有很多相近之处。

高尔基与罗曼·罗兰的通信（二）

刘季星 译

高尔基致罗曼·罗兰

我的亲爱的罗曼·罗兰：

刚翻完斯丹芬·茨威格描述您英勇生平的出色的书[①]，明天即开始拜读《安纳德与西尔维》[②]了，于是我又想起要给您写上数行，以引发您的思忆故友之情，也借以握一握您的手，一位为人类斗争坚强不屈的战士的手。

我不想给您写得很多，因为您长期的沉默使我惶惑。它引起我一些不快的想法。我觉得您对我的友情已经改变了。我有一些敌人，为了离间我和我的朋友，他们是无所不用其极的。虽然我对此淡然处之，但当事情涉及像您这样的人物，我亦不免郁悒于心也。

您看，现实生活使我变得过于敏感了。

如果您能回复此信，我将十分感谢。

友好地握您的手。

玛·高尔基

1923 年 7 月 27 日于弗莱堡

---

① 指奥地利作家斯丹芬·茨威格（1881—1942）所著的《罗曼·罗兰的生平及其创作》一书。

② 这是罗曼·罗兰的长篇史诗《欣悦的灵魂》（又名《母与子》）的第一部。

附：我的通信处：弗莱堡，洪台尔斯太尔，吉堡大旅社。我还将在勃莱斯加坞逗留一些时日[①]。

罗曼·罗兰致高尔基

亲爱的玛克西姆·高尔基：

最近数月我给您写了许多封信；我正担心您是否病了，因为不见您有一纸回复。从来函中得知您没有接到我那些信。它们被耽搁在什么地方呢？在瑞士，还是在德国？

现在我正客居奥地利，住在扎尔茨堡卡普庆纳贝尔五号斯丹芬·茨威格府上。在这里我得住到8月13日或14日，然后返回维尔尧夫。非常遗憾，我们两人竟不能相见！不过在目前这种时候,法国人要进入德国是不可能的。

您怎么能设想我对您的感情改变了呢？即使您那些敌人力图使它们改变，他们也是绝不可能得逞的。我因与您的友谊而感到自豪。

昨天我和茨威格正好谈起您，我们两人有个共同的看法，即在俄罗斯文学中，我们还从未读到一部作品，能胜过您的《童年》和您对托尔斯泰、契诃夫等人的人物特写。而您掌握您的艺术到这等程度,也远远胜过以前了。

我不能够写得很多，因为在朋友处做客，时间的安排已不由己。我急于使您深信我真挚的感情始终如一[②]。

您的罗曼·罗兰

1923年8月3日，星期五

（原载《文汇报》1961年8月10日第4版）

① 这封信从《高尔基30卷集》第29卷中译出。当时高尔基正侨居德国。

② 这封信从《高尔基与外国文学家通信集》中译出，原信是法文，俄译者是H.A.柯岗。

高尔基与萧伯纳的通信（一）

刘季星 译

萧伯纳等致高尔基

尊剧《底层》于1911年12月2日在伦敦金格斯威剧院首次公演，获得无数观众——英国社会代表人物的殷勤接待与深切注意，我们列名于下的诸同仁，特向您表示真诚的祝贺。

萧伯纳……①

1911年12月12日

高尔基致萧伯纳等

可敬的英国人士给我的这封电报，使我感到极为荣幸，并深受感动。诸位之中多数我闻名已久，尚未谋面，而他们的活动则早已激发我的崇敬之情。

---

① 《底层》出版以后，立即引起了英国一些导演的注意，但因当时英国存在着不公开的影剧检查，正像萧伯纳、易卜生等作家的许多剧本一样，高尔基的这个剧本也无法在伦敦的一般商业性剧院中公演。1911年，俄国著名女演员莉琪雅·波利索夫娜·雅伏尔斯卡娅（1872—1921）选取了《底层》作为庆祝自己演剧生涯的公演剧目，这个剧本才在伦敦的剧院与广大观众相见。为此，英国的文学家、戏剧家以及当时在伦敦的美国和俄国人士共22人，由萧伯纳领衔，联名致电高尔基表示祝贺。

而特别使我引以自豪的，是诸位对于我的剧本在伦敦上演所给予的关怀，这证实了我的一个想法：当我注视着英国人士在世界文化领域中的活动时，我暗自说，真是一个好民族，她无论过去或现在都以旺盛的精力献身于宣扬积极思想和传播阿里文化[①]的事业，并且获得了多么显著的成就啊！

这并非为了酬答您们的祝贺而说的一番恭维之词。这是我的信念，它由来已久。我很高兴，我竟然能够使英国人对于俄国的剧本和俄罗斯的生活发生兴趣，但我还希望这种兴趣不是昙花一现，很快就烟消云散；而是逐渐增长，并发展成为良好的感情。

世界对于自身还不甚了了，而我觉得它较之我们已有的这个概念则要丰富得多：人们相互之间隔阂很深，因此多多少少使他们生活得这般困苦。

我相信人们会原谅我这些意见的，但我是多么希望把所有的人都看成朋友啊！我深信这个理想定会实现。这个想法竟日日萦回脑际，因此我情不自禁，乐意再一次诉说：

诸位！生活是艰难的，但无论如何人们可以学会轻松地、快乐地、幸福地生活——我们也正为此而工作——事实不正是如此吗？

玛·高尔基

1912 年 1 月 24 日于卡普里

（原载《文汇报》1961 年 8 月 29 日）

① 指西欧一些民族的民族文化。

高尔基与萧伯纳的通信（二）

刘季星 译

萧伯纳致高尔基[1]

亲爱的高尔基：

难道您真的只有60岁吗？自从我们在伦敦相别以还[2]，似乎过了整整一个世纪，可您在那时候就已经是身强体壮的大丈夫了。

我拥护我们之间的交情，在拜读您的大作时，我希望您偶尔也浏览浏览拙著。

在我70岁之前[3]，欧洲从未注意过我的岁数，因而那时候我险些被繁文缛节折磨致死，我无奈只好逃之夭夭，才落得一条老命。为何不让我们安安静静地老死呢？

忠实于您的乔治•萧伯纳

1928年3月27日于伦敦

---

① 这是萧伯纳为祝贺高尔基60岁寿辰写的信。

② 高尔基与萧伯纳最初相识是在1907年，那时高尔基因参加俄国社会民主工党第五次代表大会而来到伦敦。

③ 萧伯纳生于1856年，写这封信时是72岁。

高尔基致萧伯纳

亲爱的萧伯纳：

贱恙（喉头炎）未痊，竟致不能前来莫斯科紧握您的手——勇敢的战士和才华盖世的伟大人物的手。您走过了一个世纪的四分之三，而您用您的机智为守旧主义和人们庸俗卑下的行为所做的义正辞严的口诛笔伐，则是不可胜数的。得知您将在如此高度地重视您的国家，在与您所嘲笑的世界展开极为伟大的斗争、正在成功地进行这个斗争，并必将获得最后胜利的人们中间度过您的 75 岁寿辰[①]，我十分高兴。

高尔基

1931 年 7 月 26 日于哥尔克

（原载《文汇报》1961 年 8 月 31 日）

① 1931 年 7 月 21 日萧伯纳到达莫斯科访问。7 月 26 日是萧伯纳 75 岁寿辰，莫斯科曾隆重集会庆祝。高尔基当时正在莫斯科郊外哥尔克别墅养病，未能参加。7 月 29 日，萧伯纳探望了高尔基。

雪地上的红花

一

冷杉、桦树、雪松、白杨，枝叶上压着沉甸甸的积雪，不时地往下掉雪块。道路两侧林子里分布着高低大小的石碑，直到修道院的红墙，都深深地埋在雪堆里。白茫茫的空气好像解了冻，隐约地散发着花木的清香。周围静极了，虽然我们是在陌生的人群中穿行。我们的脚步惊动了他们的目光，扰乱了他们的沉思，他们以极大的宽容忍耐着，一言不发。他们已经数年、十数年以至数十年默默地注视着从身边走过的凭吊者了，不知道是否希望拦住一个行人同他聊聊天？他们已为历史发挥了自己的善和恶，提供了建设和破坏，是否想听听今人的议论？不顾身后的毁誉而逞一时的凶暴，如果还有羞耻之心，他们恐怕听了后会辗转反侧、睡不安枕的，虽然这里十分宁静、平和。

小张手里捏着一纸路线图，领着我直向后院走去。她穿一件猩红的紧身羽绒大衣，在雪地上拖曳着一团红光。三月初，莫斯科还飘洒一阵两阵小雪，拨开拦路的树枝，粉也似的雪纷纷直泻下来。一路上顾不得辨认碑上被风雪掩盖的文字，偶然发现一个熟悉的姓名，不禁失声叫起来：“哦，他在这里！”却也是匆匆走过；再来寻访时，雪深林密，也许就会迷失了。

后院墓地的尽头是一道灰墙，而非新圣母修道院那古老庄严的红墙。墙边留出约一米宽的空地，却被皑皑白雪所占据。雪地右侧是冷杉林，踏雪往前走，我一眼看到了前排树枝下长方形相框里熟悉的脸和一块白石上的金字：鲍里斯·波列沃依，1908—1981。自从三十多年前离开武汉，他显得苍老了，不过仍是浓密的头发，浓密的眉毛。他的眼光被左侧一丛蔷薇科小红花吸引，没有转过头来，大概我们的足音太轻太轻。他的右侧也有同样的一丛花，另加一个大花圈，那些殷红的花朵全都冻得瑟瑟发抖。我把四支裹着玻璃纸的绯红的康乃馨放在他的像前，体验到刹那的静默。这一刹那贯通了三十年，我又听见他站在长江大桥上眺望滚滚激流时的赞叹，在友好宫庆祝十月革命节的盛宴上频频起立举杯时的祝福，在洒满阳光的候机室里彬彬有礼的话别，那时他坐到一边，翻开《真正的人》的扉页，在他的画像底下写满了字。这本书至今还插在我的书橱里，墨迹犹新。现在我的行囊里装着他那位说一口南腔北调的中国话、穿一身叫作《天涯芳草》的中国服装的《安妞黛》，但它却没有缘分拜见自己的创造者，这成为永远的遗憾。

二

在新圣母公墓安息的有名满天下的作家、学者，也有叱咤风云的政治家、军事家。二十世纪五十年代前后政坛上不可一世的人物，有好几位在这里相聚，连同他们的对手。真叫作冤家路窄，土地这么辽阔，居然都挤到这里来，岂不是命运的捉弄吗？彼此相隔不过数步之遥，朝夕不离，謦欬可闻，不知地下相逢时仍剑拔弩张地争斗否？其中有一位的夫人拥有气势宏大的墓地，他本人却局促地依托在夫人的墓碑之下，仅仅竖着一张镶在玻璃框内的遗像，这位二十多年领养老金的老人的凄凉晚景似乎并未结束。

我们在密林中几乎迷了路，凭着小张的记忆和那纸路线图，终于来到了绥拉菲摩维奇的安葬之地。他的墓碑是一块十分朴素的石头，不如他的《铁流》那样瑰丽和神奇，上面还不和谐地刻着他儿子的名字。尼·奥斯特洛夫斯基如同生前一样斜卧在病床上，死亡并没有使他得到解脱。艺术家是残酷的，为了再现他的形象而万世不复地让他忍受瘫痪的折磨，但读者是热情的，一束束鲜花投在他的床前鼓舞他与疾病继续斗争。马雅可夫斯基的墓碑是高大的暗红大理石，有一块更加高大的黑色大理石衬作屏障，像一座直立的石壁，像半截陡峭的断崖。艺术家塑造了他的半身，神情忧郁，但目光是严厉的，有如烈火喷发。整座墓碑晶莹光洁，不沾一点雪痕，如同刚被一场夏雨冲洗，好似被他的光和热融化。他的脚下的雪堆里埋着大把艳丽的郁金香。他们离开这个世界越来越遥远了，但这个世界仍然尊敬他们，怀念着他们。

听说果戈理和契诃夫也在附近，我们连转几圈都没有发现他们的踪影，周围成百双眼睛木然望着，却没有一只手从石头底下伸出来指点一下方向。我们几乎要放声大叫："尼古拉·瓦西里耶维奇，安东·帕夫洛维奇，你们在哪儿啊？"幸亏小张瞥见前院有个活动的扫雪工人，跑去问了路，这才发觉果戈理就耸立在我们背后一株高大的松树下，松树的枝叶遮盖着他飘动的长发。他凝视着远方，笑容满面，似乎有一辆三驾马车从天际向他奔驰而来。他的胸像的底座是一根圆柱，有一人多高，每个人站在他的身前都不由得要仰起头来。离他两条胡同之外是契诃夫的小院，围着绿色的铁栅栏。他的白色墓碑安了个黑色的人字形屋顶，顶上竖着二柄黑色的刀尖——那是解剖刀、手术刀和削笔刀吗？院门是从外面关上的，造访的客人和求医的患者都可以自己动手随意开门进来，在小院里站一站。他的墓旁是他的父亲，父子二人相伴着在这里消磨绵绵无尽的岁月。如果你担心你的倾诉将妨碍那位老人休息，那么，请到他的医寓去吧，库德林花园街六号，他每晚都乘车归去与朋友促膝长谈……

三

马路对面是明亮温暖的小白桦商店，灯火辉煌，人影幢幢，我们不由自主地推门进去，立刻觉得全身从脸上开始复苏了。从落地大玻璃窗回头望，新圣母公墓上空一片灰淡。浓密柔和的树丛中现出隔壁修道院内斯摩棱斯克大教堂扁圆的金顶，还有高耸的钟楼那修长的塔身和两个臃肿的碉堡，它们一前一后充当贴身的护卫。红白相间的纹饰和古朴的造型，与特罗伊茨基门前的库塔菲亚堡如出一辙，都是十七世纪的建筑。新圣母修道院建于1524年，因囚禁了在与彼得一世争权中失势的索菲娅公主而闻名。新圣母公墓的历史比它要短得多，大约兴起在十九世纪末，这里安葬的虽然也是名流显要，但低矮的它怎能与堂皇和巍峨的克里姆林宫墙相匹敌呢？

小白桦的货物琳琅满目，烟酒饮料，木漆银雕，琥珀项链，水晶花瓶，西伯利亚的裘皮，还有肖斯塔科维奇的唱片，极一时之盛。商品的标价是卢布，但要按官方的比率折合成美元付款，无形中身价就翻了十倍，手持卢布的顾客只得望而却步。小张买了一瓶丹麦的果汁，她说折算起来并不昂贵，与北京相比便宜一些。想起明天就是“三八”妇女节，她为我在雪地里四处奔波，忍寒挨冻，心中不免大惭。我们在地铁门口分手，相约过节后一起去拜访波列沃依夫人。

四

波列沃依夫人的本名是尤丽娅·约瑟福夫娜，她使用她丈夫的真假两个姓，合成为波列瓦娅－卡姆波娃。她住在迪纳莫体育场附近，离我的也靠近一个体育场的住处相当遥远。我们在地下转了两趟车，出站后，仍茫然不知何去何从，于是拦住了一位赚外快的司机。小伙子左冲右撞，到了她的屋外，却发现通路已被一道篱笆隔断；猛然省悟，立即倒车急转弯，从另一个入口驶进了院子。

我们刚脱去外套坐下，走廊里同时响起电话机的铃声。老太太放下电话筒，告诉我们院子里问是不是有两位客人到她家。我们说了一会儿话，大约过了二十分钟，电话铃又响，老太太再次起来去接电话，又告诉我们院子里问两位客人是不是还在家。我们大为惊讶，同时也深为她庆幸，邻里间如此关心自然是一种难得的幸福。院子里大概也就放了心，从此电话机寂然，直到我们告辞而出。

我们坐在波列沃依的工作室里，室内陈设一切如旧，只是主人“因故外出”，无法相见，但处处都能感到他的存在。我身下的方凳是他平日坐的，也是他亲手修整的，他嫌板面太硬，又衬了一层软垫。——我赶忙站起来一看，果然坐的是一块花绒。我背靠的小桌子是他写作的场所，他早上五时起来就坐到桌边，到九时去上班，下午五时回家，又一直坐到夜半十一时。——我转身一看，果然桌上放着一架轻巧的打字机，袒露着的键盘仿佛正在快活地跳跃。他的《安妞黛》，最后一部小说，就是从这里打出来的吧？！——我送给老太太一册它的中译本，书名被我改成了《天涯芳草》。她指着封面这四个方块字，要小张翻译给她听：天涯海角有一个美人，一个有美德的人，一个被怀念的人。“噢，安妞黛！”她微微一笑，把书拿在手里。她说波列沃依最后一部作品是自传体小说《我的记者生涯中最可纪念的事》，写得很有感情，很有风趣，九年前出版，现在书店里已经见不到了，“不时兴了”。如同他在一个杂志社工作时扶植了一批青年诗人，如今有不少成了大人物，他却不在了。新一代盛开了，老一代凋谢了。她带着很重的伤感。

小张提到我们前天去了新圣母公墓，在他墓前献了花，老太太泪光闪闪；她得悉三十多年前我曾经和他见过一面，又有点高兴起来。她说她们全家将在一星期后去扫墓，那正逢他的生日。他今年已过八十，他的故乡加里宁城准备举办纪念活动，并计划修建一所文学馆。当地的内河航运管理局已用他的名字命名了一艘豪华的客轮。老太太放下书，起来从门背后一根缀着一串“鲍里斯·波列沃依号”纪念章的长带子上摘下两枚，分赠给我们。我们立刻别在胸前，伏尔加河蔚蓝的河水滚滚地流入我们心中。逝者如斯夫！他也许不时兴了，一个作家毕竟只能属于一个时代，这也是自然规律，但我相信，他不会被遗忘，因为我想起了新圣母公墓雪地上的红花。

小张要为我照一张相，背景就是波列沃依的小书桌，以及那里靠壁立着的一个小书架。她还要把桌上的打字机，还有一瓶红郁金香，都拍进去。她正要按动快门，老太太在旁边忙说“慢着”，手里拿着《天涯芳草》走过来，把它竖在小书架上，说道：“把它也拍进去！”照片印出来一看，发现书架上唯有这册书是封面朝外，同一只闹钟并排站着，遮住了许多本书的书脊。

老太太高兴多了，她指给我们看右侧一排书橱里陈列着的画、雕塑和工艺品。画家来自各个国家，其中有一幅波列沃依的墨笔头像，出自高莽之手，上款称他为“老波”；另有一幅是毕加索画的和平鸽，四周包围着一圈题词。它旁边坐着普希金，络腮胡子，青春痘，这是著名女雕塑家穆希娜所赠。我们来不及一一细看，小张说：“您这里简直成了艺术博物馆了。”

老太太十分高兴地向我们叙述她的一件得意的事。有一次在工会圆柱大厦庆祝波列沃依获奖，名流群集，济济一堂，空前的热烈。但会上没有预备纸笔，她急中生智，解下花篮上的丝带请来宾在上面签名。“瞧，就是它！”她指着钉在书橱里的一条围成一圈的丝带。侧耳听听，它好像还在发出说话声、笑声和掌声呢。

五

这一天还跑了几个地方，回到住处已经夜深了。我在疲倦中蒙眬睡去，忽被铃声惊醒，是小张来电话。她问，今天中午在波列沃依家看到的高莽的素描和毕加索的鸽子是哪一年画的？请来宾在丝带上签名是他得奖还是受勋？什么奖？哪一年？问得我瞠目结舌，睡意全消。

我说：“小张，咱们两个都当不了新闻记者，不过你可以再到她家去。

对了，还要拿他那本最后的小说。”

“好吧，我再去。”她记下了老太太的住址和电话，“那么，再见了，祝你一路平安！”

我忽然想起今晚是我在这座城市的最后一个晚上了，明天我将南下穿越乌克兰。我熄了灯躺着，莫斯科一片宁静，黑暗中浮动着雪地上那一朵一朵红花。

1989 年 10 月于北京

悲凉的别墅

在密林深处的巴甫林柯街上住过一位诗人。他的作品多如浩瀚银河，而翻译成中文的恰似爬上夜空的半个月亮。不过我们大概都看过他的一部小说和根据这部小说拍摄的电影：《日瓦戈医生》。是的，他是帕斯捷尔纳克。

他的住宅是上海人称作“花园洋房”的那一种，但不仅仅是花园，它还有上海所缺少的大森林。房子两层，由尖顶罩着。椭圆形主楼如长江上一艘豪华客轮的驾驶室，三面镶着玻璃窗。窗框漆得雪似的白，外墙涂成葡萄一样的紫，对比强烈的色彩构成独特的节奏和韵律，仿佛是一首诗。

可惜它演变成了一个气氛相当悲凉的故事。这个故事还得套用守旧的方式从头说起。1936 年，作家协会在莫斯科郊外彼列杰尔基诺村的别墅落成，高尔基指定分给帕斯捷尔纳克一座小楼。他在这里生活了二十余年，松树、泥泞的路、秋日、冬夜、霜、初雪，都成了他诗中的名篇。他时常进城，因而给我们留下了乘坐电气火车的诗情，我们随着他的笔认识了五十年前坐在冬季早班车闷热的车厢里的农民、工人、妇女和学生。在诗人笔下，他们俨然是天下的主人，闲谈着生活中的缺陷和新闻；年轻的在认着字、读着书，目不转睛，全神贯注。《在早班火车上》写于 1941 年，作者自称因经历了战争和饥饿的岁月，认识了俄罗斯独特的面貌而作此诗，批评家像老师一样夸奖这位“小学生”把笔锋从自然转向社会是“进步”的表现。

在这所别墅里，他又花了将近十年的时间完成了一部长篇小说，即后来为他赢得荣誉又惹出天大麻烦的《日瓦戈医生》。他一向因不问政治而遭批评，这一回却深深陷入特大的旋涡，险些灭顶。1958年的诺贝尔文学奖使他在失去作协会员的资格后又成为“叛徒”，连他的国籍也摇摇欲坠。他不得不自发地表示将自愿拒绝接受奖金，才算得到允许留居故土的宽容。他当然声名狼藉，为人所不齿，但照旧享受着彼列杰尔基诺林中的别墅，没有人去干扰他。

两年以后他在别墅里去世，在他身边照料他的小儿媳妇下定决心要把这所房子办成他的纪念馆。她名叫纳达莉娅。她的丈夫和丈夫的哥哥早已病故，在帕斯捷尔纳克门中，她不挺身而出更待何人？她敞开院门让仰慕者进来参观，担任讲解员，国内外的读者络绎不绝。她的回忆坚定了她的信念。

然而她接到通知要她搬出别墅。经过一段时期的等待和犹豫，终于对她采取了行动：她的家如同秋日的森林，落叶缤纷。旧别墅等待着新住户，可是作家们望而却步，是不愿乘人之危，还是有什么别的原因？不得而知。

过了一阵子，有一位大作家心血来潮，欣然表示要成为它的新主人，于是立即动工修缮，乔迁的喜期逐渐临近。这时发生了一件出人意料的事：有一天早晨，玻璃窗被洞穿出许多大窟窿。第二天又见刚换上的玻璃同样粉身碎骨。以后时时重复，不屈不挠。大作家以他超群的敏感，意识到了自己的轻率，便急流勇退，工程也不了了之。纳达莉娅闻讯后重返彼列杰尔基诺，继续她的回忆和叙述，此后房子竟平安无事了。不久，诗人叶甫图申科和沃兹涅先斯基共同领衔组成帕斯捷尔纳克纪念委员会，故居纪念馆的筹建也列入计划之中。委员会发表宣言，彼列杰尔基诺街头举行了游行以示响应和支持，纳达莉娅的愿望这才成为现实。

纪念馆于1990年正式对外开放，并被编入国家文学馆的序列。在我们坐在别墅的餐室里喝茶的时候，房子的室内装修刚于十天前完成。天气晴朗，窗前的紫丁香芳香四溢。远处传来电气火车的嘶叫，过道的地板被参观者踏得轧轧地响。纳达莉娅一头金黄的卷发，身穿白衬衣、黑褶裙，披一件白底黑条纹的外套，朴素而高雅。她拆着一包方糖，手上稍一停顿，指指外面，说诗人有一个儿子就葬在窗下。这使我吃了一惊，天色仿佛突然暗了下来。

我们走进了客厅，四壁密密麻麻挂着诗人父亲的绘画，其中有一幅诗人年幼时的素描。钢琴和长条桌上摆着诗人生前喜爱的鲜花，一丛特别茂盛的白色绣球在窗台上怒放。踏着吱吱响的新修的楼梯上楼，进入诗人的卧室，纳达莉娅为我们吟诵了诗人创作的两节诗：

太阳大清早穿过窗幔，它来赴约，实践诺言；
铺一条橙红色的光带，从窗下直到我的榻前。
它射出炎热的赤光，撒满近旁的树林和住房，
撒满潮湿的枕头和卧榻，还有书架背后的一面墙。

他的卧榻是一条灰黑色的长沙发，仍在原处，“潮湿的枕头”已不见踪影。书架背靠着粉墙，排列着多种文字翻译出版的《日瓦戈医生》。在生命的最后两年，他处于压抑之中，但仍旧钟爱闯下大祸的淘气的“孩子”，想把它们收集齐全，遗憾的是他来不及做完这件事。书架上空着的位置像诘问的眼睛刺激着我们。纳达莉娅解释说，去年有一位中国的女士送来了一部中译本，已另行收藏，因为这间房里的陈设应该严格保持主人生前的原貌。——唉，何其姗姗来迟。

帕斯捷尔纳克弥留时移居楼下的一间空房内，身边放着鲜花，耳听得一位朋友为他弹奏着钢琴曲，朦胧中瞥见一位画家在为他画一幅速写。人去了，琴声沉寂，鲜花枯萎，画像和病榻仍在原处。每年，在他的忌辰，

有大学生们从莫斯科市区相约而来，在他临终的房间内和他共聚，朗诵他的诗，通宵达旦。仿佛他的灵魂必须于黎明时分回归天国，大学生们把他送出家门，然后踏着露珠在森林外四散而去。

对于一个诗人，他还需要什么呢？他的生命在诗中延续，在诗句中扩散，然而并不是所有人都用同样的方式喜欢他，去年他的墓碑被涂上红漆，如同名演员被泼了硝镪水。他的墓在村头山坡上，二十公里外的莫斯科的朋友们也都匆匆赶来为他擦洗墓碑。墓地很小，站不下多少人，够他们忙活的了。

纳达莉娅为我们吟的两节诗，出自他的《八月》，作于1953年，诗里写了送殡和下葬，结尾是这样两节：

别了，你这变容节的青苍，别了，你这救主节的金黄，
用你的女性最后的温柔，抚慰我的永诀时的哀伤。
别了，艰难的停滞的时光，让我们互道珍重，姑娘！
你向无尽的屈辱挑战，我是你进行厮杀的战场。

莫非诗人早有预见，这不正是写的他自己吗？有谁知道呢，这幸福的、痛苦的诗人，这美丽的、悲凉的森林中的别墅啊。

（原载《火花》1993年第一期）

橘　园

很久没有回到阔别的老家了，屋旁园子里的橘树，不知别来无恙否？好像依然整齐地站立着，因为我每夜都听到它们的叶子在沙沙地呼唤我，只是那熟悉的声音变得十分苍老了。它们一定感到特别的凄凉和寂寞，培植它们的人一个接一个地消逝了，它们养育长大的人也风流云散，数十年不得相见，留下它们动弹不得，日渐衰弱，还能经受几次风雨的吹打呢？

园子大约是一亩地，东、北两边扎着两米高的竹篱。橘树排成四列纵队，春天开出细碎的小花，满园像秋夜的星空。雪白的花瓣围护着金黄的花蕊，飘送阵阵清香，招引着嗡嗡的蜜蜂到处飞舞。修枝、剪叶，在劫者飘零如雨；培土、壅泥，每株树下垒成一个小圆丘，放眼望去却似林中公墓。祖母常在园中锄草，把落叶和杂草耙成一堆，点火，压土，浓烟滚滚散入碧树枝头，有如冬日池塘的热气升腾。

园子南端连着池塘，塘内绿萍浮动，萍下游鱼唼水。洗衣洗菜，浮萍散而复聚，驱之不去。夏天的大雨会把它们打得沉入水里抬不起头来，雨过天晴，水面又映出我们家的白墙黑瓦；偶尔有一尾大鱼泼剌打个旋涡，整座楼房如同遭了地震，扭曲变形，以致墙倒瓦塌。

多年睽别，一旦车进江南，见到白墙黑瓦在水田和池塘内的倒影，就立刻想起我那久违的老家，它那白墙这时正缓缓地迎着我走来，那上面分明还挂着我的书包，我的照片，我的蓑衣和小马灯。这次旅程仿佛不是通向我将去投宿的一座城市，而是那已经成为无限迷茫的遥远的年代了。白墙里的生活开始解冻：祖母在摆设碗筷，母亲在灶前添火，灶内火光熊熊，锅上蒸汽缭绕，只待在门外瞭望的父亲报信，立刻把塘里的鲜鱼、园中的新韭端上团聚的餐桌。

然而我独自坐在旅店里。耳边的呼唤声显得十分响亮，毕竟离老家只有几个小时汽车的路程了。后来这呼唤变成了埋怨和责骂。我走到街上，挤进了一辆公共汽车。我以为它开向长途汽车站，它却在郊外一排挺拔的白杨树下停住。树后宽阔的山径蜿蜒引向一家门面很大、很空旷的茶室。这里的茶叶和泉水号称天下双绝，但我口中的茶味极为苦涩。不少顾客面前是一杯泉水，他们在闹哄哄地把钢镚子平放在水面上，看它栖息如湖上一朵睡莲，一叶游艇，拍手欢叫。天色渐暗，而茶室渐亮，顾客还没有散尽，只听得噼啪一声响雷，空中射下无数支水淋淋的硬箭，瓦背仿佛被钻出密密麻麻的小洞。阶前有一方池水，大雨把浮萍打得不能抬头。我的乡思奔涌而出，这场大雨也落在并不遥远的橘树的枝叶上，落在与它相邻的池塘和白墙黑瓦上，落在我的脸上。

祖母长眠了，父母亲的踪影也已消失。他们在弥留时都没有见我一面，说不尽的临别嘱咐，无可奈何吞在肚里。雨点敲打着他们坟上的石碑，有如热心的孩子捏起拳头擂动他们的门窗：嘭嘭嘭，嘭嘭嘭，请您开开门，回来了，你们家的……

9 月，橘子黄了。在树下跳着脚去抓那沉甸甸的枝条强扯硬摘，是要挨打的。叔叔架起梯子，拿一把乌黑沉重的大剪刀，挑选那高处青黄丛中最耀眼的，“咔嚓”一声合了剪，圆溜溜、香喷喷的橘子接在手里，残枝上还挂着一片绿叶。先送给谁啊！兴冲冲地跑进堂屋，放在织布的祖母的膝上；又兴冲冲跑到灶间，放在切菜的母亲的砧板边。每人都尝尝新。第三只就归自己享用了，来不及洗手，立刻剥成一朵玉兰花似的，吃得口水横流，大拇指染成了橘黄色。然后把橘皮合拢，浑然一体：“叔叔，这一只给谁啊？”“调皮！你的橘子里有白胡子老公公吗？”“没有啊。”“不是有两个老公公在下棋吗？”“骗人，一个也没有。”“他们乘龙飞上天了，就是乘你这条草龙。”“叔叔骗人，我都吃到肚子里了。”如今叔叔也永久地沉默了，这场大雨也落在他的坟丘上。

橘子陆续离开枝头，移居室内，一家老小每人各有他所支配的储藏。第二天上学，书包里口袋里分装着一天的份额，得意扬扬。未进校门，早已吃空。大家都拿着橘皮在操场上当毽子踢，三下两下散成碎片，一时间仿佛蝴蝶翻飞狂舞。

在我们那里，秋冬两季以至开春前后的一段时日，以橘当茶是家家待客的传统礼节。红漆的圆盘端出最优的品种，外表狰狞丑恶而内心甜美多汁的“本地早”堆得如同橘树下的小丘。客人和主人道着寒暄，随意拿起一只，转眼间手上就开出了玉兰花。取出一瓣，轻轻扯去橘络，从半中腰咬开一个小口子，撕成两半，一口吃尽暴露出来的颗粒状的内囊，手上沾一点汁水，有条不紊，吃得干净。有吃相的客人，绝对不把橘皮胡乱剥成七零八落的碎片，也不会掰出几瓣放进嘴里咬牙切齿地大嚼，那都是小孩子的憨样。

主人家的好客特别表现在橘园里。收获季节，一株株橘树如同披挂着彩灯的圣诞树，素不相识的路人驻足而观，或称赞橘子的好年景，主人会从树上剪下一堆明灯，像圣诞老人一样笑眯眯地捧到他的怀里，劝让之声常常惊走河里的游鱼。橘园大多靠河近水，主人家大都不设防，很少有人暗中侵犯，而且每家几乎都有橘树。人总是追求他所缺少的东西，乞丐需要温饱，奴隶的愿望当然是自由和解放，索还他做人的权利。

几十年来，那些橘树常使我魂牵梦萦。它们在世的日子也不多了，当它们被推倒在地，锯成数段，劈作柴火时，我要不要去听听它们的遗言呢？也许那正是培植它们的人在浇水施肥时，灌注在它们的根系上的。伤心的眼泪已如这场大雨落得天地昏暗，我盼着云散雨收，该回旅店了。

那么，永别了，我的橘树们！

（原载《散文》月刊 1992 年第 9 期）

河的记忆

我家后门傍着一条河，它小得没有名字，摇来一只小船，几乎就把河面铺满了。它从橘园中穿过，整条河只容得小船独来独往，发出咿咿呀呀的单调的橹声。后艄站一个摇橹的，他面前是三舱满满的冒着热气的石灰或者平静的水粪，把船舷压得跟水面一样平，仿佛只有石灰或水粪在河上漂流。

橘树开花的时候，小河流淌的仿佛全是香水，挑一担回家，一路上会招惹来许多蜜蜂围着水桶嗡嗡飞舞。橘树摘果的季节，河里流淌的又仿佛全是橘子汁，捞它一条鱼放进油锅里，煎出来油光闪烁的，是纯正的糖醋味。

每年必发一次山洪，加上大海潮，那时小河得意极了，浩浩荡荡，如奔腾澎湃的大江，漫出了河床，淹没了街道，肆无忌惮地闯进每户人家，登堂入室，惹得人人咒骂。洪水退后，它可怜得如同一根细带子，十分颓丧。小学生过河都不从桥上走，赤足入水，藐视它的尊严。他们在河心弯着腰摸鱼，捉摇头摆尾的泥鳅，溅一脸一身花花点点的泥浆；或者三两个一伙蹲了下来，把狗尾巴草插进泥土上那一个一个铜元般大小的洞口，一发现狗尾巴草微微晃动，就用铅笔刀从洞侧切入。小螃蟹惊慌失措地逃出洞来，被一把按住，扯两根草绑缚手脚，丢进书包。于是晚餐桌上添了一碗香喷喷的荤菜，小学生含着泪花，忘记了刚才妈妈的巴掌在头上留着的隐痛，吃得津津有味。

这条河后来被填成了平地，平稳的小船为颠簸的卡车所替代，小学生长成了老头子，泥鳅、螃蟹等随同海潮全部退去。只有洪水依旧，失去了小河的依托更加肆无忌惮地遍地横流，年年为人们增添一点印象和记忆。

我们的小镇坐落在另一条小河岸边狭窄的平地上，背靠着小山，河水终年侵蚀着它的毫无防备的土地，泥土大块大块地崩裂，常常可以听到它们落水时的叹息。河上有小火轮直通县城，我每个月总有十几次碰见它停靠在码头上。那大都是在上学途中，码头为河水所逼，步步退让，几乎与小学的操场连成一片。上下船的旅客之中有几张熟悉的面孔，但我注意的是船的解缆离岸。只听得汽笛尖叫一声，岸上解开的缆绳如一道有力的弧线疾飞而起，站在船头的水手接个正着，立刻收成一团丢在甲板上。发动机响声大作，船尾喷出汹涌的浪花，船身慢慢向江心退去，半固定的跳板也逐渐脱离船舷，终于砰的一声落进水里，溅起丈把高的水柱，吓得刚上船的旅客慌忙退避，引得岸上的人哈哈大笑。船掉转了头，向下游驶去，远了，转弯了，隐没在麦田背后，只露出半截黑色的烟筒，如同一顶大礼帽在麦苗中移动，不知不觉间没了影踪。我如大梦初醒，立即拔腿飞奔，却见操场上已齐齐整整地在做操了。

我们县城通向邻县的水路也是一条小河，在一百万分之一的地图上只是极细的一根平和的、绿色的曲线，但在我的记忆中却是十分危险的河流。我第一次乘坐它的单桅船航行，大约是十岁出了头。船在夜间解缆，利用退潮的流速和风势淌到海口，然后再趁涨潮上溯灵江，前往山里我们中学的新址报到。同船的小伙伴都是初次离家，在波涛的大起大伏中却呼呼大睡，好像躺在自家的摇篮里。船剧烈地轮流向两侧倾斜，桅杆几乎贴近了水面，仿佛要把我抛进江中。我吓得紧紧抓住舱壁，一夜不敢合眼，不停地呼唤着妈妈，祷告着风息帆落，宁愿晚到两天也不能翻在江心。黑夜里四顾茫茫，偶尔有一点红光闪烁，一条船鼓着帆迎面而来，同船老大对喊一句两句，又各奔前程，风声、浪声、船体击水声继续哗哗地响。船老大醒着，沉默着，掌着舵，根本不屑理睬我的躁动和不安。我终于沉沉睡去，醒来却见青山密林，船已驶进了灵江的上游，惊涛骇浪已化为一川碧绿了。

后来我在作文中写了我曾经在一条大河上的历险，国文课老师甚为关切，问明底细，他莞尔一笑。我忽然想起了地理书上画着的黄河长江，不觉红了脸。

这条河至今仍在滔滔地流。它给我的印象曾经是恐怖的，我现在却极其愿意再坐一回它的单桅船，重温它惊心动魄的摇晃。

这条河流进了我的生活，把我和外边的世界连接了起来。我在河边送过父亲出外谋生，送过随同进山避乱的小朋友回城上学，以后又轮到别人来送我。我最后一次远走他乡是由三叔陪着，梅筠的母亲是唯一的送行者。她是温柔庄重的主妇，刚刚寡居，正为儿女的婚事操心，她的多礼使我隐约感到她的女儿和我将有一种新的亲密的关系了。她站在那个卖茶水和花生米的茅棚里，掠一下鬓发，向我们招手。小火轮掉转了头，我走到另一边甲板上，看她与码头逐渐缩小、融合成为一片模糊，我期待着能很快和她再见。

这条小河后来被填平，三叔如今也不在世了。我的印象中只留下渐行渐远的记忆了。

山的印象

山是亲切的，爷爷和奶奶，同他的兄弟，都安息在山里。早年在家时，每逢清明时节，大人们渡过一条河进山扫墓，我跟随着去磕头，看长辈奠酒焚纸，数坟上的松柏，听管山人絮絮叨叨地诉说年景和树木的生长盗伐，彼此慰藉的对答。待到灰冷香灭，收起祭礼，一行人到管山人家中烧火热菜，摆开碗碟，团团坐着，享用祭祀后丰盛的午餐。林木是深幽的，鸟鸣是隐秘的，偶尔传来一两声轻轻的“咕咕——咕”，使人想起大山深处另有快乐的世界。路边爬着杜鹃花，草长及膝，草丛中会突然蹿出冒失的野兔，扑棱一声，飞起斑斓的雉鸡，使人意识到脚下也有极其丰富的色彩。冲淡我的悲哀和伤感，反而觉得山里是另外一个家了。

山是天真的，我的第一所中学的老师和同学们住在山里，我也住在山里。禅房传出朗朗的读书声，大雄宝殿内风琴伴奏着《毕业歌》响彻云霄；桂花树下单杠双杠上翻腾着青春的身影，红花草的田塍在晨光中画出了凌乱的虚线和散漫的方形。山高约千米，寺的生命已逾百年，并以三口井闻名。无论旱季雨季或僧多僧少，三口井的水面总离井口一尺，取之不尽。寺旁有小溪潺潺流过，注入不远处的清潭，落下一道数丈高窄小而声音极为洪亮的瀑布，坐在一里外的教室里，都能听见它那奔放的呼喊，扰得大家无心背诵课文。溪水清浅，石块间的游鱼历历可见，不少同学有意无意总想下去同它们亲近一番。有一回小和尚赶着三头水牛冲我而来，狭路相逢，我退避不及，跌入溪中；当我湿淋淋地爬上岸来，引起哄堂大笑，纷纷问我捉着了石蟹，还是抓住了野鱼。唉，逝去的少年时代。

山是阴冷的，飞雪，粗犷扮作柔和，崎岖冒充平坦。天与山融合，上下皆白。直径一尺粗的笔直的树干从门口一寸一寸地往火塘里挪动，烧得噼噼啪啪地响，明明暗暗地亮。滚滚的浓烟把平原上来的大学生呛得不停地咳嗽、流泪，惹得姑娘和小伙子哧哧地笑。烟火里吊一只嘶嘶响的瓦壶，工作组长的茶缸像是大漏斗，不断地往里续水，却总不见有漫出的时候。动员“揭盖子”“挖穷根”，看来势同这场风雪一样三两天内不能了结，又搬来一棵大树往火里送。男女社员乐意在火边消磨，他们的吃食在各家火塘的炭灰下埋着，被褥在身上裹着，工分在会计的账上欠着，百无牵挂。孩子们的烂眼睛熬得像大人的一样，他们识得天麻当归，认得走供销社的大路小路，却分不清自己和父亲的名字。他们常常呆望着空中的飞雪。山外是不是暖和一点呢？这个山里的冬天是格外的冷、格外的阴沉啊！

山是重叠的，像一册大书，电气火车在一页又一页地翻阅它的风景。大平原黑土上绿茵茵的麦苗迅速转换成黑压压的森林，如同峭壁一般推移过来，林中空地上仍有皑皑的积雪。有一处滑雪的山坡上似乎隐隐可见急速下降的人影，雪屑四溅。幽深的隧道，孤独的防哨，凌空横渡的输电线，绵延不绝齐齐整整的云杉。然后坦露出一个小山村，数十户人家，散落在山谷里，人字形的屋顶下大都开着两层窗户。最显著的建筑物是高耸着圆形穹顶的古老的教堂。鹤立鸡群，十字架像丹顶鹤一样在微微颤动。不少色彩鲜明的住房离群索居，看来那是度假的别墅，这一带山区以矿泉丰富而见称。

大书又翻了一页，来到一片开阔地，却是山间一个小站。车站清洁，安静，站房前坐着一位穿高筒靴、黄背心的臃肿的妇女。屋后公路上有汽车在疾驰，刚下过雨，路面可以照出车影。经过一座宿舍大楼，楼前空地上停满了小汽车，外形千篇一律，绝对是傻大粗，但这是火车翻阅的最后一页山景了。

山是迷离的，晨雾夕雨，春花秋月，山色变幻不定；山是威武的，海拔数千米，纵横几十万里，庞然大物，一个人往往会自觉渺小；山又是不可思议的，巍峨、洁白、庄重，然而它的深处沸腾着岩浆，生发着洪水，催化着雪崩。

山又从我们家招人去安居了，父亲，母亲，壮年的阿德，还有过于年轻的繁艺。无论山在我的印象中具有何种性格，我留恋着它，留恋着我的亲人们。

月　食

中秋节深夜月全食，据预报将延续至凌晨三时。睡梦中忽被欢呼声惊醒，有几个小青年喧哗着从窗外走过，想必是月全食过程已结束，一件奇观已成为过去。据说再在夜间见到月全食，要到七十年后的2064年，我是没有这个眼福了。

月有阴晴圆缺，在平常人眼中好像是很平常的事，但在不平常的人眼中并不平常，情愿通宵不寐守在户外观察它几个小时。这种不平常的心情和举动，我以前有过，现在已经没有了，以后也恐怕不会再有。我倒是想，人的悲欢离合能不能如同月的变化那样可以预报、可以期待、可以缺而复圆呢？

我曾经有过好奇又好动的岁月，可惜时间不长。那时与我们同样好奇并对我们的好动表示宽容的是我的二叔。他是我们的一家之长，虽已挑起了生活的重担，但天真活泼不逊于年幼的侄子们。我们是小镇上的人家，打开前门便是闹市，走出后门却是农田，兼有商人和农民的生活方式。二叔要物色伙计和学徒在店堂里招呼顾客，还要挑选长工和短工在田里插秧割稻，在后院舂米挑水。过早出来谋生的小伙计们，他们毕竟童心未泯。对于风霜雪月和阴晴冷暖，我和小伙计们同大人一样有双倍的关心和感受；

而对于月亮，却似乎只有一种单纯的爱恋，一种近乎亲热的向往了。

在我们的生活中，一年之中为月圆月缺而操心的日子似乎特别多。祖母每个月初一、十五的焚香念佛，我曾经理解为是在替月亮祈福和祝福：它从黑暗走向了光明。至于腊月的月半，正月的十五，七月的中元，八月的中秋，家家户户特别重视，过得也特别热闹；尤其是元宵夜的活动，二叔的活动，至今仍使我不能忘怀。

这一夜活动的高潮，是从老爷殿里把菩萨抬出来巡街。那多半是在月亮升上来以后。当舞龙灯、滚狮子的队伍慢慢向东远去，西街的那一头响起闷雷似的火炮声和沉重的铜锣声。在旌旗招展之下刀斧锤钺的仪仗缓缓而来，月光灯影下，兴高采烈的人群如同与小镇擦肩而过的那条洪水泛滥的小河。但他们屡屡受阻，仿佛遇到了堤坝的抵挡。那是因为有些商店要拦住菩萨的轿子献礼庆祝，以求终岁平安，大吉大利。他们的献礼无非是放几串花炮或一通烟火，虽然千篇一律，但还是可以见出高低，因此这种献礼活动逐渐染上竞赛的色彩。执事者发觉有机可乘，有时也故意把菩萨在某家店门前放放，敲锣吹号，不肯动步，店老板一般有所表示。

当菩萨的轿子一路移动，终于驾临我家店门口，当街一放时，仪仗队、鼓乐手和轿夫们照例退在两旁，人群如同决堤的洪水涌上前来。二叔身穿长袍，脚蹬布鞋，目光炯炯，神采飞扬，领着两个学徒，早已站在彩花玻璃宫灯底下迎候。他立即吩咐学徒设下香案，端出贡品，然后自己把袖子一卷，提起长袍的下摆，略一弯腰，燃着了冲天炮，砰、砰、砰，大红爆竹先后直蹿上空，如同升起三发信号弹，啪啪啪地在高处化成闪光，再碎纸雪片似的飘落下来。他一挥手，两个学徒手上捧着的小花鞭紧接着炸翻了天，像锅里炒豆子一样响了数十分钟。炒豆的声音未歇，一个学徒转身从店堂里拿出几支银白色线香似的东西，右手蒙一块蓝布，点着线香后便舞动起来，嘶嘶地发出晶莹的火花，四处飞溅，围观的人不由自主地往后退。然后他把线香往香案上一插，火花向上直喷，如跳跃的水珠。

这时另一个学徒交给二叔一根长香，香头的火焰微红，二叔来完成压轴的烟火表演了。他又提起长袍的下摆，走到街心悬空挂在铁丝上的一个四方形纸盒底下，举手点燃了引线，火焰慢慢地爬了上去，观众的眼光也顺着往上移动。只见眼前一亮，咔嗒一声，小纸盒启动盖子，像翻日历那样翻了一幅画面，喷出五颜六色的火光，大放光明，照亮了二叔兴奋的笑容，照亮了围观者惊异的眼神，照亮了轿子里菩萨的慈眉善目和颏下三绺稀朗的长须。观众中发出惊叹声，原来翻出来的画面上写着碗口大的一个“福”字，笔画清楚，灿烂辉煌。辉煌逐渐暗淡，熄灭，仿佛烧成了焦炭，往下一坠，不料却在空中挂住，猛地一亮，这块焦炭又翻了一幅画，大放光明，现出两朵牡丹花来。牡丹的花瓣好像珠玉那样富贵华丽，玲珑剔透，赢得了满场喝彩。牡丹渐渐暗淡了，枯萎了，也烧成焦炭下坠。不料它在半路上又似乎被人拉了一把，再次在空中挂住，同样死灰复燃，又翻了一幅画，大放光明，画面上现出一头老牛，牛角弯弯，仿佛要牵出牛郎下凡。它还没有迈出半步，终于被完全烧成了焦炭，坠落在地，一缕白烟在欢呼声中袅袅升起。

“起驾！”执事者从二叔手上接过红包，大喝一声。于是铜锣三下，喇叭齐鸣。两个学徒又燃放一串鞭炮为菩萨送行，人群随之涌去。

我和两个学徒跟着二叔走了半条街，鞭炮和烟火并没有新奇之处，正待转身回家，二叔一抬头发现空中的明月，好像久违了似的，便说：“到山上看月亮去！”我们挤出人群，上了小镇的后山；山上悄然无人，除了我们恐怕不会有人想到元宵夜登高赏月。二叔显得很高兴，他认为今晚自家门前放的烟火是很不错的，变出了文字、花卉、动物三种花样；他听说上海的烟火可以变四种、五种花样，但今夜街上还没有哪一个商家能拿得出来。

散伴之夜

月亮勾得像银色的小舟，驮着泪影，泊在枝桠间。我散步在广场上，独个看着矗立在夜空下的塔身。离别之夜啊，我的心头空虚得紧，什么都不会打断我满意的想法。

晚上，这个月末的最后一次的逗留，最后的一次散步，我有眷恋的情绪？并不，我微感到惆怅，许是心里太空虚、太寂寞了吧？我禁不住低声哼哼着。

宿舍里异样的灯花的爆跳，许多心在不安地激动。初中部宿舍里传过来兴奋的喊声，同学们沉迷在游戏里。我又一次抬头望望古老的塔。

塔，有过欢愉的日子吧？也不曾哭泣过吧？古老的塔顶爬满了生意盎然的细枝丛树，庄严的黄黄的色彩也给岁月褪淡了。我还记得好心的人告诉我，这里有三座塔是同时建筑好的，却坍毁得只剩下这一座了。但这座塔也已倾斜，还经得起几次大风雨的摧折呢？

我沿着场岩的石路走，无言地看着树丛里的黑影，月亮微弱的光芒，只能给大地染上一层薄薄的幽辉。

谁在这夜里哀怨地歌唱呢？口琴优美的乐曲很不自然地附和。我早已终止了低哼，想大声唱又没有这勇气，只默默地踢着石粒。

今晚没有雄壮的号音吹响了，也不知道是什么时候。我走遍广场一圈又一圈，心境无法宁静，纷杂得理不清的感觉。思想像鸽子飞得很高很高，可是线一断，什么也没有了。几个月来都是这样子，我不能回答我自己，为什么到了这里只比以前更坏。

有人在柔和地唱“夜夜梦江南”，也有人激动地喊“大刀向！”今夜，有人在兴奋，有人在抑郁，有人在呼呼安睡，有人泡在房间里，也有人漫不经意……

为了惜别，也有人做伴在丛林漫步，喃喃私语。这夜，离别的恶手绷紧了友伴的心弦。

我回过身，前楼先生房间里灯火闪亮，窗纸忽而映出黑影。

想走了，我毫不留恋于这境地。我还记起往日的散步，总是跨过了一脚便对着背后的土地依恋；而今，我很知道，心境变了，变在这黑夜样的环境里。

今晚有心吗？繁密的星星正向我眨眼？

“晚安！”

“再会了朋友！”我挥手走了。

（原载《青年日报》1945 年 3 月 3 日第四版）

溪　边

阳光生动地描画出激流里鱼虾的跳跃，溪水像荒原上脱羁的奔马，卷起许多的快意，放任地飞溅着亮珠。风从青苗的尖梢滑过，播撒着甜暖的种子，在每块黑土的心田上，施了肥，又灌进了阳光。

远处有帆影，竹筏又从上游叫嚣着下来；我重认识了那个紧握着撑竿的老人。

他留着短短的髭须，沉郁着脸，深陷的眼睛，炯炯地发光。那会叫人惊奇的呵，在他的目光里，会读出多少他对苦难的负荷之坚定的意志。他经年漂流在水上的生活，那被阳光染红的皮肤，深深地刻画着纹径；筋络鲜明地凸起，就像根根蚯蚓，栖息在暗红的泥土上。看岁月的贪污，在颊上，剥夺了他多少青春焕发可歌颂的日子。——那些日子是勇敢美丽的，老人对已逝的生活如果能回忆起始，我想，他定要懊悔衰老的无力。

他拨开水，在意地注视着水面；探索着那埋伏在底下的礁石，那展开在前面险巇的长长的路……

也许，他是在赶赴海上去的吧。

我曾到过几条较大的江流。江流上翻滚着的浪花，就会使人向往。但，我无从想起海是如何的辽阔无垠；也不能设想那海风的呼啸、那海潮的澎湃；更不能设想渔夫们怎样冒了绝大的危险，在巨浪起伏间，以无比精力，去换取生命的代价——在那个场合里该是伟大的吧，因为，我是怀着十二分欣羡的心理，来想念那些冰岛起碇海上渔采的情形。那个场合，的确使人憧憬。

我幼稚地想，假如现在我是休息在海滨，那该多好呢？我可能亲历渴念已久的海上风光。那里该有活跃着的生命，以无疑的威力，奔腾着而来；更该有坚强的舵手们，怎样掌握了生命的把柄，不屈地奋斗。而，最令人激奋的，该是轰沉法西斯强盗的战舰，看它怎样冒着烟，没入海中而去……

我凝视着溪的奔流，是那么矫健，又是那么轻快。美丽的浪花抚着岸草，亲切地伴护筏上的老人，在流水间打转。为了人们的需求，更为了维持衰迈老人的日子，她们是无所鄙吝地献出了自己的儿女，使其被获捕在网仓里。她们当然不无感伤，在后来的流水里，我似乎听见低回的悲响了。

然而，过后，她们也不介意于离愁。反而感到献出自己的力量那应有的崇高感了。她们虽或无法挽救生活的狂澜将倒，而也只得忍受下来，为的是，此后将会辉煌地绽放瑰丽的奇葩。

也许，我是太熟悉于溪流的感情吧，即使激流里碎了一个水泡，我便会知道她们是起了怎样的情感。

我抓起了满把沙末，撒遍水流的浪花，看沙末沉淀，漾开来丝丝水痕。

假如我有颗生命的种子，我定植它在海边，让阳光倾注爱情，让海风披上理想，在凶险里茁壮，晴和中滋长。我要它长得高，撒开繁密的绿叶；站得稳，耐得起风暴的折磨。而我，就在荫下，看海浪的汹涌，学着海燕勇于冒险的精神；听雷鸣的巨响，理解渔夫敢于争斗的生活。但我不放松每刻在海滨的机会，这样，我会获得更多坚强的信念。

（原载《浙江日报》1945年7月4日第三版）

新刊巡礼

——介绍“文艺知识”

这本刊物内容偏重介绍，但不忽略批评。他们的目的，是想使读者多了解一些文艺的知识，养成鉴赏的能力。在这篇短文中，我仅想提出其中几篇文章向读者介绍，因为对于我们初学写作者这是值得揣摩和研究的。

张天翼先生的《答编者问》，就他个人的经验，回答了一般小说创作上的重要问题。引文如流水，举例和说理都非常具体，初学写作者大可一看。文内涉及的范围很广，这里因篇幅所限，不能多加说明。下面两段文章，是为了需要才抄下来给读者看的。

关于小说中的人物性格，张先生是以本身的情绪融合在人物上而思索的。他“从来没有把主人公的性格一条一条开列出来过。只是想在他的言语举动上，表现他在待人接物中——可表现出来的那些豪爽劲儿”，但“这种思索并非一气呵成，而是间断的。有时我想着想着，觉得还不够，要老是盯着往下想呢，又实在写不出，这就只好算了，撇开再说。如果这时要强迫自己写下去，那就会愈想愈别扭。如果这时就动笔的话，那一定写不出，要硬写——准是一团糟”。于是不想了，下次什么时候又会触起思索，那就多想一点。就是这样断断续续地思索，积下来，在脑子里像放电影似的老是赶它不走，有种冲动觉得非写下来不可，那就是题材成熟了，该写下来。

这对于我们初学者的硬写，是很可以为训的。

一个情节离奇曲折动人的故事，并不一定是好题材。因为“故事是为表现人物而有的”。要是主人公跟他的太太谈了五分钟的家常话，而比他在他的冒险故事中“更充分地表现了他的灵魂深处”，那情愿采用前者来写他。对于只求情节炫耀的小说，我们应有新看法。

要发掘人物的灵魂深处，要作品更富真实性，就必须深深地体验真实的生活情味。以群先生在该刊《不要冷淡了生活》一文中就有见于此，他说：“……在学习认真写作之前，必须学习认真地生活。为生活而生活，为工作而工作，千万不要为文艺而生活，或为写作而体验生活……宁可在认真的生活中怠慢了文艺，千万不可在认真的文艺学习之中冷淡了生活。”这是怎么说呢？因为以群先生看见许多青年有抛弃原有社会工作而搞专业作家的倾向，他认为这是一种不良情形。“因为作家实在不算职业，而一切别的职业，却正是一个人和社会大众联系的媒介，脱离了特定的职业（姑且不研究职业的性质）就无异斩断和社会大众联系的因缘，而将自己孤立起来……写作者假如隔绝了社会生活的水源，那么，自己的生活必定会一天天地枯燥干涩起来，还谈得到什么丰富的文艺创作呢？”“过早的专业化无异斩断自己文艺生命的发展。”以群先生更指出：“爱好文艺的青年们不必把‘深入社会’‘和大众生活在一起’之类想得太玄虚。其实在任何一个职业部门中的生活，正是深入社会、接近大众的线索。‘深入社会’就是要从这样开始的，接近大众，也只有这样才可能。”

这几句话感我甚深，也许有犯着同样错误的读者在，正可细细咀嚼，反省一下。

李桦先生在《艺术家是怎样成功的》一文内引 A. 托尔斯泰的话：“……我主张作家有尝试和犯错的权利，人必须以尊重的态度去对待作家的尝试，因为没有胆量就不会有艺术。”李桦先生扩展这个意思：“不怕犯错，同时要勇于改错，不绝地尝试，也不绝地创造。”这对我们而言实在是宝贵的训言。

其余尚有熊佛西、骆宾基、苏金伞诸先生的佳作，希望读者细加研读。还有史伍先生向读者介绍《巴尔干的高尔基》，依斯德拉蒂的生平及其作品，也是值得一读的。这篇短文想在此结束，如果读者能从这里启发阅读的兴趣，而涉猎更有意义的原文，那是非常荣幸的。

（原载《时代日报》1947 年 5 月 1 日第五版）

在闹街上

我们这一组三个人在马路上进行工作。

走到一个十字路口时，正亮红灯，一辆绿色的汽车安静地在我身边停下了。前侧的玻璃是打开着的，我随手摔了一张传单进去，打横路走了。

我听见背后有吱吱的声音。不久，又听到同伴一声短促的呼叫。我来不及想就拔腿而躲，同时而来的，一只膀子被人捉住，一个声音打了过来：

“你这个是干什么的？”

我看见了。绿色汽车的前面站着一个头发和西服都很光亮的男子。他另一只手捏住那张传单，向我刚转过来的脸上拂打。

我明白了。又想：既然被抓住了，还有什么客气的。

“你是干什么的？”我也吼他，声音比他响。

“你这是干什么东西？”他瞪起眼睛，抖我的臂膀。

“你管嘛！你晓得是什么东西！”我照样吼他，并且装得很昂昂然的样子。

他迟疑了一下。这情形，由于我当时的推测，他似乎还没仔细看传单，摸不清我们是啥路子，不能怎样我，但我断定，他却不是特号里的人。

他说：“你要晓得这是危险的！”

于是他甩开我的膀子，开车走了。这一张传单就是这样出去了。

两个同伴笑得很起劲。他们说，真担心我那时会被抓上车的。

我们又回到闹市上来。

同伴们在黄包车夫、三轮车夫之间分发单子。我跑进了一家南货店。

有三个店伙是闲着的。我低声跟他们说了我要说的话。

一个店伙点点头，他们说对一切都很明白，是非常同情学生们的。他还拿出好多张传单给我看，表示他们已读过。事情在他们眼中，已非常清楚了的。

我要他把他们的意见写下来，他谦虚地摇头，说学识不够。另一个店伙却无限感慨地说：“我们穷人怎么会没有话说呢？”

他激动地说，政治不上轨道，一切无法办。做官的发财，老百姓饿死，万元大票满天飞，做生意人各个叹气……他也摇头，说还是不必说下去了。

他抖动着在纸上写下了“同情”二字，还加了许多虚点。“这样好啦，”他说，用笔指着那些虚点，“这里已包含了一切要说的话了。”

我真是非常感动得出来的。我突然感到我们的工作意义非常重大。因为我们在沟通心与心之间真情的交流，而那些心啊，都已被暴力隔离了。

街上正开过一队宪兵，靴声咔咔。

两个同伴过来。我们朝他们后面走，而背后就有喊声。我向旁边一瞥，有一个车夫正在向我们指指点点。我竟听见他说“就是他们，就是他们”。

怎么？我的心跳了，朝路旁商店就走。两个同伴也向对面走了。

但另一个车夫却追了过来。我不晓得他是怎样找到我的。他伸出手来说：“先生，给我一张。”

我满脸通红，我感到极大的羞愧。

三个人又会在一起的时候，大家以笑解嘲。

于是我们决定把方式改换一下，转向店铺里分送。

但是，第一家，我们又碰上了。

一间杂货店里围了很多人，一个光头特别突出。同伴开始玩笑似的用传单想往光头上敲下去。光头忽然举起帽子，转过来，我们大吃一惊，是警察。

同伴那只伸出的手僵住了。立刻，他大声叫起来：“来一千元钱花生米！”

那警察只顾跟他们胡扯，还打着哈哈走的。

我们便买了花生米，向另一家店铺走了。

十二日　虹口

（原载《时代日报》1947 年 6 月 17 日第三版）

想望着春天到来

我想望着春天到来。

因为我们还在冰雪的重重封锁之中。

如果说柳丝舞了，花草打扮得漂亮了，白云把蓝天揩拭得更蓝了，溪流深深地歌唱了，而证明春天已在人间，那是虚伪的。那是空幻的粉饰，是可鄙的冬天为了装点残酷的日子而虚设的。那不是春天。

如果说春天已在人间，那你可曾闻到一丝气息：是花香了吗？是海风中饱含着鱼虾跳跃的影子了吗？

你可曾把你的眼光，扫过地上每一个角落。是他们都在为了春天的来到而欢笑，抑或是悲苦？春天到来，悲哀不在我们心上停留。（他悲哀，因了他是依傍着冬天而存在的）大家笑，跳跃，高歌，春天给他们无限生命的力量，给他们幸福。如果他们在春天里有流不尽的泪水，那算是春天吗？

你也可曾看到这土地上的人都很平静？他们没有为了征讨呼天抢地？没有为了拉丁而用缝针刺瞎亲生儿子的眼睛，用镪水毁身避免当炮灰？没有一家不家破人亡，妻儿为人奴虐？

他们没有被牵着衣领，逼上战场，眼看着对阵的是亲生兄弟，也不得不在枪口下为了将军、老板而忍心放枪，杀死兄弟，以致悲痛地晕倒而死去？

如果春天赐给土地上的人们是这样的惨绝的遭遇，那也算是春天吗？

如果你坚持着说春天已在人间，并以绅士小姐们招展的春装作证，那你不怕侮辱了春天，侮辱了一切受难的，为正义的挣扎着的人们的希望吗？你不应该不明白你这种思想是多么可耻。比如说，你也能歌颂希特勒的炮口交织下的和平吗？

我们还在严寒的封锁里，这土地还没有临到春天的季候。假使你能听出远远的冰山有崩坍的细微的声音；大河裹厚冰之下大有轻柔的流动声；一块雪化成了水滴下的声音。你说是春天来了，因为土地里奔腾着热血，一切都将被洪水冲决而去。那我该多高兴、多骄傲啊，为的是我们能理解真正的春天的到来。

我多么想望着春天到来。

因为在春天里，我们总可以自由地运动，高朗地笑，任情地歌唱。一切哀号化为欢笑。受难的人，幸福落在他们头上。压迫，摧残，屠杀生命的消失。

（原载《新民晚报》 1947 年 4 月 13 日第 4 版）

为今天欢呼

那个下午，我回到学校来，天正下雨。只有一年的相别，再见时一切都改了样了。同学们在雨下起劲地修整校园，白衬衫的袖口高高卷起；除草，铺路，锄头落下去，快乐的歌声升上来，“东方红，太阳升，中国出了个毛泽东”和“我们大家来欢迎，欢迎人民解放军”这样的句子，盘旋在细雨里。布告处贴着工友的通告，号召全体工友向同学们看齐，为迅速完成复校的工作而动员。通告说，过去在国民党匪帮的压迫下，工友只是学校的走役，现在，它特别指明，“我们也是主人了！”多么坚定的口吻，再没有别的句子比这更能说明一个伟大时代的转换了。

学校里很安静，同学们大都到街上和工厂区宣传去了。大家满脸的笑，唱着歌，歌声使这和数天前同一的地方换了色彩，有如季候使冬草从冰雪下挺立起来，展露着一身滋润的绿色，生气蓬勃。这给了人一种魅力的气氛。如今，整个地方，看上去是新鲜，活泼，充满了希望。

我想起那离现在觉得是很久很久以前的事。我们在这个地方上课，在上课的时候凭着窗子看看外边活动的人群。其实窗子外边有什么好看？连绵了一大片的黑色的、黄色的屋脊，像一座座起伏的山。但是谁愿意长了耳朵听那些清客们的如簧之舌搬弄是非颠倒黑白呢？而外边广大的世界，用一种巨大的力量吸引我们，要我们破窗而出。也许，我们在凝神远眺时，已飞身在屋脊之上了。附近的那些屋脊，它们底下，大都是摆卖零碎食物，如大饼、油条、花生米或杂货一类的店铺。老板装了收音机以招徕主顾，时常，很使人意料不到的，当我们的清客正念念有词，大谈其孔子、老子、斯多葛和康德的时候，收音机突然丝弦竹管齐鸣，出现了一个自思自叹的将军，哀哀为前途的没落而诉苦，说是好比浅水龙那样的无用武之地了；或者呢，一阵钢琴梵哑林，唱一个，“郎呀郎，我的冤家”，声音中有无限求援的媚态，诸如此类。而这些和清客们的大发议论合奏起来，是何等的有声有色。清客们非仅在教坛上显其英雄之武，他们之中，竟可以在领津贴的特务刊物上大写其狗屁文章，那时候，可以卖力诋毁苏联，说什么“苏联猛烈轰炸我北塔山同胞，尸横遍野，血流成渠，如此的友邦”云云。然而比起那位声言东北被“占”等于强奸了他的亲爱的妈妈的仁兄那种奥妙的技巧来，这样的文字，亦可谓末流矣。他们之中，也可以开口是“立夫先生”，闭口是“立夫先生”，口水横飞，亲热之至矣；舆之所至，也大可痛骂“共匪”一顿，贬斥斯大林、毛泽东一番，任何种类的形容帽子，均可由他们赐戴了。可是，这种种伟大的气概，一到讲书，便全不是那么一回事，一点钟咬读讲义一页又半页，上课大响其咽唾水声。虽然如此，他们还都是高等的绝妙的烧菜司务，课堂里的空气都加了佐料，调成一股醉醺醺的味儿；课桌上满脸横肉者有之、涎水直流地伏头大睡者有之，不凡的英雄在笔记本上描绘裸体美女者有之，可云太平无事之象矣。于是钟声起，如闻赦令，未毕，清客们即点头挟皮包匆匆而去。这样，到很久很久的后来，其中两位可敬的绅士，就变成了大什么市的簪花的什么顾问了。不幸上任未到数日，大什么市即光荣解放，市长落海逃命，顾问就当不成。天下尚有可痛可恨之事者，不是这件是哪件？他们倒要问问看。

也是很久很久以前的事了，可是回想起来如在昨日。谁能忘记它呢？特务走狗可以任意打人，而且打得身体发热，还可以脱了外衣再打；特务走狗可以随便抓住一个同学，用手枪逼着他“悔过”；他们更可以率领喽啰，调动外面的人马车辆，浩浩荡荡冲杀进来。发一声喊，门窗齐碎，手枪铁尺往善良的同学的头上疯狂地落。特务头子像一只跳蚤，晃着脚跳来跳去。这是一种何等的人呀，全世界所有的憎恨投向他；一个瘦弱的女同学忍不住抓起玻璃杯摔向他，电话筒掷向他。更大的迫害遇上她了。疯狗扯住她的头发，揍她，踢她。一个同学冲了进去，当头一棍，他倒了下来。血呵，鲜红有如太阳，有如我们光辉的旗帜，那反内战反饥饿反迫害中永远在前面招展的旗帜；而假如旗帜的颜色、太阳的颜色还能加深，它们将以斗士的血超于一切红色之上，超于一切灿烂发光的物质之上。狗兽们倚仗手枪铁尺，来损毁它们认为足以吓倒的不屈的精神，而它们却做了大山之前的掘泥者，显出何等的愚蠢和盲目。斗士们的硬骨头，用于抵挡一切杀人利器的硬骨头，足以向全人类宣告：追求真理的勇敢的战斗者，一切杀人的特务走狗所欲加之的淫威，都将化成灰尘；走上战斗的道路的人们，他们必将光荣地走尽这条道路。

多少年来，他们举着旗帜曲曲弯弯地走，在虐害、监狱、冤死的阵列中走，现在，呵，一个高歌大步的日子，他们的手足，碰上了！——这将是一个怎样的日子，使那些咬紧牙关迎受苦难的严肃的战士们突然放开手足欢舞蹦跳得如孩子呵！

那一切都过去得很远很远了，像一个早年的梦。而深尝压迫之苦的人们，他们从梦中出来，将如何为逝去的灾难而兴奋，为到来的幸福生活而欢呼！

我又想起自己听渐响渐近的解放的炮声时绝难相信不在梦中的那种心境，那目前的情景更应叫人不敢信为事实了；然而，这里已永远听不到清客们的叫嚣，已斩除了妖魔走兽的现形。你唱，就唱吧；你笑，就拉开嗓子；你要赞美，就请踏上讲台来，站到麦克风前面来，让全体都听见你的由衷涌现的快乐。

这日子，为一切善的，拥护真理的，走向人民的发出无比强烈的光辉。这时候广场上正飞扬着劳动的歌声，明天的广场，将热烈地掀起战斗的欢呼，广场将成为涨潮时的大海，每一股消灭敌人的水浪都冲击向南，队伍打着红旗，战士们将继续走他们的路，大路通向广州，通向台湾，通向一切无产者兄弟受苦受难的土地！

（原载《文汇报》1949 年 7 月 16 日 第八版）

烟台小忆

一

踏进一三九次快车的车厢，听乘务员说话，已是一口山东口音。在蓝村转车，小路上看到早起的居民挑粪，用的是一对圆肚阔口的大瓦罐；候车室门口有一个心细胆大的农民在卖花生，蹲在地上，面前的布袋敞着小口，静待顾客光临，眼睛时时打量着四周的动静。列车接近烟台时，山坡上是一片苹果林，苹果含羞时的脸色是青的，它们躲藏在绿叶丛中，轻易不让你寻找出来。

住处是一座四层楼房的招待所，大门开向大海，大海守着大门。汽车沿着海湾行驶，车窗中飘进来湿润的鱼虾的鲜味。晚餐桌上有大盆的鲅鱼，有新鲜的淡菜，其中一枚淡菜还带着一片硬壳。蛋汤的碗底沉着十数尾大虾米，它们似乎为人影所惊吓，依然保留着潜藏的本性。大海是富饶的，只有在美好的年月里才显出它的殷勤和慷慨。

长街就是海堤。堤岸用三尺长两尺宽的花岗岩砌成，高出海面丈余。拍堤的海浪趁着涨潮，不时窜上岸来，坐在石凳上望海私语的情侣，猛不防被浇了一身的水。天色昏暗下来，远处的灯塔亮了，开始同城市互致问候，灯光一明一灭，传送着海上的平安。街灯也亮成了一串，它是城市的发光的语言，彻夜与灯塔交谈，报告市内的安定与繁荣。灯塔是大海的街灯，街灯是城市的灯塔，我们的心帆在它们的脚下安静地停泊了。这一晚上，还有多少航船凭着灯光的指引进出海湾呢？

二

城市从南北两侧伸出手臂，想揽腰抱住大海。它热爱大海，又遏制不住激情，变得有点鲁莽了。大海急忙闪开身子，却落下一块丝绸的披巾，披巾上绣着层层波浪。城市的两只手不愿放下，永久地期待着，四季的海风把它吹得僵硬，化成山岗。南边的山岗不知道叫什么名字，很像我十分熟悉的磨山，北边的山岗简直是珞珈山的化身。那么这海湾就是东湖了？这是怀乡之情的蛊惑，使人有这种荒唐的比拟吧。不错，这里的海湾像东湖，海水像湖水那样平静、清亮，可以见到柳叶粗细的游鱼在欢闹嬉戏。海面是辽阔的，远处有淡蓝色的影子，分不清是远航的巨轮，是永远不愿移动的礁石，还是偶然停下步伐的浮云。那里有惊涛骇浪，那里也有风和日丽。

三

旧城大都是二层楼的建筑。一家蔬菜店原是民房，深宅大院，黄瓜和茄子如同粗壮的丝瓜那样肥大，堆满在第一进院子里，任凭挑选。人民商场中央有一架盘旋曲折的楼梯，拾级而上，各类商品陈列在一个个小房间里，好像旅社里的过客。它们的确也是过客，暂时小住数天，然后会随同顾客天南海北，四散而去了。

百货大楼一层设有小酒柜，座无虚席。要一杯青岛啤酒，杯子里气泡嘶嘶直冒。下酒菜是著名的土产，一碟花生米，一碟海带丝，新鲜而又爽脆。北海饭店四楼放映电影，在渤海之滨出现了南海的风光：椰子树下人们有趣的家庭纠葛，甜菜田里青年男女纯真的爱情。十多年来麻木于荒漠上的黄沙，现在耳目为之一新，心情开朗，满堂笑声。散场时人们涌向唯一的狭小的出口，无法拔腿飞奔，大家不得不模仿影片中的招弟和五保，在电子音乐夸张的伴奏下，以慢镜头中的慢动作，飘然而出。门外已是星光灿烂，船火与街灯交相辉映。盛夏未过，海风却微有凉意。这是 1979 年的 8 月，人们已经感到秋日爽朗的舒畅了。

故园景色

这是我国古书上所说的倚庐，墓地上盖着住房。现在我们正坐在它的园子里，在主人的墓前。墓是用大理石建造的，长方形，拱顶，背后立着石碑。墓的两侧植有四株杨桃树，繁茂的枝叶间可以看见棱角分明的亮黄和鲜绿的果子。树下开着柔弱的非洲菊，红的，白的，像纸剪一样纤细。墓前分列着两口水井，水清照影，水面离井口约有一米，正有一根粗大的橡皮管从右边的井口引向园子深处。墓的右方就是那栋住房，圆顶、百叶窗，宽阔的阳台，二楼、三楼的窗子紧闭着，阳台通向内室的门也关得严严实实，唯独一楼的窗户是敞开的：这是看守人的宿处。

园子四周是用白色厚条石砌成的坚固的围墙，一人多高，墙头爬着娇艳的深红三角梅，挂着清雅的淡蓝牵牛。园角有一株相思树，纤巧细长的绿叶衬托着一朵一朵喇叭似的黄花，花在风中颤动，好像在吹奏，在呼喊，在倾诉它的相思。低处的绿叶丛中，吊着一盏一盏桂红色的小宫灯，这叫作吊灯花，真是别致极了，五只花瓣像五个杂技演员表演咬花一样，把身体匀称地向五个方面弯成弧形，头上的长发披散下来，束成宫灯的一根流苏。它们为园内增添了节庆的色彩。

园子很大，种着果木蔬菜。占地最广的是红薯，藤蔓和枝叶重重叠叠，像墙外的大海。左侧偎依着两棵龙眼树，时令已过，鲜亮的绿叶中残留着三两颗土黄色；右侧有木瓜树，树脖子上悬挂着一堆圆溜溜，靠近墓台是一排香蕉，像旗帜一样的长叶之间露出一串沉甸甸。它们的脚下是水芋，顶着斗笠，排成数路纵队。纵队尽头是瓜棚豆架，一片浓绿。

这是九月，在北方已是金黄色的收获，在这里却是绿色的成熟。这里有春日的蓬勃，夏季的繁茂，秋天的丰实。

然而这所生机勃发的院落却失去了主人：老主人已长眠于地下，少主人正远居海外。院子里悄无人语，安静极了，可以听到隔墙大海涨潮时海浪有节奏的拍岸声："哗哗哗！哗哗哗！"

这是在鼓浪屿，小岛，两平方公里，两万人，在三百万分之一的地图上，小得找不见她的身影，她却引人留恋，引人思念。

是什么引得外地游人纷至沓来呢？是碧海，黄沙？日光岩，郑成功？林中的番荔枝，菠萝蜜？路旁的鱼尾葵，假槟榔？饭店里的炒米粉，市场上的加里鱼？

是什么使得海外的游子为之魂牵梦萦呢？是她的美丽吗？你看那湛蓝的海湾，繁茂的花木，绿荫中的别墅，百叶窗后白色的琴声。

是她的安宁吗？长街上灿烂的灯火，小巷里淳厚的乡音，十字路口停着婴儿车，二十寸银屏上放映着隔岸一位张小姐主持的一百分钟杂艺。

是的。她是故土，是家园；无论漂泊在多么遥远的天涯海角，她总是心上的依托，意味着团聚。我们背后这块墓碑上记载着的就是这样的感情。

墓碑有一人多高，正面大书主人夫妇的姓名，反面刻着他们的行状。古朴的隶书，诗文间杂。开始是一首五言绝句："屿远依依在，风平两两归，红尘游子遍，白发故人稀。"接着写主人在东南亚行医三十余载，因侨居地发生动乱，"厌闻时事，思归故居"，于丁亥年即 1947 年携眷返里。当一家人抵达家乡时，兴高采烈，又作七律一首以记其喜。那个年月大陆上正是漫天烽火，却没有阻挡住他们回归的脚步，终于埋骨故土家园之中，得到永久的安息。

这座倚庐离安海路不远，我想起了那一带有不少幽静而宽大的院落，白天声息全无，夜晚与天地同黑，只有寂寞的街灯摇动着寂寞的树影。它们的主人依然寄身异域，也许以为它们已荒废、破败、不堪回首，但它们正花木葱茏，风光如昔，时时盼着重聚呢。

我们走出了这一家的墓园，在海滨又坐了很久。菽庄公园海上长廊中的游人渐渐散尽了，游泳的青年男女踏着拖鞋四散走远了，卖冰棍雪糕的铃声消失了，出租游泳衣和救生圈的小摊被车载走了，然后海风大作，只见海浪万头攒动，从暗茫茫的海天相接处汹涌而来。它们远远看到了日光岩模糊的顶峰，看到了岛上高大的榕树和凤凰木碧波上浮动着的红花，奋然猛扑过来，撞在礁石上，化成雾珠，飞入沙土中。在它们发出最后的欢呼时，我仿佛听见有苍老的声音在空旷的海滩上回旋：

去国万余里，离家数十年，
岂无游子泪，花木盼团圆。
庐墓均无恙，故园景色宜，
怀乡徒有意，何不定归期。

（原载《人民日报》1982 年 12 月 10 日）

古　堡

一

我们的住处是斯莫列尼采古堡，在布拉迪斯拉发东北约五十公里外的一座小山上，地处古代“琥珀之路”支线的要冲。所谓“琥珀之路”是指波罗的海通向地中海的大道，自古以来北欧和希腊的商人经由这条路运送琥珀和锡，中世纪的匈牙利和波希米亚两个王国也利用它进行贸易和战争。古堡历经战乱，它因战争而诞生，也因战争而毁灭。十九世纪初曾在拿破仑的炮火中化为一片废墟。后来重建，但无时不在引发人们对于战争、对于进攻和防御的联想。当汽车向它开进的时候，我似乎越来越清晰地听到它上空的枪炮声了。

我被安顿在古堡大门左侧的一间房子里，外墙内墙都十分坚厚；窗台离地面约两人高，窗子窄而长，为射手构成了可靠的掩护，端着枪向外射击，轻易不会被敌方的子弹打中。我的房顶上一步一个雉堞，门外的走廊直通紧邻的一座高大的望楼；它有黑色的伞盖一般的屋顶，臃肿的身躯全是沉重的花岗石，刀枪不入。我的房后是古堡的主建筑，正中的多棱堡的哥特式尖顶高耸入云，四面密布射击孔，可以给我提供强大的火力保护，真是一夫登楼，万夫莫近，住在这里是十分安全的，大可以高枕无忧矣。可惜内无伏兵，外无来犯之敌，日日平安，夜夜无事，这不免使我想到，这么坚固的堡垒也只能顺应潮流而发挥作用，一旦激起众怒，落入人民汪洋大海般的包围之中，也挽救不了它的主子败亡的命运。从它最初的建造者、十五世纪匈牙利的一位名叫西吉蒙斯的皇帝至今，已数易其主，都没有成就万世的基业，人事沧桑，现在则拨归斯洛伐克科学院使用，当作招待所了。

我们聚集在这里开会，六十多人分属十一个国家和地区，讨论半个多世纪以前中国的一次运动与文学。斯洛伐克科学院主持的国际学术会议大都在这里举行，不知从前住过中国人没有，现在一下子来了六个，可说是盛况了吧。

我的窗外是一片树林，时交三月，春天却姗姗来迟，处处还可见到冬日的萧索。堡内春意盎然，暖气烧得似乎连到院子里散步都不用披上外套了。迷宫似的房间，出了房门寻不到回去的路。走廊覆盖着曲线纵横重叠的威尼斯式拱顶，色彩斑斓的地毯沿着大理石的楼梯曲折地向上伸展而去。有一架赤裸的螺旋形的石梯从地窖一直攀升到楼顶，可能是一条秘密通道，也可能是一条捷径。我们都很有兴趣地从这架石梯上下，但当一位女士在下楼时不慎滑倒后，穿高跟鞋的学者就很少来冒险了。二楼有一个小客厅被叫作“红厅”，里面的陈设和壁饰全呈深红色，同样也另有一个“蓝厅”，我们在蓝厅正面靠墙的茶几前照了一张相片，据说我们所面对的客厅的尽头那一套重门深扃的房间，曾经是赫鲁晓夫的下榻之处。照片扩印出来一看，忽然发现我们三人穿的衣服不约而同全是深蓝，可谓巧极。

第二天晚上，东道主举行酒会来迎宾接风，在例行的致辞之后，歌声即起。我们六位不慌不忙地各自受用一盆冷荤，一道热菜，一杯咖啡，外加一小块蛋糕。没有人呼喊我们表演节目，外国朋友们大概觉得我们的嗓子在会场上发出干巴巴的噪音念讲稿才比较合适，但我们的喉咙又不甘寂寞，只好折磨面前的饮料了，于是静静地频频举杯，大喝当地的名产弗兰科夫卡红葡萄酒和斯卡丁卡矿泉水，怡然自得。

我原以为在这种场合最积极的因素应该是青年人，与会的有两所大学攻读汉语的男女学生，人数不少，但出乎意料的是年近花甲的斯洛伐克汉学家、这次讨论会的组织者高利克博士，却异乎寻常地活跃。他引吭高歌，一曲接连一曲；后来他索性站了起来。他的歌声打动了正在收拾餐具的女服务员们。她们一律穿短袖白衬衣，外套酱红色有背带的裙子，其中有一位手托一盘饮料，向他走了过来，一路歌声不断。后来我才知道高利克唱的是斯洛伐克一支男女对唱的民歌，他唱完了男声，歌词的大意是这样的：

青翠的柏树，
长得同我一般高；
心爱的姑娘，
你的双脚多灵巧；
从我的身上跳过去吧，
我愿向你弯下腰。

女服务员接着唱她的女声：

不，我不从你身上跳，
我喜欢的是舞蹈；
可是，你呀，我的朋友，
我得把你全忘掉！

这位风姿绰约的姑娘白天里替我们端汤上菜，推车子卖饮料，是温和的，娴静的，这时则十分兴奋，红润的脸孔显得更加红润了。她和高利克并排站在主宾席后面，开始合唱，他们身前坐着的几位高龄的贵宾和主人，也手舞足蹈地应和着他们的歌声。

后来高利克伸手招呼坐在餐厅另一头的七八名夸美纽斯大学的学生，

大多数是女孩子，她们一窝蜂似的拥到主宾席上来，叽叽喳喳地商量了一阵，便齐声唱道：

快到星期六，一点不动心，
我没法寻找心爱的人。
我去找他也无益，
去见他更无能为力……

和声在餐厅里回荡，白发苍苍的赫尔德利奇卡夫妇也离开座位，兴冲冲地参加到青年人的合唱中来，白发红颜在烛光下都是满脸笑容。

这一晚我们还欣赏了意大利、奥地利、美国、苏联的学者的独唱和合唱，歌声一直伴随着我们入睡。这里有没有一次会议开得像我们这样热闹呢？我不敢武断地说没有。

二

上下午会议各有一次休息，并向每人供应一小杯热咖啡。咖啡来自土耳其，浓得化不开，一小杯几乎有大半杯褐色的沉淀物，用专用小勺子舀那沉淀物放进嘴里大嚼，津津有味。我最初冒冒失失地喝了一口，其味极苦；试着也嚼一匙，其味同样极苦，一连投进两份方糖才略觉有点甜意。后来餐厅增加一种中国绿茶，任凭选择，但绿茶清淡，多数人仍喜欢去嚼那极苦的咖啡。

在蓝厅，在会场外的走廊上，休息时常可以看见一对青年男女相向而坐，低声商谈，或执笔沉思，状颇紧张。接触的次数一多，我知道他们来自布拉格，分别在两所大学讲授中国历史和文学，现在正合作翻译中国的一部侠义小说。女教师说得一口流利的普通话，咬字吐音比我更像中国人。她有一个中国名字，但我宁愿称呼她的捷克本名，她问我值不值得翻译侠义小说，原来他们也有一种类似于我们曾经有过的困惑：为什么不翻译鲁迅茅盾巴金？歌颂清官侠客忠君保国的作品能代表中国文学的正宗吗？我反问她翻译的意图，她说是应一家出版社之约；出版社希望他们早日完工，以便早日与读者相见。我深知在中国出版一册外国文学作品的译本之不易，他们的情况虽然有所不同，但读者兴趣和市场需求的制约仍然是无法摆脱的，他们能有这样的机会，发挥专长介绍中国文学，也极为难得，何况这种小说在中国文学史上并非没有它的一席之地。我祝他们成功，并表示愿尽力相助，但这只是一句空话而已。倒是他们身在胜境之中却宁愿把空余的时间消磨在纸笔上，使我肃然起敬。

有一回休息，她告诉我通往尖顶的几层楼门通通打开了。我不记得爬了多少道楼梯转了多少次弯，才登上主楼的平台。这一天太阳极好，四面深绿和淡绿的树林，树木丛中散布着红顶的村镇，以及远处绵延起伏的丘陵和山峦，在阳光下显得十分明净、宁静而温暖。风大，高处不胜寒，可是大家似乎都忘记了穿在身上的是两件单衫。她也在眺望自己祖国的大地，多么美丽的国土啊，是它才把她从纸笔上吸引了过来。登楼远眺，使人兴起无穷感慨。

讨论会轮到我们三个中国人宣读论文，我们被安排在一个分组会上。来捧场的朋友之中，我见到了她，为了不使我受到冷落，她也跟着别的朋友向我提问题并要求回答。讨论一时间显得颇为热闹，在广泛而散漫的回答中，还为一个论点发生了争辩，从会场直到走廊，彬彬有礼地无果而散。

后来我们有了一次比较深入的交谈，那是在他们的文化部为会议举行的冷餐会上。当我捏起大匙子伸向红烛和红花交相辉映下的大菜盘取食时，遇见了她的笑脸。于是我们站在一起，在人声嘈杂中一边进餐，一边聊天。她和我交换对中国文学现状的看法，我向她请教捷克作家故居纪念馆的情形。她听我能说出不止一个捷克作家的名字，颇为惊奇，对我似乎更为亲切了一些。她吐露她现在唯一的愿望是到北京去。她喜欢中国文学，喜欢中国，仿佛有一股激情推动着她去踏上中国的土地，使她无法遏制和抗拒，但又不能成行。不是外汇拮据，不是学校为难，也不是政府限制，更不是中国人不欢迎。那为什么？噢，家里有两个很小的孩子让她不得脱身。那么要得到“解放”起码得过五六年了。她流利的普通话中露出了沮丧和无奈。我又一次接触到一位外国朋友对中国的珍贵的情谊，这使我深为感动。

冷餐会是平静的，或者说是忧郁的，烛光荧荧，人影幢幢，充满了惜别之情。几天的相聚，明日便将分手，各自东西了。把大家召集在一起的是对于中国的友情，这种友情的源泉是中国的文学，文学结交了朋友，赢得了人民；而枪炮只会招来仇恨，斯洛伐克的民歌至今仍牢记着奥斯曼土耳其人十六至十七世纪的占领。仇恨和友谊一样也会开花结果，也将长存。

归程的车子终于开出了古堡的大门。我急忙回头，我的窗子闪动它那狭长的眼睛向我告别；挑花的帘掀起了一角，我的另一半灵魂在向我挥手。车子驶上了公路，一车人都回过头来，古堡的红瓦白墙和绿色的哥特式尖顶，在早晨的阳光下高耸在一群橡树、桦树、枫树、菩提树的簇拥之中，逐渐缩小，如一幅珠玉的壁挂，如一座玲珑的牙雕，最后凝结成一小方块，跳进了我的相册里。

到了下克鲁帕小镇，车子在一所大宅院里停下，这里原来是奥地利贵族布龙斯维克的别墅，贝多芬曾在他的一所楼房里小住，写出了著名的《月光奏鸣曲》，因而这里成了斯洛伐克的文化圣地。

汽车在小喀尔巴阡平原上行驶，田野辽阔，屋舍整洁。树林，林中公墓上的十字架；山坡，坡上冷落的葡萄园；街道，街角转弯处的石柱和受难的耶稣；田野，广阔而富饶的田野啊……

远处有钟声缓缓地传了过来。

几个月后，我在北京先后遇见了曾在古堡相聚的朋友，人数之多足可以开一次分组讨论会，但布拉格那位渴望来中国的女教师却杳无音讯。

（原载天津《散文》月刊，1990 年 5 月）

维也纳春色

公园

市政厅前面有一块空地，树木苍翠，喷泉的水柱像一棵飘动着的高大垂柳，水珠四溅，地上大片渍水。周围的座椅上空无一人，只听得水声哗哗地响。

这里被称作“城市公园”，但一点也没有灯红酒绿的喧嚣。它是繁华地带的一个幽静的去处。而名人大概是喜欢幽静的，都纷纷在这里占位置竖立雕像。从马路上就可以看见草地的尽头并肩站着两个人，那是约瑟夫·兰纳和约翰·施特劳斯。这位约翰是写《蓝色多瑙河》的那个约翰的父亲，也是圆舞曲的父亲，他一生写的圆舞曲有一百多首，代表了一个发展的阶段，为他的儿子的成功开辟了道路，尽管一开始他反对儿子学习音乐。兰纳先生也是多产的作曲家，曾自组乐队，长期与施特劳斯合作，奠定了维也纳圆舞曲的基础。他们留给后人的印象俨然是一对亲密的伙伴。维也纳的圆舞曲风靡全世界，他们站在市中心的公园里是适得其所。

公园里最引人注目的当然是约翰先生的儿子小约翰的塑像了。父子同名，难以区别，不得不借重他的作品——《蓝色多瑙河》。他仿佛站在舞台中央演奏，一手托琴，一手拉弓；左腿跨出半步，脑袋微微前倾。背后是一座拱门，门上如葡萄藤般盘旋缠绕着许多裸体的男女，拥抱，接吻，耳语，静听，好像是他作品中的人物，或者是他的热心的听众。仙乐飘飘处处闻，无怪乎人们称维也纳是音乐之城，原来小约翰先生在日夜演奏呢。

我无意中在喷泉边的树荫中遇见一个老头，孤零零的，低着脑袋，似乎无颜见中国人。胸前挂着牌子，写着名字：恩斯特·马赫。

嘿，久闻大名。二十世纪六十年代至二十世纪七十年代初，数以百万计的中国人熟读了对他的批判。“一架发了疯的、以为世界上只有自己才存在的钢琴。”犀利，深刻，被批得淋漓尽致，体无完肤，却原来静悄悄地站在这里。我忽然有一种复杂的感觉。作为哲学家，他为人们增添了认识的迷误，他是失败的；作为物理学家，他的成就为人们拓宽了创造的可能性。他的故乡的人民以他们的大度和宽容对他表示了适当的尊敬。他毕竟只是个科学家，虽然是唯心主义。然而在现在的世界上，“发了疯的钢琴”并没有销声匿迹，它的噪音变本加厉地在震动人们的鼓膜。自愧不如，这位老先生只得隐身在树荫里了。

大街

公园前面是宽阔的环城大街。一百多年前，它背负着的是中世纪建造的城墙。1857 年，弗兰茨·约瑟夫皇帝，即茜茜公主的丈夫，下令予以拆除，现在这条大街上是各种风格和样式的建筑物。公园西邻是维也纳大学，它的楼房与隔街相对的民居别无二致，空落落的，没有围墙，不像莫斯科大学那样重重设防，如同一座坚固的城堡。人们常把广播或电视大学以及大百科全书比作“没有围墙的大学”，以为凡是大学必有围墙，其实这是一种误解。我所见到的布拉格的查理大学、布拉迪斯拉发的夸美纽斯大学、柏林的洪堡大学，都没有围墙。而对于这种不设防和无戒备，很难令人理解。也许他们自恃其理论和思想的力量足以击败异端，或者深信所教育和培养的人才都是坚定的卫道者和辩护士因而无须心惊胆战？然而他们忽略了，即使是战无不胜的真理也是需要围墙保卫的，若发生巨变，当悔之莫及矣。

大街上满眼是现代最新款式和最佳功能的汽车，其豪华和超豪华的程度与长安街相比并不逊色。但它们行进的速度却快得多得多，在市区内行驶的时速不得低于五十公里，否则要受到干涉和催促。大街上真是车如流水。

忽听得蹄声嘚嘚，一辆鞍辔鲜明、宽敞舒适的马车在逐渐暗淡的暮色中慢悠悠地走了过去。马不如龙了，它们的时代已经逝去，现在仅仅作为游览市容的一种古典的工具而存在了。毫无疑问它们有辉煌的过去，有独霸的局面，然而岁月的推移是无情而又不可抗拒的，在这里同样用得着一句名言：俱往矣。

一辆公共汽车按照站牌上张贴的行车时刻表正点到达。车门旁边有按钮，用它向司机报信，他开门让乘客上了车。车内没有售票员，如果身无分文，也可以大模大样地乘车，没有人觉察，不过得提防着进行突然袭击的查票员。果然上来一个，他身穿便衣，当众把证件一亮，便伸手要每个人的车票看。犹如芦苇中惊起一群水鸭，秧田上吓飞几只麻雀，座位上立刻惊慌地站出来三两位肤黄发黑颧高目深而身材娇小的少女，一望而知来自何处。她们急欲夺门而走，无奈车子已经开动，只得束手就擒。到了下一站，查票员把她们带下车，这时却冒出一个同样肤色的男子，主动承担罚款。他们的暧昧使我如有所悟，但车子重新开动，他们立即在街灯下消失了。

小店

我的朋友曲先生称咖啡店是维也纳的一绝。要一壶咖啡可以坐上一天。明窗净几，高情远致，最宜读书看报；店内备有多种报纸杂志，丰富如阅览室。待到胜友云集，高朋满座，则可海阔天空，纵论古今中外；墙上不见“莫谈国事”的招贴，座中也无鬼鬼祟祟的警探专伺人开口拿办。但是二十世纪初，一位奥地利诗人在咖啡店内朗诵反军国主义的作品而遭到拘捕，这在咖啡店的历史上是不可抹杀的一笔。诗人的盛名至今犹存，而军国主义早已垮台，专制统治似乎注定是短命的。

这位诗人名叫弗朗茨·维尔夫，1890年生于布拉格，1945年死于美国，在维也纳生活的时间并不长，但留下的影响是值得追念的。他是表现主义的代表，后来的作品中却表现出了反抗法西斯和社会批判的倾向。据说他经常出入一家叫作“庭院”的咖啡店，呼朋引类，享有盛誉的作家如赫·布罗赫、约·罗特、罗·穆齐尔之辈也频频来聚，这里无形中成了他们的据点。另有一家号称“中心咖啡馆”的，则是另一批作家出没之地，其中有卡尔·科劳斯、彼得·阿尔滕贝格，这里名副其实地成为一个中心。而著名的作家霍夫曼斯塔尔，却独来独往于“格林斯泰德”咖啡店。咖啡店与文学结成了一种亲密的关系。时至今日，“庭院”“中心”等等不知依然无恙否？我是维也纳的过客，没有余暇去寻觅它们的踪迹了。时光流逝数十年，咖啡店仍是文人高士雅集之地。我没有细问曲先生所称一绝的含义，但店老板把盈利场所当成文化事业来办，真是不可思议啊。

小酒店也别有情趣，不同格局和不同气派均可遇见，但没有听说哪一家酒店因有诗人常来光顾而闻名。喝酒是不择季节的，而这里的习惯是喜欢在夏天喝当季新酿的葡萄酒，贪图新鲜；卖酒的店老板也竞相以“今年酒店”的名号广招顾客，在葡萄产地尤其如此。这些酒店外墙涂成黄色，窗台摆着红花，门前挑出幌子，招牌上写着“今年好酒”“农家新酒”“一醉方休”等引人馋涎欲滴的花体字。入门落座，端上桌来就是半斤一杯，一仰脖子，顷刻而尽。

我们曾去漫游郊外的“葡萄之路”。高速公路两旁是一望无际的葡萄园，葡萄已谢，只余林立的残藤，景色如同夏日行走在烟台至蓬莱道上。这里是维也纳之南，沿途的农村酒店又是另一种格局和气派。它们大都是深宅大院，在暮色苍茫中，只见户户院门虚掩，门上亮着孤灯一盏。我们因忙于赶路，虽欲停车而入，又恐醉卧农家而归不得。

1990年于北京

2003 雅典

我们搭乘新加坡航空公司的班机前往雅典，路上多花了几乎一倍的时间。如从北京直飞而去，至多十个小时就够了，可是取道星洲，绕了个大弯，这一小段飞行和等候的时间加起来也有十个小时之多，何况抵达雅典时是当地上午，乘客整整一昼夜不得休息，看人看物如在雾中。

雅典的埃利尼克翁国际机场，与弹丸之地的新加坡樟宜机场相比，简直是小巫见大巫。机场的建筑只有两三排房子，不仅矮小，而且简陋、陈旧。几年前有个旅游者曾经对它做过这样的描述：小小的入境厅开了七八个通关的出口，其中为欧洲人专用的有五个，对于来自其他国家的旅客，一般只开放两个或者一个，所以难免要排队等候过关；好在速度不算太慢，海关人员也很少会刁难旅客，云云。

这段文字现在变成了现实，我们亲历其境，发现其情况依然如故。站在非欧洲人的长长的队伍中等待盖印过关时，我四下顾盼，不禁想起了要命的第二十八届奥运会。十一个月后即2004年的今天，雅典将以主办城市的面貌出现，作为国家门面的国际机场，为什么不向我们东方的古国学习，花大笔财力整治并装扮一下，以利观瞻，以便五大洲的来宾更好地“了解”希腊呢？

更加奇怪的是机场上没有一条标语为近在旦夕的奥运会做呼吁，也不见一张有关的张贴画进行宣传，仿佛一切还很遥远。不过后来我们在市内又随处见到这种情形，习惯以后，似有所悟。国情不同，官员的作风也各异，下机伊始，睡眠不足，头脑不清醒，千万不可信口开河。

交通车在机场门外的广场上等着我们。从机场到市中心（宪法广场）大约有十五公里，一路上所见几乎都是矮小陈旧的房屋。但是，据说老百姓的生活并不差，每户都有小车，甚至不止一辆。雅典是古老的城市，街道狭窄，当局为了解决堵车问题，曾经采取择日行车的办法，即车牌号码为单数的于单日行驶，双数的于双日行驶。市民的对策是买两辆小车，领两个车牌，每天都可以开车上街，难不倒他们，因此街道照堵不误。

又据说雅典人比较保守，依靠祖宗的辉煌吃饭，已成思维定式，大拆房屋的气魄和豪举似不多见，而且官员们拆老百姓房子的胆量也不如人。外国人千里迢迢来到雅典，是想看什么？雅典闻名世界的是它的古老，最大的古物是地面上的建筑，消灭了自己的古老，拿什么东西给人看？人家还会花冤枉钱走一趟吗？这种消灭岂非自绝生路？

我们投宿的宾馆号称四星级，坐落在市中心的起义广场，奥德赛路一号。奥德赛又翻译为奥德修斯，是荷马史诗《奥德修纪》中的主人公，我们已经开始感受到雅典的古老的影响了。这座四星级的带有文学气味的宾馆事先已经知道我们进店的时间，而当我们从车上卸下行李准备入住时，房间却没有清理出来，而宾馆的大堂只有十几米的空间，摆两条长沙发已别无容人的余地。对这样的四星级应当习惯，无奈之中，我们只好放下行李，先上街观光，瞻仰雅典的“三大建筑”，即帕涅庇斯蒂米欧大街上的国家图书馆、雅典科学院和雅典大学。为此还得坐地铁，又必须找银行兑换欧元换零钱。我只觉得昏昏沉沉，胸口隐隐作痛。告诫自己务必要挺住。

这一带的楼房高约十多层，线条庄重，花纹浓艳，令人肃然起敬。经过无名战士纪念碑，身穿传统军服的卫兵如同石像分立在两旁，引起我们这批远方来客的兴趣，于是纷纷上前与面无表情的他们并肩合影；嘻嘻哈哈的笑语声最后惊动了一位带班的军官，他出来干涉，游客才陆续散去。

在公共汽车站的售货摊，在街头的小铺子，我们的有心人终于发现有第二十八届奥运会的纪念品出售，玻璃杯、遮阳帽、钥匙串等等，都带着会徽。会徽的图案是一方蓝天上的一根盘曲呈弓形的橄榄树枝，用白线素描，下方是“2004 雅典”的字样和五环的标记。橄榄树是雅典的特产，橄榄树象征和平，它的意义人尽皆知，不必细说了。接着我们又发现大街上有奥运会纪念品的专卖店，各家超级市场也设有专门的货架，商品的种类更加繁多，街头的小摊就不可同日而语了。这当然是雅典筹备奥运会的一项实际活动，早已在进行，并且已深入各地，只不过没有为我们大肆张扬罢了。

回到旅馆，提出行李，各自进房休息，然后是一顿丰盛而可口的希腊式自助早餐。晚饭是在一家台湾人开的中餐馆吃的，杯盘狼藉，仿佛置身在北京的一条宽敞的胡同里。饭后听说当地有一些著名的景点，如考古博物馆，因整理内部，暂不开放了；又如雅典最大的体育场，不能去参观了，1896 年第一届奥林匹克运动会就是在那里举行的，现在正闭门修缮，以迎接明年的奥运会。还有一些古迹虽然开放，却搭了脚手架在整修，难识庐山真面目。我们这一趟远游刚好碰上雅典主办第二十八届奥运会前夕，预先没有想到会有这类事情发生，不免觉得有些惆怅。难道还能有机会重来雅典弥补缺憾吗？

第二天我们去游览爱琴海上的三个小岛：爱琴纳，波罗斯，伊德拉。游轮于上午九时起航，下午五时返回，八时抵埠，船上免费供应一顿午餐。我刚一踏上甲板，大出意料，分立左右的两名船员立即把我紧紧挟住，抬头一看，只见白光一闪，早已等候在侧的镜头马上按下了快门，凡登船者不论男女老幼都难逃此劫。片刻之后，大厅门口就挂出了所有乘客的登船玉照，一律是特写镜头，背景是异国的码头，左右是身穿异族服装的男女（当时误认为船员），而尊驾在被挟持中的表情特别自然，风景特别可爱，使你流连不忍离去。——想要得到一张吗？请付五欧元，亦即四十五元人民币是也。

既已落入彀中，只好随人摆布，身在欧洲，就不要去计算人民币了。于是中土的英雄们纷纷掏出五欧元，赎回了一张未经本人同意而被强行制作并出卖的自己的肖像。

游轮上有小卖部，除了项链、手表、皮鞋等等之外，兼卖奥运会的纪念品；岛上的小店也都在推销，不过购者寥寥。我们在爱琴纳岛小镇的滨海漫步，渔民的小艇收拾得像城市居民的小汽车一样干净、漂亮。海水像天空一样蓝而纯净、透明，吃水线下的船体清晰可见。水上没有漂浮物，地上没有垃圾。小巷里的人家门户紧闭，院子里的花木却探出头来，泄露了一庭秋色。

伊德拉岛是一个非常美丽的小岛，从码头向东一直走，大约一百米，你顺着小街转身向南，“哇！”一片五彩缤纷的房屋出乎意料地像电影一样出现在眼前；当你还没有来得及看清楚，又听得“哇——”的一声惊呼，你回过头来，背后的山坡上又是一片更加密集、范围更加广阔的五彩缤纷的房屋，真应了四个字，叫作目不暇接。它们是错落不齐的，大小不一的，横竖不等的，姿态不同的，色彩浓淡不匀的，但显然是经过精心设计的。它们像长卷水彩画，像无数积木堆的小巧玲珑的七彩玩具在流动。街上耸立着钟楼，港湾里悠闲地摇动着小艇，几米之外茫茫的大海上飘着云影。潮水般的游客涌进街来，却没有一点声息。“当！当！……”钟声响了，又轻轻地在波浪中消散了。小岛的面积将近五十平方公里，居民约两千五百人，没有见到警察，偶有几名上岸闲逛的一身雪白的海军官兵。据说这里是雅典艺术家和作家的聚居地；又据说那位已经香消玉殒的英国王妃戴安娜，生前特别喜欢这个可以捏在手里、摆在案头的美丽、和平而安宁的岛屿。

第三天上午参观卫城。阿克罗波利斯山上耸立着雄伟的帕特农神殿，一踏上历经千年风雨的光滑的大理石台阶，神殿庞大的躯体立即像大山一样向你压下来，你觉得呼吸困难，脚步不稳；你觉得地动天摇，转眼间将被压成齑粉，因而闭目待毙。然而没有任何动静，你命不该绝，还可以继续向上攀登；等到你不歇气地一步一步走上山来，你才看见帕特农神殿像山上的山，庞然大物，虎踞龙盘，是不可能移动一分一寸的。它的后半部分正捆着脚手架，它也失去了行动的自由。但是它的气势磅礴，威震千里，不可约束，不能限制。当你仔细端详着它时，你会忘记它是大理石所雕琢，所装配，却好像是天生的血肉之躯，生命至今犹存，仿佛随时都会发出惊天动地的怒吼，使三军辟易；如果没有脚手架的羁绊，还它一个自由之身，它也许会腾云驾雾，扫荡一切，冲天而去。

这是一种历史悠久的“废墟文化”的展示。在我们国家也存在（如长城，就总体而言），但在希腊、罗马更显得突出。雅典有古城遗址，卫城即是其中的一部分，此外散落在各地的残存的古迹为数不少。罗马市中心有大片废墟，占地面积相当广阔，地上残存的建筑物种类丰富；而庞贝和赫格兰尼姆两座埋在火山灰下千余年而重见天日的城市，则举世闻名，无人不知。它们或毁于天灾，或遭难于战祸，或大部分受损，或几乎一无所剩，但都是人类文化的宝贵财富。它们仍然蕴藏着震撼人心的力量，人们仍然会为它们而赞叹前人的创造力之伟大而富有成果。

帕特农神殿的右侧，大路下面，是伊瑞克提翁神殿，连同它左后方的名满天下的少女列柱，都捆着脚手架在修缮。卫城脚下奥林匹亚宙斯神殿旁边的两根石柱，修理工作也在进行。据说这些工程早在几个月之前，不，几年之前，即已开始。在外人看来，雅典的速度让人着急，但他们本身似乎并不着急。他们的奥运会主要场馆和“奥运村”建在市区南部海边，能否如期投入使用，雅典的权威方面曾专门发表声明予以肯定，以消除外人的疑惑不安的情绪。他们平和的心态与镇定自若、不急不躁的作风，可能与特定的国情有关。须知奥运会起源于希腊，公元前 776 年就开始举行，以后每隔几年一次，一直延续了三百多年，它在雅典人心目中如同咬面包喝咖啡，轻车熟路，似可不必替他们担忧。

除了古迹的修缮之外，闹市街头也有一些大楼蒙着“面纱”在修补粉刷。在汽车、电车的轮胎和路面的摩擦声中，可以听到叮叮当当的敲打，可惜我们已无缘亲见它们焕然一新的雄姿了。

在奥德赛路上住了两天，我们即匆匆离开雅典，驱车前往西部港口帕特雷，登上横渡爱奥尼亚海的快艇，与希腊告别了。

（原载广东《潮声》双月刊，2004年第5期）

烛光荧荧

暮霭沉沉，万家灯火。当最后一批迟归的中学生，大都是扎羊角辫、穿花棉袄的女孩子，三五成群，叽叽喳喳地离开校门的时候，早来的夜大学的学生，不少是包着头巾、裹着大衣的姑娘，还有光脑袋、穿紧身滑雪服的小伙子，靴声橐橐，开始陆续进入同一座校门。这里白天是中学，晚间是大学。它避开灯火辉煌的街市，藏在幽暗的胡同深处。今晚我匆匆来到时，不巧遇到电路发生故障，门内不见半点亮光。我迟疑着，犹豫着，在门口徘徊，而人影不断从我的左右擦身而过，连同自行车的铃声。我不禁想起了一句古谚语："桃李不言，下自成蹊。"院子里种着树木，也许有桃李吧，黑暗中无从分辨，不过我面前分明是一座教室大楼；楼前砌着圆形的喷水池，楼角树影下安着双杠和单杠。现在它们都静悄悄地消融在夜色之中了，只给晚来者留下白日的回忆。那边，朦胧中，是谁在双杠上摆动呢？这么晚，这么黑，这么冷的天！这是在重温对失去的学生时代的思念吗？

刹那间，二楼一扇窗户迸发出一点微弱的红光，红光在跳跃着流散，三面窗子，六面窗子，然后是全楼上下三排窗子，全都闪动着淡淡的摇晃不定然而连成一片的烛光。在院子里徘徊的人登楼了，在走廊上抽烟的人散开了，教室的门关上了，教师的声音响起来了。

已经消逝的学生生活迟迟地重新降临了，他们又熟悉，又陌生；感到惶惑，更多的却是兴奋。记忆犹新的教室，他们坐着觉得桌椅分外的狭窄，黑板分外的广阔，真的如同一面海洋……

有人轻轻地推开教室的门。啊！迟到！向教师微微鞠躬，吸引了满屋子的目光，目光中是同情和赞许。他正在一个全国性的会议上充当工作人员，这几天晚间都不能来听课，除非逢上会议安排观看文艺演出。他想匆匆截住将从身旁流失的课程，像从洪水中抢救漂散的生命，横穿整座城市，从东城的会议驻地赶至西城的教室大楼，依然迟到了。舞台上的演员或歌唱家不是第一流的吗？这讲坛上的教师呢？在勤奋的学生的心目中，是另有一种判断标准的。

教室后排还空着一个位置。啊！缺席！她出差去了外地，这时也许正枯坐在一个寂寞的招待所里。怀念北京夜晚一条幽暗的胡同里这间教室吗？想起旁边位置上相伴一年而仍然陌生的女同学，心里也许镇定一些。是的。她正加倍细心地记下教师的讲授，她感到需要充实的不只是她一个人。

电灯没有亮，但夜晚是美好的。这是北京十二月少有的暖冬，天气预报说最低气温是摄氏零下八度，北风却以宽厚的心地温和地让他们上学。有的出了车间，让热恋中的女伴独自走回家的路；有的从自己的小教室来到这里的大教室，提包里同时装着学生新交的作业本和自己即将交给老师的作业本。街道上有多少人涌向电影院，涌向食品店和餐馆！他们却坐进教室，把爱情、娱乐、家庭生活都关在门外，在这美好的夜晚的三小时之内。他们过去失去的、被夺走的太多，现在和未来向他们索取的可能更多……

没有铃声，下了课。荧光灯管里咯噔一声，一个暗红色跳动了一下，突然日光灯全都亮了，楼内楼外大放光明。教室的门纷纷打开，伫候在门外的畏光的爱情羞怯地不肯入内。在喷水池边倚车而立的一些小伙子，各自迎住了包着头巾、裹着大衣的姑娘，成对儿地分散走了。自行车的一串铃声，清亮地敲着水泥路面的靴声，渐渐远去，夜的天空和夜的街道是多么幽静、明亮、宽阔。而日光灯照耀得如同白昼的一间教室里仍然烛光荧荧，有师生二人还站在黑板前絮絮而谈，忘了吹灭烛火，也忘了都应该归家了。

评唐诗三首

最近有几位唐代的大诗人受到了批评，他们千年前写的诗，被认为违背了公认的格律；与此同时，他们又荣获赞扬，由于他们写的诗不合格律，所以推动了诗歌的发展，云云。这真是成也萧何，败也萧何，耐人寻味。这几位挨批评的大诗人及其作品，有李白的《静夜思》，王维的《渭城曲》，崔颢的《黄鹤楼》，以及杜甫的《月夜》，等等，都是我们所熟悉的，同时也是我们感兴趣的，因而不由得也想来探讨一下，这就难免惊动本已超然物外、与世无争的诗人，很对不起，打扰了！

首当其冲的是李白，他的《静夜思》又一次被点名，据说不仅失粘，而且失对，不仅有重字，而且有“同字相对”。原诗是这样的，请看：

床前明月光，疑是地上霜。举头望明月，低头思故乡。

不过首先应当明确一个属性或者身份问题：李白这四句是什么诗？咱们的旧体诗是相当复杂的，有近体，有古体，还有乐府，它属于哪一类？适用于哪一种格律？查了一下资料，各种说法都有：《唐诗三百首》（蘅塘退士编）和《唐诗别裁集》（沈德潜编）把它归入近体的五言绝句，《李太白全集》（王琦注）则认定它是乐府，宋代的《乐府诗集》（郭茂倩编）又称它为新乐府，今人王力的《汉语诗律学》持同样的观点，说它是全篇古体的五言绝句。众说纷纭，它究竟是什么？应该听谁的意见？

归根结底应该听它自己的意见。这首诗从它的平仄格式看，全是拗句，没有律句；没有正规的对仗，却搞了一个“举头”“低头”的“同字相对”，暴露了它的实质。因为这种“同字相对”，据学者说是古体诗特有的“派头”。因此，遵照“非律即古”的观点，李白此诗是乐府或古体，把它看作近体的五言绝句，处处破格，道理就说不通了。

既然是乐府，就应还它以乐府的身份，凡是批评律诗时所使用的种种概念，请不要再拿来套在它的头上了。例如失对、失粘等，似应散发给写律绝的人备用为妥，不属于它的待遇，它是消受不起的，它应该与律诗划清界限。

其实失对、失粘，据学者研究，在盛唐以前一直被人忽视，诗人并不讲究此道，它们根本算不上什么格律法则。当今诗坛一方面提倡所谓“新古体”，以减轻诗人的压力，另一方面又借重失对、失粘，以增加诗人的负担，这似乎有点自相矛盾。至于重字，只是一种写诗技巧，并非格律，诗人们好像不大重视。

总而言之，李白的《静夜思》是不是“破格”的作品，要看是什么格。它另有属于它自己的古体的格，近体诗的格对它是并不适用的。

其次是王维，他有一首诗叫作《送元二使安西》，同样遇到了麻烦，先抄录它常见的文字如下：

> 渭城朝雨浥轻尘，客舍青青柳色新。劝君更尽一杯酒，西出阳关无故人。

《唐诗别裁集》认为此诗是七言绝句，但没有任何说明。《唐诗三百首》和《乐府诗集》都把它归入乐府，并附有详细的题解。据说它原是王维的诗，被谱成了歌，收入乐府，作为送别之曲，并从歌词中撷取几个字，命名为《渭城曲》或《阳关曲》。歌者每每唱至阳关一句时，就反复三次，故又叫作《阳关三叠》，刘禹锡、白居易都有诗句记其事云。

这样看来，王维现在这首诗显然是乐府。改编以前，名为《送元二使安西》，改编以后，则是《渭城曲》或者《阳关曲》。但是，改编所依据的文字，也就是王维的原诗，千余年来似乎没有人见过，也许改编者一字未动，保持了原貌，但没有可能加以对证或查核了。同样，如要对它进行批评，应把它当作乐府，近体诗的格律对它似乎并不适用。

最后，是崔颢的诗《黄鹤楼》：

> 昔人已乘黄鹤去，此地空余黄鹤楼。黄鹤一去不复返，白云千载空悠悠。
>
> 晴川历历汉阳树，芳草萋萋鹦鹉洲。日暮乡关何处是，烟波江上使人愁。

这首诗最大的问题是平仄混乱，背离了格律，怎么能把它当作七律呢？甚至抬得很高，誉之为唐代七律中的第一，莫非我们都看错了？

毋庸讳言，我们有一些人确实看错了。它的平仄安排貌似混乱，其实另有规矩，这是七言古诗趋向律化的一种变体。八句诗分为上下两半，各为四句。上半的四句是古体，下半四句则为近体，各用自己的平仄格式，构成“半古半律体”的七律。全诗押平韵，一韵到底。第五、六两句对仗。这种诗体据说是杜甫所倡导的，除了七言之外，还有五言；除了律诗之外，还有绝句。《唐诗三百首》中收有这种诗体的作品，除了《黄鹤楼》之外，还有杜秋娘的《金缕衣》，诗云：

> 劝君莫惜金缕衣，劝君惜取少年时。花开堪折直须折，莫待无花空折枝。

前两句是古体，后两句是近体。又如杜甫的五言半古半律体《秦州杂诗》：

萧萧古塞冷，漠漠秋云低。黄鹄翅垂雨，苍鹰饥啄泥。
蓟门谁自北？汉将独征西。不意书生耳，临衰厌鼓鞞。

此诗前四句为古体，后四句为近体。这种体裁的诗，前代的学者早已发现，请见王力先生的《汉语诗律学》1957年版455页前后，但王先生没有予以命名。在下不才，愿献一词，称之为“鸳鸯体”如何？

李白诗中的“床”

《中华读书报》经常发表文章，就文史问题做一些阐释的工作，嘉惠学子，功莫大焉；尤其难能可贵的是不时组织学术观点的切磋和交流，以活跃思想，促进研究，更可见编者的良苦用心。

李白有一首小诗叫作《静夜思》，明白晓畅，家喻户晓，近日却在理解上产生了歧见。它的第一句“床前明月光”第一字“床”，不少人认为是卧具，即床铺，马未都先生的新书《马未都说收藏·家具篇》却宣称它不是床铺，而是马扎儿（见《中华读书报》2008 年 3 月 19 日第 9 版书摘《〈静夜思〉新解》），理由是李白当年住房的窗户非常狭小，月光不能入室，更照不到他的卧床，他是坐在户外的胡床（小马扎儿）上对月怀乡。他的论点立即遭到非议，有一位胥洪泉先生也在《中华读书报》上撰文逐条加以驳斥（见《中华读书报》2008 年 4 月 30 日第 10 版）。

李白这句诗中的“床”，不是卧床，而是胡床？胡床是什么东西？古代的胡床，就是今天的马扎儿？——这类问题虽与国计民生无关，但一般文史爱好者很感兴趣。读了马、胥双方的论述，我觉得马先生的论据似显不足，胥先生的批评失之于分散，虽然他的主要观点我是赞同的。本文想从李白的诗作中对“床”字的使用来了解李白赋予它的含义，试以李白解李白吧。

《李太白全集》（王琦注）收作者的各体诗词千余首，诗句带“床”字的大约有二十句，通读之后，我发现他笔下的“床”字，主要含义有三：（1）卧具，即普通的床铺，“眠床”；（2）坐具，如胡床、交床、绳床、交椅；（3）水井的护栏。其中明确指出“胡床”的有四句，谨摘抄如下：

清景南楼夜，风流在武昌。庾公爱秋月，乘兴坐胡床。（《陪宋中丞武昌夜饮怀古》）

坐啸庐江静，闲闻进玉觞。去时无一物，东壁挂胡床。（《寄上吴王三首》）

崔子贤主人，欢娱每相召。胡床紫玉笛，却坐青云叫。（《经乱后将避地剡中》）

吾师醉后倚绳床，须臾扫尽数千张。飘风骤雨惊飒飒，落花飞雪何茫茫。（《草书歌行》）

其次，从上下文含义可以判断所用的“床”字指卧具的共有九处，这里挑选六处作为例子，它们是：

美人在时花满堂，美人去后余空床。床中绣被卷不寝，至今三载有余香。（《长相思三首（其三）》）

白马金羁辽海东，罗帷绣被卧春风。落月低轩窥烛尽，飞花入户笑床空。（《春怨》）

今我不乐思岳阳，身欲奋飞病在床。美人娟娟隔秋水，濯足洞庭望八荒。（《寄韩谏议注》）

风动荷花水殿香，姑苏台上宴吴王。西施醉舞娇无力，笑倚东窗白玉床。（《口号吴王美人半醉》）

坦腹东床下，由来志气疏。遥知向前路，掷果定盈车。（《送族弟凝之滁求婚崔氏》）

以上带有“床”字的六个诗句，其中的床均作“眠床”解；如想强要把它理解为马扎儿，各听其便，因为文学鉴赏是不能绝对化，切忌一刀切的，只要言之有据、言之成理就可以成立。当然，如有错误或情理不通之处，学者们自有责任予以纠正。

至于“床”的第三义，在《李太白全集》中也可见到例句，但句子中都有“井”字对举，容易辨识，请看：

> 去国客行远，还山秋梦长。梧桐落金井，一叶飞银床。（《赠别舍人弟台卿之江南》）
>
> 孤月沧浪河汉清，北斗错落长庚明。怀余对酒夜霜白，玉床金井冰峥嵘。（《答王十二寒夜独酌有怀》）
>
> 前有昔时井，下有五丈床。樵女洗素足，行人歇金装。（《洗脚亭》）

值得注意的是，李白笔下也有使今人觉得语意模糊、模棱两可的句子，例如：

> 妾发初覆额，折花门前剧。郎骑竹马来，绕床弄青梅。（《长干行》）
>
> 昨日方为宣城客，掣铃交通二千石。有时六博快壮心，绕床三匝呼一掷。（《猛虎行》）
>
> 忆昔初嫁君，小姑才倚床。今日妾辞君，小姑如妾长。（《去妇词》）
>
> 床前明月光，疑是地上霜。举头望明月，低头思故乡。（《静夜思》）

这里四例中，“绕床”“倚床”“床前”的床，是指卧室，还是指座椅？李白没有点明，从上下文也不易判断，留给读者发挥各自的想象力吧。我认为卧床和座椅两种解释都有根据，都可以说得通，因而两者可以并存，并不排斥，这不是什么非此即彼、势不两立的问题。如果由我来选择的话，我更赞成把床解释为卧床，因为我另有书本可作参照。请翻阅《世说新语》

“规箴”第九条，它记载王夷甫的逸事，其中写道：

> 王夷甫雅尚玄远，常嫉其妇贪浊，口未尝言“钱”字。妇欲试之，令婢以钱绕床，不得行，夷甫晨起，见钱阂行，呼婢曰：“举却阿堵物！”

这个故事大家是熟悉的，难得这里有“绕床”二字，它明确指出是以钱围绕王夷甫睡觉的床，使他睡醒后不得行。绕床，绕他的卧床也，意思十分明白，这对于理解李白笔下同样的字语，应该是很有价值的。

再举一个“绕床”的例子。《隋唐嘉话》中载：

> 太宗中夜闻告侯君集反，其绕床而步，丞命召之，以出其不意……

这里的“绕床而步”显然是指卧床，因为他半夜里被叫醒，绕着卧床兜圈子，等待来人是很自然的行动，否则，另去找一副小马扎儿围着它转来转去，岂非滑稽？

但是马先生有一种观点，说唐人的卧床是靠壁放置的，不可能绕床。——这个结论不知是经过挨家挨户的实际调查所得，还是想当然的估计？请别忘记，当年的老百姓不是生活在军营里。虽然置身在独裁专制的政权下，每家每户的卧床应该如何摆放，这还不至于做出全国统一的规定吧。

至于说唐代民居的窗子非常狭小，月光不能入室，在屋子里看不见月亮，只能坐在户外赏月。这的确是新见解，可惜我们都没能在千年前的唐都旅游，没有亲眼目睹的机会，但李白和若干唐人的诗告诉我们，情况并非完全如此，请让我再抄若干词句作为证明：

> 李白《长相思》：长相思，在长安。……孤灯不明思欲绝，卷帷望月空长叹。……日色欲尽花含烟，月明欲素愁不眠。……
>
> 杜甫《月夜》：今夜鄜州月，闺中只独看。遥怜小儿女，未解忆长安。

香雾云鬟湿，清辉玉臂寒。何时倚虚幌，双照泪痕干。

张九龄《望月怀远》：海上生明月，天涯共此时。情人怨遥夜，竟夕起相思。灭烛怜光满，披衣觉露滋。不堪盈手赠，还寝梦佳期。

张若虚《春江花月夜》：……可怜楼上月徘徊，应照离人妆镜台。玉户帘中卷不去，捣衣砧上拂还来。……

王昌龄《同从弟南斋玩月忆山阴崔少府》：南卧高斋时，开帷月初吐。清辉澹水木，演漾在窗户。

韩愈《山石》：……铺床拂席置羹饭，疏粝亦足饱我饥。夜深静卧百虫绝，清月出岭光入扉。……

抄了六例，前五例写民居，第六例说的是古寺，韩愈住的禅房，窗户似乎并不小，所谓“光入扉”，月光穿过门窗照进室内之谓也。韩愈比李白年轻，二人相差一个甲子，是不是到了韩愈时代，寺庙的建筑样式发生变化，月光可以入室了？

其实，李白的《静夜思》受前人的影响很大，无论构思、表达、营造的意境乃至遣词用字，都可以寻出踪迹。《古诗十九首》的最后一首写道：“明月何皎皎，照我罗床帏。忧愁不能寐，揽衣起徘徊。客行虽云乐，不如早旋归。出户独彷徨，愁思当告谁。引领还入房，泪下沾裳衣。”——《静夜思》完全可以看作是它的浓缩。

古代的乐府诗中，有一首《伤歌行》，文为：“昭昭素明月，辉光烛我床。忧人不能寐，耿耿夜何长。微风吹闺闼，罗帷自飘扬。揽衣曳长带，屣履下高堂。东西安所之，徘徊以彷徨。……”——同样《静夜思》也可以看作是它的结晶。

而在这两首古体诗中，各有一个“床”字，它所表达的意思，仿佛是为李白的那首《静夜思》作注释似的，岂非天造地设的巧合吗？

由此可见，李白在诗中提及胡床时，必定写明是胡床，不单用一个“床”字以借代；凡是用一个“床”字，那肯定是指胡床以外的床榻。这样的区别也符合当时的写作习惯。读者可参看《世说新语》，我不再抄书了。

最后谈谈所谓“胡床”。它是来自北方游牧民族的简陋的坐具，隋初改名为交床，唐穆宗时又改为绳床。它是有靠垫、能折叠（开合）的圈椅，正所谓“转关以交足，穿便条以容坐，转缩须臾，重不数斤”。相传唐玄宗频繁出游，随行的卫队常常“登山不能跂立，欲息则无以寄身”，十分尴尬。后来携带胡床出门就觉得非常方便了。到了南宋，有一天秦桧坐在交椅上，往后一仰身，因为没有依托，头巾落到了地上。临安的府尹吴渊闻讯后，为了讨好秦桧，特地制作了荷叶形状的“托首”（可以托住后脑勺）四十个，并派出工程师前往秦府，当场把它固定在交床的圆圈上，于是交床有了新名称，叫作“太师椅”。而“交椅”二字对咱们也并不陌生，梁山泊上一百多名好汉排座次，宋江坐第一把交椅，某某某坐第几把交椅，原来这交椅就是改进后的胡床啊。

（原载《中华读书报》2008 年 6 月 18 日，第 10 版）

读《我的两家房东》

新中国成立以后，一切旧的制度和法律，跟随着人民的翻身而动摇，新的合理的制度和法律代之而起；剥削阶级用来奴役人民的观念被击碎，人民身为国家主人的自觉已大大地增强。近年来，解放区的文学作品，充分地反映了这一时期的社会现象，此中尤以妇女问题和婚姻关系的转变，在文艺作品中表现得尤为突出，如《小二黑结婚》《喜事》《受苦人》《我的两家房东》，它们一致表明，婚姻关系不再是金钱和货品的交换，而是同一理想的结合；婚姻条件，也非根植于土地、粮食，而植根于双方的思想进步、劳动努力；男女之间的交往，绝不再受封建道德的束缚，新的社会给了他们和她们正确的、健康的认识，使一向受压迫的妇女抬起头来。《我的两家房东》里的金凤和她的姐姐，是优秀的代表人物。她们由于人民政权的帮助，摔脱了不合理的婚姻的镣铐。金凤十四岁就许了人，男的不进步，不务庄稼活，吃吃喝喝，胡闹坏女人，假如在旧社会，还不是“嫁鸡随鸡”，花轿一顶抬了过去？但是世道变了，新社会使许多金凤都觉醒了，她们不能再忍受这种残酷的苦痛，不愿葬送自己。在旧社会里她们就有这样的觉醒，但是旧社会使她们的觉醒成为更大的痛苦，只有在新社会中她们才能化痛苦为欢乐，才能获得满意的结合。金凤的姐姐十六岁嫁了人，公婆治得她没日没夜地受罪，打她，不给饭吃，男人又在外面闹了个坏女人。这充分表现了旧社会的婚姻观念，完全把女人当货品和工具看待。金凤的姐姐被枷上刑具，按照过去许许多多女人同类的遭遇，还不是被折磨到死？可是在新政权之下，她也能一脚踢开奴隶的命运了。这证明了什么？只有属于人民的政权，才能真正替人民谋幸福。

除此之外，在这篇小说中我们还看到人民政权建立以后人民的欢乐生活。以前他们受剥削、受欺凌，现在，人们能吃好的，穿好的；租子减了，久欠租也不要了；冬天里，女人们做做针线，认认字；老头喂喂猪，闹闹粪；老太太做饭，推碾，喂鸡；孩子们上学念书……生活得安宁而幸福呵！

作者企图给读者看的，要读者理解的，不就是这些吗？就是为了这些，曾流了多少泪，洒了多少血。

至于作者描写的技巧，比起来，似乎是次要的了。但这掩盖不了他在这方面取得的不凡的成就，全篇流露着清新活泼的气息。主要人物拴柱和金凤相恋时的心理描写，画出两个不同的性格，最为成功。有几个场面的布置，也是非常新鲜的，比如拴柱送老康进金凤家时，又如金凤家设宴请老康，金凤送菜，都刻画得很生动，字里行间均可见作者的风趣。而作者灵活的口语运用，有一种逼人的力量，能紧紧地抓住读者的情绪。

2月于克塞比

（原载《文汇报》1949年6月24日第7版）

关于《复仇遇艳》

俄国作家普希金的中篇小说《杜布罗夫斯基》，中文有多种译本。最早大约出版于1924年，定名为《情盗》，为赵诚之所译。1937年2月，同时有三种新译本与读者相见，分别出自于孟十还、秦涤清、周立波之手笔；前两种译本的书名均按俄文音译，唯独后一种译本易名为《复仇遇艳》。二十年后，即1957年，出现刘辽逸的新译本，名称也照原文直译。至1982年，又有重译本问世，取名《复仇遇艳》，江西人民出版社出版，译者为万紫。

这部作品在我国出了六种译本，书的译名前后三变。从翻译方法上来分类，不外乎"照搬"（直译之属）和"改动"（意译之属）两种；这两种方法是可以任意选用的，但比较起来，采用改动的方法要冒很大的风险，因为不仅原作者对改动后的书名不负任何责任，好坏全由译者一个人兜着，而且容易被认为是对原作的背离或怀有某种不良的企图，引出麻烦。果然，最近就有人在报纸上撰文对《复仇遇艳》这个译名提出了批评，认为这是"前一阵子"用恶劣的字眼来作书名以"刺激""挑逗"读者到了"泛滥成灾"的程度的典型，"似乎有了'复仇'，再加上'遇艳'，就能身价百倍似的"云云。

其实，《复仇遇艳》这个名称不是"前一阵子"在所谓"泛滥成灾"

时才冒出地平线的，乃是“古已有之”的。前面已提到，五十年之前周立波翻译《杜布罗夫斯基》时，就使用了“复仇”加上“遇艳”的字眼作为译本的书名，所以认为这四个字是“前一阵子”为了牟取百倍的身价而对读者进行刺激的手段，乃是昧于翻译史实的妄断。

从翻译史上看，前后相隔半个世纪的两个译者把同一部作品的书名采用意译的方法改动得几乎一模一样，是颇为罕见又有趣的现象。但这并非偶然，因为它们出自同一个来源。1936 年 10 月上旬，苏联列宁格勒电影制片厂根据普希金的《杜布罗夫斯基》改编并拍摄的同名影片在上海放映，片子的中文名字改称《复仇艳遇》，这是最早改名的开始。鲁迅看后“以为甚佳”，赞不绝口，遇到朋友就热心推荐，而且还写信给黄源和黎烈文，鼓动他们快去看这部电影。影片《复仇艳遇》在上海文化界产生了相当大的影响，鲁迅等人并没有认为它的名字有什么亵渎神圣之处而采取大义凛然的讨伐态度。

周立波是在 1935 年翻译《杜布罗夫斯基》的。译稿本拟交郑振铎编入《世界文库》，因计划改变而搁浅。1937 年是普希金的百年忌辰，生活书店遂把它印成单行本出版。这时正值影片《复仇艳遇》公映之后不久，人们对它的记忆犹新，把影片名称作为书名，其中显然不乏利用读者对影片的印象以打开小说销路的考虑；而且这四个字大体上概括了本书的基本情节，作为书名也无不妥。

因此，这四个字也不是周立波的发明。那么，它的发明权属于谁呢？这里且引鲁迅的一段话。1936 年 10 月 10 日鲁迅致黄源一信，其中说：

> 今日往上海大戏院观普式庚之 Dubrovsky （华名《复仇遇艳》，闻系检察官所改），觉得很好，快去看一看吧。

原来片名系检察官所改，但应为《复仇艳遇》，鲁迅在信中把字序弄颠倒了。一个小小的笔误竟酿成五十年后的一场笔墨官司，真是匪夷所思。

影片既因检察官赐以《复仇艳遇》之名得以顺利通过，并在上海公开放映，那么它所根据的小说，以同样的名字公开翻译出版，似乎也不应受到横生枝节的阻挠吧。在文网森严的时代，这种考虑也不是多余的，从这里也可窥见译本改名的一点用心。

时至今日，再次出版它的新译本，已大可不必为小说与影片这一旧有的关系做掩护了，而且书名总是以依据原作照译为好。立波的译本在1981年重版时就已恢复了《杜布罗大斯基》的原名。万译本也许同样昧于翻译的史实，不知已有立波之例在前，以为仰仗鲁迅的声望可保他译本的借名万无一失，所以在“译后记”中特意写了这样一段文字：

> 最后说一说，这部小说原名《杜勃罗夫斯基》，一百年后，从小说改编成电影，传到中国，译名《复仇遇艳》。鲁迅先生1938年10月10日在给黎烈文的信中说：“午后至上海大戏院观《复仇遇艳》，以为甚佳，不可不看也。”

这段文字中有两个错误，一是鲁迅于1936年秋病逝，不可能死而复生于1938年10月10日看电影并写信；二是影片的译名写成“遇艳”，是因讹传讹，沿袭了鲁迅的笔误。

尽管如此，这番表白说清楚了译文定名的来历，却是可信的。欲加批评而不屑一顾译者的后记，将当事人的表白和申诉视若耳旁空气的轻微流动，如此种种，曾经大普及于每一角落，而至今仍时不时露出“峥嵘”，可悲复又可叹！

（原载《人民日报》1987年6月18日）

闪耀着光辉的脸貌

——《小经理》读后感

作者在这里让我们认识了三喜，这位新农村社会里的新人物，我要特别指明的，是在旧社会的经济和文化的双重压迫下翻过身来的人物。

三喜从小苦出身，正如许许多多别的穷苦人一样，是天才，但念不起书，因此他虽“逢人便好问个字”，却也认不了多少。这叫他“最不满意”，也是同类人最不满意的事。由于生活上所遭受的苦痛和仇恨的激发，更由于阶级的觉悟，人们在共产党的领导下建立了民主政权，穷苦人出头的日子到了。在与以高利贷剥削农民起家的旧合作社经理张太做斗争时，三喜凭着他的才能，表现出高度的工作热情和积极性，这使他取得了村民的信任，大家一致拥护他当新合作社的经理。合作社就由替封建社会吮吸农民汗血的机构，转变为农民循环血液的心脏了。

打垮了经济上的压迫，三喜还得和自己“文化的盲目”斗争。合作社的业务和账目掌握在曾做过张太走狗的王忠手里，就是这位王忠，瞧不起三喜，故意以怠工同三喜捣蛋。村子里没有第二个像王忠能算会写的人才，三喜倘不争取他作为助手，就很难发展合作社。而为了克服王忠的傲慢和落后，三喜觉得又非自己先全盘搞通业务不可，于是他搬进合作社来住，每晚翻开账本仔细研究。他不敢向王忠请教，提防他搭架子，捉弄他。在这里作者描写了三喜求知的精神，他拼命地学习，连自己的家都不顾；有一晚竟惹得他老婆来敲门，他还是不回去。这种勤奋刻苦的学习态度，是受长期的文化封锁而来，是基于为村民做事的认识，由对坏分子的破坏的一种警觉而来。终于在文化的盲目里他睁开眼了，那发射的光芒吓住了王忠，改造了这个爱玩狡诈的人。民主政权不仅使三喜随同他的才智挺立起来，而且帮助王忠进入大路。

赵树理先生用短短的二四千字完满地刻画了这么一位可敬的人物，很叫人惊叹。读这篇小说，有如听一位老农说家常，有太多亲切之感。它是一篇工农听得懂看得进的作品，结实，朴素，实而不华，如同泥土。没有深入群众并痛切地体验过人民生活的作家，是无法达到这种境界的。作者在这里只让我们认识了一位三喜，但许许多多三喜的脸貌都让我们看到了；或者他们并不都叫三喜，但这又何必追究呢？因为他们都是从民主政权中翻身，成为最强最强的人；因为他们都替人民立了功劳；因为他们的名字都闪耀着光辉。

六月二十六日　雨夜

（原载《文汇报》1949 年 6 月 30 日）

读诗札记

一、新意与佳句

唐代设进士科取士，主要考诗赋，士人纷纷写诗，以求进取。当时朝野都重进士，轻明经，甚至连没有应试的文士，也都看不起明经及第者。据传有一次元稹带了礼物去拜望李贺，“贺揽刺不答，遽令仆者谓曰：‘明经擢第，何事来看李贺？’”惹得元稹大怒而去。后来元稹利用职权搞打击报复，李贺一辈子也考不了进士。这个传说不一定符合史实，但唐人重诗赋的风气可见一斑。由于社会风气如此，加上朝廷的提倡，诗到唐代出现了前所未有的繁荣局面。

写诗的人和写的诗多了，读者的鉴赏能力提高了，诗如果没有新意和佳句，就站不住脚，就不能在群众中流传。据说白居易年轻时在长安谒顾况，这位顾老先生相当幽默，一见到名字，先跟白居易开了个玩笑：“米价方贵，居亦弗易。”后开卷读诗，至“野火烧不尽，春风吹又生”，即嗟叹曰：“道得个语，居即易矣。”于是大加延誉，白声名大振。这个故事也不一定符合史实，但于此可见诗有无新意与佳句是何等重要了。

新意和佳句是高度提炼的产物，两者是不可分离的。诗人高尚的抱负，深厚的生活感受，行诸笔下，虽咏景、状物、抒情之句，其佼佼者却往往超出它原有的境界。“朱门酒肉臭，路有冻死骨”“沉舟侧畔千帆过，病树前头万木春”，以及“野火烧不尽，春风吹又生”等，都被赋予普遍的意义，有的甚至被赋予哲理的意义而千古流传。有的诗句，如“黑云压城城欲摧”“山雨欲来风满楼”等，且已当作成语而广泛使用。由于年代久远，读者不一定知道出自何篇，出自哪位诗人之手，但诗句永存。这就是提炼的力量。

在宋词中，称道佳句之风尤烈；一句而闻名，在文人之中为最甚。张先谒欧阳修，“永叔倒屣迎之”，并曰：“此乃‘桃杏嫁东风’郎中。”宋祁见张先，宋称张为“‘云破月来花弄影’郎中”，张呼宋为“‘红杏枝头春意闹’尚书”。有人欣赏张先《行香子》中“奈心中事，眼中泪，意中人”一句，称张为“张三中”，张表示异议，曰：“何不目之为张三影？”因他自鸣得意的三句词之中各有一“影”字。刘克庄写《玉楼春》中有句云：“男儿西北有神州，莫滴水西桥畔泪。”有人认为“其壮语足以立懦”。柳永写《望海潮》咏钱塘，据传“金主亮闻歌，欣然有慕于‘三秋桂子，十里荷花’‘遂起投鞭渡江之志’”。这当然不是在解释历史，而是在褒美柳词的佳句。于此也可见诗词有无新意和佳句是何等的重要了。

有些诗人写诗，大抵先有佳句，然后足成全篇的。李贺每日骑驴外出，得一佳句，即书投囊中，回家后再“研磨叠纸足成之”“未尝得题然后为诗”。晏殊作《浣溪沙》，也是由先成的“无可奈何花落去，似曾相识燕归来”一联发展而来。赵朴初的《片石集》中载《遍地花》一首，并有序，曰：“数月前梦中得句云‘庆东风洋洋喜讯’，金始有兴，足成此阕。”可见有了佳句才能期望有佳篇。何况唐诗一首，律绝不过四句，律诗大都也只是八句；宋词稍长，也不可能几十句、几百句。一句一联之工拙，影响全篇至巨。没有佳句，佳篇岂非空话？那时的作者，不能不认真考虑一字一句的分量，力求以少见多，以少胜多。不像后来有些人写诗，好比富贵人家子弟，不知用字之艰难，倾盆泼墨，铺天盖地，雷轰电劈，一片汪洋。

二、诗要短

武汉的夏日，白天汗流浃背，晚间坐立不安；点根蚊香，仿佛连空气都要点着了似的。夜来无法工作，大家偶尔背点诗词，也算一种温习，或者说是考试吧！口试结果，小令和绝句，尚能脱口而出；长调和歌行，每每不能终篇，以不及格居多。在自责之余，不禁想道：诗可否写得短一点呢？

唐宋两代，诗词是入乐歌唱的。在音乐家的帮助之下，诗人的作品广为流传，甚至“达于禁中”。唐宣宗爱唱菩萨蛮；薛昭蕴好唱浣溪沙；传说开元中王之涣等四人于旗亭小饮时曾观诸妓演唱流行的绝句；苏东坡作燕子楼乐章方具稿，即被他的一个“稍知音律”的逻卒窃听而“哄传于城中”，盛况如此。看来，那时唱的大抵是短诗小词；如果一唱都是长篇巨制，洋洋数百句，恐怕要闹成“曲终人不见”的。柳永的作品流传是很广的，“凡有井水饮处，即能歌柳词”。但估计唱的是短调，或选段，汲水的人经常相逢，兴会无前，哼哼几句，提了水就回家了。要是老坐在井边大唱而特唱，非完篇不走，家中岂非要难为无水之炊了吗？

可见即使谱成曲子了，又有乐器伴奏，诗还是要写得短一点为好。旧体诗词大多数是短的，通常一首不过二十来字。但短诗之中能否去粗存精或精益求精，还大有值得研究之处。柳宗元有七言古诗一首，六句：“渔翁夜傍西岩宿，晓汲清湘燃楚竹。烟销日出不见人，欸乃一声山水绿。回看天际下中流，岩上无心云相逐。”要照某些思想感情过于丰富的同志写起来，这六句大概可以铺展成为六十行、千把字。但是苏东坡认为这首诗还可以压缩，末一联可以删去。因为“诗以奇趣为宗”，此时前四句已有“奇趣”，后两句就显得是蛇足了。对苏的意见附和者有之，持异议者亦有之；有的从诗的神韵立论，有的则从诗的形象性出发予以辩护，各有千秋。不过，苏东坡没有主张柳的这首诗需要添写一两句，拉长成四联以至五联、六联，这却是耐人寻味的。

记得有人说过：“为文之道，割爱而已。”要拉长一首诗，尤其是自由体的诗，那是比较容易的，通用的手法之一是多加几个排比，如某某山的红旗，某某楼的灯火；某处高地的硝烟，某条长街的歌舞；或长江欢笑，黄河荡波；鸭绿江跳跃，金沙江奏曲，等等。或者硬加上几个“啊”“呀”之类，俨然诗意盎然矣。但要舍得割爱，恐怕有点困难。唐朝有一个诗人，名叫祖咏，他去应进士考试，有司以《望终南残雪》为题命他作五言诗六韵十二句，他写了四句就交卷了。问他何以不按规定多写四韵八句呢？他回答说：“意尽。”意尽则诗止，不肯多著一字，多落一句，连进士及第的前程都在所不计，这岂是“割爱”二字所能形容？写诗有这种精神，确实难能可贵。祖咏这首诗可见《唐诗别裁集》卷十九，特录之以飨读者：

终南阴岭秀，积雪浮云端。林表明霁色，城中增暮寒。

关于诗的意义，从另一角度来看，诗家是别有见解的。苏东坡说过，言有尽而意无穷，此作诗之至理也。有的人则进而要求“语尽而意不尽，意尽而情不尽”。这都是讲的诗贵含蓄的问题，与上面祖咏的例子有所区别。当然也有联系，因为写诗含而不露，引而不发，不是直泻无遗，也可节省一点笔墨。

还要提一下苏东坡，他曾当面批评秦观写的一阕《水龙吟》，开头一句“小楼连苑横空，下窥绣毂雕鞍骤”十三个字只说得“一个人骑马楼前过”，不大高明。秦观反问道：“先生有何近著？”苏答：“亦有一词说楼上事。”乃举“燕子楼空，佳人何在，空锁楼中燕”。也是十三个字，却“说尽张建封燕子楼一段事”。晁无咎评曰：“奇哉。”诗人笔下概括的功夫充足，惜墨如金，受惠者岂止篇幅缩短而已哉。

（原载《文汇报》1978 年 10 月 22 日，11 月 1 日）

为鬼一辩

文艺作品中写了鬼的，中外古今，不知道有多少部，可是，在“文革”时期，一个作者，写什么都不容易，写鬼更难，甚至成了禁忌，会遭杀身之祸。鬼神之事难言矣。然而，吟游仙之诗，却是可以的；引精怪的典故，也是不妨的；唯独不能写鬼。同是幽冥之中虚无缥缈的东西，却厚彼而薄此。

蒲松龄一本《聊斋志异》，不少篇什是讲鬼的。有个《画皮》的故事，曾经被大量地引用。当年在动辄高叫要剥下这个那个的“画皮”，大呼把革命者当作“牛鬼蛇神”横扫之际，是谁没有想到自己触犯了不准写鬼的禁忌，在“宣传鬼神”“宣传迷信”，罪该万死呢？看来是没有。

《画皮》写了鬼，这个鬼写得好。首先是它让我们能够据以揭穿假马克思主义、真法西斯主义者的面目，撕下他们身上的“画皮”；其次是动摇了一些主张不准写鬼的好心人的论据，使得他们哑口无言，无理反对。《画皮》中的恶鬼如同“四人帮”一样，从反面告诉我们今天的读者，要提防打扮成美女的恶鬼；要识破它们，并战而胜之。

《聊斋志异》中的佳作，岂止《画皮》一篇而已。席方平斗鬼，于公打鬼，耿去病战鬼，都为人所乐道。蒲松龄塑造的这些人物，不仅不怕鬼，不屈服于鬼，反而要制服鬼；他们长了人的志气，灭了鬼的威风。这样的人物，难道不应该肯定吗？这样写鬼，何害之有？

果戈理在《狄康卡近乡夜话》中，也写人制服了魔鬼，把魔鬼玩弄于股掌之中，可以被小伙子抓着上天入地。这样的想象也很美，同样能发人深思，与蒲松龄有异曲同工之妙。

鲁迅先生写过《起死》《女吊》《无常》，并且在《朝花夕拾》的后记中按图说明“活无常”“死有分”各位的特征。他笔下的鬼魂，则是另一种“典型”。读了他的作品，使人感到在半殖民地半封建的中国社会，有些人还不如鬼可爱、可亲、可交朋友；有些鬼魂又是多么叫人可怜，使人对被压迫者产生了深切的同情。

莎士比亚的几个著名的剧本中，都有鬼魂出现。哈姆莱特的父亲及被杀的丹麦国王的幽灵，俨然有我们旧戏曲中屈死的冤魂托梦求告复仇之意；《麦克白》中班柯的阴魂两次占坐宫廷盛宴上麦克白的宝座，大有京剧《伐子都》的风味。有哪个读者的同情不在被害者及冤魂的一边？有哪个读者不为克劳狄斯的偿命和麦克白的授首而拍手称快？美战胜了丑，善打败了恶，正义伸张，奸邪覆灭，莎士比亚笔下这两个鬼魂是代表美、善和正义的一方的。这样写鬼，别具一格，有何不可？

孟超同志的《李慧娘》，写鬼魂复仇，显然不是独创。鬼魂复仇是不合于科学的，但我们的批评家谨防变成如鲁迅先生所说的“呆鸟”。只有假马克思主义者才怀有对复仇的恐惧。难道马克思主义者可以反对被压迫者的斗争和反抗，反对他们的申冤报仇的愿望和决心吗？他们生前不能遂愿，在化为鬼魂之后仍坚守不渝，这种战斗精神是何等的坚强和可贵！

写鬼魂只不过是优秀的作家用来表达他的思想感情、宣传他的理想和主张而采用的一种手法而已。问题在于写鬼为了什么，如何写鬼，而不应责难作家写了鬼。不问作者思想如何，谈鬼而色变，立刻高举帽子和棍子，定人以重罪，这是形而上学猖獗。当然，作者的创作意图的实现，不必非借重鬼神不可。但是，这是在写小说、写戏，不是写电子学教科书，似乎应该允许作者有点幻想、有点浪漫主义吧！应该允许并鼓励不同题材的作品、不同的创作方法、不同的流派和风格各显其能，各展其长，自由竞赛。广大的读者是鉴别文艺作品的权威。思想性和艺术性高超的作品，不论它是否写了鬼魂，都会受到读者的欢迎；否则，即使一部作品半个鬼也没有，也会被广大读者抛弃。

（原载《文汇报》1979 年 1 月 21 日）

悲剧随想

过去有的文艺理论家把悲剧看成是“人的伟大的痛苦，或者是伟大人物的灭亡”，而不问这个人是英雄，还是蟊贼，是国君，还是奸逆。因为坏人的悲剧是他们的罪行所带来的不可避免的结果，所以为了在名称上加以区别，将其归入“罪行的悲剧”一类，但其仍是一种悲剧。最为人所乐道的例子是莎士比亚的《麦克白》。弑君篡位、代表邪恶和不义的麦克白的灭亡，就被认为是悲剧。

莎士比亚还有一些剧作，写正反两种人物，即英雄与蟊贼、国君与奸逆的激烈搏斗。最后双方同归于尽，造成了悲剧，《哈姆莱特》即是其中之一。

现在，这种悲剧观，我国今天的读者不太容易能够接受。好人受祸，可能酿成悲剧；坏人遭殃，一般地说，不容易引起我们观众的怜悯之心，并为之一洒同情之泪。按照我们的习俗的看法，《白毛女》中黄世仁的毙命，《攻克柏林》中希特勒的身亡，不应该看成是悲剧。相反，坏人的身份越高，即其人越“伟大”，他的痛苦，他的灭亡，就越能使我们拍手称快、欢欣鼓舞。“四人帮”垮台之日，全城酒空，螃蟹绝迹，其欢乐为何如！陈瘦竹同志曾经指出：“并非任何人的苦难和死亡都构成悲剧，林彪、“四人帮”的可耻下场是革命人民的天大喜事。”在这里，悲剧观已经受到现代道德观或社会观的制约了。

显然，这是对传统悲剧观的一点修正。社会发展了，人类对于时代和生活的认识和体验也丰富了，悲剧的概念不能不发生变化；它要从美学的殿堂中走出来，在现实阶级斗争生活的暴风雨中呼吸。对悲剧观做这种修正是符合我们今天的道德观的。不能完全以传统的悲剧观作为标准，来评论、指导今天的悲剧创作；当然，也不能从我们加以修正的观念出发，溯历史的长河而上，来否定早有定论的悲剧作品的悲剧属性。尽管麦克白是反面人物，《麦克白》却照旧可以保持它的悲剧的称号，大可不必予以撤销。

但是，如果在这一点上再前进一步，大加发挥，认为只有代表先进思想和维护人民利益的人物，在反抗黑暗统治的斗争中遭到苦难或牺牲才构成真正的悲剧，这就未免失之于偏执了。这种说法如能成立，那么一大批著名的悲剧作品都将被赶出悲剧世界，首当其冲的当然是《麦克白》及普希金的《鲍里斯·戈杜诺夫》之类。还有我国的《窦娥冤》《琵琶记》，以及鲁迅的《祝福》、曹禺的《雷雨》等等，它们之中有哪个主角敢自诩为先进思想的代表或维护人民利益的正面典型呢？他们大都是小人物，他们对美好生活的向往与黑暗生活的压迫形成了冲突，而成了牺牲品。他们悲剧的命运，是对不合理的社会制度的血泪控诉，他们之能博取观众的同情，也正缘于此。

还有唐明皇与杨贵妃的故事，他们的爱情悲剧赢得了千百年来各个阶级观众的共鸣。李隆基自天宝以后，已经转化为腐朽势力的代表。杨太真更不堪称什么英雄的角色，倒是有千万人视之为“贼根”。当安禄山乱起，玄宗逃蜀，来到马嵬坡时，六军不进，非杀杨不足以解恨，可见她在当时是无可再坏的坏人了。但是这两位却不折不扣地是悲剧的主角，要在悲剧舞台上扫除他们，恐怕是力不从心的。

另一方面，这种说法如能成立，又要把一批并非是悲剧的作品，如《刘胡兰》《董存瑞》《红岩》等硬拉入悲剧世界中来，这与我们的道德观和习俗的感情恐怕也是相违背的。我们的革命先烈居然是悲剧人物；他们为人民的利益轰轰烈烈地奋斗一生，最后大义凛然地在火线或刑场上壮烈牺牲，居然成了悲剧；他们之能使我们怀着崇敬的心情永远纪念他们，并成为鼓舞我们前进的力量，竟由于他们具有“悲剧力量”或“悲剧精神”，这是很难叫人信服的。

真正的革命家有异于常人的苦乐观。他们为革命献身，尽管在肉体上遭到摧残，令人痛苦，但终究不是苦难；为人民的利益而死，重如泰山，不能称为悲剧。否则，未免亵渎我们的先烈和我们都愿意为之奋斗终生的共产主义理想。美学范畴中的悲剧观已经体会到了现代阶级斗争生活的暴风雨，在这里同样应该做出修正了。

在“文革”期间，有不少革命家惨遭迫害，这是悲剧。但这不是死难者本身的悲剧，而是我们党和国家的悲剧。从死难者个人来说，他们在迫害下忠贞不二，刚正不阿，宁死不屈，他们因其精神而被后人铭记，这不是悲剧。从我们党和国家来说，阶级敌人打入党内不能及时予以清除，他们以阴谋手段窃取高位而不能及时制止，以至于我们杰出的领导人和优秀的同志被他们摧残，造成不可弥补的重大损失，这是悲剧。

发生这种悲剧，不是缘于英雄人物即死难者具有什么“悲剧力量”或“悲剧精神”，而是缘于我们的社会主义制度在它的发展过程中所形成的缺陷。要运用包括悲剧在内的各种文艺形式揭露它，唤起人们的警觉以克服它。

悲剧是要诉之于观众的感情的，剧作家和文艺理论家不能不首先考虑剧场中的反应：是悲？是恨？是大惑不解，或哄堂大笑？要多从观众的道德观和感情方面来探讨悲剧创作的问题。中外古今的名人对悲剧的经典性的论断，当然应该重视，但我们的世界毕竟是复杂的；简单的教条已经概括不了悲剧舞台上的五彩缤纷的现象了，单从定义出发来研究悲剧，其结果是可想而知的。

（原载《文汇报》1979 年 11 月 28 日）

一则消息

——俄国五大家文选新版后记

在咱们的级友中，刘麟是搞文学翻译的，他最早的译作是个短篇小说，发表于1945年8月22日浙江《青年日报》副刊，题目叫作《存局候领的邮件》，原作者是埃及作家台木尔，刘是根据它的英文版转译的。其实那时候咱们还都是高二的学生，所谓小说者，只是英语老师杜秉正先生发给我们的课文，别的同学没有想翻译，偏偏他动了这念头，真是老天爷的恩典啊。

1950—1951年他奉命学习俄文，就想转而翻译俄国的文学作品，但他始终没有放弃英文。二十世纪八十年代，他会同两个朋友翻译美国学者的一部著作《丹麦文学史》，中间遇到种种阻碍，但他们并不气馁，坚持奋斗十余年，终于让它与读者相见。稍后他又独立翻译了安徒生的长篇小说《即兴诗人》和游记《诗人的市场》，从丹麦文学的翻译史来说，它们名列前茅，算得上是第一个中译本了，也都是从英文版转译的。

1990年离休，刘兄夫妇二人尽量利用莫斯科新出的版本，从俄文翻译了《陀思妥耶夫斯基散文选》（1997）、屠格涅夫的散文集《戴灰眼镜的人》（1998）、普希金的《克里米亚的海岸》（2000）、《果戈理散文选》（2001）以及《托尔斯泰散文选》（2003）。历时7年，出书5种，共约130万字。

有人问：为什么称他们为五大家？有什么根据吗？

答：五大家是小可私封的，其根据在他们作品的字里行间，在文学史的高峰上，在读者的内心中。其实，每个人各有自己喜好的五大家或八大家，乃至十大家，但我相信这里选的五大家，肯定会得到比较普遍的认同。这五大家的排名，应该按他们诞生的年代分先后，即普希金（1799）、果戈理（1809）、屠格涅夫（1818）、陀思妥耶夫斯基（1821）、托尔斯泰（1828）。否则，将造成混乱，自找麻烦。

又问：他们的散文作品，有一些已经由前人翻译过，您的中译本，有什么特色吗？

答：我在翻译上的追求是：以文学语言写作文学的作品，即把翻译当成创作对待。译文的含义应该重视词典的解释，但更应该研究上下文以及全篇的思想，把握文学的品质，尽力符合真善美的要求。所谓真，即还它以真面目；善，是语法修辞严守规范；美，则是指译文应有文采。总而言之，文学就是文学。这五册书中，有若干篇文章已经有了旧译，给我提供了向前人学习的机会。我经常发现他们的译文的可圈可点之处，同时，不必讳言，我也不可避免地屡屡觉察到他们的弱点，而无论是优点或者弱点，他们都在引导我走向提高。

又问：如何翻译一部书？从事文学翻译，要做哪些准备？

答：首先是提高外语水平。其次是加强汉语的写作能力，可以说，有几分写作的能力，就有几分翻译的质量；没有这方面的能力，谈不上翻译。第三，熟悉社会，了解人，懂得人情世故；否则，无法确切而生动地表达原作的思想感情。

又问：为什么你们翻译的大都是俄国十九世纪的作品？岂不是既崇洋，又信古吗？

答：从接受教育的历史背景来看，我们在中学期间已经较多地接触到了他们的作品；从时代思潮来看，我们当年的认识与这些小说里的人物有相通之处，他们的谈吐和行为可以被我们理解和接受，他们的喜怒和爱憎可以使我们为之激动和共鸣。翻译和创作相同，都应该熟悉自己的对象，写作或翻译自己比较熟悉的东西。

在学习俄文时，我们遇到的大都是十九世纪的俄语，使用的教材、工具书、参考书、课外读物以及朗诵的诗、唱的歌词、听的乐曲、欣赏的名画无一例外。因此我们对俄语、对俄国文学产生了感情。感情是不可强加于人的，同样，也是不可强行予以剥夺的。当代的俄国文学照理与我们应该也有亲切感，但是它距离我们太远了，抬头四顾，不见踪影，这种感情也就无从落土生根了。

又问：为什么十九世纪中的俄国会产生如此多的伟大作家？

答：从相对数字来看，他们并不多，俄国人口是一亿两千万，这里只举了五大家；而当我们号称是四万万五千万人的泱泱大国的时候，我们的现代文学中也不过是六大家“鲁、郭、茅、巴、老、曹”。一个世纪过去了，我们的人口扩张了几倍，我们仍然是寂寞的六个人。

俄国五大家文选的翻译，是我们晚年的大事，我曾制小词记之，题为《翻译》，调寄“鹊桥仙”，仿辛弃疾，词曰：

今年翻译，明年翻译，青丝翻成白雪。
果戈理续普希金，看不尽山山红叶。
东邻巨富，西邻新贵，不敌先生纸笔。
莫嫌霜雪太无情，人道是一头明月。

另有“西江月”一阕，题为《画龙》：

只配画龙类犬，岂敢梦笔生花。译书五卷鬓双华，啸聚千军万马。

再现文坛巨擘，重开异国奇葩。黄河水漫伏尔加，堪慰不相上下。

词写得并不好，有阿贵精神，聊表一点自信心吧。

2010 年 4 月 10 日，北京

如何判断一首诗是律体还是古体?

如何判断一首诗是律体还是古体？主要看它的两个方面：

（1）平仄格式。

（2）押韵位置。

这两个方面又各有具体规定，不可违反。由于诗词格律是唐代人创造的，年代久远，或者无心，或者有意，偶有疏忽，弄假成真，不过无关紧要的小地方，也就算了，不涉及国计民生，随它去吧。在平仄方面最易犯这类错误，应当警惕。押韵是不可缺少的，无韵不成诗，即使是仄韵的诗，也必须符合仄韵的规则，在这方面是不可马虎的。试举仄韵的诗为例。

春晓

孟浩然

春眠不觉晓，处处闻啼鸟。

夜来风雨声，花落知多少？

望岳

杜甫

岱宗夫如何？齐鲁青未了。
造化钟神秀，阴阳割昏晓。
荡胸生层云，决眦入归鸟。
会当凌绝顶，一览众山小。

2015 年 5 月给敬老院诗词组老人讲课

我所知道的达德学院

庐玮銮小姐对于达德学院的历史及其影响的研究，是一项带开拓性的工作。她的论文在《香港文学》月刊1987年9月第33期发表，引起达德学院在广州、贵阳、北京等地的校友的普遍关注，不少人认为此文材料比较新颖、丰富，立论比较公允，对达德学院做了肯定的评价，深为钦敬。我在达德学院求学的时间只有短短的4个月，接触的师友甚少，但我仍想以我的孤陋寡闻，补充一些为庐小姐所未涉及的材料，并提供一点看法。

关于达德学院的注册立案

达德学院是1946年9月间向香港政府申请注册立案的，据当时经办人丘克辉先生的回忆，这一申请当即获得教育司的批准。经过情形大致如下：9月中旬，丘克辉奉达德学院指派，向香港政府教育司申请注册立案，递交正式的申请书。教育司出面接待的是一位帮办，即余云先生。余帮办询问达德学院办学宗旨、课程设置及校产持有人的姓名和身份，丘克辉一一做了回答。当问及是否将开设英语课时，答将由名教授曾昭伦先生开英语课，余帮办表示满意。谈话间丘克辉应对方要求出示陈其瑗院长和他本人的身份证明，由于院长陈其瑗、院董事会董事长李济深的声望，丘克辉当时又身兼法商学院的教授，申请被接受。未几，教育司即派一位督学前往青山达德学院视察校舍，丈量教学用房（主要是教室）的面积。不久，余帮办通知陈其瑗、丘克辉二人到教育司，由司长（英人，姓名已忘）面告：达德学院申请注册立案已经由香港政府批准，可以招生上课；根据教学用房面积，本学期招生名额可在200人以内。此位司长并在达德学院的申请书上签字，宣告它已正式立案，但正式的执照并未在当年发下。

事隔四十余年，人老境迁，申请立案过程中的日期和人名已无法一一指明了，但丘克辉先生叙述的基本情节，我以为是可信的。我曾翻阅了1946年9月至1947年3月的香港《华商报》，发现以下三件佐证：（一）9月12日，达德学院开始在《华商报》刊登招生广告，连续6次（即9月12、14、16、18、20、22日）的广告中，均无“立案”二字；到了9月24日，广告中开始用大字标明“立案”，此后所登招生广告均有“立案”二字。由此可知，如果香港政府不同意达德学院注册立案，它的招生广告的措辞绝不会发生这种变化。（二）9月17日《华商报》第4页发表消息，报道“达德学院筹备就绪，二十九举行入学试”，并提到陈其瑗发言，内称“亦经奉准香港政府立案”；另据回忆，在举行第一次入学考试时，教育司曾派一位督学到场监考。而这一学期本科招生人数确未超出200人（两次招考共计录取一年级转学生22人）①。这表明招生人数确未违背教育司规定的限额，从侧面证实丘克辉上述的回忆并非虚妄。（三）10月6日《华商报》第4页发表该报编者答复读者的询问，标题是“达德学院已经立案”，开头第一句是“达德学院是才创办的，已经本港政府教育司立案”。这一答复与此前报道如均非事实，有关方面似应加以纠正，但始终未见此种表示。另据回忆，达德学院于1947年元旦补行开学典礼，教育司又有一位视学员

① 录取新生人数见《华商报》10月3日、6日达德学院刊登的通告。

出席指导。如未获准立案，开学上课也是不被允许的，何况教育司官员还参与开学仪式。[①]

丘克辉先生现居住在北京，笔者撰写本文时，恰逢他有南方之行；当我们通电话时，他正整装待发，来不及晤谈，无法详细探讨问题，不过他在电话中证实他的回忆是确切无误的。他的回忆，《华商报》的记载和报道，以及庐玮銮小姐从英国外交部档案中所获得的材料，三者综合起来考虑，我想，在达德学院立案的问题上，可以得出这样的看法，即香港政府于 1946 年 9 月已经批准立案，直到 1947 年 12 月才颁发执照。这中间为什么拖了一年三个月之久？虽属疑问，但与是否立案已无多大关系了。

关于达德学院的性质

达德学院是一所高等学府，它的本科学制为四年，其程度相当于内地各大学的本科。但是没有一个学生学满四年课程，这是因为达德学院本身没有被允许存在四年，而且也因为时局的急剧变化，使得不少学生即使有可能也不会安心学完规定的学习期限，他们或者自发地，或者被指派前往内地游击区工作，达德学院遂被看成一所干部培训机构。

学校的任务，就广义而言，是要为国家为社会培养、输送人才，无论中国外国均是如此；但从狭义来说，达德学院与一般的干部培训机构大为不同。

首先是学制。按照通例，大学本科是四年或五年，专科是三年或两年，训练班就是一年或数月。达德学院的学制明确规定为四年。

其次是学生的资格。大学是从高中毕业或具有同等学历的青年学生中招收，必须经过入学考试的选拔。训练班则无此严格规定，尤其是政治干

---

① 参见《达德青年》第一期。

部培训班，学员在年龄、学历等方面没有太大的限制，而且大都不需经过考试，凭领导机关的介绍、通知、命令即可入学。

最后是课程设置。训练班一般都有重实践轻理论、重应用轻基础的倾向，课程比较单一，缺乏系统性，甚至轻视、否定大学的课程体系。达德学院当年开设的课程，自有它的系统性，它们可分为三大类。一是基础课，如中国通史（徐光仁）、西洋通史（张铁生）、英文（曾昭伦）、修辞学（司马文森）、经济地理、经济史（丘克辉），等等。二是基础理论课，如经济原理（沈志远）、中国经济概论（狄超白）、文学概论（黄药眠）、新闻学概论（陆怡），等等。三是专业理论课，如货币银行学、租税论（千家驹）、法与宪法、行政法（周新民）、小说概论（司马文森）、中国政治概论（邓初民），等等。[①] 这三类课程一般根据年级的高低而安排，大致是由基础到理论，由基础理论到专业理论，循序渐进，逐步提高。这种课程设置不可能为训练班所采用，如为一般的青年干部训练班，它的主课在那些年显然是“阶级斗争”或者是“社会发展史”，从劳动创造人讲到批判资产阶级个人主义。没有固定的教师，工、农、兵、先进人物，乃至犯了错误改过自新的典型，都可以上讲台讲课。课程结束的标志不是考试，而是思想总结，检查个人历史或其他问题。这类训练班也培养了不少人才，我在这里丝毫没有轻视或贬低它们的历史作用的意思。但达德学院显然不能跻身于它们的行列之内。

至于达德学院的学生中有不少人中途辍学或被封闭后离校参加种种政治活动，这并不影响达德学院作为一所大学的性质，正如当时北方一些大学（如北京大学、清华大学）的学生中也有不少人纷纷投向西北地区，北大、清华并不因此而改变其性质是一样的道理。达德学院的学生现在不少是“党政领导骨干”，身居高位，这也不能证明它是一所党政干部训练班

① 各门课程的名目，参考了达德学院校友会所发的有关材料。

那种意义上的“青年干部培训机构”，因为他们现在之所以能够担负要职，是有许多因素在起作用，如时代的需要，政局的更替，政府用人政策的变化，特别是他们本人的素质、才能、资历和机遇（各种偶然因素），情况是极为复杂的。从另一方面来看，达德学院的学生中，也有一些人曾经受到歧视和其他不公平的对待，在十年动乱期间则更为严重，这也是不必讳言的。因此，从它的学生在某一时期的处境和职务来推论一所学校的性质，似乎不能准确反映它的真实的面貌，又正如现在政府领导人之中有不少是北大、清华的毕业生，他们的职位比达德的毕业生高得多得多，我们也不能据此推论北大、清华是培养高级干部的机构，这个道理也是相同的。

下面我想提供两个较为粗略的统计[①]，以便于多方面了解达德学院学生目前的状况。

（一） 110人的统计。

统计人数：110人。其中：

党政机关干部占35%；

教师占34%；

新闻出版人员占12%；

文教科研人员占12%；

居住在港澳占7%。

在党政机关干部中，县以下的干部占54%，而在县以上的干部中，职务高者也不过数人。

（二） 740人的统计。

统计人数：740人。其中：

党政机关干部占38.6%。在党政机关干部中：

① 根据达德学院校友会编印的《校友通讯录》和《达德学院建校四十周年纪念专刊》的材料编制。

省级干部占 0.34%；

厅局级干部占 15%；

处级干部占 29%；

科级干部占 54%。

这个百分数并不十分准确，但也能够为达德学院的性质做个注解。

关于达德学院的学术成就

达德学院拥有公认的全国闻名的许多学者，他们作为教师在这里进行教学和著述，而它的学术成就却鲜为世人所知，这是一个十分有趣的现象。这种现象往往逻辑地派生出下面的问题：达德学院有无学术成就？它有什么样的学术成就？我以为这个问题值得研究，因为它的解决，不仅有助于进一步认识达德学院的影响，而且也可以对二十世纪四十年代后期香港当地的文化发展做出更加完整的考察和评价。

与当时内地或香港地区其他的大学比较，达德学院的学术成就显然是相形见绌的。这有几个原因：（一）达德学院虽然远离战火之外，但国内局势的发展，迫使人们去关心更为紧急的国家的前途、民族的命运，学术研究不得不退居隐蔽的角落；纵有成就，也不受重视，不做宣传，这是时代的特点。（二）达德学院站在历史的转折关头，处于光明与黑暗的中转港口，它的教师与它的学生一样，也有相当大的流动性，特别是在后期；这种流动所造成的一个直接后果，就是学术力量的流失大于补充。（三）学术研究的成就产生于比较长期的坚持不懈的辛勤劳动，很难像母鸡下蛋那样“立竿见影”；而达德学院存在的时日又相当短暂，不能允许它取得从容进行研究的条件。应该说，这不是它本身的过错。

尽管如此，说它没有学术成就，则未免言重了。我想提供一点史实以供参考。

著名历史学家侯外庐先生于1947年年底应聘来达德学院任教，1948年10月离校。这段期间他是达德学院的教师，他当时在学术上取得的成就无疑也汇合成为达德学院的学术成就了。据他在他的遗著《韧的追求》一书中的回忆，这时期他继续在撰写他所承担的《中国思想通史》第三卷有关章节[①]。《中国思想通史》全书为5卷6册，虽是与朋友合作而成，他自称“平生心力所萃，在这部著作”[②]。新华社在评论此书时称它“对上下几千年的中国社会历史与思想文化传统做出了批判的总结，在国内外学术界产生了很大的影响”[③]。

同时，侯先生负责主编香港《文汇报》的《新思潮》副刊，这一副刊在学术界所产生的影响，也是得到肯定的[④]。他本人在这个副刊上发表了若干篇对于鲁迅思想的研究，自称是“1948年间除《中国思想通史》第三卷有关篇目之外，花了较大精力写的几篇文章”[⑤]，其中有两篇曾分别为许广平和郭沫若所首肯[⑥]。

钟敬文先生是研究民间文学的名家，也是达德学院的教师，曾开讲诗歌概论、民间文学等课程。他在达德学院期间，不仅“文艺思想，包括民间文艺思想被推进了一程”[⑦]，在学术研究上也有成就。他发表在该院编辑出版的文艺丛刊《海燕》上的论文《谈〈王贵与李香香〉》，后来的《中国大百科全书·中国文学》给予了高度的评价，认为是“以明确的历史唯物主义观点，阐发了民间文学的意义、作用以及它与作家文学的关系”[⑧]。

---

① 侯外庐：《韧的追求》，1985年10月，北京三联书店，第205页。
② 同上，第264页。
③ 《人民日报》，1987年9月26日第3版。
④ 同上。
⑤ 侯外庐：《韧的追求》，第205页。
⑥ 同上，第207、215页。
⑦ 《钟敬文民间文学论集（上）》，1982年10月，上海文艺出版社，第7页。
⑧ 《中国大百科全书·中国文学（II）》，1986年11月，中国大百科全书出版社，第1289页。

著名文艺理论家黄药眠先生是创办达德学院的热心人之一，一直担任文哲系主任，并讲授文学概论等课程。他于1946年冬写的《论文艺创作上的主观和客观》一文，以及1948年编辑出版的论文集《论约瑟夫的外套》一书，都曾得到好评。茅盾当时就撰文予以肯定和推荐[①]，以后唐弢等人编写的《中国现代文学史》也两次指出它的意义[②]。

以上几件史实极为零碎，不成系统，更缺乏旁征博引和提要钩沉，姑且作为引玉之砖吧，如果能引起研究者们的兴趣，进入文学、哲学、历史学、政治学、法学、经济学、新闻学等每一学科去探寻达德学院的教师在科学的道路上攀登的足迹，详细占有材料，做出合乎实际的判断，那就是我莫大的荣幸了。

1987年10月9日于北京

① 茅盾：《茅盾文艺杂论集（下）》，1981年，上海文艺出版社，第1225~1227页。

② 唐弢等：《中国现代文学史（三）》，1983年6月，人民文学出版社，第400、402、407页。

达德学院 60 周年北京校友合影，2005 年

离　婚

[丹麦] 托芙·迪特莱弗森 著

刘季星 译

他想要
在离婚时
每一样东西
都分去一半
他说。
半张沙发
半部电视机
半幢避暑的别墅
半磅黄油
半个儿子。

这套房间都是他的
他说
因为那是用的他的名字。

问题在于
他以前爱过她。

她以前爱过一个人
那人的妻子也曾经
要求把每件东西
分出去一半。

那合乎婚姻法。
好像二加二等于四
一样地明白。

律师说
这完全正确。

她把每样东西
都破成两半
只把税单撕成碎片。
然后她跨出家门
走向耶特维街的“妇女之家”
带着她的半个儿子。

儿子在学校里被人取笑
因为他只有
一只耳朵。

在别的方面那种方式的
生活可以忍受，
因为它不可能是
另外的样子。

托芙·迪特莱弗森（1918—1975），丹麦女作家，生于哥本哈根，父亲为司炉。第一本诗集《姑娘的心》出版于1939年，以后陆续出版《闪烁的灯光》（1947）、《女人的心》（1955）、《成人集》（1969）、《圆形的房子》（1973）等诗集，赢得广泛的声誉。她的长篇小说《我儿时的街道》（1943）、中篇小说《受损害的儿童》（1941）、《为了儿童》（1946）带有自传性质，描写了工人贫困的生活和他们的苦难。她还著有短篇小说集《完全的自由》（1944）、《审判官》（1948）、《雨伞》（1952）以及三大卷回忆录。这首诗出自《成人集》。

（原载《世界文学》1987年第3期）

在孟菲斯车站

[丹麦] 约翰内斯·威廉·延森 著
刘季星 译

半睡半醒，
一头撞着了寒冷而潮湿的现实，
又落入内心海雾般的达娜伊德[①]的迷梦中，
我站在这里，孟菲斯车站，田纳西，
牙齿在捉对儿厮打，
天下着雨。

夜是空虚的，沉闷的，
雨抽打着大地
以一种黑暗而愚昧的力量。
一切都是湿漉漉的，不可捉摸。

为什么火车不停地在这里靠站？

① 据希腊神话，达娜伊德姐妹因杀死丈夫被罚在冥府用筛子汲水灌满无底的水槽。

为什么我命定要在这里停留?
难道我在丹麦、日本和印度
逃脱了风雨和灵魂的锈蚀,
只为了在孟菲斯、田纳西、美国
被大雨困住而腐烂?

天已破晓。阴郁的光线
透进了潮湿的牢房。
白天无情地暴露了
冰冷的铁轨,一堆堆污泥,
候车室,连同它的糖果机
橘子皮、烟蒂、火柴梗。
白天以喷吐着雨水的檐沟
和永不消失的雨网而欢笑。
啊,雨从天上落到了大地。

世界是多么痴聋和冷漠,
造物主是多么无能啊!
可我凭什么要继续去尊重
这种医治生存的大众化的水湿疗法!

请安静!瞧这辆机车,
强劲的机器,站在那里平静地沸腾,
裹着浓重的烟雾——它够有耐心。
点上烟斗安慰你那空空的肠胃。

咒骂上帝，咽下你的痛苦吧。

好吧，在孟菲斯待下去！
生的生活只不过是一阵苦雨，
你命中注定常常要在
那么一个倒霉的
候车室里罚站——
那就在孟菲斯、田纳西待着吧！

因为那座贴着广告的冷清清的大楼里，
快乐正在等待着你，快乐，
但愿你能忍着你的急躁。
在这里也可以睡一个年轻美丽的处女，
她的一只耳朵遮没在头发里。
找一个天气晴朗的日子，
她会到街上来迎接你，
像一股芬芳四溢的波浪，
装出早已认识你的神气。

是春天了吗？
雨下得太丰足了吧？
雨声像不像情人的低语，
雨对着大地
嘴对着嘴
说不尽的喁喁的情话？

天色凄凄惨惨地破晓了，
可是瞧那雨脚是多么明亮啊！
你想赋予白天战斗的权利吗？
现在总算天亮了。粪土的气息
包围着月台上生锈的铁架，
混合着雨点扬起的灰尘的臭味——
春天的一个预兆——
是不是一种安慰呢？

现在你瞧，瞧着密西西比
在它那洪水汹涌的森林之床里
睁开睡眼来迎接白天！
瞧这条大河为它的曲折回转而扬扬得意！
它在曲折中奔腾，在漩涡中戏弄着木筏和破损的漂木，
有多么高傲。
瞧它推动着庞大的轮船，在它的洪水的怀抱里
俨然是舞场上的主宰！
瞧这淹没的岬角——啊，笼罩着洪水淹没的森林的景色的
是多么深沉的原始的宁静！
可是你看不见那流动的清晨的雨水印着白日的微明在几里之内就装扮自己，
精力充沛地在沉重的乌云之下漫游！

现在，请安静，你这个执拗的男人！
你绝不忘记曾经许诺给你的永恒吗？

你会对大地吝惜你那贫乏的感谢吗?
那么你想用你那颗情人的心做点什么呢?

振作起来，留在孟菲斯，
在这方土地上表明你是一个公民，
跟着大伙儿去参加人寿保险，
交付你的最起码的保险费，
让他们不必对你心存戒备，
你也不会被抛出俱乐部门外。
拿一束玫瑰花和金戒指去勾引那个处女，
像别的男人一样去开动锯木机。
心安理得地套上您那双胶靴……
凝视谜一样的孤独的孟菲斯，喷一口你那智慧的烟斗……

啊，来了一列倒霉的货车，
我们已经等了它六个钟头。
它慢腾腾地走近，车帮破烂不堪，
无精打采地鸣着汽笛，摇摇晃晃地只有三个轮子，
破烂的车厢掉的土块，滴着泥浆。
但在煤水车的煤堆上
躺着四具一动不动的人体，
盖着浸透鲜血的外衣。

于是我们这庞大的机车喷着气，
向前滑动，慢慢停住，沉重地叹息，

蹲伏着是为了跳跃。线路是畅通无阻的。

然后我们登程，
穿过洪水泛滥的森林，
冒着从天的闸门裂口中直泻而下的大雨。

约翰内斯·威廉·延森（1873—1950），丹麦作家。日德兰半岛法塞城的原籍；哥本哈根大学医学系的学生。既写诗，又写小说。他的长达六卷的神话小说《漫长的旅程》（1908—1922）于1944年获诺贝尔文学奖。他的诗有美国诗人惠特曼之风。这首诗选自他的《诗集》（1906），系旅美之作，是其重要的代表作品。他自称是重实际的诗人，信奉达尔文的学说。这首诗却表现出他对资本主义工业技术并未完全接受，拒绝美国的生活方式，不愿进入“那座贴着广告的冷清清的大楼”，也许欢乐正在那里等待着他，他却要继续跋涉，冒着风雨……

（原载《诗刊》1991年第11期）

诗四首

[丹麦]布恩戈尔·波尔森 著
刘季星 译

情 诗

如今我恍然大悟
我的爱情已流离失所
头上没有片瓦遮盖
如今我明白
爱情不为房子不为家
爱情是流浪者
爱情在那里等着你
只要你听从它吩咐
离开你的房子你的窝
安乐窝关它不住
恋爱就是急着赴死

一年一年老去，叫你

一年一年记着死去

蜥 蜴

蜥蜴的生命一经开始
几乎总要成为蜥蜴。

蜥蜴更加容易达到
这样的结局：蜥蜴。

蜥蜴的生命一经开始
几乎绝不会成为麻雀。

同样，许多生命一经开始
全都成为它自己那种蜥蜴。

从前当我是个人的时候
疾如闪电，我瞥见蜥蜴。

黑窗子照亮夜间几里地

动身出去
迎接他们
一家人或者几个犯人
黑夜下着雨

我带上门
屋里留着灯
等着和他们会聚
如果黑暗里
我找着了他们
窗子往外看一片黑
却照亮着远处
正是今天夜里
我看见了它
我在想着
他们会到来吗

树林里的耐心

树木没有随着
它的落叶飘扬
离开丹麦远行
却有许多鸟儿飞去。
它们住着丹麦的树林
那是夏日，如今已是
十二月，换了时序。
树木光着身
那白桦，那云杉
那山毛榉，那枞树
白的灰的褐色的树皮。

我注意过，一只黑鹂
高飞的黑鹂
在地上走时
树木行间
踢着落叶
眼看在丹麦天上横空而逝。

我坐在这里
身底下冰凉，
斜靠着，整个人
交给了树桩，
盼着老鼠、小鸟、朋友
我真是耐心的榜样。

布恩戈尔·波尔森（1918— ），生于哥本哈根，学过打铁，曾为几家地方报纸工作。著有诗集《每日的诗》（1953）、《墙和空间》（1962）、《时间的诗》（1967）、《火红的龙虾》（1971）以及《每日》（1974）等。此处四首诗译自《当代丹麦诗选》。

（原载《诗刊》1994 年第 2 期）

登高台

默默登高台，百年几回首？
放眼皆后生，尽失当时叟。
细雨湿君冠，和风抚我手。
世间多扰攘，依然醒狮吼。

2014 年 9 月 21 日

钓鱼岛（两首）

一

把你吹来什么风？太平洋上月当空。
巉岩断壁遗陈迹，千百年前款曲通。

二

魂系东南一梦回，钓鱼岛上有惊雷。
千舟待发驱倭虏，万炮齐轰鬼子完。

2014 年 9 月 21 日

敬老院门球比赛

门球场上草如茵，同室操戈娘子军。
场外场中齐呐喊，赢球全不费精神。

2015 年 7 月

附　录：刘麟著译书目

一、著作

《温泉集》（诗词集，1996年）

《春韭集》（诗词集，2008年）

《文学的怀旧》（北京时代华文书局，2013年）

二、译作

《碰巧的事》（［苏联］依·卢柯夫斯基著，刘季星，见连，林耘，俞殷莱译，作家出版社，1956年）

《在蒲雅诺夫卡》（［苏联］札雷金著，刘季星译，人民文学出版社，1959年）

《辩证法的核心》（理论，上海人民出版社，1964年，与人合译）

《苏联简史（第一卷）》（［苏联］E.诺索夫主编，三联书店，1977年，与人合译）

《外交史》（第四卷，三联书店，1980年，与人合译）

《天涯芳草》（［苏联］鲍·尼·波列沃依著，春柳译，江苏人民出版社，1980年）

《丹麦文学的群星》（［美］菲·马·米契尔著，辽宁教育出版社，2003年，与人合译）

《诗人的市场：安徒生精品集》（［丹麦］安徒生著，刘季星译，中国文联出版社，2005年）

《如何开创美满人生》（台北业强出版社，1993年）

《即兴诗人》（［丹麦］安徒生著，刘季星译，中国文联出版社，2005年）

《陀思妥耶夫斯基散文选》（刘季星，李鸿简译，天津百花文艺出版社，1997年，2005年）

《戴灰眼镜的人：屠格涅夫散文集》（［俄］屠格涅夫著，刘季星译，辽宁教育出版社，1998年）

《果戈理散文选》（［俄］尼·果戈理著，刘季星译，天津百花文艺出版社，2001年）

《托尔斯泰散文选》（［俄］列夫·托尔斯泰著，刘季星译，天津百花文艺出版社，2003年）

《克里米亚的海岸：普希金精品集》（［俄］普希金著，刘季星，李鸿简译，复旦大学出版社，2009年）

《生命集：果戈理精品集》（［俄］果戈理著，刘季星译，复旦大学出版社，2009年）

《戴灰眼镜的人：屠格涅夫精品集》（［俄］屠格涅夫著，刘季星译，复旦大学出版社，2009年）

《小小的图景：陀思妥耶夫斯基精品集》（［俄］陀思妥耶夫斯基著，刘季星，李鸿简译，复旦大学出版社，2009年）

《忏悔录：列夫·托尔斯泰精品集》（［俄］列夫·托尔斯泰著，刘季星译，复旦大学出版社，2009年）

后　记

笔者夫妇合影，1976 年
左：李鸿简，右：刘麟

刘麟一生酷爱文学。他从 1943 年（15 岁）开始，分别用“刘季星”“林流”等笔名在浙江、上海等地的报刊上发表散文、评论、诗词和译文、译诗。本书奉献给读者的，是从他的遗作中选出的 70 余篇作品，大体可以分为以下几个部分。

一、写他的家乡浙江黄岩的山川人文、民俗风情、童年的岁月和青年时期的经历。

二、关于中国现代文学馆的创建。他从 1983 年至 1990 年年底离休前，在中国现代文学馆工作近 8 年。文学馆创建阶段的不少事情经他办理，事后他都整理成文记载下来，从中可以了解中国现代文学馆创建的全过程。他详述巴金老人萌发创建文学馆的构想、巴老的捐献、国内外作家对文学馆的捐赠等。

三、分析研究老一辈作家的创作道路和创作方法，对鲁迅、茅盾、巴金、老舍、胡风、聂绀弩、碧野等都写有专题文章。

四、介绍国内外某些城市的概况和景色，以及国外的某些文学馆。

五、丹麦和苏联一些作家的文章、通信、诗歌的译文。

六、刘麟本不熟悉旧体诗词。“文革”期间，他在笔记本上抄了许多诗词，听“大报告”或开“大批判会”时，从口袋里掏出来翻翻，貌似认真做笔记，实则神游四海，与唐宋诗人相会。从而不仅读了诗，而且背熟了律诗的平仄格式和若干首词谱。对诗词的格律稍有一些了解后，他开始作些诗词。离休后，他白天翻译外国作家的作品，晚上则写诗词。1996 年和 2008 年，他分别编印了两本诗词集《温泉集》和《春韭集》，共收录 274 首作品。本书收入的数首诗词，是他于 2014 年至 2015 年患病期间，怀着对国家和人民的深厚感情写下的。

刘麟敬爱老一辈作家。1990 年离休前，他拜访了百余位老作家，其中包括巴金、夏衍、罗荪、萧乾、碧野、曹靖华等。他们的有关谈话，具有史诗般的意义，大都整理成文。刘麟收到过 105 位作家的来信近 600 封，本书收入其中数封。

笔者由衷感谢中国作家协会的领导和老干部处的同志们长期以来对刘麟的关心和爱护。由衷感谢中国现代文学馆两位年轻有为的副馆长梁飞、计蕾同志。2020 年 5 月 20 日，他们在听取我对刘麟遗作内容的简要汇报后，毅然决定给予出版，并且安排张梦同志负责此事。特别感谢参与编辑此书的张梦同志，在新冠肺炎疫情期间，不辞辛劳，多次到国家图书馆查找缺失原稿的文章，工作细心认真，为出版本书做出了贡献。

李鸿简
2020 年 10 月于北京